仕说新语

朱铁军　主编

中国言实出版社

图书在版编目（CIP）数据

仕说新语 / 朱铁军主编 . -- 北京：中国言实出版
社，2017.1

（全民阅读精品文库）

ISBN 978-7-5171-2151-0

Ⅰ . ①仕… Ⅱ . ①朱… Ⅲ . ①小说集－中国－当代

Ⅳ . ① I247

中国版本图书馆 CIP 数据核字（2017）第 003939 号

出 版 人：王昕朋
总 监 制：朱艳华
责任编辑：佟贵兆
封面设计：水岸风创意文化

出版发行　中国言实出版社
　　　　　地　址：北京市朝阳区北苑路 180 号加利大厦 5 号楼 105 室
　　　　　邮　编：100101
　　　　　编辑部：北京市海淀区北太平庄路甲 1 号
　　　　　邮　编：100088
　　　　　电　话：64924853（总编室）　64924716（发行部）
　　　　　网　址：www.zgyscbs.cn
　　　　　E-mail：zgyscbs@263.net
经　　销　新华书店
印　　刷　北京温林源印刷有限公司
版　　次　2017 年 5 月第 1 版　　2017 年 5 月第 1 次印刷
规　　格　710 毫米 ×1000 毫米　1/16　18 印张
字　　数　277 千字
定　　价　40.00 元　　ISBN 978-7-5171-2151-0

出版前言

　　《特文学》系列丛书所编选的作品，均为 2006 年至 2016 年间《特区文学》杂志所发表的中、短篇小说，按作品的题材分为《岁里春秋》《人间烟火》《仕说新语》《此去经年》《五行八作》，共五卷，包含 24 位国内知名作家的 33 篇纯文学力作，这些作品大部分都在发表后被多家选刊转载，其中有获得各类文学奖项的，有收入年度选本的，也有被改编为影视剧本搬上荧幕的。

　　作为深圳特区唯一公开出版的纯文学期刊，《特区文学》杂志在打造"新都市文学、文学新都市"的办刊理念下，多年来较为倾向于涉及城市题材的纯文学作品，其中"深度叙事"与"质感文本"两个固定栏目，发表了一大批城市文学范畴的小说精品。因此在本系列书编辑之初，我们也以"叙事性、可读性、文学性"为选题宗旨，侧重于城市题材进行了作品的选择。

　　现下的时代，高度的科技化与商业化无时无刻不在改变着我们所生活的场域，城市生活在我们的世界中变得空前的复杂、新颖、多样，同时传播方式的不断更新迭代，也将传统的阅读方式推向了碎片化的趋势。信息的爆炸带给文学艺术的影响与刷新，也在悄然裂变。几乎每一天，我们都能接收到与素常认知更为不同的新事物发生。

　　传统文学随之也进入了新的时代。因此在当下的阅读环境与文学生态中，进行怎样的文本书写、怎样的艺术传达，不仅仅是作家与读者，同时也是编辑们所面临的选择课题。在本书编辑的过程中，我们着意选取了叙事角度特别、题材新颖特殊、文学性与艺术性具有较高水准，并保持着传统的纯文学作品优良基因与特别的阅读价值的若干作品。

　　因此，我们将本套丛书命名为《特文学》。我们希望通过这三十余篇异彩纷呈的中、短篇小说，为您开启一条重温与新识、质感与深度并存的、独特的阅读之旅。

编　者

目录

真相 /陈世旭

一

跟朱慧的关系是天地房地产开发公司的华老板拉上的。当时，向海洋刚确定了市长助理的任职。

华老板在电话里告诉他要带个也是老板的美女来的时候，向海洋没怎么在意。华老板那样的同行，能是什么了不得的货色？但朱慧却让向海洋一见倾心。她像个刚出道的女模特，而且是欧化的。

照向海洋的安排，见面那天晚饭后是一场作为前奏的舞会，舞会之后才是一顿真正的盛宴。还在饭桌上，向海洋就在想象着朱慧在床上的情态。他认为，根本就不存在朱慧拒绝的问题。从来都只有他挑选女人，而没有女人拒绝他的事。他对自己的魅力很自信：高大、强壮而匀称，宽大的花格衬衫和瘦长的牛仔裤，能背唐宋诗词又熟悉流行歌曲，年纪轻轻就官运亨通，正是热门小说和电视剧塑造出来的那种令所有自我感觉良好的女主持和女明星神魂颠倒的当代精英。

"怎么样？"华老板一张臭烘烘的嘴几乎贴到向海洋的耳朵上。向海洋不由一阵恶心。他其实极憎恶这个猪样的东西：初中毕业后连高中也没考上，在社会上混了两年，被家里找关系硬送去当了汽车兵，复员回来，跟一伙商贩跑长途。仗着家里的背景，运违禁的货敢玩命冲卡子。因此出了名，也由此认识了现在的太太。太太不是美女，却给他带来了财运。他做房地产，就是靠太太当银行行长的舅舅贷的款。他做生意跟他开车走私一样胆大妄为。几年下来，做到几千万的身家。只可惜他那点野性有限，不到四十岁就差不多成了一堆纵欲的灰烬，浑身上下已经看不到一点轮廓，像是一团和稀了的面，随时会淌开来。他在办公室里挂了自己的一个金边框子的半身裸像，在一颗像是浸泡得稀松浮肿的头颅下面，巨大的肌肉块山岳似的连绵起伏，肌肤表面汹涌奔流的血管暴跳怒张。这是一张电脑合成的照片：头是他的，身子是那个喜欢咬人的泰森的。这其实是一个很悲惨的愿望。不管他想了多少办法花了多少钱，他那话儿早就什么也干不了了。有一次在桑拿房，看着华老板那摆设般的下体，向海洋觉得他很可怜。

"别看你是个堂堂市长助理，我是老百姓一个，你活得不如我。"华老板有一次居然说，"我靠的是钱。钱没有大小，有钱在哪里都是爷老子。只要付得出，想要什么就能得到什么。权不一样，权有大小。你管人，还有人管你。所以你许多时候就不能不苦熬自己。"

向海洋看着那张松弛浮肿的脸，真想象踩烂柿子一样踩瘪它。这个以为花钱进了所谓 CEO 俱乐部就进了上流社会的王八蛋，对他始终缺乏必要的尊重。之所以这样放肆，无非是对他知道得太多太深了。胖子要么就很傻，要么就很精明。华老板就属于后一种。

不久前，省委找向海洋谈过话，让他去新设的地级市双金市当副市长。这跟原来内定的安排出入很大。按照那个内定，他应该是任职的这个省会市的副市长。现在的安排虽然也算提拔，虽然有加强一个新设市的领导力量以便尽快打开工作局面之类冠冕堂皇的说辞，但一个地级市的副市长跟一个省会市的副市长怎么比？这跟他自己的设计相距太远了。人生易老，在向权力高峰的跋涉中一个人能经得起走几次弯路？他对自己的设计并不是盲目的：第一他有充分的年龄优势；第二他有足够的处事能力；第三也不缺乏得力的关系。

但事情却发生了意外的变化。

起先他以为是因为朱慧。只有朱慧让向海洋失过态。他分管城建，这个城市的每一个重要地段和场所发布户外广告的媒体，都必须得到他的批准。他把市中心最好的广告媒体批给了朱慧，又说服这些媒体所归属的单位把租金降到最低价位，又为朱慧介绍了有实力的企业客户。让朱慧原本毫无名气的小小广告公司成了一个奇迹。

向海洋把第一批媒体批给朱慧，又让她谈成了第一批大客户时，朱慧说要请他的饭局。这是行规：饭局只是个由头，为的是向中介人支付酬金。向海洋说："不必，你到宾馆来，我这里正好有个单位的饭局，就算人家代你请我。"朱慧欣然去了。她走进指定的房间，见到的是赤身露体的向海洋。他严肃地对她说："把门关上，把衣服脱掉。"

向海洋不随便接受任何个人和单位支付的所谓"酬金"。这是他从来严守的一个游戏规则。人在生活中都会有自己的原则。在他看来，金钱只有在你渴望的东西用别的方式得不到的时候才是有意义的。金钱只是交换的一种形式，并不是内容本身。许多人就是因为始终认识不到这一点，才本末倒置，把自己的生活弄得一塌糊涂不可收拾的。

"你直接付我就行了。"

朱慧惊恐但顺从地露出了自己，向海洋有了一种报复的快意。

朱慧那个靠老婆赚钱吃喝嫖赌的丈夫，纯粹是个无赖。这让向海洋觉得很不公平。本来他看上任何一个女人就只是这个女人本身，其他的从来一概不关心。但朱慧似乎是个例外。

最初的那段日子，向海洋只是把朱慧当作自己的性仆人。他常常开着车带她去谈业务，然后就在外面过夜。大白天正上着班，或正开着会，他会突然给她打电话，让她去指定的宾馆或是他的家，不管她当时在干什么，必须立刻停下来，并且用最快捷的方式赶到。她也从来不敢怠慢。在这一点上，她跟其他女人没有什么不一样。

然而，事情好像还是有些不同：向海洋原以为跟朱慧的性关系照例不会持续太久，他从来是以可以像换衬衫一样换女人自傲的。但随着时间的推移，他越来越觉得自己无法像抛弃其他女人一样抛弃朱慧。相反，他对朱慧的占有欲越来越强烈。

朱慧一度在向海洋的视线中失踪了三天。向海洋每天开着车在华老板和朱慧的公司之间乱窜，不停地拨着手机，煎熬得一刻不能安宁，就像下了地狱，只差没有报警。三天后，朱慧关闭的手机突然通了，他把车子停在她回家必经的路口，她从出租车上一下来，就被他截住。

那是一个疯狂的夜晚。向海洋让朱慧明白：她今后只能属于他一个人。除此之外，她必须结束同任何男人的性关系，包括他的丈夫。她必须马上跟丈夫离婚，然后独居。否则他就毁了她的一切。

接下来，向海洋做了一件更加没有理智的事：为了不让事情不明不白地拖下去，他给朱慧的丈夫写了一封匿名信，让这个被背叛的男人有自知之明，同意老婆的离婚要求，并且在收到信的当天就必须同老婆分居，随信附了一张朱慧的裸体照。那张照片是他有一次跟朱慧刚完事后拍的。在那张照片上，朱慧整个表情恬不知耻又近于天真。

这张照片差一点毁了向海洋的大好前程。走投无路的朱慧只有向丈夫讲出向海洋，她说她恨这个人，又不能没有这个人。她求丈夫保护她的名誉。丈夫的回答是：我要让认得你们的人个个都晓得你们是一对狗男女！

朱慧的丈夫后来到处告状。向海洋给弄得有些紧张。那时候他已经渐渐冷静下来，后悔自己的失态。为朱慧这样的女人他值得这样吗？他只是觉得凡是到他手上的东西不容别人分享罢了。幸好，朱慧丈夫并没有更多能跟向海洋联系起来的证据。有关部门询问朱慧的时候，她又坚决否认了与向海洋有任何不正当的关系，根本就不承认跟丈夫说过的那些关于向海洋的话。至于那封匿名信和那张照片，她说那是她的隐私。

朱慧让向海洋的失态避免了恶果。这使向海洋对失去朱慧多少有些惋惜。朱慧丈夫对她的毁灭，远不止于名誉。朱慧开广告公司的同时，她原来干摄影的丈夫下海开了一家影楼，一度很火，却很快又被他的赌博和玩女人掏空了。为了弄钱，他许诺高息从原单位集资。因为是单位的老人，大家觉得会有起码的信誉，集资很踊跃。却没有想到，上百万元的集资款转眼就打了水漂。大家得到确切消息之后，他已经连影楼都变卖了。他自然坐了牢，事情发生在朱慧提出离婚之后。他在供词中一口咬定，那笔集资款有相当一部分当时就给了朱慧，朱慧主要是因为发现他经营不善想要独吞那笔款子才要离婚的。朱慧于是被传唤并随即拘留。拘留的目的是想让朱慧的广告公司替她丈夫还债，明显是没有道理的。向海洋打了个电话，解脱了她。他对朱慧还是有爱的。

向海洋记起罗素关于爱情的一段话：爱情是这样一种体验，它使我们整个身心得到复苏新生，像植物久旱逢雨一样。而纯粹的性爱在瞬间的肉体快感过去以后，随之而来的是疲惫、厌恶、生命是空虚的这类意识。爱情是大地生命的一部分，没有爱情的性爱却不属于此。

向海洋怎么也没想到，他的调任发生变化的原因，竟是由于他的一次小小的失言。

向海洋在家的时候，每天早晨去市体育馆至少游泳一个小时。出差也从来带着游泳的全套行头，一有下水的机会绝不放过。这样的持之以恒在很大程度上使得他尽管不得不常常陷在膏腴美食当中，但依然能很好地保持着身材和各项机能。看着跟他同龄甚至更年轻的同行因为不加节制已经被糖尿病、脂肪肝弄得苦恼不堪，他很骄傲。不过，这骄傲也使他付出了代价。

那次失言就因为游泳。

省里分管干部的头儿也是坚持每天游泳的。有一次来市里开会，晚上几个人陪着散步，自然谈起保健。有人问他一次游多远，他说："一千米吧。"显然对自己的状况颇满意。因为知道向海洋也有游泳的习惯，那个人又很周到地问了一声向海洋。向海洋当时不知在想什么，听到询问，还没有反应过来就脱口说："一千五。"话音一落他就后悔了：这是在跟谁比高低呢！在他的游戏规则里，不是明明白白地有一条"永远比领导慢一步"的吗？

当时那个头儿好像并没有在意，只是轻描淡写地笑了笑："你年轻呀。"

而"年轻"和"健康"恰恰是如今的头头脑脑中最敏感的话题。

他从小就张狂，也知道这是从政的大忌，可还是修炼得不到家啊！这样的修炼有时候真是让向海洋觉得压抑。

二

陈火林从办公桌对面的谈楚玉手上接过报纸的清样，坐下来，眉毛那儿总觉得有些不自在，不由又把眼睛从清样上抬起。谈楚玉正盯着他。那眼光怪怪的，像是捉摸，又像是欣赏，像是恭敬，又像是揶揄。一碰上对方的眼光，马上就垂下去。一旦对方的眼光移开，又马上闪烁起来。

这样的窥探让陈火林心神不定，干脆放下清样，指了指屋角上的那个饮水机，说："谈秘书长，那边有水，你自己倒吧。"谈楚玉欠了欠身子："不用，我不喝水。""那你是要我给你倒吗？"陈火林说着就站起来。"别别。"

谈楚玉赶紧跟着站起来，老老实实去倒水。陈火林稍稍安心，重新坐下。

清样的内容是常务副市长向海洋在全市招商引资工作会上总结讲话的摘要。当地报纸的主编在刊发之前让人把清样交市委宣传部审查，宣传部的头又呈给了分管的副书记，副书记又呈给了一把手祖明远。事情到了这里，应该就到头了，祖明远却又签给了市长陈火林："此件主要涉及政府工作，请火林同志一阅。"

地方报纸发一个分管领导的纯粹工作性质的讲话稿，却搞得这样复杂，原因其实很简单：里面有对前一段政府工作的评价，当然，是负面的评价。向海洋在谈到招商引资要注重实效的时候，用很尖刻的口气说：我刚接手工作，听说市里上半年的引资数那么大，吓了一跳。后来才搞清，那只是意向，实际到款八字还没有一撇。这不是画饼充饥嘛。以后我们决不这么干了。凡事有一说一，有二说二。要不然，说得好听是鼓舞人心，说得难听就是欺骗舆论！

向海洋调来还不到两个月。这次调动虽然不尽如人意，还不至于让他灰心。事实上，在一个基础薄弱的地方，一个人的才能更容易显现出来。他迅速把心理调整到最佳状态，下来之后，很快就让人对他的眼光、胸襟、干练和魄力心服口服：到底是从省会下来的干部！这里对他的期望和倚重也是显而易见的，把招商引资这件最迫切也最棘手的事全权交给了他。他二话不说，马上就进入情况。

陈火林对向海洋的咄咄逼人并没有怎样在意。向海洋在那次总结讲话里所指的"上半年"，正是他当"代市长"的半年。当时就有人把话传给了他，他只是笑了笑，觉得向海洋也许因为年轻气盛，从来就是这样锋芒毕露；也许因为缺乏经验，不够世故；也许就只是因为责任心强，来不及瞻前顾后。真是这样并没有什么不好，他倒是更愿意跟一个性格直率、少有官场气息的人共事。使他觉得意味深长的倒是祖明远的这个批示，没有任何明确倾向，只把球踢给了当事人。是想刺激他，还是想看看他的雅量？

前任市长祖品成在处理同市委书记祖明远的关系上的教训不可谓不深刻。以祖品成那样的谨慎和尊重，尚不能使祖明远完全放心，那他要做的就是最充分最大限度地服从祖明远。

一二把手之间处理不好关系，背黑锅的终归是二把手。这已经是一种社会共识，连电视剧里的官场反派也总是二把手。虽说这类肥皂剧总是拙劣不堪，但在实际生活中又何尝不是这样。陈火林早年当县长的时候，县委书记每次跟上面的人谈到县里的班子，总是说，"我们这帮人，没有说的，只差不是一个姓。主要是火林，有本事，还不骄傲，听话。"这句话几乎成了他的一种形象特征。有人在后面诟病，也是因为他的"听话"。他真是那么听话吗？不过是选择了回避，不对着干罢了。相对于掌握着决定权的一把手，其他人任何有个性色彩的表现都可能被看成是对着干。对着干的人自然有，但至少必须具备两个条件：要么性格强悍，凡事能豁出去；要么背景强硬，无所顾忌。这两条他都不具备。

而现在的处境比那时更复杂。在县里，书记虽然凡事说了算，但你不能不承认他对基层的把握的确是行家。祖明远则基本不熟悉经济工作，但对人际关系又有过多的兴趣。这方面稍有不慎都有可能触犯他。好在自己一向低调，又有前市长的前车之鉴，应该不会闹出什么太无聊的岔子。

向海洋的出现，好像让祖明远觉得增加了一个平衡陈火林的力量，使他可以处在一种裁判的位置。陈火林并不想在这样一个三角结构中扮演一个强硬的角色。他不想成为任何人的对手，更不想以任何人为对手。向海洋敢讲话敢负责，那是再好不过的事。只要是尽心尽力办事，话说得再难听也用不着计较。如果副市长一个个都对市长俯首贴耳却什么事也办不了，那他这个市长还怎么当？陈火林甚至想过，只要向海洋真的比他有能耐，他宁愿做副手。

去饮水机那儿倒了水回来的谈楚玉又端坐在陈火林对面。他的眼睛看着水杯口上漂浮的茶叶，余光却怎么也忍不住去瞟陈火林。一感到这余光，陈火林心里就不舒服。他抓起笔，在那张报纸清样上草草划了几笔，赶紧递还给谈楚玉："行了。"陈火林的口气很明白，让谈楚玉立即走人。

谈楚玉却没有动身，怔怔地看着那份清样。那上面，陈火林从祖明远的批示中把自己的名字勾出来，箭头下只写了两个字：已阅。没有任何态度。但也没有错。因为祖明远的批示只是请他"一阅"。"有问题吗？"陈火林面无表情地问。这样的问题谈楚玉根本无法回答，他的嘴动了动，终于什么也没有说。

看着谈楚玉那个唯唯诺诺、欲言又止的样子，陈火林觉得自己多少有些过分。下面关于这个人溜须拍马的传闻很多，有的未必可信，有的却是他亲眼见识过的。比如，谈楚玉的办公室在二楼，每天下班，他都要提前站在楼梯口，等着市委书记祖明远从三楼下来，然后陪着下楼，一直陪到小车跟前，抢先为祖明远打开车门。必须看着小车出了院子，他才转身。这自然让人侧目。但他依旧我行我素，恭敬如仪。别人的议论再难听，他一概不在乎："尊重领导有什么不对？不尊重领导就对了？"他怕的不是这类传闻，倒是怕这类传闻不满城风雨。他知道被他"尊重"的人不会因为这种传闻就疏远他，而是正好相反。他对什么都心知肚明，总是跟当年在台上一样做戏，察言观色，见风使舵。他今天来送这份清样，就明显含了揣测的意思。这是那种没有人身依附就过不了日子的人。

在陈火林特别喜欢读的书里，思想家型作家的作品是其中之一：理性的深度使文学浸透了思辩的色彩，文学的表达又使理性焕发出动人的光辉。在一个媒体和市场掌握着话语权的时代，这类作家似乎不太走俏，但真正能够长久站住的恐怕还是他们，而不会是那些炒作出来的泡沫。事实上，思想本身就是最有价值的审美范畴。现在，坐在主席台上的陈火林就特别清晰地想起当代作家韩少功的小说《马桥词典》里的一段话：

"执政者总是重视文件和会议的。文件和会议是保证权力运行的一个个枢纽……文山会海几乎是官僚们不可或缺并且激情真正所在的生存方式，即便是空话连篇的会议，即便是没有丝毫实际效用的会议，也往往得到他们本能的欢喜。道理很简单，只有在这种时候，才会设置主席台和听众席，明确区分等级……强势者的话语才可以通过众多耳朵、记录本、扩音器等，得到强制性的传播扩散。也只有在这种氛围里，权势者可以沉浸在自己所熟悉的语言里，感受到权力正在得到这种语言的滋润、哺育、充实和安全保护。这一切，往往比会议的具体目的更为重要。"

真是入木三分！

市里这个大剧院的舞台本来是够大的。20 世纪 50 年代设计的时候就有人提出过异议，说是把一个地区级的礼堂搞得比省里的还大，没有必要。当时主事的领导坚持：儿女日日见大，鼎罐日日觉小。你们现在觉得大，不要几年就会觉得小了。还真是有眼光。而今，这个因为过于宽大受到批评的舞台，让一个市的六套班子齐齐一坐，已是水泄不通。为了表示对前面历任领导的尊重，祖明远又特地让安排了老同志席。这样，就连服务员续水的过道也没有了，只好事先给每人放好一杯水了事。

这次人大会议，因为是在市委市政府班子重大调整后开的，有选举市长的任务，又肯定会有大政方针上的许多新举措，所以比一般的例会隆重得多，人也就来得特别齐。谁也不愿错过一个历史性的机遇。

因为电视台肯定会有最详尽的专题节目报道，参加会议的不管是正式的还是列席的，都显然很在意自己的形象：男性大都理过或染过头发，衣着笔挺，领带鲜亮；女性大都化过妆，穿得尽量讲究。总之是一丝不苟。所有这些，却让向海洋显得格外突出——他今天反而穿得比平时更加朴素：一件标准的传统蓝中山装，洗得有些发白但熨得很平整，让满台子力求高档却其实穿不出样子的西装显得俗不可耐。

向海洋平日多数时候穿的是粗布衬衫、T恤、牛仔裤和运动鞋，矫健、挺拔、生气勃勃。有时候又忽然穿出这种完全老式的服装，显得卓尔不群。这一切是刻意营造和维护的结果，但他做得自然随意。换成其他人，立刻就成了做秀。

陈火林这感觉是有根据的。向海洋有个生活细节给他留下很深的印象：在宾馆坐电梯，向海洋进门后的第一件事一定是对着电梯壁上的镜子整理头发和领子，对自己在各类场合应有的形象他都是深思熟虑过的。

陈火林顺利当选市长是意料中的事。选举紧挨在大会开幕之后，这样可以使陈火林以正式市长的身份作政府工作报告。报告草案在会前就印出来了，上面陈火林的职务已经是"市长"而不是"代市长"。

作为市委书记兼市人大主任，祖明远是整个会议的灵魂、头脑、总设计师、总导演。除了法定的程序，他在技术上还作了许多别开生面的处理。比如，为了突出招商引资这个最为迫切的主题，他提议给大会增加一个议程，让向海洋在陈火林的政府工作报告之后，专题就招商引资作一次大会报告。

这个提议不光是有新意，最重要的是有极强的针对性。双金市的招商引资因为前面两任市长连着出事，几乎陷于停顿。而且即便是成绩最好的时候，也是一个很低的水平。不讲上多大的台阶，新设的双金市想要跟上全省中等水平的地市，没有招商引资上的超常规突破，所谓"跨越式发展"就是一句空谈。

"跨越式发展"这个口号是向海洋提出来的。他认为像双金市这样经济发展长期滞后于全省平均水平的地方，没有跨越的决心，跨越的勇气和跨越的手笔，那就等于什么也没有干！那就是对双金人民的犯罪！

向海洋常常在不经意之间流露出来的那种高人一头的神气，让许多人反感：这小子不说话则已，一说话就口吐狂言。对这类议论，陈火林的态度很明确：什么叫"狂言"？光说不做是"狂言"；敢说敢干并且能干，那叫"豪言"！

"你能这样考虑问题，我就放心了。这叫'容人之量'。"祖明远赞许道。"这我倒没有想过。"陈火林很认真地回答。

向海洋今天一定会有一个精彩的演说，这是可以预料的。

双金市实际就是两个闭塞的县城，干部们包括现在的祖明远、陈火林，多是农村出身，不管怎样西装革履、上下小车、进出高楼，也脱不了乡土气。主要领导中忽然出现一个气度不凡的人，马上就引起了广泛的注意。向海洋来了不久，知名度一下子就进了最高的那个档次。历来的领导干部从言辞、形象到举措、思路极力突出的是共性，而尽量避免表现个性。他们不缺权力的空间，却少有个性施政的真实表现。向海洋差不多是当地人头一个看到的不但主动表现，而且个性突出，一见面就给人鲜明深刻印象的官员。

向海洋讲话，从来没有讲稿，对所涉及的所有主题都胸有成竹，观点鲜明，毫不含糊，逻辑性强，极少废话，更不带任何语气助词，三言两语就抓住了实质，明快透彻。记忆力更是让人吃惊，多么繁琐的数据，他信口引用，从不出错。最重要的是生动。首先是普通话很标准，嗓音又悦耳。一下就把他从地方干部中区别了出来。再是节奏把握得非常到位，语速语气有张有弛，轻重缓急，抑扬顿挫恰到好处，尤其善用排比句，一串串地下来，气势磅礴。三是常有让人印象深刻的警句妙语。但他并不因为所有这些，就口若悬河，没完没了。每次讲话都力求简洁，干脆利落，见好就收。他平时行走起坐很有点艺术化，一举手一投足都显出与众不同。到会上讲话，面部表情和肢体动作也就更见丰富，严肃起来不怒自威，激昂起来又恰如其分。让许多人尤其是女性着迷，就是那些向来自以为是的人也承认听他演讲是一种享受。机关里的小年轻对他的出口成章更是佩服得五体投地，暗中把他的讲话当成格言记下来。

今天，双金市各个方面的代表人物最大限度地集中在这里。如果说其他人的出场都是例行程序，那么，祖明远让向海洋作专题报告的这个安排，则更大程度上是给向海洋提供了一个最佳的表现平台。

尽管对向海洋在公众场合的屡出奇招不是没有心理准备，但向海洋这一次的表现还是几乎让所有人都觉得意外。会议主持人宣布他讲话之后，他从座位上站起来，没有走向台侧那个有话筒的讲台，而是从容地一直走到台中间的最前面，静静地面对着人头济济的会场，等最初的那一阵忽然兴奋起来的涟漪渐渐平息之后，才在一片充满了期许的目光的闪烁中，用一贯的优雅的语调清清楚楚地说："我只说两句话，第一句，感谢各位代表对招商引资工作的关心和支持；第二句，因为改善投资环境而进行的必要的市政建设给大家的日常生活带来了诸多不便，我在这里向大家道个歉。"然后，向海洋突然向台下鞠了个九十度的深躬。

在一阵长久的愕然沉默之后，全场忽然爆发出一阵更为长久的急雨似的掌声。

这个戏剧性举动对赢得公众是再成功不过的。许多官员不明白，语言远不是万能的。陈火林记得，林语堂就说过这样的话：讲演应该像少女的裙子，越短越好。而一个出其不意恰到好处的肢体动作，又往往比语言更有效果。

在台下的满堂彩中保持着矜持的向海洋还没有转身，台上就有了压抑不住的反应。陈火林很清楚地听见后排的窃窃私语："这家伙，不是在当官，是在演官。"同行相妒，这是难免的。想不到的是，连祖明远也把头靠过来，几乎贴着陈火林的耳朵说："这个人能力是有的，就是好表现。"想想，又似乎觉得不妥当——毕竟节目表是他本人排出来的——就补充说："好表现那就让他充分表现，只要有利于提高积极性。你说呢？"陈火林眼睛看着台下，嘴唇动了动，算是作了表示。明摆着，这样的问题无须回答。

三

说长期共同生活的夫妻会有心灵感应，这话大约是不假的。陈火林接电话的声音有些不自然，龚腊梅马上就好像感觉到了："哪个打来的？"

平时电话响了，只要陈火林在，龚腊梅从不会先抓话筒。尽管另有保密电话，打这个普通电话的人也多半是找"陈市长"的。陈火林接电话，龚腊梅也只是一心忙自己的，至少表面上看不出关心的样子，更不会多嘴多舌。但林下风的这个电话，她却好像立即就捕捉到了。

"林下风。"陈火林硬着头皮回答。他实在也没有临时瞎编的本事。

"就是市剧团那个头牌花旦？"

龚腊梅的话听着不是味道，但陈火林不想纠缠："是。"

"难怪你紧张啊。"

"我怎么紧张了？"

"不紧张为什么吞吞吐吐？"

"我吞吞吐吐了吗？"

陈火林头皮又一紧，马上就坦然了："事情有些棘手。"

"是吗？"

"她给我出了个难题。她在北京的那个戏校进修结业，不想回市剧团了，又怕这边不放人，希望我帮着做做工作。我怎么表态？一个市长，能够鼓励人才流失吗？可是不让她走，她的家庭问题又怎么解决？"

"那也是，"龚腊梅松了口气，"一个女人摊上那么个老不正经的花心老公，命也够苦了。"

林下风那个家维持下去也太困难了，破裂只是迟早的事。这是一开始就在计划中的。去年在北京，陈火林已经说过让她自己拿主意，当时林下风顾忌的只是对她做人的非议。现在林下风又冒着风险来电话，想得到的恐怕是对更多选择做更多的确认："我已经决定，不回去了……"

"是吗……"

"我……还想听听你的意见。"

"我？这是……一个很……个人的……事吧……"

"……"

那头沉默了。陈火林的心不由揪紧。他能感到千里之外的一个纤弱的女人，那么无助。

"不方便……是吗？"林下风的气息似有若无，然后就是挂电话的"咯嗒"一声。

那次被通知提前结束党校的学习回来上任代市长，快一年了，陈火林再没有见过林下风。戏校放寒假，林下风据说是被一个什么电视剧组邀请去演了一个角色，连过年也没有回来。中间陈火林只在手机上接到过林下风的一个电话："祝贺代市长。谢谢你手机号没变，不然我连祝贺的机会也没有了。"林下风的快活一听就不真实。

"你是拿我开心吧？"陈火林眼睛紧张地睃着周围，尽量让自己平静。"代市长放心，我不会妨碍你的前程。"林下风马上就听出了陈火林声音的干涩。"喂！"陈火林挺直身子，对方再没有回应。他不由苦笑。他跟林下风之间的一场戏，在彩排的时候就流产了。情感跟戏一样，有假有真；不一样的是，假戏成真照样下场，情感成真下不了场。林下风越是不妨碍他，他就越是放不下林下风。

陈火林当代市长之后，在许多会上多次强调过他在人际交往上的几条原则，算是他跟大家的一个约法：一、凡事上班的时候到办公室谈或在会议上谈；二、如果是单独谈话，必须有办公室派员作记录；三、任何时候都不欢迎亲属之外的任何人去他家拜访，急事电话通知；四、没有他的亲笔文字作依据，任何人不得以他的名义办任何事，等等。等于在自己和周围的人之间编了一道密密实实的篱笆。这样做，连龚腊梅也觉得过分："你这不是作茧自缚吗？你把人得罪光了不要紧，我在单位还做不做人？"

"这是没办法的事，谁让你是市长夫人呢。"陈火林赔笑。

"你以为这样你的名声就好听了？想听人家怎样说你吗？官迷！"龚腊梅现在很容易上火。

"说这些比说我不干不净好。"陈火林的脸也冷下来。

"你真的干净吗？"龚腊梅的眼睛闪着寒光，"我看你心里阴暗得很。"

"你！"陈火林脸色铁青，好半天说不出话。

一旦静下来面对自己，陈火林又不能不承认，龚腊梅的话虽然尖刻，却说出了某种真实。他真的就那么洁身自好吗？面对充斥在他所生存的整个空间的法纪、道德、亲情，他的内心世界真的能够完全敞开吗？

陈火林常常在梦里同林下风幽会。他们总是在有星星的深蓝夜空下面走得很远。他总是迫不及待，而林下风如痴如醉。他总是记不起类似的梦是怎样结束的。一旦醒来首先抓住他的总是恐惧。那恐惧一直虎视眈眈地蹲在一边，不等他好梦成真就猛扑上来。解脱那恐惧的唯一办法便是抱紧身边对他的梦浑然无知的龚腊梅。被搅了睡眠的龚腊梅总是一面喃喃地说着"你疯了，真烦人"之类，一面很默契地迎合过来。而每回完事之后，那恐惧不但得不到解脱，反而更厉害地把他的心捏得生疼：是怎样一个伪君子啊！

现在看来，林下风也根本就没有放下他。她在电话里想要确认的，比已经说出的要多得多：不回来，就意味着同她丈夫的离婚；离婚就意味着将选择新的归宿；一个人的选择就意味着另一个人将面对选择。

他会选择吗？他将怎样选择？他有勇气选择吗？

"男人没有一个好东西！"龚腊梅沉浸在兔死狐悲的感伤里，对陈火林不可告人的心思毫无觉察。本能使她对一个女人的同情同时成为对一个男人的警告。

四

前面不远，挤了一堆人。向海洋让司机把车子停下。原来是一辆货车冲卡，被收费站的人截住了。司机很蛮横，被收费站一帮人指手画脚地围着，两只手抱在胸前，满脸的不屑，一副泰山崩于前而色不变的样子。

"向市长，不用你出头，我们还摆不平这小子？翻了天了！"见向海洋走近，负责收费站的金宝迎上来。

"怎么回事？"

"他不肯缴费，说是外资企业。"

"是，还是不是？"

"让他出示证件，他拿不出。"

"我是问：是，还是不是。"

"按规定，我们只认证件。"

"要是他一时拿不出证件，但确实是外资企业的呢？"

向海洋已经认出了那个司机，是新东方药厂的。新东方药厂是省里的一家大企业，总部在省城，最近在双金市投资了一个分厂。这个项目是华老板介绍来的，刚开始筹建。离开发区最近的这个收费站凭车牌号就应该认得出他们的车。把事情闹到冲卡的程度，显然是收费站这帮家伙刁难的结果。

"那……"金宝看出事情有点不对头。

"那什么那？你们就是故意跟人家作对！跟市政府作对！"

双金市的投资环境很恶劣，小地方的人没见过钱，总想着雁过拔毛。心胸又狭窄，仇富心理严重。讲起这些，向海洋每次都深恶痛绝。他一再咬牙说过，过去的事我不管，在我手底下，哪个再敢对外资企业吃拿卡要，莫怪我不客气！而且，他所说的"外资企业"包括所有从双金市以外引进的企业。

"发什么呆！好好给人家道歉。"向海洋脸色铁青地看着金宝。

刚才还一窝粥似的人群突然静下来。这个弯拐得太急，鬼也想不到。连那个冲卡的司机也松开合抱着的手，很是吃惊。

"你说什么？"金宝困惑地睁大了眼睛。

"道歉！"

"道歉？跟哪个道歉？"

"你自己知道。"

"我跟他道歉？"金宝抬手指着那个司机，脸仍旧朝着向海洋模仿了一句电视剧的台词，"你有没有搞错，向市长？"

"放肆！"

"我今天就要放肆一回！"金宝红头涨颈地叫起来，"大不了不吃这碗饭！"

"不吃这碗饭也要先道歉。"

"老子就不！你们能把我怎样？！"

新东方药厂的司机冲卡之后，收费站有人给110打了电话。他们赶到已经有一会儿了。向海洋指着疯了似的金宝对两个愣着的警察说："还等什么，带走！"

"走就走！"金宝拧着颈子喊，"我操！还真是有钱王八大三分。老子偏不作兴！"

向海洋不理他，径直走到那个冲卡的司机身边，说："他不道歉，我给你道歉。"说着，拱手作了个揖。

那司机慌了："莫，莫！向市长，要说起来还真是我的不是……"

"你有什么不是？"向海洋马上就打断了他的话，"外资企业是我们的衣食父母。我们的责任，就是伺候好你们。"

后面这句话，向海洋是对收费站的人说的——那帮人因为向海洋刚才对事故的处理正愤愤不平，一个个敢怒不敢言——更是对周围所有人说的。为了整顿招商引资环境，向海洋常常不惜违规。工商、税务、交通部门的头儿，一听他的电话就胆战心惊，不知道下面又发生什么事要让他们吃苦头了。即便是半夜三更，他也会让你立即去事发现场，然后，你必须用现场的座机给他回话。没有座机，就让现场的当事人证明你的在场。他自己这时候常常还在办公室没有下班。他不下班，跟分管的工作有直接关系的下级就得老实待着，随时听候他的传唤。为此他常常突然袭击，把电话打到你所在的任何地方。这构成一种莫大的心理威慑，许多人吓得从此戒了麻将歌舞之类的夜生活。

收费站前面的这段路上，人和车已经聚成黑压压的一片，新闻媒体的照相机、摄像机一通乱闪。这种时候是向海洋最出彩的时候。他镇定自若，要言不烦，每句话都斩钉截铁。他在人群中一眼看到气喘吁吁的稽征局长，立即指示他留下来善后，就再不多说，头也不回地上了车。无论对他本人，还是对他分管的招商引资工作，今天的事件都是一个机遇，他及时并且有力地抓住了这个机遇，让大家既看到了市政府的政策的坚定，也看到了他凌厉的个人作风。

其中的关键是，向海洋拿来开刀的对象是市长的小舅子。

金宝被双金市聘用上路桥收费站，是龚腊梅背着陈火林干的。龚腊梅心里越来越不平衡，陈火林官越做越大，人却好像越来越小。早几年还多少能看到一点男人的火气，现在差不多像个冷冰冰的影子。一个市政府，连收发员都比他像市长，他反倒像个谨小慎微的收发员。年轻的时候，龚腊梅对他在仕途上的发展期望很高，现在看来他再发展也发展不到哪里。他的路子其实是顺的，说不上有什么波折，更莫说大起大落。问题出在他自己身上，说是本分，其实是懦弱。整个就是一个性格悲剧。看清了这点，龚腊梅也就不再作指望，人一旦无所求，倒也省了自己内心的苦闷，用不着活得那么累了。她当然不会傻到像那些贪官老婆，或骄横跋扈，或自作聪明，一手一脚把老公送上公堂甚至法场。握有权力的本身就有许多常人无从企及的利益。获得这些利益，完全合情、合理、合法，根本可以不动声色的。比如让一个穷困的乡下亲戚到公路收费站收费。

等陈火林发现，金宝已经在收费站上班了。他很气。车子过收费站的时候他认出金宝，当时没有发作，回来对龚腊梅大发脾气。龚腊梅早就作好了应战的准备："市长的亲戚就没有公民权了？就不可以劳动就业了？这是哪家的法？你以为你可以立法？"

"莫瞎扯！如果不是你出面，收费站他能进得了？"

"陈火林，你是市长，说话要负责任的！你有什么根据说我出过面？"

"你没有出面不等于我的影响不存在。"

"笑话！你是说我们沾你的光了？那你决定吧，我们该怎么做，或者你取消我们的市长亲属身份，或者等着你的立案调查。"

"我会做我该做的。"陈火林冷冷地但是决绝地回答。

当官越来越像是一种高危行业。这不光指的是前任市长祖品成突然死于车祸——那个疑案有关方面到现在也还没个明确的交代。在一切法纪面前，你必须自我约束，必须完完全全地排除掉一切侥幸心理，连擦边球也莫指望。否则，任何程度的疏忽，都有可能导致灭顶之灾。那些在权力面前恭谦谄媚的人，那些千方百计来讨好来贿赂、像苍蝇一样赶不散的人，不论他们出于什么目的，你在理论上都完全可以把他们看作对你的谋害、看作要你命的杀手，他们各种各样的"地图"里藏着的就只有匕首。他们需要的只是你的权力可能给他们带去的好处，而对你的好歹死活根本不感兴趣。许多人就是因为最初的侥幸、最初的极微小的疏忽，把自己从一个极端弄到了另一个极端。

社会就是一个染缸——并非官场独然，一个人想要保持清白，要么不介入，要么就只有走极端。陈火林有一次高烧得厉害，不得不上医院输液。本来是再三叮嘱了保密的，却从上午起就开始了络绎不绝的探视，医护人员挡也挡不住。他交代政府办公室陪护的干部，把所有探视者的单位、姓名和留下的东西一一登记清楚。事后所有物品统一由办公室处理，监察部门则作一次清查：凡动用了公款的，一律由当事人个人退赔。清查和退赔的结果要专题汇报。这事做得很绝。许多人从此对他敬而远之。但在孤家寡人和不清白之间，他宁可选择做孤家寡人。

在陈火林发现金宝之前，下面已经有了议论，对他恨之入骨的那些人把他骂得狗屁不如，只是他本人蒙在鼓里。堂堂一市之长，连一个贴心的耳目也没有，这不能不说是一种悲哀。但这只能使他更加偏激。

全市市局负责人会议开到尾巴上，陈火林突然问稽征局长："你们下面的收费站是不是有一个叫金宝的？"

"金宝？不清楚。"

"你莫给我装憨了，就是开发区收费站上的那个。"

"想起来了，好像有这么个人。"

"什么想起来了！我问你，这个人怎么进来的？"

"招聘的呀。我们的招聘是向社会公告了的，市里的报纸、电视，还有互联网上，都有。"

"他一个土里刨食的农民，上哪去看市里的报纸电视？还什么上网！"

"市长，这就难说啦，而今的农民……"

"他是什么农民我比你清楚！"陈火林不由分说，"你回去，马上给我辞退他。"

"为什么？"

"为什么，你清楚。"

"市长你这指示我可没法落实。人家没有违约，无故辞退就是我们违约，人家可以告我们的。"

"让他告，我承担全部责任。"

"这可不好办……"稽征局长低下头，嘟嘟囔囔。

脑子稍微灵泛些的都知道，大多数情况下，头是在做秀，这种火气是当不得针（真）的，只能当棒槌。你越对着来，他自然火越大，但心里却只会越熨帖，也就会对你越有好感。即便陈火林是个例外，今天的事也办不了，因为还有个龚腊梅在后面站着。

这个会，市委书记祖明远也参加了，他警惕地看着这场争执，不像开别的会那样总是插话。倒是向海洋好像有些不耐烦了："我看还是公事公办吧。首先，聘用这个人的手续是不是规范？"

"当然规范，可以查的。"

"上岗之后他的表现怎样？能胜任吗？"

"岂止是胜任。人家念过中学，当过兵，又有多年的社会经验，人很正派，那个收费站已经是他在负责了。"

"那还讨论什么，聘用制用工不就是要找这样的人吗！"

"就是呀！"稽征局长眼睛一亮。

向海洋给稽征局长解了围，其实也解脱了陈火林。就他的地位，并不存在讨好陈火林的问题，他在这件事上出面说话，表现的是正直和气度。相形之下，跟事情有直接关系的陈火林反而显得局促和黯淡。祖明远对此也很赞赏，讲团结问题的时候常拿它做例子。私下里，大家也都觉得向海洋有量，够水准，到底是省会的市政府来的人，就是不一样。领导班子考核，向海洋在包括市长陈火林在内的市政府领导成员中得分最高。

　　而今天的事似乎有些反常，向海洋给大家留下了一个比他那辆双排气管的三菱吉普的喷雾大得多的谜团。他至于这么冲动吗？这不是公然让陈火林难堪吗？

　　他们跟向海洋相差太远了！事过之后他们一个个自愧弗如。

　　当时，车子离开人群不远，向海洋就拨通了刚走不久的110警察的电话："直接送金宝回家。告诉他，我给他放一天假。他坚持照法规办事没有错，有些该灵活的是我们事先没有交代。为了他代市政府受委屈，我会告诉稽征局，这个月给他双份奖金。"

五

　　在市里整天忙忙碌碌，从来没有午睡这一说，倒是出来开会能奢侈几天。正式的会议在下午，第二天上午是自由组合的联谊活动。这样就跨了两天。第二天下午有返程飞机，陈火林犹豫了一下，还是订了第三天的机票。留出这半天时间自然可以午睡，但他留出这半天时间并不是为了午睡。

　　电话是昨天晚上打的。从决定这次来京起，陈火林满脑子的念头就是给林下风打电话。挣扎到昨天晚上联欢会结束，他实在克制不住自己的冲动了：一个市长去看望一个在京学习的市里的演员，一个有贡献的艺术人才，这有什么不正常的呢！尽管这样想着，他的声音还是止不住变得怪怪的："小林吗？"

　　"你好，陈市长。"林下风反而很平静。

　　"我已经在北京了……我想……明天下午去看你。"

　　"是吗？你那么忙。那我很荣幸呀。"

　　林下风的平静里藏着哀怨。半年多的时间里，陈火林好几次在办公室接到她的电话——他从来电显示屏看出那是北京的长途，但拿起话筒，对方却好久没有声音，直到挂断。每次他都把手指伸到了回拨键上面，终于没有按下去。他跟她说什么呢？想说的太多，能说吗？

现在他们必须面对面了。

约好的时间是第二天晚饭前，林下风那边上午有一个泰斗级的老先生讲课，下午有一场排练，林下风是主角。

"晚饭前什么时候？"

"那么急吗？"

"我喜欢准时。"

"那你说吧。"

"五点。行吗？"

"市长决定了，谁敢说不行。"

去林下风那儿，打车最多一个小时。下午三点动身足够了。中饭是在外面吃的，一个老同学做东。陈火林敬酒的时候跟大家一一道别，说是下午有事，晚上也不知几点回来。众人一通乱闹：什么事啊，是不是去看情人？还真是歪打正着。好在脸早就因为喝酒喝得通红，有破绽也跟没破绽一样了。

这个午觉还不如不睡，本来就疲倦得要命，酒又喝得多了些，人昏昏沉沉，就是睡不着。双金市的日子让人郁闷。陈火林这个市长越来越像是个摆设。许多重大决策，常务副市长向海洋的想法一旦提出，马上就会得到市委书记祖明远肯定的支持。祖明远表态后照例也会讲一句"火林你看呢"，其实陈火林已经没有表态的余地。班子成员的意见事先不管有没有保留，到这时候已经一边倒了。向海洋的干练和泼辣，使许多人对他几乎有了一种盲目、一种依赖。跟陈火林当初当的那个常务副市长完全是两码事。

陈火林并没有认为自己一定比别人高明，但一种决策没有任何争论、任何碰撞，它的可靠性总是难免有些可疑的。何况有些决策从一开始就明摆着潜伏了无穷的风险。

搞了这么多年的开发区，无论国家还是地方政府都已经有了许多相应的法规。但只要是向海洋引进的项目，几乎就说不上什么认真的论证和审查。新东方药厂的那个分厂，是个高污染的项目。这个项目在省城得不到批准，就弄到下面来。作中介的那位省城天地房地产开发公司的华老板还说这是见面礼。作为对这份见面礼的报答，华老板的公司以每亩两万元的土地转让价得到市政府重新规划的旧城改造开发权。而当时的市场价至少在每亩二十万元以上。按照那个新规划，光是一个兴建的"商贸金融中心"就占地将近三千亩，总耗资差不多二十个亿。这块地一到手华老板就略低于市场价转手卖给了好几家外地开发商。其实只要有利润空间，任何地方都立刻就会是"投资的热土"。双金市现在这样的做法，实际上是把代表国家行使的市政府的权利和利益交给了个人，而可能的风险所带来的后果最终还是会落到市政府头上。

"机遇总是和风险并存的。谁能保证所有的决策都没有风险？"向海洋每次都先声夺人。

谁能保证？谁也不能保证。陈火林也不能。于是就只能沉默。

应该说，有些事，无论是基于职责还是秉性，陈火林都是不应该沉默的。向海洋弄到开发区当接待办主任的差不多是个地痞。陈火林有一年下乡检查夏收夏种，见到一个乡长手上拎着鞋子一身泥水从田里上来迎他，心里很感动。事过之后才从司机那里知道，那乡长到这个村子蹲点半个月来，几乎天天是在酒醉昏睡中过日子。陈火林的车到了那个村委会的门口他才好不容易被人推醒。他的反应倒是快，立刻从后窗跳出去，在水田里打个滚，然后爬起来，从屋后绕到前面来见"上级领导"。

这事后来传得很远，倒让这家伙出了名。在陈火林看来，这种人光凭他的不诚实就不堪信任。但向海洋恰恰看中了他：一能喝，二灵光，当接待办主任，少了别的可以慢慢学，少了这两条，还真不行。也许我的话说得过头了，有时候，看一个干部有没有办事，能不能办事，我就看他是不是常常脸红得像关公，口里是不是常常酒气熏天。当然我们是用他们的长处，不是用他们的短处。一个干部，要等他成了完人才用，那天底下就只怕没几个干部可用了。

那乡长没有辜负器重，让向海洋用得得心应手。为了扩大双金市招商引资声势和影响，每逢省以上人大政协的代表委员视察或外省党政部门组织的参观考察，开发区就会从省里的高校请来一些外籍教师，分派到那些根本没有外资的企业，让他们充任外资代理或员工。完事了再给一笔劳务费打发他们回家。好几次差点穿帮，都给接待处长糊弄了过去。

善良的谎言有时候是需要的，只要它的出发点光明磊落！向海洋说得很慷慨：谁天生愿意说谎？谁天生愿意弄虚作假？扭曲自己的人格难道不痛苦？为了什么？还不是为了事业，为了造福一方？这其实是一种牺牲。清高当然好了，两袖清风，一世清名当然好了，谁愿意受屈辱？可不受屈辱许多事就是办不成，那你怎么办？要么不办，成全自己的名节；要办，那就得学一学那个地藏菩萨，我不下地狱谁下地狱！

双金市一穷二白，又没有区位优势，愿意投资的很少。陈火林前面两任，专员李庭芳手上开始搞开发区，进来的几乎都是跟李庭芳合伙打劫的骗子，李庭芳落马后都作鸟兽散。后来的市长祖品成千辛万苦刚弄出一点局面，却又遭了不测。几家有分量的企业看看市长的人身安全都没有保证，纷纷撤资。偶有像力霸网球场的邵老板那样出于对新任市长陈火林个人的好感，打算留下来并且扩大开发的，但陈火林现今的那份尴尬，让他们只好偃旗息鼓。

双金市总不能被时代抛弃吧，双金市在呼唤有气魄、有能力开创历史的英雄！现在出了这么一个英雄，其他不是英雄的人首先应该警告自己的就是不要妒贤忌能。尤其是处在现在位置上的陈火林。一个掌握大局的行政主官不能出思想、出主张，没有大手笔、大作为，他的发言权就不能不大打折扣。

在双金市多数干部的印象中，陈火林务实、稳重。这种务实和稳重在一种强有力的、大刀阔斧的、开拓型作风的对照下日渐显得陈旧保守。陈火林的谨慎孤僻，同祖明远的随和亲民、向海洋的敢作敢为形成鲜明对照。包括他的自守自律，都难免被诟病。温和的说法是洁身自好固然不错，但恐怕较多的注意了道德的自我完善，而把领导职责放在了次要位置；激烈的说法则干脆说他不是在做事，是在做官，一门心思就是保乌纱。他所有的那些原则，看起来是防范腐败，但这种防范是以个人安全为中心的。说白了就是自私。

市文联那位泰斗甚至在市报上发了一篇专题文章，把明朝的两个大名人海瑞和张居正做了个比较，指点说，海瑞一味以廉洁求名，于国计民生有什么建树？张居正为推行改革拉拢权贵，落下被人鞭尸的把柄，却是起中兴于衰颓的救世之相。其中的激愤虽然有被陈火林得罪过的成分，但类似的舆论如果不占上风，这样的文章肯定是发不出来的。

在这样的气氛下面，向海洋自然是要风得风，要雨得雨，说什么干什么遇到的都是一路绿灯、一片喝彩。而陈火林更多的时候只能三缄其口。

力霸网球场的邵老板在离开双金市回省城之前，很感慨地跟陈火林说了许多。说到向海洋的做秀，善于伪装，私下的渔色和肮脏；说到华老板和他那个天地房地产开发公司肯定是双金市的一个陷阱……陈火林静静地听着，无言以对。这个邵老板跟向海洋、华老板他们并没有任何的利害冲突，他只是因为陈火林的现状有些惋惜和不平。

"一个地方让好人不得志，这个地方就有病了。"邵老板叹息说。邵老板对省城商界的熟悉是不容置疑的，陈火林最近接到一个犯人从劳改农场托人寄出的举报信，这犯人说自己老婆被向海洋长期霸占，如果政府不给他主持公道，他迟早要出来报仇雪耻的。这封信印证了邵老板的话，邵老板说到向海洋的种种劣迹里提到了举报信里也提到的一个叫"朱慧"的女人的名字。

如果仅仅只是私生活，事情也许不像想象的那样严重。问题是现实环境中，人们常常不能及时看到一个官员的全部真相。有时候，基于各种各样的考虑，这些真相甚至被有意识地掩盖着。陈火林相信，有关向海洋的种种，市委书记祖明远一定不会比他知道得少，比如那个犯人的举报信，他一定不会没有收到。但他从来没有露过声色。向海洋在双金市已经是个符号性人物。他需要向海洋。向海洋的作为和成就，更大程度上就是他的作为和成就。担当一个地方的成败荣辱的，首先是一把手。另外，他对在权力地位上离自己最近的陈火林始终有一种戒备。他愿意陈火林的副手的影响超过陈火林，而不希望自己副手的影响超过自己。这有些病态，很可笑，却使人无奈。陈火林也曾想过去省委找老领导吴副书记谈谈双金市的现状，斟酌再三还是放弃了。在矛盾没有充分表现之前，这样做，更大的可能是给人造成是他在制造不和谐的印象。他应该比在省学总时更成熟，而不是相反。

无处倾诉！这是陈火林到北京来参加这个聚会的主要原因。本来他可以有无数理由回避这类活动。换个环境也许可以透透气，但仅仅只是换个环境吗？还有没有别的？比如林下风？

男人有时候比女人更需要女人，从生物学的角度看，这应该是源于他们从生命的初始就存在的对母亲的依赖。在省学总的那一段，一有烦心的事，除了老婆龚腊梅，他最觉得安慰的就是那个小魏。即使一句话不说，他也能从她的眼神、举止和气息里感受到她对他的肯定和维护，他是那么在意这种感受，那是一种说不清道不明的却又极深刻的温情。而今小魏没有了，她从省学总调去深圳后，他们再没有任何联系。龚腊梅则早已不像当时，除了失望、抱怨和更多的伤害，再不能给他积极的支撑。

这时候，出现了一个林下风。真不知道这是他的幸运还是他的悲哀：每当不顺，旁边总会出现一个让他有一点莫名期待的女人；每当出现这样一个女人，又总是伴随着某种不顺。男人在得意和失意的时候都会格外需要女人，前者是为了放纵，后者是为了慰藉。两者都表现出男人自私的一面。陈火林就在这样的浑浑噩噩的自责中起了床。

走廊上没有人。天晓得为什么，脑子里突然闪过的念头竟是希望有人。如果发生不能由他自己左右的变故，他的行动就会立即中止。但一切是惊人的平静。静静的走廊，静静的大楼，静静的林荫路，路两边粗壮的眼睛树落叶无声，树后面祖露在阳光下的草坪不起涟漪。出了大门，刚走到路口，就有一辆空载的出租车滑到面前。这一带很偏僻，来往的出租车并不多。一切都周密得天衣无缝。如果此行是个错误，也只有认了。他摇下车窗，长长地吐了口气。他想，林下风这时候应该正在排戏，间歇中她一定会想到他的即将到来。他们的见面会发生什么呢？会不会把那个荒唐的梦变成事实？一切都是可能的，因为一切正在开始。

他的手心忽然捏满了汗水。偷眼看看司机，司机什么也没有觉察。陈火林一挺身子坐正，摇一摇头，尽可能什么也不想。

六

学校大门外左边人行道的第三棵树下没有林下风。

陈火林比约定的时间晚到了半个多小时。车子接近市中心的时候就被堵上了。"这样等下去，让您白花钱不说，到您那儿没准得半夜了。"司机半是体贴半是牢骚。"那您给想个招吧。"陈火林急了。先前的迟疑一下子消失得无影无踪。"行啊，只要您别以为我懵事儿。"司机同情地看看陈火林。"我信您。"到这时候，陈火林也顾不得那么多了。

司机看准一个岔口钻了胡同，然后又绕到一大片拆迁的废墟中间，又好像穿过了一大片野地。车子蹦迪似的一路乱跳。暮色渐渐来临，本来就不清不白的北京的天空越来越昏暗。陈火林紧张地支起身子，死死地盯着前面："帮帮忙，老天！"车子在浑然不觉的时候突然停了。"到啦。"司机说，很明显地松了口气。然后是陈火林独自茫然地站在路边。

　　林下风应该按时来过，她不会在这个人来人往的路口傻气地等那么长时间。但她应该会设法给他的手机打个电话。要不，她根本就没有来，根本就不想来甚至不能来。那他就太惨了！一个市长，被扔在北京郊外的一条陌生的街道上，茕茕孑立，形影相吊，这叫什么事？

　　"你好。"陈火林一转身，差点碰着林下风的鼻子。

　　"你从哪儿冒出来的？"

　　"天上。"林下风笑得很动人。陈火林看着她，不知为什么有点辛酸。

　　"去哪？"

　　"你说去哪，我都快饿死了。"

　　"你请客？"

　　"我凭什么请客？当然是你请。市长都是公款消费。"

　　"我今天不是市长。"

　　"那是什么？"

　　"……朋友。"陈火林噎了一下。

　　"我可高攀不上。"林下风马上就意识到了。

　　"知道我为什么来晚了吗？"陈火林岔开说。

　　"堵车了吧。"

　　真是善解人意。陈火林很感动。换了个人，或许就会赌气或揶揄：官员嘛，忙嘛，之类。

　　饭馆是林下风找的。门脸很小，里面的店堂和灶间只隔着一张帘子，浓浓的烟雾和气味弥漫，坐下来好一会才渐渐适应。

　　"这可是你找的地方，到时候莫讲我小气。"

　　"就是晓得你小气我才找的这里。"

　　林下风恢复了刚见面时的活泼："你下了车的样子真傻。"

　　"怎么啦？"

　　"就是傻。"

　　"怎么啦？"

　　"我不说。我要吃饭。"

　　"不说不开饭。"

"真够霸道的，你就这样当市长吗？"

"莫扯远了。"

"说了你莫发火。"

"怎么会发火。"

"那我说了。"

"说吧。"

"那样子就像个失恋的中学生。"

"是吗，有那么傻？"陈火林笑道，"还中学生，我儿子都上中学了。"

笑容立刻从林下风脸上褪去。陈火林的话一下拉开了两个人的距离。陈火林的脸也僵住了。

菜上齐了，可叫喊饿得要命的林下风才吃了几口就放下了筷子。出来，外面已是一片漆黑。这条路正在拓宽改造，路面还没有硬化，高低不平，大货车呼啸而过，尘土飞扬。

"我可以挽着你吗？"林下风说，这样的路她走得实在有一点提心吊胆。

"当然可以。"陈火林身上一热。

那只胳臂被林下风抱得很紧，她的头也顺势挨着他的肩。

两个人都感到了对对方的需要，他们是多么需要互相依靠。

偶尔有灯光从树缝中穿过来，扫过他们凝重的脸。

"你怎么样？"好久，陈火林问。

"你指什么？"

"家里。"

"离了。"

"哦。"

陈火林默然。林下风是对的，无论是为了专业还是为了正常的生活，这解脱都是必要的，她总算勇敢地走出了这一步。但这些话，他不便说。

"最后是怎么打算的？去哪？"

"现在还没有想好。"

"肯定不会回去吗？"

"你说呢？"

"如果能在外面发展当然是不回去的好。"

"这可不像市长说的话。"

"我说过我今天不是市长。"

"那是什么？"

又来了！陈火林忽然想起向海洋，想起传闻中的他放纵的私生活，想起自己对那种私生活的尽可能宽容的理解。那其实是他为自己作的辩解。人们不了解向海洋的真相，同样也不了解他的真相。人的欲望在本质上真是没有多少区别。唯一的不同是有的人压抑，有的人释放。

"不想说就莫说了。"林下风的手动了动，"领你去个地方，不害怕吧？"

"我怕什么？"陈火林心里还真是一颤。

"放心，没人害你。"

林下风说的那个地方不过是前面不远的一个小树林。穿过树林，那边是一条小河。河岸保持着自然状态，河两边是浅浅的草地，河上横着砖石结构的交通桥，桥身爬满了藤蔓。

这个桥洞，陈火林是永远不会忘记的了。

桥洞的跨度很大，把沿河的小路也包括在里面。天黑不久，桥上偶有三两声脚步响过。除此之外，河两边杳无人影。

"真是好地方。"陈火林说。

"好什么？"林下风站住。

他们已经来到桥洞底下，整个世界像是只有他们两个人了。

"安静。"

"你需要安静，是吗？"

"是。"

"你一下车我就看出你脸色不好。"

"是吗，不至于吧。"

"你比上次瘦多了。"

"可能的。"

"不是可能，是事实。你不说我也知道，你很累。"

林下风的身体已经渐渐移到陈火林的面前了，她微微仰起脸，注视着陈火林。陈火林不出声地叹了口气。他在双金市的处境以及他与龚腊梅日渐微妙的夫妻关系，林下风不会毫无所知。但她从开始到现在都绝口不问，唯一表达的只是一个女人的细微体察。还有什么倾诉的必要，面对这样一个女人？

"你可以抱抱我吗？"林下风突然说。

这是迟早要发生的事。本来应该是他问："我可以抱抱你吗？"

陈火林抬起双手。这是他第一次去抱一个妻子之外的女人，这是他迄今的生平从未有过的经验。虽然他别无选择，但这毕竟是一种背叛。背叛的不仅是妻子，更是他几乎全部的生活准则。他曾经相信在念头和行动之间可以有一条不可逾越的鸿沟，但在事实上那只是一层一戳就穿的窗户纸。他不免浑身发软。

得到响应的林下风死死地箍住了陈火林的腰，脸埋在他怀抱里，嘤嘤地哭起来。陈火林听任着。林下风太需要慰籍，她隐忍的东西要比他沉重得多，对一个好女人，那原是莫大的不幸。而他并不能给予她任何实质性的依靠，反而一心想着让她为自己分担。那其实是利用她的情感，很卑鄙。

桥上忽然有人声。陈火林轻轻拍着林下风的背，哀求似的说："好了。"

"不！"林下风扭动着，哭声却渐渐停了。

"你看！"陈火林也是突然发现：桥洞的拱顶上，满是明明暗暗、闪闪烁烁的波纹。那是被远处的灯光照亮的河水反射在上面的图景。随着河水的波动，那波纹也不停地波动，斑斓而神秘。

"好看吗？"陈火林问。

"好看。"林下风的脸上泪水还发着光。

"见过吗？"

"没有。"

"我也是。"

"就像梦。不对，就是梦。好看，却是影子。"

"梦？什么梦？"

"我们，"林下风说："我们这算什么？"

"……"

"为什么不说话？"

"……第四种情感吧……"陈火林艰难地说。

"你也知道这么时髦的词？"林下风笑起来。

"我为什么不知道？地球人都知道。"

陈火林也笑，笑得跟林下风一样苦涩。连他自己都觉得这幽默实在不是时候，这样的掩饰太苍白。

　　"我懂了。"

　　林下风松开环绕着陈火林的手，后退一大步，摇了摇头，又说："其实我一直都懂。"

　　"你说什么，什么懂不懂的？"

　　结局已经来临。这样的结局是他不甘心接受的，却又是他必须接受的。

　　林下风转身向河边走去，一面整理纷乱的头发："想知道我们下午排的是什么戏吗？"

　　陈火林跟着走过去。他本想伸手揽住她的肩膀，又放弃了。

　　"《等待戈多》。"

　　"是吗？这跟你们地方戏演员有什么关系？"

　　"这是必修课规定的课程。"

　　"如果我记得不错的话，这是个独角戏，演员是男生。"

　　"我说过这是教程练习。另外，就不可以有中国版吗？"

　　"是啊，中国版的等待戈多。"陈火林低着头，看着脚前不远的无声却流得极快的河水。

　　"我可不是指你。你来看我，我很高兴。"

　　"来和不来一样。"

　　"怎么会一样，你来了是看得起我，没把我当小戏子。"

　　"我只愿我没有伤害你。"

　　"你把我想得太软弱了。我不是莎士比亚说的那种女人。我很知足的，就这些已经够我珍惜的了。真的，我已经好多了，你不觉得吗？该多多保重的是你自己，你的前程还远着，唯愿你一切好……"

　　"莫说了，好不好，求你。"陈火林心里一阵阵灼痛。什么第四种情感，自欺欺人罢了。

　　"你怎么了？"林下风一声轻轻的惊叫。她看见两行清亮的泪水在陈火林清瘦疲惫的脸上汩汩地流下来。

七

　　谈吟跟着谈楚玉走进向海洋办公室的时候，里面已经有一个访问者，是市文联的那位泰斗。如果不是因为祖明远在电话里打过招呼，向海洋决不会让这种狗屁泰斗走近自己。

　　泰斗带来了那篇发表在市报上的比较海瑞和张居正是非功过的时评："拙文不知看过没有？"

　　"没有。"向海洋瞥了一眼那张摊到他面前的报纸。

　　"是啊，向市长太忙了。"泰斗猝不及防。

　　"不忙我也不会看，我对历史一窍不通。"

　　"不至于吧，我知道向市长学养很好的。"

　　"过奖。"向海洋的口气完全是拒人于千里之外。

　　"向市长当然知道，历史都是为今天写的……"泰斗并不甘心。

　　"我这里不是清谈历史的地方，"向海洋极力忍耐，"你有什么要求直接说吧。"

　　"我的要求恐怕是向市长最难满足的。"泰斗讪笑。

　　"说吧。"

　　"我需要你的时间。"

　　"干什么？"

　　"我要写你的专访。"

　　"免谈。"向海洋站起来，这是一个逐客的动作。

　　"明远书记说……"

　　"谁说也不行。"

　　向海洋从不接受个人专访。他的理由很简单也很充分：有关全局性的问题，应该请市委书记和市长谈，他们才是核心，是头脑，而他不过是执行者，不出偏差就不错了。至于具体的工作，则应该尽可能地去表现一线的同志。起先有人以为不过是一种姿态，缠住他不放，结果往往是他不得不变脸作色，只好灰溜溜地收场。泰斗撑着市委书记的招牌跑来，明摆着是让向海洋知道他是个地方名人。照样碰了壁。

　　泰斗悻悻然地夹了尾巴刚出门，一直旁观着的谈楚玉说："讲得真好，掷地有声！"

"有什么好不好的，这些话我不知讲了多少遍，有些人就是不信。"向海洋的眉头仍皱着，但口气缓和多了。

"现在的官场风气，浮躁得很，都喜欢听好话，喜欢人家树碑立传。偶有几个原则性强的，别人倒不理解了。"谈楚玉说。

"说不上什么原则性，一个人最起码的清醒是应该有的。"向海洋一边让座一边说。

"就是，这类帮闲文人只会帮倒忙。谁想垮台谁才会答应他们写专访。文人就像旧时的姜妇，你不理她她满肚子怨恨；你稍给点眼色她就没规没矩，尽给你找麻烦。"谈楚玉让那个跟他一起来的女孩坐下，自己仍站着。

"我不是那个意思。你看看这种文章，纯粹是在领导之间制造矛盾。"向海洋指着桌上泰斗留下的那张报纸。

谈楚玉瞥了一眼，他本来想肯定一下向海洋在维护领导班子团结上表现出来的原则，但那样等于同时也否定了文章对陈火林的影射，临时改口说："这文章我看过，不过当时倒没有看出有什么不对头的地方……"

向海洋说："不谈这事了。你们让我办什么事？"

"哪敢让你办事，"谈楚玉连忙说，"介绍一下，这是我女儿，谈吟。在大学学的是新闻专业，现在在省电视台。这次他们开了个新频道，要自己找米下锅。我说你是踏破铁鞋无觅处嘛，我们双金市和双金市的向市长不就是省里眼下最大的媒体焦点么！"

先前已经端坐着的谈吟重又站起来，微笑着，凝脂一样的脸上泛起一片粉红。面前立着的像是一只精致典雅的薄胎花瓶。向海洋的目光不由自主地从上到下滑过。一点不错的，花瓶就是女人体的变形。很难想象，一个那么猥琐的父亲，会生出一个这么曼妙的女儿。

"行呀，只要是宣传双金市，我乐意效劳。"向海洋真是很乐意。

"谢谢向叔叔。"谈吟说。

谈楚玉的眼睛一直在向海洋和谈吟之间瞟来瞟去，忽然说："胡喊什么，向市长可当不了你的前辈。"

"当得了，怎么当不了！"向海洋哈哈大笑。

泰斗留下的浊气烟消云散。

"向市长已经破例开了后门，我的任务就算完成了吧？"谈楚玉看着谈吟，再次强调向海洋是"向市长"，不是什么"向叔叔"。

谈吟抿抿嘴，刚要说什么，向海洋说："一块走，先到现场看看。"

谈楚玉看看向海洋的脸色，有点摸不着头脑，只能连声说"好的好的"。

差不多就是赤裸裸的把女儿当贡品，向海洋鄙夷地看着谈楚玉弓起的背：真不是东西！

采访自然从向海洋主管的旧城改造开始。

"你应该是熟悉这条街的，"向海洋神色凝重地说，"我刚来的时候，觉得我不是走在现实中而是走在历史中。"

旧城改造最主要的理由之一，就是把它作为了招商引资的前提。向海洋在双金市已经形成的绝对影响，让他干什么都几乎没有障碍，但私下里却并非像表面上那么太平。从省里直到中央的许多部门都接到举报，对双金市在旧城改造上的许多做法持非常激烈的反对意见。

在小乡镇的基础上拓展出来的双金市市区，限于当时的观念和经济能力，新盖的房子都是那个年代通行的火柴盒，三层楼就算最高的了。说不上什么有价值的历史遗存，更谈不上什么地方特色。这些年人口大幅度流动，所有的道路两边满是滥占乱搭的垃圾建筑和占道经营的货摊。李庭芳当专员的时候，就有了旧城改造的规划，打算先修通干道——就是后来被喊着"伤心路"的双金路，再来改造两头的城区。但因为李庭芳和祖品成的先后出事，那规划一再搁浅。

那个规划现在看来已经太落后了，但作为向海洋来双金市后第一个大手笔的这个被媒体称作"双金新梦想"的规划又显得过于超前，按照这个规划，几乎等于重建县城。因为有祖明远书记支持，那些不同的看法都闷在各人心里，事情干成了，万事大吉；干不成，自有人承担责任。

"我的想法其实就是重建。"向海洋决绝地说。

"向市长压力很大的，可以说是披荆斩棘。外面吃的苦说了你会不相信，在省里跑项目和贷款，为了接近管事的头，他帮人家的保姆吸过地择过菜。最可怕的是还要提防后面的暗箭。你们新闻界应该多给这样的干部鼓劲。"上车的时候，谈楚玉让女儿陪向海洋坐在后座上，自己去了前面的驾驶副座，这时他及时扭回身子插话。

"向叔叔觉得现在规划的那么大幅度的改造确有必要吗?"谈吟没有理会父亲。

"当然。"向海洋断然回答,不作解释。

"最近学术界对现在的城市改造有很激烈的讨论,向叔叔一定知道的吧。"

"知道,说这是一个尽情挥霍的年代,尽情地挥霍着土地、资源,说城市景观变成了政府官员意志的体现,说我们是讲气派,捞政绩……"

"你怎么看?"

"我没有时间没有心情或者说没有足够的专业水准参与这样高深的理论探讨。我只知道,至少我不是他们说的那样。我是个做实际工作的人,我面对的是失业、失学和期待温饱的人群,是那些慷慨激昂的理论家谁也不堪忍受的一种生存状态,是一种世故的官僚总是回避而我决意承担的责任,为这承担我愿付出任何的代价。我没有别的选择,只能是义无反顾!"

"我真想鼓掌。"谈楚玉说,眼里真的噙了泪水。

谈吟怔怔地看着向海洋,一时无话。

向海洋掠了一眼发呆的谈吟,那是热辣辣的一掠,带着一点嘲弄意味。就像莱文斯基说的,总统看她的眼神把她脱得精光。无论文艺作品还是现实生活,似乎都少不了当红的男性官员和凭脸蛋做零距离接触的媒体女主持人的绯闻——网上刚刚就有个女主持人光着死在副市长床上。有,自然热闹,没有,就要制造。否则,戏和日子就会味同嚼蜡。不过他现在要做的并不是制造绯闻。他恐怕是真的动心了——很明显的,他和谈吟都在第一时间里抓住了对方。

当天中午,向海洋邀请谈楚玉父女一块用工作餐,要了一个包厢,上了酒,其实是宴请了。谈楚玉受宠若惊,一遍一遍对谈吟说:"这可是从来没有过的事,向市长给了你天大的面子!"弄得谈吟很尴尬,提高声音说:"我知道啦!"他才算罢休。

向海洋那天的确兴致极高,一直谈笑风生,一改平日说话的节制。说着说着,一点过渡也没有,忽然趴在桌上哭起来。是那种很让人震撼的男人的恸哭,声音被极力压制着,只有身体的猛烈抖动。这恸哭的结束就像发生一样让人猝不及防。向海洋很快就抬起了头,一面极快地用餐巾擦脸,一面连声说"对不起"。

谈吟吓了一跳，眼睛睁得老大。"没事的，向市长，要宣泄就尽情宣泄吧。谁不知道，你的工作压力太大了！"谈楚玉满含着眼泪说。他自己就是演戏出身，他知道向海洋是做给谈吟看的，是想让她知道他的强悍外表下的热血柔肠。

八

离婚之后，向海洋保留了自己的住房。太太在财产分割的时候放弃了对这套住房拥有的权利，她觉得这是个向海洋让她屈辱地与无数下流女人共处的淫窝，相当于妓院，她从向海洋身上留下的口红和香水的痕迹清楚地感觉到那些女人的气味。其实向海洋从来没有把别的女人带到这里来过，即便在离婚之后，他也没有这样做过。他并不想在众目睽睽之下一个接一个地更换那些上完床就希望她尽快离开的女人。这里是市政府的宿舍楼，表面上静如止水，暗地里几乎没有任何隐私可言。

今天，向海洋约了谈吟来。这一次他不顾忌公开。他想，在他跟谈吟之间，也许会有一次认真的恋爱，至少不会一到手就开始考虑放弃。

离婚之前，这房子是太太一个人在打理。不是因为向海洋忙，而是她不让他插手。太太个性极强，却缺乏理性。她喜欢买东西，家具、时装、电器、各种各样的保健品和工艺品，源源不断地搬进来。有了新的，旧的也决不舍弃。结果把房子搞得像个混乱不堪的货仓。一大堆时尚杂志里面，常常夹着成打丝袜；无数美容用品的瓶瓶罐罐中间，往往可以摸出一瓶番茄酱。尽管一旦出门人就鲜亮得像一只刚生出的蛋，但卫生间里，上次用过的卫生巾下次例假来的时候还没有清掉。

女主人走了，这房子也随之解放。向海洋是个有一点洁癖的人，他真不知道这些年他是怎么忍受过来的。太太正式离开的第二天，他就找了旧货公司的人来，把房子清理一空，除了日常生活的必需品，凡可留可不留的一概不留，连墙上的装饰画也尽数摘去。五十平方米的客厅，除了电视、音响、只有一盆巨大的巴西木，那是因为巴西木的粗壮和环绕簇拥的嫩绿的阔叶充满了性的意味。余下的地方便都是人的活动空间。人也不会多，他之外，最多还会有一个女人。

向海洋喜欢删除，删除以至清空。其目的是简洁，简洁到不能再简洁。

初中读法国前总统蓬皮杜传记，关于这位总统的酷爱整洁、下班前桌上从不留下一张纸头的记叙给他留下极深印象。他自己现在就是这样：文件从不留到隔日处理；除了必须配备的书刊，书柜里决不留任何杂物；客人一走，一切就必须立即清理复原。总之永远是井井有条，一尘不染。家里更是绝对的个人领地，他尽可以把个性发挥到极至。

去双金市任上之后，这房子就一直空着。向海洋每次来省城都是因为开会，开会便都住宾馆，会一散就回双金市。这是他最投入的一段日子，真正是日以继夜，废寝忘食。一个成功人士最起码的明智就是知道什么时候该集中精力做什么。

这次回"家"，是一次完美的安排。

双金市旧城改造的拆迁几经周折总算开始。从划红线起就有不断居民群体闹事，突破口最后集中到了市中心的广场上，更准确说就是集中到了几棵树上。

那是几棵据说有好几百年历史的老樟树，从这个城市还是一片野地的时候就威风八面地站在那里了。讲时兴话是这个城市的见证者，讲老古话是这个城市的风水。一代又一代的当地人钻着树洞长大，凭着树根盟誓，借着树荫老去，只有它们枝干越老越苍劲，冠盖越高越广大，老神仙似的慈祥而自得地目睹一方土地的盛衰荣枯，护佑一方生灵的休养生息。多少年来，围绕这几棵树形成的场子，已经成为这一带百姓生活中一个不可或缺的中心：乡下人在这里歇脚打尖，放落来时的挑子、车子，清点带走的钱票、杂货；城里人更是几乎所有重大的民间事务都在这里聚散始终，花轿龙灯要在这里打转，国事家事要在这里研讨。无论怎样寒去暑来，这个地方什么都可以出现又消失，但谁也不能想象，这个地方有一天会没有这几棵树。对许多人来说，那就等于起起伏伏、来来去去的日子忽然失去了一个目标，一个依托，忽然没有了方向、没有了凭借了。

但是旧城改造的规划却抹去了这几棵树，必须抹去，因为它们长错了地方，那地方现在恰恰是向海洋"双金新梦想"规划中的"商贸金融中心"的中心。而"商贸金融中心"是整个规划最大的亮点。

反对和抗议的强烈是已经预见到的。上告、上访的浪潮一波未平一波又起。市民中最有影响力的几个老头一连几天天一亮就跑到市政府门口，长跪不起。

　　拆迁范围内的居民把那几棵树当作了天然屏障：除非你们能砍倒那几棵树，不然就莫谈"拆迁"。为此，市民自发组织了看护队，轮流值班，日夜守着那几棵树。

　　向海洋很坚定：政府决策的立足点只能是长远的根本的利益，而不是狭隘愚昧的意识。我们没有理由迁就落后，只有责任创造历史，推动进步！

　　他选择了这样一个时机：市长陈火林去了北京；之后市委书记祖明远被通知去省委开会；一段日子过去，市政府秘书长谈楚玉关于"接受市民意见，重新研究规划"的保证开始发生作用，那个自发组织的看护队因为疲劳不堪也日渐懈怠，半夜以后那几棵树下就不再有人站岗；向海洋的耐心也刚好达到极限。开发区的接待办主任晚饭宴请了一批外地精壮劳力，酒足饭饱之后待在一间屋子里连同设备一起集中待命，到现场之前一切丝风不透。

　　上午在开发区同几个外商开完协调会，向海洋被华老板拉到一个刚刚动土的工地，在一个四面无人的土坡上，华老板告诉他：那件事我已经摆平了。"那件事"指的是已经从牢里放出来的朱慧的前夫四处举报向海洋对他老婆的霸占。

　　"摆平了？"

　　"他自己出了车祸，在高速公路上刹车失灵，撞下护栏，死了。"

　　"是他自己出的车祸吗？"

　　"那会是谁？"

　　"他哪来的车？"

　　"从朱慧手上抢的。"

　　"王八蛋！"向海洋咬咬牙。

　　"放心，这事与你无关，也与我无关。"华老板阴阴地笑，"老是你问我，该我问你了。我的事怎么办？"

　　华老板说的是旧城改造工程，他是主要的承包商，然后又分段转包了出去，转包费也早已到手，所有的转包商都在等着开工。

　　"明天你自己看吧。"

　　向海洋说完就转身走开。他一直尽可能避免在公开场合显出他同华老板的关系不一般，无可奈何的是却又始终离不开他。以至常常不得不把一件神圣的事同一件肮脏的事搅在一块。来双金市之前，他从看守所弄出了朱慧，还帮她联系了几宗相当可以的业务，让她恢复了元气，甚至买了车，算是对她有一个仁至义尽的交代。他们的关系也就到此为止。性伴侣的全部价值只是快乐而不是别的，更不是麻烦。却没有想到她那个王八蛋前夫也这么快就从大牢里跑出来了。这个王八蛋的出现，让他跟朱慧的过去像一个纠缠不休的恶梦，成为罩在他奋发有为的前途上的浓重阴影。要让这个王八蛋闭上臭嘴，只能借助华老板。

现在这个讨厌的王八蛋总算从那个装着各类麻烦的文件夹上永远地删除了，麻烦消除得比他想象的还要彻底干净。向海洋忽然起了一种莫名的亢奋。下午他紧张而又从容地布置了夜晚的行动，交代谈楚玉全权负责执行，至于他本人，则去省城向祖明远书记当面汇报，尽可能在当夜赶回来。

吃过晚饭，向海洋就自己开着车回省城，到"家"刚过十点，给谈吟打了个电话。谈吟居然还在电视台没下班。她在电话里像所有受到一个心仪的男人的第一次约会邀请的女孩子一样，忸怩了一阵结果依然不出预料："好吧。不过可能会很晚，要录节目。"后面那句话不过是所有女人都会的让对方重视自己的小伎俩而已。

向海洋靠墙坐在客厅的地上，看着开阔得几乎空空荡荡的被打扫得像镜面一样光亮的地板，静静地等着谈吟的到来。他想，谈吟来了之后，他要做的第一件事仍然是删除。

删除是一件多么美好的事，任何事物经过删除简洁到不能再简洁，那便是完美。对居室的删除是这样；对办公室的删除是这样；对双金市城区的删除——把那些癞疮似的垃圾建筑夷为平地——是这样；同样的，把一个美女删除到一丝不挂，连一个发卡也不留下，也是这样。

那次采访结束之后，他们通过几次长途，都是向海洋打过去的。每次他都交代说"你有空打过来"，她也每次都回答"好的"，但她从没有主动打过；每次接他的电话，她都要说"向叔叔你好"，通话结束又不忘记说"谢谢向叔叔"；每次她都尽可能回避私人话题。他说"你的声音很美"，她最多说一句"不会吧"，就再没有下文。她很持重。但这种小心规避的本身就表现出一种敏感。她们嘴上抗拒的常常是她们心里渴求的。礼貌和距离无非是一种筹码。没有比他更懂得女人的了。尤其是谈吟这样涉世未深的女孩。他已经知道谈吟有男朋友，还在学校里读研。这种小男孩无法跟一个当地级市副市长的成熟男人竞争。

电话声中断了向海洋的思绪。回到省城后他关闭了手机，一旦有人问起，他可以说手机没电。这个座机是有电显的，不相干的电话他可以不接，谁也没有规定他今晚必须呆在这间房子里。激情之夜就要开始了，向海洋想，这个时候的电话只会是谈吟打来的。

显示屏上显示的却是谈楚玉办公室的电话："我考虑再三，还是觉得应该报告你，你走后火林市长来过电话，说他明天一早回市里。"

"这需要跟我说吗？"

"……"

"你到底想说什么？"

"今晚的行动……是不是等一天？"

"那为什么？那个方案是市长办公会通过了的，市委常委也形成了决议。我们不过是具体执行。"

向海洋有点窝火，谈楚玉这种奴才，关键时候就露出了他的势利眼本色，认的只是级别。他从来就看不起陈火林，这是只适合传统体制的那种官僚，这种官僚的基本特征就是平庸。他们一切中规中矩，从不出格，你可以相信他们永远犯不出一个像样个错误，但也永远不能指望他们会有什么有声有色的建树。遗憾的是这样的官僚正因为四平八稳而不仅永远立于不败之地，还总是步步高升。想到明天一早回到双金市的陈火林将会毫无余地地面对怎样的一片动荡和混乱，他心里忽然生出几分快意。

"那……好吧……"谈楚玉犹豫了一下，又问，"谈吟去你那儿了吗？"

"没有。"向海洋很不耐烦。

"那怎么搞的！我告诉她市里今晚有重大行动……说你回省城了，让她先去采访你，一定会得到最满意的独家新闻……"

"你给我把电话放下！"

这马屁拍得真不是时候，纯粹是节外生枝，是搅局！向海洋一面在心里骂着"无耻"，一面立刻给谈吟挂电话。座机没人接听，接着打她的手机，她已经在去双金市的路上了。

"不是让你先来我这儿的吗，我是最重要的当事人啊。"

"向叔叔，回头我肯定要麻烦你的。"谈吟依旧是礼貌有加，"可现在我觉得我应该尽快赶到第一现场。"

"可恶！"向海洋把地上的电话机抓起来又连同话筒狠狠地摔下。

九

有了这趟夕发朝至的特快，从双金市往返北京就可以尽量少坐飞机。陈火林进了软卧车厢，给市里打了谈楚玉接的那个电话，就窝上被子翻起上车前买的一本杂志来。在读书界宣称纯文学已经是没有观众的演出的今天，这本杂志依旧执拗地保持着一贯的严肃宗旨，仅仅是这一点，就足以让陈火林尊重。在一个物欲横流、道德失范的时代，不随流俗的坚守本身就是一种美学的意义。

陈火林现在最大的需要是分心。他这次突然决定来京实在是太盲目了，事先他就没有把目的想得太清楚。与其是现在这样一个结果，真不如不来。昨天晚上从那条小河边往回走，林下风没有再挽他的手。她嘻嘻哈哈地笑着，比比划划地说起下午的排练。陈火林感觉得到，她的开心是装出来的。他毫无反应地走在她身边，心里一阵阵酸楚。什么"有情人终成眷属"，没有勇气就是屁话！

忽然听见林下风问："进去吗？"

他们正站在一家小宾馆的大堂外面，那是林下风进修的那所大学的招待所。

"我下午预订了房间。"林下风注视着陈火林，又说。

陈火林的心沉重地一响，两条腿一下子就像灌满了铅。他突然一下彻里彻外地看清了自己，他是绝对越不了轨、绝对迈不出那一步的。他是个精神去势者！"好。"陈火林的回答弱得连他自己都怀疑是不是发出了声音。

林下风转身走进大堂，陈火林只能跟着。那么坦坦荡荡的几步路，就像在珠穆朗玛峰登顶。林下风走到总服务台，对值班小姐说，取消下午预订的房间，房费她照付。值班小姐暧昧地看看她身后的陈火林，宽容地笑道：算啦，我们这儿反正也老是空着。

林下风又转身走出大堂，陈火林又木木地跟着来到街上。

"你莫进去了，回头同学寻我开心。"到了学校大门口，林下风莞尔一笑，"明天我去车站送你，尽地主之谊嘛。"

"千万别去，"陈火林生硬地说，"别让我难过。"

"那好吧。"

林下风倒退了几步，忽然转身跑起来。进了校门又猛地站住，回过身子。白炽灯的强烈光芒直射在她本来就没有血色的脸上，一团惨白。泪水闪闪发亮。

这是最后的谢幕了。这张满是泪水的惨白的脸是再也不会忘记的了。

好在他有阅读的习惯，阅读常常是他精神的避难所。陈火林不久就被那本杂志上的一篇小说吸引，一个名字叫"丝光袜子"的社会最底层的工人的命运分散了他的注意力，主人公像是跌进了一个恶梦又一个恶梦：下岗失业，招妓染病，老婆离异，无赖纠缠，开店破产，打工失窃，直至走投无路。

……

这家茶楼居然叫"好莱坞"，也卖酒，阴阳怪气的。倒是占了一个好位置，临着江，对岸是开发才几年的城市新区，号称当地的"浦东"。

丝光袜子来得早，楼上空空的，他挑了尽头的一个靠窗的位子坐下，对服务小姐说，这张桌子今夜我包了，不要让别的客人来。

……

莫怪人笑话，他真是不该在这世上混下去了。如果要说牵挂，只有牵挂女儿。但女儿需要他牵挂吗？就是送进孤儿院，也不会比做他的女儿更吃苦。女儿像娘，看不起他这个老子。他确实没有让她看得起的地方。他宁愿她有这样的心性。

这样想着，丝光袜子伸手抓住面前那只圆柱体的大酒杯转了转。他刚才要的是一扎生啤，他喜欢喝生啤，一直就想着痛快地喝一次。一个人做人做到他这样，也算是个奇迹了：儿子，丈夫，父亲，同事，朋友，嫖客，做什么不像什么，做什么都一败涂地。

灯光幽幽的店堂人声渐渐多了，先前靠墙站着的服务小姐跟着忙起来。大酒杯里的生啤剩得不多了，丝光袜子看看没人注意，把自己带来的一瓶子酒样的东西倒进大酒杯。想到再过十分钟，顶多二十分钟，这个暗暗的静静的店堂会怎样的热闹起来，今夜的电视上，网上，明早的报上，他和这个阴阳怪气的"好莱坞"都会成为新的八卦，他心里有几分激动：一辈子活得跟条烂卵一样，这回总算搞出了一点响动。

最后这个念头让丝光袜子的嘴角浮起一丝笑意，他又转动起大酒杯来，那只大酒杯是人造水晶的，花纹很好看。

那个人几乎是一阵风似的扑到丝光袜子坐的桌上，没容他反应过来，就端起他正转着的那只大酒杯，一扬脸，"咕咚咕咚"地一饮而尽。喝完了，一抹嘴，说："真过瘾！"

大酒杯凌空落下去，在地砖上清脆地碎裂。那个人捂着胸口，爆裂似的睁着眼睛，咬得紧紧的嘴"呜呜"作响，就那样直直地仰面倒下去。

丝光袜子最后倒在大酒杯里的，是整整一瓶"敌敌畏"，这种东西前些年有人用来勾兑茅台酒。这杯酒他是给自己勾兑的，却便宜了一个不知从哪里突然钻出来的鬼东西，给他送了终。

看样子连死也死不利落了。好不容易策划了一个壮举，又让别人抢了先。

那个人在去医院的路上就断了气。警察把丝光袜子和"好莱坞"的领班和服务小姐带到了局子。领班和小姐做完笔录就让走人了，丝光袜子被留下来，连夜审讯。

……

丝光袜子被判了八年徒刑，根据是"过失杀人"。

丝光袜子低头听完宣判，直起颈子狼一样嚎起来："我有什么'过失'？我招惹了哪个？我是自杀！"

……

半夜以前，陈火林就着微弱的床头灯看完了小说。这是个悠长的故事，他尽可能跳过了那些营造气氛渲染环境的文字以及次要人物的情节。作者的叙述节制而平静，带着波德莱尔式的尖刻和忧郁。作者跟他一样是个有保守倾向的人。这样的作家现在已不多见。他感慨地想。那时候，他怎么也想不到，这其实是一个真实的故事，并且同他周围的人和事有那么直接的关系。

这是陈火林到双金市来之后经历的最黑暗的一个日子。

市政府办公室副主任万仁保把从火车上下来的陈火林堵在车站上："你莫进城，我送你去省里，把祖明远和向海洋找来！"

"为什么？"

"你犯不着给他们擦屁股。"

"你胡说些什么！"陈火林意识到出事了，"进城！"

市区一片沉寂，像一座瘟疫过后的死城。往常这个时候早已嘈杂不堪了。整个县城几乎空巷，人都集中到了市中心广场，黑压压的充满了那个本来就不大的场子。场子中间，那几棵屹立了数百年的老树横卧在地上，显得比立着的时候更加庞大。小风从上面刮过，引起枝叶一阵"簌簌"的颤抖，然后又像周围无声的人群一样归于止息。

陈火林在人群外就下了车，发现了他的人群并没有发生可能的波动，人们冷漠而呆滞地看着他，给他让开一条路。他们也像是被腰斩了，停止了挣扎，发不出声音。这么多人，高度集中着，只有形体，却无声无息，让人不由毛骨悚然。

陈火林忽然莫名其妙地想起贝多芬的一句话。有人问贝多芬用什么表现沉默，他说：用十六只定音鼓。反过来也是一样，如果这时候有人问陈火林用什么表现怒号，他会说：用数万人的沉默。

市武警支队的一个负责人很紧张地站在倒地的树干上，看到陈火林，赶紧跳下来。他是凌晨接到谈楚玉的电话后带着队伍赶来的。当时市民听到好几部电锯同时响起的声音，从四面八方向这里涌入。但离得最近的一批人到达的时候，树已经都被锯倒了。人越聚越多，谈楚玉怕出事，这才给武警支队打了电话。

"幸好锯树的人趁乱跑了，要不非出人命不可。现在就是希望他们散开，这样聚集下去还有可能出事的。"

现场之外，已经出了人命，曾在市政府门口长跪过的一个老人听到锯树的消息猛然起床，一下栽倒，大面积脑溢血，还没有送到医院就死了。

武警支队负责人喊了半夜的话，嗓子早嘶哑了。现在他如释重负："陈市长来了就好了，你看有什么指示？"

陈火林说："辛苦你们了。带战士们回去休息吧，这里我来。"

"这行吗？"

"行。"

"那……"

对方还想说什么，陈火林已经伸出了手："谢谢。"

武警只好集合。队伍走出广场不远又停下了，显然是放心不下。陈火林对万仁保说："你过去说一声，城市是市民自己的，大家是在对自己的城市负责，请他们务必放心。"

万仁保走了，陈火林绕着那几棵倒下的树，缓缓地转了一圈，然后回到原来的出发点，站住。

整个市区依旧是沉默，只有"飒飒"的小风，只有"簌簌"的枝叶的颤抖。

打破沉默的是谈吟。省电视台的几个人昨夜从省城赶到的时候树已倒了，他们看到的是最初的那一阵几乎失去理智的呼天抢地的怒潮。没有人肯接受采访。市委市政府除了紧急布防的武警，找不到一个负责的官员。谈吟打通了父亲的手机，谈楚玉除了责怪她没去向市长那儿，就是叮嘱她小心自己的安全，连他在什么地方也不肯说。他们就只有回到广场。怒潮渐渐从激动变为沉寂。这是一个震撼的夜晚。让他们看到什么是无情的伤害，什么是真正的绝望。

"陈市长，可以请你谈谈吗？"谈吟试探着。

"好吧，"陈火林长出了口气，"不过我现在心里也很乱。我只想说，我会承担起全部责任。"

"为什么是你承担，而且是'全部'？"

"我是市长。我对现在的这个城改规划没有提出过反对意见。"

"不反对，但并不等于同意，可以这样理解吗？"

"不是。表决赞成的时候，我是举了手的。"

"那可以说说你进一步的想法吗？"

"还是让我跟大家说吧。"陈火林说着，爬上身后横着的齐腰高的树干。"各位父老乡亲！"陈火林的声音并不宏亮，却传得很远："请相信我对大家会有一个负责任的交代。要不，我就陪着大家在这里一直站下去。"

天气很好。早晨的阳光温暖，照在陈火林冰凉的脸上，那张脸格外苍白。下面对市里几个主要领导的评说很多，是是非非，好好歹歹，说什么的都有，但大多数人对陈火林没有太激烈的反感。陈火林在多数人心目中是一个认真正派，平和实在的人，不像祖明远那样有点故弄玄虚，让人捉摸不透，也不像向海洋那样风头十足，像个明星。这样的人不会存心跟人作对。即便做了跟人过不去的事，也一定是违心的。他有他的难处，那是他的位置使然。这样的人在他那个圈子里常常是吃不开的。围绕着权利和金钱，有多少生龙活虎，而他最多像一头吃草的牛，块头大一点而已。

场面开始松动。几个眼泪鼻涕糊了一脸的老头从人丛里走出来，抓手的抓手，抱胳膊的抱胳膊，围起连忙从树干上跳下的陈火林："请陈市长给大家作主，民心不可侮啊！"

陈火林说："也请各位监督，市委市政府一定会接受教训，认真听取大家的意见。"

看着人群慢慢散开，陈火林忽然觉得身子也好像在一点一点地散架。做官的就是那么一句轻飘飘的许诺，他们就忍住冲天的怨气，放弃了对抗，全世界到那里去找这样的黎民百姓？这样恶劣的后果本来是可以避免的。只要对规划略作调整，那几棵树就完全可以作为景观保留下来。只是因为向海洋执意一切从零开始，"决不向愚昧妥协"，加上多数人也许盲目也许清醒的附和，他把已经到了嘴边的话吞了回去。他又一次清楚地看到自己的懦弱。一个市长，不能排除已经预见的危机，那就是失职！还有什么比这更能叫做愧对俸禄，愧对众生呢！

谁也没有发觉谈楚玉是什么时候从什么地方跑出来的。他脸色蜡黄，眼圈发黑，鬼头鬼脑。他来报告陈火林：也不晓得是谁给省里通报了消息，省委吴副书记到市里来了，正在医院慰问死者家属。

跟随吴副书记一起来的还有祖明远和向海洋。省委那个会还没有结束，省委书记请吴副书记代表省委去一趟双金市，了解情况，做好工作，防止事件恶化。又让祖明远提前离会返回双金市。至于向海洋，则是在知道谈吟去了双金市之后，主动去省委宾馆找了祖明远。他回省城的公开理由本来就是向祖明远汇报。

离开医院，吴副书记让祖明远当即召集市委市政府负责人开会。这样的会，场面自然是沉闷。主持会议的祖明远板着脸，没有多说什么，让大家都谈谈想法。陈火林以为祖明远对已经发生的事件至少会有个态度，现在见他一副凌驾超脱的姿态，显然是让他作第一责任人，便说："我很痛心。早上我已经对市民讲过，作为市长，我承担全部责任……"

不等陈火林往下说，向海洋突然插了进来："廉价的痛心毫无意义。而且，我也不认为需要检讨谁的责任。问题的实质是双金市是要振兴发展，还是要保守现状？我们是要推动历史进步，还是要迁就愚昧落后？是局限于眼前利益，还是服从于长远的根本的利益？”

一直不停地吸烟，让烟雾遮着脸的祖明远这时候忽然说："在领导集体没有统一认识之前，匆忙向群众检讨责任，这等于是向社会公开领导班子内部的分歧。这种扮演反对派角色来哗众取宠的做法，是很不严肃的。尤其是在决策的最后表决中我们并没有投反对票，这种突然的转向，就更是涉及政治品德了。"祖明远说的是"我们"，但指的是谁是很清楚的。

如果会这样开下去，那就变成对陈火林的观念和品德的声讨了。这是除了祖明远、向海洋之外谁也没有想到的。谁不知道吴副书记跟陈火林的关系？几个当事人之外，多数人面面相觑，有点不知所措。

陈火林默默听着，心里忽然有了一点明白：祖明远和向海洋的双簧尽管默契，却很拙劣。其中不会没有原因的。他想他没有必要跟他们争执，坐镇的吴副书记不会袖手旁观。

果然，吴副书记清了清嗓子，开始说话："我同意祖明同志和海洋同志的意见，我们今天不讨论责任问题，我来时省委也没有给我这个授权。当务之急是双金市的社会稳定。提两条建议：一、就眼下的局面确定几条措施，切实做好群众工作；二、对现行的城改规划作进一步的可行性论证。这两条建议，来前我是向省委主要负责同志汇报过的。"

说是"不讨论责任问题"，其实责任所指已经明明白白，而且根本就不容讨论。祖明远和向海洋对视了一下，只能无言。

上车之前，吴副书记照例跟双金市所有送行的头头一一握手。握到陈火林那儿，用力抖了抖。

陈火林当然能感觉到其中的暗示。

十

一直都有人说双金市这地方有邪气。首先这地名就取得不吉利：叫了"双金"就双倍发财了？"双金"不就是"伤心"么！伤心市，伤心路，伤心人，不倒霉才有鬼了。政坛上不出事则已，一出就创纪录。前专员李庭芳锒铛入狱，前市长祖品成死于非命，在省里的地市一级都是头一份，而且是一波未平一波又起。现在这一次事变，无论严重性还是影响面，又肯定是要刷新记录的。

先是刚开始实施的城改规划在倒树引起的群体事件之后搁置。接着是天地房地产开发公司的华老板突然失踪，除了卷走巨款，他手上还有一桩命案，这命案竟跟市领导有关……社会上各种传言沸沸扬扬，山雨欲来风满楼。由市文联的那位泰斗在他主持的那个市报《市民论坛》连着发了两篇文章。一篇说某些官员刻意回避媒体其实是另一种炒作；一篇说欺负老百姓这事如果做得好叫有魄力。虽没有点名，跟点了名一样。

反而是处于旋风中心的向海洋若无其事。依旧风风火火地在他分管的所有工作范围发号施令，指挥若定。举手投足依旧是富于艺术感，开口闭口依旧是充满了煽动性。一直到有一天，从人们的视野中永远的消失。

不过人们事后想起来，还是有一点异样的迹象。

走之前的头一天，向海洋让司机拉着他沿开发区的边缘转了一圈，车子开得很慢，走走停停。他一直看着车窗外面，看着外面的房子、树和草、远处的村庄、山影和天边的云无声地滑过。以前坐车他总是让司机开快再开快，自己则不停地接电话和打电话。从他一上车开始，车上的音响就必须响着。他这方面的胃口很杂，民乐，摇滚，京剧，西欧古典，苏联歌曲，邓丽君，腾格尔，刀郎，你得老给他换着。这一次，车子里极安静。只有发动机和车子颠簸的声音。一圈走完了，他才没头没脑地忽然说了一句："双金市今后的领导应该感谢我。要不，照现在的用地政策，他们到哪去圈这么大一块地。"

接下来他把开发区的干部找拢，给他们大讲了一通不归他分管、他也从不当作主题讲的反腐倡廉。依旧保持着一贯的风格，字字铿锵，中气十足，让人印象深刻。跟已往的讲话比起来多少有点不同的是，因为主题固有的严肃性，显得过于声色俱厉。他特别告诫各位不要跟私人老板拉拉扯扯，"他们都是别有用心的，他们给你的所有好处都是在给你掘墓！"

当天晚饭他是在开发区机关食堂吃的。来双金市之后，他虽然公开说喝酒是干部能力的一种表现，但他自己却极少放开量喝酒。宴请客商，他会指定专人陪酒，自己则让人倒一点红酒在面前的杯子里，偶尔象征性地抿一口，直到宴席结束，那杯酒还残着。但这回他让上白酒，一定要高度的，而且一开局就宣布规则：不能多喝，也不能少喝。他先打个通关，敬桌上每人一杯，然后每人各回敬他一杯，最后共同喝一杯，大圆满。说到"大圆满"

的时候，他的表情有点悲壮。完了，他出人意料地主动拿起餐厅里卡拉OK的话筒唱歌，唱了三支歌，都是腾格尔的。唱得很投入，如醉如痴，也发挥得很好，在最高的音区都保持着声音的明亮。

省电视台的一个头也在事后记起，向海洋出事的头天半夜里给他打了个电话，让他好好对待谈吟，一再说谈吟是这年头少有的好女孩。把从梦里被搅醒的他给说懵了。他们不过是点头之交，何至于半夜打电话谈心？向海洋又何至于那么关心谈吟？"莫名其妙！"放下电话的时候，他有点火。

谈吟也在那天半夜接到过向海洋的电话。他什么也没有说，只是呻吟似的喊她的名字，喊一声，隔一段，又喊。连接两个喊声的是低沉粗重的喘息。那种磁性的粘粘糊糊的蠢动的声音让她觉得又恐怖又恶心。她和男朋友正在看DVD，是一部美国片，就说："向叔叔，我正在看电影，里面有句台词挺好的，我念给你听：从受人尊敬到让人耻笑只有一步之差。"向海洋立刻就放下了电话。

第一个看到向海洋遗体的是他的司机。

头天晚饭后司机把向海洋送回省城的家，讲好了第二天早上八点前来接他去省委开会。司机当夜住在双金市驻省城的办事处。早上临出发前给向海洋打了个电话，那边是忙音。他想市长正在通话，就不再打扰，直接开车过去。到了楼上，门紧锁着。正常情况下，向海洋这时候肯定会开着门等他。犹疑了一会儿，看看已到了八点，他又敲门，里面还是没有动静。又打电话，手机关机，座机仍是忙音。想起这些时的传闻，他头一炸，赶紧去找人。门开之后他是第一个冲进去的。

向海洋悬在客厅的枝型灯下面，颈上套着编成了股的电话线。枝型灯上还垂着一串互相连接的领带，都是名牌，可惜负重有限。后来改用的电话线，编的是女孩的辫子股，编得极均匀，就像是机织的。

被扯断了电源线的座机就在他脚下不远的地方，放得很仔细，话筒很准确地扣着。

座机边上有半瓶吃剩的安眠药，几只喝空的红酒瓶子，一个厚重的水晶烟缸，零落的盛着几颗烟头，都捻碎了。所有这些，都摆放得很整齐，服从着一种精心的安排。

放落的遗体上，里外的衣服以及鞋袜都是簇新的。死前向海洋洗过澡，卫生间晾着漂洗过的换下的衣服，湿漉漉的，散发着自来水和洗涤剂的清新气息。连浴缸也擦洗得铮明瓦亮。

没有遗书。最后的这一次删除，向海洋把他最后的种种念头连同生命一并删除了。很干净。

向海洋在省委找他谈话的前夕自杀，这使他在生前避免了受审判的屈辱。这样的自行了断，无疑出于内心的骄傲。

一直到死，向海洋都一丝不苟地保持着他的形象的完美。对他来说，形象的完美几乎是一种主义，一种信仰，所谓的道德之类的内在品质是无足轻重的。这使得他的魅力和人格割裂了开来。

因为主要的涉案人之一华老板失踪，关于向海洋自杀的调查，公布的材料很有限。只提到他的"生活作风糜烂"和与组织和社会的"自绝"。这些是已经有了确凿证据的。"自绝"是警方的正式结论；"生活作风糜烂"则主要是根据他和朱慧的不正当关系。

省城警方在审讯一个外号叫"丝光袜子"的杀人疑犯的时候，意外发现了一起命案的线索。他们很快找到了那个后来在"好莱坞"暴死的吸毒者。当时他已经被毒品折磨得奄奄一息。他供出了曾经有个人直接用毒品作交换，让他设法除掉一个人。他随后成功地制造了一起车祸：用一辆三菱吉普跟踪一辆小卧车，然后在两座山之间的一段高速路上把小卧车撞出了护栏。他在事后听人说，死的两个人中，有一个是一个女老板的前夫，从牢里放出来没有几天。他心里就很坦然：也不是什么好东西。警方又顺着他提供的线索，找到了那个让他杀人的人——华老板的一个马仔。这马仔很不经审，不但说出了华老板，还说出了朱慧，说她是一个什么市的副市长的姘头，就因为她，给那个副市长惹了麻烦。向海洋由此浮出该案的水面。误事的是华老板的粗心：他删除了电脑桌面上的信息，却没有清空回收站。

有关向海洋的自杀，和此前已经展开的对华老板的天地房地产开发公司的调查，不允许媒体炒作。尽管真相并不明晰，但对双金市来说，已经足以引起一场地震。照社会上的传说，双金市凡直接参与旧城改造工程的策划和实施的官员，极少没有从中得到过非法的好处，区别只是多少而已。不然就没法理解像"华老板"那样的流氓只凭认识一个副市长就能在双金市呼风唤雨。传说总是不会没有夸张，也总是不会没有根据。事实上人们不久就看到市委书记祖明远被"双规"。

<h1 style="text-align:center">十一</h1>

来京与会人员返程的航班与散会相隔了一天。空出来的这一天，陈火林拜访了几个老同学。傍晚回住地的路上，他忽然觉得有个地方似曾相识，心里一动。车子已经走过了好长一段，他还是让司机停了车，又交代司机不必等他，就下了车。

就是那条小河，那个夜晚他和林下风在河边待过的小河。当时因为天完全黑了，他对周边的环境辨认得不是太清楚。但这条小河他是决不会认不出的。河岸和那座桥依旧，只是河边的道路做了适当的修整。路边蓬蓬勃勃的迎春花丛沿着蜿蜒的河流迤迤逦逦，在京畿之地划出极浓烈鲜艳的一道色彩。

"洛阳城东西，长作经时别；昔去雪如花，今来花如雪。"陈火林忽然记起南北朝范雪的《别诗》。这首诗很明显的脱胎于《诗经·采薇》："昔我往矣，杨柳依依；今我来思，雨雪霏霏。"外在的景致相反，内在的情绪却是一样的，那就是感伤。"雨雪霏霏"是这感伤直接的写照，"花如雪"又任何呢，岂不更令人伤怀？

林下风已不在北京。她的再婚是嫁给同班的一个西北歌手，进修班毕业后随他去了遥远的大西北。离京前她给陈火林打过一个长途，祝愿他当上市委书记，祝愿他一切顺利。她很动听地笑着，但他听到的是她笑声下面隐忍的跟他一样的苦涩。

由陈火林担任双金市市委书记的任命还没有下来，吴副书记已经代表省委跟他谈过话。他当时的表态是一个反问：我有考虑的余地吗？吴副书记倒是理解的，说："记得吗，那年为了你想跑回学校教书，我批评过你。时代不一样啦，个人选择无可厚非。一个正派人，很容易觉得官场其实也是一个围城，外人更多的看到荣华富贵，未必深知内里的苦衷。但官场也不是私家菜园，想进就进想出就出。官场当然是社会矛盾最集中的地方，正因为这样，也就有最多的道义和责任需要承担。"

吴副书记说着自己笑起来："我罗嗦这些干吗，一个地级市的主要领导还需要我做这样的政治启蒙吗？"

生活真是奇怪，孜孜以求的，总是求不到；老想放弃的，却反而得到更多。这有点幽默。

回来，把吴副书记的话告诉龚腊梅，龚腊梅说："你就是软弱！大家都为你做牺牲，你自己却这样前怕狼后怕虎。你去学校，学校就是真空？就没有李庭芳、祖明远、向海洋了？"

龚腊梅脸涨得通红，满眼泪水。陈火林的提拔，让她从消沉中重又兴奋起来。一个人骨子里的东西是挖也挖不掉的，尤其是龚腊梅这种出身和教养的女人。在正式听到陈火林提拔的消息之前，她已经让金宝辞了收费站的事。她跟他说，"你去哪里谋生我不管，就是莫在你姐夫管的地面上找事做。我就不相信，天下这么大，就没有你一个大男人养家活口的地方。实在活不了，姐供养你们。"这有些过分，但让陈火林感动。

谈楚玉老是来纠缠。他简直是有些惶惶不可终日。反反复复地解释他跟向海洋除了工作关系没有任何瓜葛，说他拿女儿进贡向海洋，完全是诬蔑。在双金市，他从来最敬重的就只有火林市长。说完马上更正："不对，应该是火林书记。"

向海洋这么快就被抛弃，真是一个悲剧。平心而论，作为一个政府官员，向海洋确有过人之处。至少在双金市这个范围，他的工作能力是最为出色的。在这一点上，陈火林自知远不如他。他们有共同的地方，那就是他们都追求完美。向海洋追求的是表现上的完美。而他追求的是品质上的完美，努力做一个在道德上让人无可挑剔的完人。但这样的人其实是不存在的。他逃避情感，逃避责任，是完美吗？亚里士多德说，心灵的高尚在于能公开说出自己的爱恨，坦诚评论各种事情，为了真理不顾别人的赞成或反对。他是这样的吗？人都是有欲望的。追求完美本身就是一种很个人的欲望。只不过有人在追求中沉没了，有人幸存着，如此而已。

河对面远远的天边，太阳就要落山，浑圆而温和。霭霭的光芒投到波动的河面上，让人眼花缭乱。陈火林忽然记起什么，回头去看桥洞的拱顶。不错的，那上面依旧满是明明暗暗、闪闪烁烁的波纹，随着河水的波动，那波纹也不停地波动，斑斓而神秘，跟那天晚上一样。只是因为是白天，光线很柔和，少了反差。

还少了林下风。

作者简介：

陈世旭，男，江西南昌人。著有长篇小说《梦洲》、《裸体问题》、《将军镇》、《世纪神话》、《边唱边晃》、《一半是黑色，一半是白色》等，《风花雪月》、《都市牧歌》、《中国当代作家选集丛书·陈世旭卷》等散文随笔集，短篇小说集《带海风的螺壳》、《天鹅湖畔》等。曾获全国第二届优秀短篇小说奖、首届鲁迅文学奖等。现为中国作协主席团委员、江西省文联主席、作协主席。

双黄蛋 /范志军

一

市委中心组学习结束时，墙上的时钟刚好指向十一点半。近一段常委们都忙，学习的安排一推再推，眼看就到下个季度了，秘书长拿着学习计划找书记，书记一咬牙，将学习安排到这个周六。

常委们纷纷离座，有的伸懒腰，有的捶捶坐麻的腿，还有的收起笔本，麻溜地朝外走，边走边掏出烟迫不及待地往嘴里塞……只有组织部长菩萨打坐似的在那里原地不动。书记见此，复又将抬起的屁股沉沉地放在椅子上。待最后一名常委离开会议室的门，部长朝书记欠起身。书记抬腕看手表，部长会意，说，几分钟的事，要不等您回来再……书记是省城下派的，一般没有特殊急事，周末都要赶回去，这些日子事挺多，已经几个星期没回家了，本来想学习一散就往省里赶，司机已在门口等着好一会儿了。

书记用拇指按按两边的太阳穴，说，下周省里有一个会，大概要开几天，估计五六天咱俩碰不上面，如果不是太过复杂，你就说吧。

部长点点头，说，文化局党组书记提出辞呈不干了，已经住进了医院。听起来，这个事说大不大，也不是非急不可，本不必非得在书记要回家的当口说。但是这事确实又很特殊、敏感，耽搁不得，不得不第一时间向书记汇报。

市文化局主官的配备有点特殊，也就是人们调侃时说的"双黄蛋"。所谓"双黄"是指党、政一把手分设。当下，党、政分设在省市县乃至乡村这些不同层级的执政机构是必须的，但是政府部门的部委办局则基本都是主官党政一肩挑，部门的一把手既是单位的党委（党组）书记，又是行政上的委主任或局长。可也有例外，文化局金桔局长是一名"无知少女"兼"白骨精"（无党派、知识分子、少数民族；女性、白领、骨干、精英），原先在市里的一家大型文化企业做老总，市委书记到企业调研时发现是个人才，便将其直接提到文化局做主官。因其不是党员，一定还要给她配备一名党的一把手做搭档。

为了这个搭档，组织部门没少费心思。先是选配了一名在县里工作多年、想进城的县委副书记提上来做党组书记，既是应了"男女搭配，干活不累"的意思，同时也有让老同志以其沉稳和经验，衬托年轻同志的敢闯敢干的工作激情。可是，想是这么想的，真正实践起来却没有想象的那般美好。刚开始，他们还能相安无事，没出几个月，两个人的矛盾与不和谐就频频传到部长的耳朵里，到后来就不是传了，干脆两个人也不避讳矛盾的公开化，以汇报工作为名直接找部长相互指责对方的问题与毛病。

局里不似县区，虽相同的级别，但构架和体量以及工作性质与强度都相差甚大。副书记虽是县里的三把手（算上人大、政协应是第五把手），但下面有部门，手下有专干，权利和影响力不容小觑，那也是要风得风，要雨行雨的；可局机关却不同，文化局还算个稍大的局，全系统加起来，满打满算也就二百多人，机关内也就几十号人，全局除去他，还有一名纪检书记和机关党组书记算专职党干，余者都是业务干部。而且工作较县里更是单一，县里是一张网，党政工青妇，触角伸向四面八方；局里是一根线，业务单纯又单一，党政之间的分工很难拎得清。

书记是个闲不住的人，在县里又养成了说打就唠的脾气，有时自觉不自觉地就把局长的活干了，将局长应讲的话说了；金局长年轻，干企业也是冲惯了，刚开始对这个老大哥书记还能忍着点，可工夫长了就忍不住了，两个人工作上的摩擦就愈演愈烈。

部长刚开始还努力调解，但效果并不理想。当时在部委办局领导层流传着这样的段子，说因为这俩人尿不到一个壶里，每当议大事、做决策时，金局长就开局务会，将书记置之会外；而书记也有自己的招法，那就是局务会开完，马上主持召开党组会，金局连党员都不是，当然没资格参加，会上又将局务会议定的问题推翻。

既然叫段子，难免就有戏说的成分。后来在一次去文化局调研的过程中，部长曾专门翻阅过文化局的党组会和局务会记录，并没有看到这样的会议内容。虽然传闻有炒作之嫌，但也足以说明两人的矛盾已经到了相当严重的程度。

正当部长颇为踌躇是否将此事汇报给书记时，书记一个电话将他找了去。书记脸色挺不好看，开门就问这件事。没等部长说几句，书记就打断他的话头说，这事首先要批评我们的党组书记。选取一定比例的党外优秀人才充实到各级领导岗位担任一把手，既是事业的需要，也是我党统一战线方针和组织路线的要求。作为党的干部，理应带头执行党的方针政策，绝不能同党外人士无原则地闹不团结，甚至影响事业；再有，抛开这些大的道理，你是一个男人，人家是女的，你是大哥，人家是小妹妹，你有多年的工作经验，人家是新人，无论从哪个角度讲，都不应该发生这样的事情。

本来部长还想在这件事上，将党政两位主官各打五十大板，见书记如此定性，便不好再说什么，只是望着书记的脸等他的下文。书记缓和下口气，我看他们的问题解决是宜早不宜迟，正好省里给了我们市一个援疆的名额，要求派一名正县级的健康男性过去……

部长一听，不禁暗暗吐了吐舌头，想不到这么一汇报，把人家汇报到千里之外去了。有了前车之鉴，文化局第二个党组书记的人选让部长颇费心思。他不仅自己冥思苦想，还召开班子会让大家集思广益，最后真还找出了一个让大家都满意的人选。

此人为老干局常务副局长，也是女性，常年做老干部工作，养成了温稳宽厚、细致认真的禀赋。大家认为，让她去和金局长搭班子刚好是大姐带小妹，是刚柔相济的配法。

可是谁也没想到，这位党组书记上任刚刚一年多，就提出了辞职，并且还住进了医院，这真让组织部长有些始料未及。在此之前他挺关注两人的共事情况，没听说有啥负面消息，正当他有些庆幸这次选对了人的时候，突然间就收到了党组书记的辞职信。

书记略显疲倦地伸伸腰身，问部长，不是没听说俩人有啥合作不愉快的信息吗？

部长说，可不是么，没听说呀。

书记说，那就是说她辞职完全是身体的原因？

部长点点头，这是她的辞职报告，通篇说的都是健康原因，没提别的一个字。说着，恭恭敬敬地将信递了过去。

书记没接，那就好。说明小金同志合作共事的能力有进步了，政治上也成熟些了；也说明你这个吏部大人很会选人用人嘛！书记不失时机地褒奖了组织部长一句，旋即抬眼瞄了一下墙上的钟表。部长会意，马上站起身，跟在书记后面朝外走去。

书记猫腰要钻进轿车时，又转过身说，抽空再给小金找个书记，等我从省城回来，咱就上会。

二

阁楼上，吴威灰头土脸、猫个老腰正对着一张旧报纸发呆。今天是周末，老婆叨叨多少回了，让他得空将家里的阁楼好生归整归整。因为总是出差，一直也没倒下空。早晨老婆又拿这个说事，说他官不大，却比谁都忙，啥事也指不上他。这不，老吴饭碗没撂稳，就来到了阁楼上。

搞了没多久，吴威就弄了个灰头土脸。阁楼上堆满了各种破旧书籍和杂物，他边收拾边翻看，打算把没用的直接扔掉。无意间，他看到了一张十五年前的旧报纸。十五年前，吴威刚好四十岁，在市外语学院教书，是学生们眼中正值盛年、才华横溢的吴老师。那一天吴老师正在家里备课，老婆忽然兴冲冲地将这张报纸摔在他面前。吴威瞄上一眼，是本市日报，上面登载了一则公开招考副县级领导干部的简章，简章旁还套红配有社论："不拘一格选人才"。相对吴威的一脸木讷，吴夫人激动得满脸通红，她一把摘下戴在老公头上的耳机，兴致勃勃地向他游说起来。

这次市里在社会各界公开招干，是领导干部选人用人上的一次改革和大胆尝试。市委对这次活动非常重视，不仅在各级党组织层层动员，还拿出了十五个副县级领导岗位予以公考。用老婆的说法，这不仅是大手笔，更是千载难逢的大好机遇呀！吴威咂咂嘴，好事，真是好事，可这和咱有一毛钱关系吗？

看着老公懵懂的样子，吴夫人恨不能揪耳朵点醒他。吴夫人和吴威同校同届，学的是历史，毕业后分到市委党校教党史。两夫妇虽然都在学校教书，也都担当着教研室的头头，但不一样的地方还是挺多。最大的区别是，老吴在高校教外语，一门心思都在教学和课研上，对外界与形势都不太过问；而吴夫人所在单位是党校，从事的又是党史的教学与研究，因此对当下的形势与政治生态就较为敏感，工作的内容与中心工作也联系得密切些。

吴夫人将报纸拍在他面前，在一行字上重重砸了一掌。这个位置，就好像是为你量身定做的。吴威顺着老婆的指头一看，见那上面写着：市外经局副局长一名。吴夫人俯下身，一口热气喷在了老吴的头顶上。你看，报考资格和条件——中共党员，你是；年龄，你刚好卡线；学历，你富富有余；最主要的是，还必须懂两门外语！我刚才给组织部的姐妹打过电话，她说了，经初步摸底，这个职位市直和县区恐怕符合报名条件的不多，个别学校有外语条件不错的教师，但基础条件又不具备。比如必须得正科级满三年以上，这就把不少人挡在了门外。

吴威有些愣怔，既然外语要求那么高，干嘛又非得是正科级别？吴夫人唾沫星子溅了吴威一脸，你寻思市委是满世界招翻译呢！这是在招考县级领导干部，没有一定的基础和资历怎么能行？吴威用手抹了一把脸，想了一下，觉着也是这个理。吴夫人见老公不吭声，继续说，我都打听妥了，比照学校的行政级别，你这个教研室主任正好相当于正科级，如果我没记错，你这个主任已经干了七八年了吧？

后来，吴威真就报了名。吴威的报考除了有老婆热切撺掇的原因，也有这个职位本身的吸引。他感觉这个位置对业务素质要求很高，不似那种万金油谁干都行的干部，这本身就是一种诱人的挑战。还有更重要的一层他没和老婆提，那就是他们系刚刚提拔了一名常务副主任，本来呼声很高的他竟然没上去，而一名业务能力和群众基础皆不如他的老师却得到了提拔，据说是上边有人打了招呼。老实讲，吴威对当不当这个副主任虽然不是特别在意，但心里还挺不是滋味的。无论如何，这毕竟是一个人价值的直接体现。在此当口，换个活法，换个环境再展拳脚的心态便顺理成章地萌发了。

一晃，吴威在市外经局副局长的位置上整整干满了十五年。这期间，他从人们眼里生机勃勃的盛年才俊逐渐进化为四平八稳、业务精熟的老吴副局。最大的变化，不是一头青丝逐渐稀疏花白，而是吴夫人经常说的那句揶揄词，咱家老吴那颗初入官场踌躇满志的心已修炼为心如止水、波澜不惊啦！

吴威正瞅着那张旧报纸发呆，吴夫人手里拿着电话，匆匆跨上阁楼。望着老婆满脸按捺不住的激动与亢奋，老吴的心不知为什么突然就激动地跳了一下。

三

半个月后，吴威到文化局报到。

按理说，这是个意想不到的天上掉下的大馅饼，可不知咋的，新任文化局党组书记吴威同志却一点也高兴不起来。见面会上，组织部的领导将吴威介绍给文化局班子成员，并含蓄地对吴威同志十几年如一日兢兢业业当好副职的从政履历给予了褒奖。

坐在那里，吴威表面好似很认真地听组织部领导讲话，脸上习惯性地挂着一丝谦逊的微笑。可他的心底却走了神，脑海里倏地又想起了那个小故事：公主要招婿，国王宣布，哪个求婚的青年能够从布满鳄鱼的池中游到彼岸，他就会荣幸地成为国王的乘龙快婿。此言一出，身着各色华服，汹汹而来的年轻人们一片愕然，有的掉头而去，有的止步不前，还有的相互观望。正在此时，一个衣衫褴褛的年轻人"噗通"一声跳入鳄鱼池，只见他双臂圆轮，腿脚齐蹬，在鳄鱼们还没反应明白时，一跃而冲上对岸。岸上一片掌声雷动，国王和公主看着这位勇士也都欢喜不已，可那个青年却面无喜色，他一边抹去满脸的水珠，一边嘟囔道：我就凑个热闹，是谁他妈把我推下去的？

吴威知道，脑子里无端地冒出这个故事的确有些荒唐，甚至是大不敬。不管咋说，新任文化局党组书记是组织上对自己的提拔和看重，是对他这十几年来兢兢业业、辛勤努力的认可。再说高点儿，也算自己仕途上的一个新里程碑。可是话又说回来，前两任党组书记先后离职的事他也略有耳闻，眼下自己确实不太愿意来趟文化局这池浑水。

那天在阁楼上，他正对着十五年前的旧报纸发呆时，吴夫人的一个姐妹就把要选派他去文化局做党组书记的信息透露过来。当然，人家绝对是当喜讯报的。也是，即没托关系又没找门子，一毛钱都没花，上边主动将一个县局正职"呱嗒"一下扣在你脑袋上，可不是天上掉馅饼咋的？吴威夫妻俩刚接到信儿时的确喜不自禁，甚至还有些将信将疑。可接下来的几天，随着吴

双黄蛋／范志军　57

夫人的电话不断，她的脸就越发不是颜色，及至最后都见绿了。

吴夫人将信息大体归纳，说得最多的是这个职位的高风险。之所以如此结论，是从前两任的结局得出的。第一任，因与局长闹矛盾、争高下，被发配到边疆，近期有人看到他回家过春节，人瘦得跟一大眼儿灯似的，满脸全是核桃纹，塌陷的腮帮子红里透紫，布满血丝，整个一高原红；第二任吸取了前任教训，倒是与行政不争不抢，说啥是啥，但也没能长久，不但在局里毫无地位可言，有时还要受点儿窝囊气，最后不是窝囊出病住院了嘛；还有的是提醒，说现在文化局表面看起来平稳，但其实暗底是激流涌动，上下、干群间很不和谐；再有就是对金局长的传言，说这个女子虽然年龄不大，但却是个狠角色，这个狠不仅体现在抓工作上，当然也包括待人处事方面；还有就是上不了台面的了，什么金局长和市委书记的关系非同一般，有的说是有亲戚，有的说并非亲戚那么简单等，不一而云。老吴夫妻俩这才品咂出，这个天上掉下的大馅饼可不是那么好吃的。先前的欢喜一下子烟消云散，继而几乎有点惶惶戚戚了。

原定老吴要有一个外地的招商会，局长体恤他，说你别去了，关键时期，还要考核、公示啥的，你要在家盯着，免得节外生枝。老吴执拗，说有啥可盯的，顺其自然吧。局长使劲瞪了他一眼，见他不是虚以委蛇，便摇头。你这同志，是真不懂还是不在乎？正职一级提拔，除了常委会研究，上会前市委委员们还要投票表决的，按一般常理，你要做做工作，这时候请吃饭太显眼，打打电话通融一下还是必要的。老吴仍是浅浅一笑，还是那句话，顺其自然吧。

吴威在这节骨眼上还真就去了外地招商。其实淡定背后潜藏着他的小心眼，那就是他想用一走了之的办法出去躲个清净；另一层，假如真因为自个儿的怠慢与疏忽在考核、表决等环节出现问题，而当不成这个书记，倒也恰是他潜意识里所希望的。

然而等他出差回来，提拔的各项程序基本已经走完了，他心底希冀的意外并没有发生。官场有句话，一个副职长期在一个部门不动，要么就是最好的，要么就是最差的。好，自不必说，各方面关系融洽，自己不想动，一把手也不往外踢；差就是恶名远扬，提拔不可能，去哪里都没人要，只能在一个地儿窝着。老吴当然属于前者，不但懂业务，还温良恭俭让。考核时，无论是同僚还是下属，都是说好话的多。有耿直一点的，还抱怨组织说，像吴威这样的早该提了。

<h1 style="text-align:center">四</h1>

吴威履新的头一件事就是和前任党组书记交接。

老吴很看重这次交接，主要还是缘于自己对所履新职的没底数。就任前，组织部领导找他谈过话，吴威很想听听来自组织上的教诲，以便对今后的工作有个遵循。可是部长却将谈话的重点放在了强调处理好党政关系、搞好团结的重要性上。临了，吴威实在憋不住，就问一句，这党政日常如何分工，遇事如何决策？部长怔了一下，边起身送他，边说，原则上是你管党务，她管政务，但也不要那么绝对，局党组书记跟县区书记、部队的政委虽都属党务干部，但工作起来还是有区别的。

吴威是"三门干部"（学校门、党校门、机关门），从政经历蛮简单，工作中虽接触过县区书记和部队首长，只是感觉到他们都特别忙，特别说了算，责任也特别大。他感到乡、县、市一级的党领导以及同级行政间的那种工作模式，和局机关的党务工作大相径庭。部长见他一脸懵懂，便拉着他的手说，我看你没问题，遇事俩人多商量呗！吴威仿佛听懂了，又好像一头雾水。于是便想借交接的机会，好好向老书记请教一番。

前党组书记于大姐已转任调研员，在宣布新书记就任后就从医院回了家。现在每天上午打打太极拳，晚饭后散散步，白日里到老干部活动中心写写书法，聊聊天。当吴威在大姐家见到她时，发现于大姐的脸色比以前红润多了。

于大姐本想交接就是走走程序，可吴威执意要来家里，并一脸诚恳地向她讨教。这着实让她没想到，心底也大费踌躇。说到底，大姐毕竟也是为党工作多年的实在之人，这次托病退转，有半路子撂挑子之嫌，心下已有负疚之感。见吴威不是虚了吧唧的滑头派，于是就不再顾虑什么，将自己为何因病住院，为何辞职不干的缘由向吴威和盘托出。

于大姐因病辞职，源于前不久局里推行的考勤制度。

其实，单位日常考勤本属正常工作。但机关与事业单位、特别企业等部门又大不相同。企事业单位因工作性质一般对考勤较比严格，如教师打铃上下课，一分钟也不能耽搁；医院、工厂职工三班倒的早晚交接班，限时也很严格。这种严格不仅必须，而且也被人们所接受。机关较之相比，工作有较大的弹性，有时工作不饱满，一天也无事，而有任务时突击起来，却要成天成宿地加班。工厂企业加班那是有加班费的，特别是节假日，都是有法律跟着，几斤几两明文规定；而机关不管你是何时加班，怎么加，也没有加班费这一说，并且哪个人也不好因这事与领导计较。更何况领导嘴里经常讲，要"5+2，白＋黑"地干，将加班看做一种奉献精神来提倡。

一般说，机关工作人员这点觉悟还是有的，工作偶尔加班没啥问题，不给加班费也并不计较。但免不了有时家里有事迟迟到，早早退啥的，跟处室领导或主管领导打个招呼或带个话，也是见怪不怪，私下里心底也是找找平衡。只要不过分，不特别影响工作，领导大多也就睁一眼闭一眼。

可金桔局长上任不久，对机关这种潜规则却非常不适应，几次提出要改变这种现象。和第一任书记闹得不睦就和这个问题有关。于大姐接任不久，金局在班子会上重提此事，提出要狠抓机关作风建设，在全市机关率先引进企业考勤制度，坚决杜绝机关纪律上的松懈现象。金局的提议并未得到班子其他成员的共鸣，副职们不是面面相觑就是顾左右而言他，最后不约而同地把目光齐集在党组书记脸上。

于大姐此刻心里挺不得劲儿的。大姐是个老机关，深谙机关规矩，按一般道理，但凡讨论重大问题，党政主官应私下先通气，交换下彼此看法。如有什么不同想法提出来，既不伤和气，也有回旋余地。但金局会前跟自己口风都没漏，就提出这样的问题，让自己处于很尴尬的境地。从班子成员瞅自个儿的眼神，她能读懂大家的意思，并且在心底深处，她本人也对金局的作法持否定态度。

但于大姐不能不想得多一些，她知道，无论对方在这件事上有什么不妥，这节骨眼上党的书记不与行政主官站在一致的立场，势必会给他人造成党政不和的印象，那无论会后费多大的努力，做怎样的工作，这个梁子也算结下了，并且会给今后的工作带来非常被动的局面。况且，前任的前车之鉴，上任前市委领导的嘱托，都一股脑涌上了心头。因此于大姐本来将要出口的话，到嘴边却来了个一百八十度的大转弯。

党组书记的态度使形势急转直下，其他副职们也不好说啥，也就纷纷附议，这个事就算落地了。办法推行之初，倒还顺利，虽然有人有微词，且颇不习惯，但涉及大家伙的事，也没人率先单出头来反对。可是运行了一段时间后，这套早签晚卡的考勤就越来越触碰到个人的利益，并且随着时间的延伸，涉猎到的人也越来越多。

领导干部还好一些，早上要迟到，时间来不及了，晚上有饭局和活动什么的需要早走一会儿，就给办公室打个招呼，说是去市委、市政府或者哪个部门办事，也就免去了迟到早退的尴尬和签到打卡之虞。可那些基层工作人员却没有这等那样冠冕堂皇的理由，只能认倒霉。光是认倒霉倒也罢了，还要在局全体会上被局长批评，个人还要说明理由，作检讨。

时间一长，免不了人怨有些沸腾。有的检讨一次，要脸，今后永不再犯；也有主观上不想再犯，但备不住赶上堵车，家里有啥脱不开的事，就有二有三的情况出现。遇到此类情况，人反倒皮了，横竖也就这样了，你能奈我何？其实，真要遇到这样和你叫板的主儿，较起真来，还真没啥好办法。

机关不是企业，企业对付这类小打小闹的违纪，最行之有效的杀手锏就是动用经济手段，罚款、扣奖金。这要是累犯，不扣光你，也能让你肝疼蛋疼。但机关则不同，机关除了工资，基本没奖金，并且这工资，也不是局里发给你，而是按月由市财政直接打到个人的卡里，不是你说扣就能扣得了的，所以经济手段在机关不大行得通。

当然，金局也是聪明女子，早已考虑到这一点，也制定出对策防着。那就是凡无故迟到或早退三次以上，取消其评选优秀年度公务员资格；是党员的，取消评选优秀党员资格。应该说，这一招还是挺奏效的。但凡在机关工作的，除了赚钱养家糊口，大多还冲着上进、奔前程这一条，不图光宗耀祖，也想混个人模狗样的。因此，这取消双评优资格的利刃还真是直插命门。

凡事都有例外，就有那么三名五位拿这条就不好使。他们就是局里被戏称为"七大贤（闲）人"的七位副县级调研员。这几位不是从老科长的位置就是从老主任科员的位置提上来的，跟局里的副局长享受一个待遇，但属于虚职，散在不同的科室里面，原则上还受所在科室科长的领导。

说他们"贤"，是因为这些人一般来说都是长期的老中层，并且在各自的业务领域也都是行家里手。有的曾红极一时，但因时运不济或造化弄人没升到局级领导的岗位上，甚至有些现职的局领导、科长过去就是他们的下属；说他们"闲"，是因为虽然他们名义上都在各自的处室里，但因为级别比科室领导还高，又相对年龄较大（一般都五十五岁以上），基本都不担当较具体的业务，责任心强点的，帮助科室领导遇事出出谋划划策，差些的，基本就溜边儿了，不给现任科室领导出难题就是好家伙了。

最终，就是这"七大闲人"，与金局开展的考勤制度掰上了手腕，较上了劲。

说"副县调"与副局长享受同等待遇，主要体现在工资和报销冬季取暖费等各项补贴方面。但其实在许多方面，差距不是没有，还是挺大的。就拿上下班这点来说，两位正职一把手各自都有专车接送，其余副职也是合着坐局里的面包车上下班。而"副县调"们则只好八仙过海各显神通了。过去没考勤时，这个问题没凸显出来，对他们的来与不来、早走晚来，领导们也都睁眼闭眼，其他年轻一些的也都不与其计较，谁还没个老时候？可这一考勤，就像一张网，将伏在水底的小鱼小虾都捞上来了，晾在了明处。

这些老同志基本素质还是有的，一般情况下，只要不过分触碰到个人身上，还懂得内敛，也尽量不给局领导找麻烦。但毕竟上了点年龄，近些年也散漫惯了，冷不丁这么真刀真枪地一较真，挺不适应的，心底明显生出反感。刚开始，寻思局里就是一阵风，抓一阵子就过去了，没成想这金局还真有股韧劲，小半年了，没见松动，反而像螺丝扣似的越拧越紧。并且有几个老同志因为晚来一会儿早走一晌，真就没客气在会上被点了名。

人有时也挺怪的，这层窗纸没捅开时，干啥彼此还有个顾忌，一旦捅破，反倒无所谓了。人怕打脸，树怕扒皮。一张老脸，你表扬他到未见得有啥，可大庭广众之下，你批评几句，就搁不住，撂不下了。"七贤"们就是这样，反正矛盾公开了，我干脆就来个破罐子破摔。他们之间没碰头，也没开会密谋，几乎是不约而同地突然预备齐，就不参加考勤了，但班还上，工作照常，恢复老常态，就是不给你签到打卡了。

这"七贤"一较劲，着实给金局出了个难题，若对此置若罔闻、装聋作哑，肯定不是那么回事。不说几百双眼睛在那儿看着，几百张嘴在那儿等着，就是自己这道坎儿也过不去。费心费力，苦心推行的机关改革不能就此泡汤！总得想个辙吧，金局心里也明镜似的，取消双优资格对这些政治前程已近尾声的老臣们没有任何意义。但如果不把这几根"刺"剔除，自个儿这局长无疑就等于吃了败仗。

金局就想出了一个办法。也许是感觉到了上次的不妥和问题的重要性，这回她倒没擅自在会上唐突提出，而是事先找了于书记商量此事。于书记听完金局的办法，半晌没出声。

金局的办法很简单明了，就是效仿县级领导干部五十八岁退二线的办法，让这"七贤"回家养老，退休手续待达到年龄再办。见于书记半晌无言，金局进一步解释，我觉得这办法可行。一方面各项待遇不变，在职有啥他们有啥，另一方面又能免去了每天坐班的辛劳，最重要的是能够化解了上下班打卡的矛盾。

于大姐打个沉，她没把事情想得像金局那样简单。她说，这要是在考核之前，私下里这么做，倒不失为一个好办法，可现在是箭在弦上，矛盾已经激化，这"七贤"能否接受就未可知了。况且这里还有一个政策短板，县处级领导五十八退二线市委有规定，且省内各市基本也都这样做，而非领导是一定要干到六十才退休的。如果我们自行其是，在五十多岁就让他们马放南山，假如这些人中有一个告到市委，那我们就一定会输的。

金局说，我这已经是后退一步了，我不是怕他们，我也是考虑，不想把事情弄得太僵。如果放在从前，我绝不会妥协的。要不这样，麻烦大姐先和他们沟通一下，让他们别蹬鼻子上脸，见好就收。如果还不知道收敛，那我也没办法，只好按原则办事啦！

正如于大姐所料，只谈了三个，大姐的脑袋就嗡嗡山响，晕菜了。"七贤"们的态度很明确，回家绝对不行，不说全省、全国，全市的党政机关没有一家这么干的，假如你金局长为自己的一己私利搞这个标新立异，瞧我们几个老家伙不顺眼，那我们还真就不惯着你；还有的说的更难听，文化局不是哪个人的，你说开谁就开谁。文化局还有没有党？如果党组迫于谁的淫威真就做出这样的决定，那么我们肯定上告市委，如果市委不行就去省委，乃至中央，我就不信，她一个小丫头还都能摆平了？

于书记压根没再往下找，一是她知道，再找，指不定说出啥更难听的；二者，她的高血压、糖尿病恐怕都犯了，整天浑浆浆的，整宿睡不着。于大姐虽然脑子昏沉，但心里并不糊涂。一边是年轻气盛、在市委市政府都说得上话、想急于干出点政绩的金局；一边是生冷不惧、软硬不吃且有一定群众基础的老同志，自己夹在他们中间，所处的角色相当尴尬。于大姐不禁慨叹，自个儿这个党组书记可真是不易，局里工作取得了成就，那显然是局长领导有方，假如出什么纰漏，作为党的一把手，自然有不可推卸的责任，还要在前头顶缸，是个咋整也没好儿的角色。于是，大姐就住进了医院。住院不久，便提出了辞呈。

五

一连几天，吴威都是快快的，下班回到家里，干什么都打不起精神来，就连吃饭睡觉也是心不在焉，明显不像一个上任新官的状态。

吃完晚饭看电视，吴威手拿着遥控器点来点去，就是固定不到一个台上。吴夫人开口问，是不是单位的事不顺心？吴威素常养成了一个习惯，单位的事从不带回家里，老婆党校的事也不打听，即便老婆主动跟他提起，他也是从不走心地敷衍几句。可老婆则不同，吴夫人现在是党校的教育长，离副校长仅一步之遥，但这一步用她自己的话说，老娘说啥也迈不动脚了。主要是她年龄几近五十五，按当下的政策，党政机关、事业单位的女干部如果干不上县处级，五十五岁就得退休。

和许多同年龄段的妇女相似，吴夫人已逐步将精力转到了老公和女儿身上。女儿大学毕业后读研，现在北京工作，除了见面就催促搞对象倒没啥让老娘操心的事，操心也是鞭长莫及；而老吴却是身边唯一让她摸得着、看得到的对象，免不了有事没事抓在手中，耳提命面，特殊照顾。这不，见老公一连几天不在状态，对自己也是带搭不理的，吴夫人立马就明白了根在哪儿。

见吴威没搭腔，老婆又跟上句，怕不是考勤的事弄得局里老干部与金局长顶起了牛，让你这党组书记夹在中间没辙了吧？吴威听这话，虽没点头但也没摇头，却顺手把电视按灭了，两眼望着老婆。老婆摇头，这老干部，也就是老臣，历朝历代都是难解的题。过去有许多君王在打下江山后，为防止老臣们居功或掣肘，或高薪俸禄养起，或找个理由放逐，再狠辣一些的，宁可安些莫须有的罪名将其杀掉……

吴威心说，这是哪跟哪呀，我这儿火上房，你却跟我摆古论今闲崩鹰。刚想说，我可没闲心听你讲权术史。老婆接茬道，不过，粉碎"四人帮"后，改革开放之初，邓小平同志对这个问题处理得就非常好，为了腾出位置让年富力强的年轻人走上领导岗位，他率先带头退下来，又成立了"顾问委员会"，让那些具有多年革命经验的老干部们发挥余热，当好参谋。这样成功的例子国外也有，像欧洲的"元老院"……

老吴虽不是学历史的出身，但对党的那段历史并不陌生。他直瞪瞪地看老婆的嘴唇飞快地翕动，心里却像开锅的水，翻腾起来。

隔天上班的路上，司机小陆一边开车嘴里一边嘟囔。刚刚还好，虽然老牛似的慢，但还能往前挪，现在是一步也蹭不动了。小陆看看表，掏出手机，征询吴书记，要不，给办公室打个电话，就说我们去市委开会？吴威也看表，知道肯定迟到了。他皱着眉，摇摇头。

吴威径直到局机关值班室去打卡。到卡机前才注意到，这个机器不是买的早就是怕花钱，反正是老式的那种。既不刷卡也不是指纹识别，而是类似银行取款机的那种插孔的。老吴从口袋里掏出张卡就插到孔里，也许是用力过猛，往出拔时，却怎么也拔不出来；再一使劲，就听"嘎巴"一声，老吴的手里攥着半截卡，那半截卡却折在了里面。

老吴不禁哑然，暗叹自己干什么也不中用。正嗟叹间，小陆停好了车也进来，见此，急忙过来查看，待拿过吴威手里的半截卡，方才恍然。原来文化局的职工手里都发有两张卡，一张是食堂的用餐卡，另外一张是签到卡。两卡颜色不一，但大小差不多。往日打卡，都是小陆代打，今天迟到了，吴书记就自个来打卡。一则老吴心里想着事，再则平日对这卡那卡的也不多留意，因此就将饭卡当做签到卡插进去了。

小陆要找办公室主任，让他悄不嚷地赶紧将打卡机修好。吴威拦住他，让小陆别管这事，自己手里捏着半截卡径直来到金局长办公室。

金局坐在办公桌前，好像正在想事，见吴书记捏着半截卡进来，有些诧异。老吴坐在沙发上，就将方才自己迟到、折卡的事跟金局说了，末了还提醒金局别忘了在周末会上批评自己。金局听老吴说完这事，本来有些紧绷的俏脸逐渐松弛下来，渐至有一种如释重负的神情。

金局给吴威倒一杯水，用手拢拢头，又摇摇头。算了吧，妹子再不懂事，也不会拿党组书记下杀威棍。再者说，已经走俩书记了，我可不想因这事开罪第三个。金局看吴威的脸，征询道，要不，这机关考勤的事，正好借这卡机坏了的茬，咱就停了？

老吴瞧金局的脸，不像是开玩笑，便摇头。那不行，我迟到的事，你不好意思说，明个会上我自己说；这机关考勤的事，大方向没毛病，也不能就此打住。我找你，是想同你说另外一件事，不巧，方才被这考勤的事给打岔了。

吴威同金局谈的是局里七名老干部的事。这是他昨晚受老婆回顾党史的启发，半夜又没睡好觉想出的一个办法。大意就是将这"七贤"从各处室聚拢到一块，专门成立个"调研处"，平时不承担具体业务，根据形势的发展和工作需要以及遇到的重大问题开展专题调研，对局里的工作提出建设性的建议。说白了也就是发挥老干部的经验和业务专长，起一个智囊团的作用。临了，老吴又补充道，反正我这书记平日里也没啥业务缠身的事，要不，这个处室就由我来管，省得我这光杆书记底下连一个兵都没有，你看行不？

金局是个冰雪聪明之人，岂能不理解吴书记的良苦用心？并且，也觉得这个主意还真是化解目前自己和这帮老家伙矛盾的不二妙法。其实方才在老吴进门前，金局就正在心里合计这事，她当然知晓自己目前在某种程度上正处于一种骑虎难下的尴尬境地。本来是想通过抓纪律在全市机关竖个标杆做个表率，没成想因为考虑的不周严，竟发展到自己和几名老干部个人顶起了牛、而机关多数人看热闹的境地。这既不是抓纪律的初衷更不是自己要的结果。金局知道，事情走到如此地步，不论最终结果如何，对自己都没有任何好处，这是一场注定只输不赢的战斗。

本想寄希望于大姐为自己斡旋一二、化解危机，可于大姐却以提前离岗回避了这个烫手的山芋。这让金局好不懊恼。她知道，作为党外的一把手，到什么时候身边必须得有一个党代表，而这党代表如果换得太勤，对自己无论如何都绝非好事。新来的党组书记是个有心人，用这个办法化解和老干部们的矛盾，无疑是一招能让双方都不失面子的好棋。金局的心里不禁升起一丝暖意，她用感激的眼神瞥一眼吴威，表态道，我没意见。吴威说，你这儿通过了，我就找他们聊一下，如果他们也接受，我们就开班子会研究。

六

吴威找到了文艺处的老张，之所以先找他，是因为吴威过去就和他熟识，老张调局里前曾在市歌舞团当过团长，因为外事活动和吴威有过一些往来。并且这个老张在"七贤"中年龄最大，算得上是个核心人物。

刚将自己的想法开个头，老张就明白了吴威的用意。老张也是个爽快人，他说，论官称，我应叫你声书记，论年龄，我长你两岁，好歹也算是小哥。不是我们老哥几个不识好歹，愿意跟领导对着干，这不也是事儿逼到这儿了么。今天你吴书记出面打这个圆场，你放心，这个脸小哥给！后退一步海阔天空，这道理我们都懂。他们哥几个，就不麻烦你挨个找，包在小哥身上了。临了，老张还给吴威出了个主意，那就是局里房子紧张，单腾出间办公室给调研处也困难，莫不如在京剧团找间房，把老家伙们集中到那里。

吴威觉得可行。京剧团离局里不远，有事打个电话、跑个腿的也方便，更主要的是剧团的人经常上山下店的在外演出，许多办公室闲着也是闲着。吴威当然知道老张这样做还有另外一层良苦用心，那就是让几名老家伙远离暴风中心，免得今后局领导开展工作嫌他们碍眼再磕着碰着。

临上会前，老吴不经意间又与金局说了一嘴，如果不嫌和你争权，往后这局里抓纪律考勤的活就由我这书记干。不过话得说在前头，我接手的话，可能要照以前做些改动，你不介意吧？

开展的工作不半途而废，本人又能从这琐碎的是非窝子里全身退出，这是金局想都没敢想的结果，她当然不在乎吴威做些调整了。她很大气地点头。临了，又真诚地加一句，谢了，我的吴书记。

吴威在局机关大会上代表局党组宣布了成立调研处的决定，并当着大伙的面对自己上班迟到的事做了检讨。最后他说今后由他这个党组书记主抓机关作风纪律，务必请大家支持工作。

本来机关干部们正憋着劲想看金局与"七贤"们的戏该如何收场，更企望着借"七贤"的力将局里的考勤憋黄而恢复原形。没想到局里打出这样一张牌，用成立调研处巧妙化解了矛盾，将原来看似无解的难题消弭于无。更没想到的是，新来的书记也掺和进来，并且还主抓纪律，这让大家伙确实有点始料不及。

被吴威弄坏的考勤机卸掉了，大家猜测，这回不得再安一个更先进的，备不住是指纹识别或是人脸识别啥的。可是好长时间，并未见有新机器上墙，也没见吴书记拿出什么杀手锏出来。大家禁不住有些疑惑，又感觉事情绝非这样简单，都在猜想这个看似蔫哒哒、又很书生气的大学老师出身的书记葫芦里卖的啥药。

就连金局也很纳闷，这个老吴主动请缨将这个烫山芋拿走，半月过去并未看他有啥举动。每天不哼不哈的，除了往京剧团跑两趟，再就是到各处室唠唠嗑。侧面打听一下，也没见唠啥，漫无目的，想到哪就说到哪，不像是要出大举措的样。正不解间，老吴笑眯眯，推门进来了。

其实，这些天老吴真就像金局观察的那样。老吴去京剧团，不是学唱戏，而是把局机关抓纪律的改革方案作为调研处成立后的第一单任务交给了"七贤"。然后见缝插针地到机关的每个处室转，说是调研，实际上就是唠嗑、了解情况，别人也听不出这个书记抱有啥目的，而他个人却从这杂谈中滤出许多有用的信息。

"七贤"们还真没辜负老吴，他们老哥几个围拢一圈，你瞅我，我瞧你，禁不住傻笑。笑啥呢，谁也不说，但每个人的心里都明镜似的。倒是老张，憋不住了。这个吴书记，倒真会巧使唤人，你说我们几个曾经是机关纪律的拦路虎，现如今却让咱几个操刀搞方案，是不是有点滑稽？但滑稽归滑稽，这活还必须干，而且还要干好。为天地良心，更为老吴对哥几个的信任！

就这样，调研处几位起早贪黑，赶班加点弄出个方案来。交给老吴后，吴威又将自己在机关调研时摸到的情况对方案的细节进行了增减，使其更具人性化和可操作性。这才带着方案找金局商量。

吴威将方案留下，让金局审。金局摆手，说好了的，这块你主抓，你说行我没意见。吴威正色，这可不行，我俩虽是党政，可目的都是一个，不能彼此不通气，更不能你的我的分得太清。

吴威走后，金局将这份方案认真翻阅，看着，心里就觉着热乎乎的。看得出，以"七贤"为主搞的这个东西还是相当用心的。特别让金局心悦诚服的是，对自己以前推行的机关考勤制度不是一棍子打死，而是在主体大方向肯定的基础上，对某些不切合实际之处进行了修正。比如，新方案拿掉了一些过于形式的东西，取消了每日早晚打卡签到；将考勤权交给各处室，让处室领导掌握科室的纪律与执罚；在不影响机关大局的前提下适当增加了中层的事假权，处室领导可根据工作量和加班情况灵活安排下属的串休和出勤。当然，下放不等于放任不管，除了对老方案提出的对无故违纪者取消双优资格等措施继续坚持外，还专门成立了局主要领导为组长的领导小组，随时抽检各科室的纪律情况。

金局拿起笔，在方案上写下"同意"、"此方案更具人性化和操作性，尽快上班子会研究"的意见后，潇潇洒洒地签上了自己的名字。然后拢拢头，对墙上的镜子露出了笑脸。镜子里显现出的那张脸，堆积了几个月的雾霾已然散去，看起来还算年轻的俏脸复又布满阳光。金桔小声叨咕，得抓紧去美容院贴个膜了，这些日子闹的，快没孩子样了。

七

这天，办公室主任拿来篇稿子请吴书记看，吴威瞄一眼题目，是介绍如何抓纪律作风的经验做法。老吴就问，是谁让搞的？主任回，是机关工委，说咱局这方面做的不错，让总结一下在全市机关推广。吴威问，金局知道吗？主任说，知道。金局说让你审，还说这一块是你抓出来的。吴威"唔"一声，没再说话。

吴威将稿子看了一遍，想一想，拿起笔，把文字里凡是提党组书记的地方都划掉了"书记"二字，只保留"党组"，又将有自己名字的地方都改为局长金桔。他把稿子交还给办公室。一会，主任又过来，问，就按您改的报？吴威点点头。主任原地打个转，欲言又止的样子。吴威知道他还想说啥，就没让他说。主任临出门，吴威又叫住他，让他将这个材料多复印几份，除了机关工委，省厅、两办的信息处、市委政研室啥的都报一报。

随后，机关工委在全市机关推广了文化局锐意改革，抓机关作风的做法。一时间，文化局名声鹊起，电台有声，电视有影，报纸有名，市委通报表扬了文化局的做法。市委书记在全市领导干部大会上不仅表扬了文化局，还点名道姓地拿金桔为例，说这位年轻的党外女干部锐意进取、勇气可嘉，这种改革精神值得领导干部学习，特别是党员领导干部更要学习。

吴威到局里的第一步棋着实让大家刮目相看。表面蔫不唧的一副书生样，倒是个挺有心劲的书记。不仅化解了机关考勤这道题，还让萦绕机关头顶的无形戾气烟消云散。人们其实对局里的被典型倒不觉得脸上如何有光，即便有光那也是领导的脸、金局的光。但通过这件事找回了原先的那种氛围，那种工作起来的心平气和，这还是让大家颇为在意的。因此，在念书记好的同时就有点为他不忿。活儿是书记做的，可粉却都抹在金局的脸上！

吴威心内确是有些惶惶的。但这惶惶与大家的不忿却一点关系也没有。

应该说，来局里后，有点侥幸地帮金局摆平了与老干部之间的矛盾，局里的工作日益进入平顺期，吴威这党组书记就算长舒了一口气，随着这口气的呼出，那种惶惶之感就同初春的小草在心底日渐疯长起来。

过去无论在大学教书或是外经局做副职，吴威的工作都是挺饱满的，虽不是披星戴月，但工作总是接上茬了。可这党组书记说白了，却是个寂寞活。一般来讲，省里文化系统开会，不是局长就是副职参加。市里政府方面也是如此，有的领导概念里，压根就不晓得或是忘记了还有这个书记存在；市委这边，有大型会议，倒是党政席位双设，遇有书记一人参加的，也是有关部门将电话通知到金局那儿，再由金局告诉他。

政府有事，不找他，吴威觉着正常。人家市长过问文化方面的事，总不能还得走走程序先听听你书记汇报吧？可市委方面，有事不直接找他，而是通过连党员都不是的行政主官转告，这让他心里着实有点不舒服。你派我来，不就是把我作为党的代表放到这儿的吗？怎么连娘家人都不待见呢？想到这些，吴威就开始有点可怜自个儿并理解同情那两个前任。

不忿归不忿，不舒服也是一瞬间的事。吴威不是小心眼，不会为这等鸡毛蒜皮之事在工作上较劲。他打听过，其他省市党政双设的单位有的书记就兼个行政副职，这样的好处就是书记既解决了正职级别，又在行政上有些事干。但不好的地方既然兼了副职，就有降低党的领导之嫌，并且也容易在工作上造成党政不分，甚至扯皮的情况。因此，吴威所在的市，几个党政双设的部门，党的书记都不兼行政。

吴威知道以己之力解决不了这么复杂的机构设置问题，他更知道任由这种惶惶的不良心态顺风而涨，是一件多么危险的事。于是，想了一整天后，吴威让办公室主任将那些准备卖掉的旧报纸搬到他屋里，又去街里买了毛笔、墨水、字帖，将这些置办妥了，老吴就拉开架子准备每天练上几笔了。

当然，开练前，吴威没忘了做一件事，他把自己的想法告诉了金局。老吴说，局里有你顶着，各项工作进展平顺，我这当书记的也没啥可忙乎的。上面提倡精简会议，市里的会明显见稀，咱局里开会也是有数的。中心组学习不能总搞，机关政治学习不能天天抓，日常纪律检查也要张弛有度，你说我总不能每天跑京剧团跟那帮老家伙泡茶水晒墙根去吧？所以我琢磨拿出点工夫练练字。

金局拢拢头发，轻叹口气，这机关工作就是这样子，工作量跟我过去在企业时没法比。不瞒你说，别说你书记，就连我有时都觉着闲半拉身子，何况还有一大堆副职呢！要不这样，我们开个会，调整下分工，拿出两个处室，你来管？

吴威连连摆手。你误会老哥了，我事先和你言语一声，就是怕你误会我。既然咱俩说开了，我就心里托底了。不过，你放心，我练时，尽量插上门，不会闹出啥影响的。

八

就这样，吴威给自己的时光找到了出口。每日里有事忙事，没事时就铺上报纸练几笔，他倒不图字上有否长进，反正自打写上字后心气就此和顺了很多，日子也感觉有滋有味起来。

那一日，很静，不仅没会，办公室内连一个电话都没有。吴威一口气写了有两个小时，待他揉揉些许发酸的腕子，一抬头，才发现已到吃中饭的时辰。他赶紧拿饭卡，下楼去食堂。走廊上，见办公室主任和几个工作人员正在金局办公室的门外打旋，金局的门虚掩着，从门缝里往外涌出缕缕的烟气。吴威就有些纳闷，他知道，金局素常是最烦吸烟的，文化局是全市第一批不吸烟机关，她的办公室更是铁定的禁地。今天是来了何等的重要人物，不仅让金局大中午的亲自接待，更让她能破大律在她的办公室内吞云吐雾呢？

吴威真想好奇问下，但又一想，还是打住了。按惯常规矩，但凡有市里大领导或省厅领导、外市的同行来，即便业务上与自己这个党组书记再没关系，这个面还是要有的，起码吃饭时还要出来陪一下。可今天，金局没和自己说，办公室也没打招呼，看来大半属于私人客。于是吴威就下了楼梯。

吃饭回来，办公室那几个人还在那儿待着。吴威禁不住给主任招下手，主任小步跑过来，吴威问，有客？主任苦着脸，是上访的，从上午九点就把金局堵在屋里。吴威大惊，上访？上访不去信访办咋访到文化局里来啦？主任苦笑，又摇头。书记，这事一两句我还真和你说不清。上访的这群人都是咱局下属歌剧团的老职工，闹好长时间了，都是陈年旧账。吴书记，你就当没见到，千万别趟这个浑水。

吴威知道主任说这话是为自己好，想一下，也是，自个儿新来乍到，还真不好没头没脑地跟着瞎掺合，于是咂咂嘴，回了办公室。

是在大学养成的习惯，中午不管多忙都要小憩一会儿，否则整个下午无论如何都打不起精神的。可这会儿躺在长沙发上，吴威却有如卧针毡的感觉。也就十来分钟的工夫，吴威却觉着有一个世纪那么漫长。吴威满头大汗地跳起身，心里骂道，好你个吴威，啥时变得如此猥琐，好歹也是个大老爷们，遇到事怎能躲在背地装憨让一个小女子在前面顶缸？

吴威脸上热辣辣地来到走廊，掏出两百元钱。对办公室主任说，现在食堂过点了，你安排照人头买几盒方便面，再打几壶开水。主任问，上访的也有份？那不更来劲了！吴威说，上访的没份，你们几个咋吃？再说了，好歹也都是一个系统的老职工嘛。主任没说话，也没拿吴威的钱，转身找人安排去了。

吴威推开金局的门，迎面而来的烟草味将他呛个倒仰。屋里有二十几个站的站，坐的坐，蹲的蹲，都虎着一张脸，正与金局呈相持状。金局独自在办公桌前，一张俏脸又阴又绷，对屋里的人谁也不瞧，两眼直视窗外。

吴威打个沉，对金局眨眨眼，刚才政府办通知，让你下午一点去开会。金局没吱声，直起酸麻的腰欲往外走。那一干人见状也没见谁指挥，呼一下就把门给挡上了。金局见此，只好又返身回到办公桌前，气得眼圈都红了。

吴威对堵门的说，这就不对了，反映问题是你们的权利，可不能扰乱机关正常秩序，市长要找金局开会，你们不能堵门不让她走哇。那些人听罢，马上就冲着他来。我们来找局长反映情况，关你啥事，你是干嘛的？吴威说，我是这个局的党组书记，你们反映的问题，当然与我有关啦。上访的七嘴八舌回敬他，书记，没听说过。我听说过，先前有过两个，走马灯似的，都没干长。这是第三个，我看你也干不长！

吴威鼻子没气歪了。他用力往下压口气，告诫自己不能生气。他冲大伙笑笑，我是新来的书记，是第三个也没错。不管干长干不长，现在我不是干着呢嘛。那伙人朝他扬起下颏，都听说是局长当家，你这个书记说了算吗？吴威答，遇到大事，虽说都是班子集体拿主意，书记和局长的意见当然得占大头啦。

看那伙将信将疑的神态，吴威赶紧加一句，金局长已经听了你们反映的问题，她还要开班子会和我们商量这事咋处理。要不这样，让她去政府开会，正好我下午有空，我也听听你们的诉求，也省得金局再跟我叨咕一遍啦。那些人你瞅我，我看你，谁也没马上回答。倒是一个看起来年长些的说，也是，书记代表党，该让他了解了解。咱是解决问题来的，又不是闹事。吴威马上接过话茬，那好，大家现在就到我那屋，我把茶水沏上，大伙一边喝着一边说事。

就这样，那群人又潮水似的涌入了吴威的办公室。在吴威的屋里，连说带比划地足足耗了两个小时，在吴威好言好语的安抚和保证下才离开。送走上访的人，吴威的脑袋还乱哄哄的。应该说，上访的诉求他弄清了大概——

十年前文艺团体改革，歌舞团是试点单位。当时经济形势和文化市场需求都好，歌舞团一干人就率先破除大锅饭，走市场化道路。起初，因企业乡村需求旺盛，歌舞团走的又是轻骑兵的路子，着实火爆了一阵子，不仅减轻了国家的财政负担，还在一定程度上丰富了城乡文化，同时演职人员的收入也大大提高。为此，省文化系统还将其作为典型在省内推广。可近几年，由于经济形势发生了变化，特别是网络在农村的大力普及和二人转、小品等文艺形式的异军突起，歌舞团的演艺市场受到了强力冲击，以致本来自诩为高雅艺术的歌舞就连掉价到给乡村百姓婚丧、嫁娶、祝寿等红白喜事上去演，也竞争不过那些草台班子。在勉强挣扎了一段时日后，只得从演艺市场溃败下来，返身到政府讨生计。

十年后，物似人非，市领导、局领导换了好几茬。并且当年改革有政府纪要，歌舞团转制白纸黑字，盖着大红印戳，谁还给你翻这个案。所以，他们到金局这儿找了几次，也是新官不理旧政，维持原判。

吴威将办公室的门窗大开，把烟往外放。自己走进局办公室，便见窗台上摞着一溜方便面，足有几十盒。这才想起是自己让买的，是给金局和上访的人中午垫补垫补的。刚才光顾跟那群人对付了，倒将这事给忘了。便问，买都买了，咋就不给拿过去呢？主任满脸委屈，欲言又止。吴威还要问，主任瞅瞅屋里没别人，这才说，别说了，我刚要拎着暖壶送过去，恰巧金局就出来了，问明情况对我劈头盖脸就是一顿撸。说是上访还有功了，照这么恭敬着，还不来的更有劲？！咳，别说他们没吃上，就连我们几个憋着一肚子气也还空着呢。末了又补充一句，金局也没吃，斥责完我们，气鼓鼓就走了。

吴威说，你也是，就说是我安排的。主任说，我也知道你是好心，可你不知道，当时金局那脾气，根本不容我说话。再者，我们当下属的，怎么好为开脱自己给领导造矛盾，挨两句就挨两句吧。吴威叹口气，明天我跟她解释吧。

　　第二天，吴威给调研处打电话，恰巧接电话的是老张。吴威突然想起老张早先当过歌舞团的团长，就说，你别动，我一会儿过去找你。老张说，你别来了，你找我干啥我知道。吴威诧异，你咋知道？老张说，不就是昨天上访的事吗？吴威没吭声，算默认了。老张在那边叹口气，吴书记，听老哥一句话，这事不那么简单，能不管就不管。吴威也叹口气，这不是赶上了嘛，能管不能管两说着，起码先把情况弄清楚，昨天乱哄哄的七嘴八腔，好些过节没说清。

　　吴威没听劝，还是去了调研处，跟老张等哥几个聊了好一阵子。从老张那儿回来，便径直去了金局办公室。他想先将昨天买方便面的事说清，别叫办公室主任为自个儿背黑锅，然后再把从老张那了解的情况跟她叨咕下。

　　没想到金局一听买方便面是他的主意，心里就老大不高兴。但碍着昨天吴书记主动为自己解围的情，脸上虽有点上色，但没好意思说什么。待又一听吴威又去了调研处老张那儿，并且还是为了那拨上访的事，心里的火就没再压住。她打断吴威的话头，声音很冷地说，吴书记，这事就到此为止行不行？局里一大堆正事干不完，哪有闲工夫搅动这些七百年谷子八百年糠！再说了，歌舞团改革，那是政府有纪要，局里有文件，板上钉钉的事，经过好几任领导了，哪能你我说翻就翻得了的？再说句不该说的话，那时候钱好赚，他们就猴急得翻跟头打把式地跑了，现如今日子不好混了，又回过头来找政府要饭吃，天下哪有这等好事便宜他们！

　　老吴抱着满腔热切想把了解来的情况讲清楚，话没出口反让金局兜头一盆冷水浇个正着。老吴这心里登时拔凉拔凉的，杵在那里一句话也说不出来。他想告诉金局他了解的事情不像她说的那般简单，还有许多过节和细情在里面。如果就这么简单应对，这事肯定过不去。

　　他刚想开口，金局又把话拦了过去。她说，吴书记，这事到此打住，你就别再管了。什么老张老李"七大贤"的那边的今后也少去，都不是啥省油的灯,听他们牢骚多了,会影响我们的心态,闹不好还会破坏咱俩本来挺好的关系。得了,我还去宣传部汇报工作,你要没别的事,一块去?

吴威当然没去宣传部,悻悻地回到办公室。刚才在金局那儿被甩了脸子,若不是她要去宣传部,还真不知咋出她那个门。吴威心里好烦闷,准确点说是窝囊。都说金桔这小女子厉辣,不好相处,以前自个儿还不信,这会儿总算领教了。这脸,翻得比书还快,整个一不识好人心呐!吴威更气自己,五十好几、奔六的人了,干嘛不好,非得去趟这浑水。这不上赶着伸出老脸让人扇让人臊吗?越想越憋屈,抬手抓起一只喝水的杯就想往地下撒。但手臂轮圆划个弧,还是静止在半空中。吴威不是个粗人,即便在家里和老婆发多大的脾气也从来不打不骂不摔东西。

不摔是不摔,吴威也是个轴人。别看平时在家老婆小嘴巴巴地总说他,但轻易还真不敢招惹他。吴威这人有点蔫,可蔫人有蔫人的脾气,不较真还罢了,真要是较起劲来,吴威可以两三个月不理你,就像地球压根没你这个人似的,那味道有时比打你两下,骂你两句还难受。

吴威真就长了记性,不再过问分外的任何事,特别是对上访告状,更是充耳不闻。自打上次这拨人被打发走后,局里真就消停了好些日子。不是那群人没来,而是金局和这些人玩起了"躲猫猫"。金局接受上次被堵的教训,严令办公室,一定要眼观六路耳听八方,一旦发现上访人员出现,第一时间电话通知领导;并在门卫增加了保安,要求无论采取任何方法,尽可能地阻延,给局领导安全回避赢得时间。

上访的人来了几次,都吃了金局的闭门羹,吴威倒是没玩"空城计"的把戏,但那群人每次来也没扰他。只有一次没堵到金局,到他门前敲了两下,没等老吴吭声,人家就不再敲了。就听一个声音说,没在屋,在屋也没用,一个书记,说了也不算。闻听此言,吴威本想开门的手就停下了。

金局对此颇为得意,一次在会上说,这些人就是不能惯,都是蹬鼻子上脸,这回好,你不搭理他,他也就消停了。临了还瞄了一眼吴威。

一天下午,吴威在办公室里看文件,办公室主任找他,叫他马上去宣传部开会,金局已在楼下车里等他了。吴威随口问了句,谁通知的?主任说,是金局让告诉的。吴威就坐下了,说,你跟金局说,我还有别的事。主任原地绕个圈,张张嘴,出去了。

吴威心里也闹不明白，自己咋就这么个反应，觉得心里痛快些，但又有点小孩子气。正暗自踌躇，桌上电话响了，就听电话里说，我是铁光，我说你这老吴咋这么磨叽，部里有事找你，还推三阻四的，立马过来！"啪"地一声，震得耳窟窿直响。铁光是常务副部长，亲自给自己打电话，说明事情肯定急。吴威抓起笔本和手机就往楼下跑，金局的车在楼外雨搭下等着呢。

到部里才知道，不仅常务，连常委宣传部长都在小会议室里。而且开会的对象就他们文化局两位党政一把手。刚一坐定，铁常务也没寒暄就开门见山说明找他们的来意。一是局系统的歌舞团到局里上访未果，现在已然闹到部里，找到市委，如控制不住，还有恶化的可能，让他们务必重视；再有就是中宣部和文化部联手部署的"五个一"工程，省委要求各市必须至少拿出一台高品质的节目参加调演。对此市委已责成常委宣传部长亲自挂帅，由文化局负责具体工作。铁常务说完任务，常委部长手捧着水杯，又强调了一番两项工作的重要和紧迫，要求两位主官一定要高度重视，把工作做好。

回局的路上，吴威想就部长交代的工作说点自己的想法，但他忍隐着没说，他等着金局先开口。金局两片薄嘴唇紧抿着，若有所思地望着车窗外面，车厢里一片沉默。

九

一连两天，金局并未召开班子会研究落实部长部署的两项工作，也没单独找他交换意见，吴威不禁有些心绪不宁。他几次站起身想去找金局，但都原地打了个转，忍下了。他责怪自己这么大的人了咋就沉不住气，人家主事的不急，你这吃凉不管酸的书记又着哪门子急？

吴威沏了壶绿茶，又伏在桌上写了会儿字。但不知为啥，写字是腕子不给力，喝茶口里不蕴清香。于是老吴就扔下笔，去了京剧团。

调研处内，几个老计伙正围在一处听老李说戏。老李是老剧目室主任，虽然从主任的位置上退下来，但还是笔耕不辍。众人见书记来，纷纷起身打招呼。老吴摆手，让他们继续。听了一会儿，吴威心内有事，就薅老张的衣襟。

二人出来，吴威又问歌舞团上访还未弄清的一些细节。老张打个咳声，我真服了你了，你是吃一百颗豆也不嫌腥。人家金局那态度连一岁小孩都看明白了，就一个"拖"字诀。倒是不该着急的你却坐不住这金銮殿。吴威摇摇头，将事情弄清楚总不是坏事，该解决的，恐怕靠拖也拖不过去。

正说着，吴威兜里的电话就响，是办公室主任急切的声音，说是上访的又来了，没找到领导就奔了市委。可有一个没走，不知怎的就爬上了楼顶，说是不给解决问题就跳楼。现在楼底下围了好多人，警察，媒体，120啥的都来了！吴威心里"咯噔"一下，连忙说，告诉在家的领导一定配合警方做好当事人工作，我马上就回去。另外，第一时间通知金局！主任说，金局一清早带有关处室去邻市交流"五个一"工程的事，虽然接到信儿，但一时半刻也回不来！

吴威顾不得再说，疾步往局里奔。跑出两步，又折回身，拉起老张，一道往回跑。

文化局是一幢六层小楼，小楼外已拉起了警戒绳，警绳外挤满了看热闹的人，都抻着脖筋往楼顶够。楼顶上，一个看似六十有余的老者脸朝街面，坐在半人高的楼挡上，两条腿在楼檐下当啷着。老者满脸悲戚，双眼木木地瞅着楼下的人群，削薄的身体随风摇动……人群随老人的一举一动禁不住发出阵阵惊呼，有媒体扛着长枪短炮拍照、扫描，警察们在竭力维持着秩序。

吴威拨开人群，向警察亮明身份，同老张跑进楼。老张一把拉住快要跑吐了的吴威，上气不接下气地说，楼上那个就是我刚才和你讲过的打鼓的老孙头。然后，腿一软，趴在楼梯上就喘起粗气来。

楼顶上，局里几位副职和办公室主任正同几名警察在离老孙头几米远的地方，小心翼翼地劝说他不要冲动。老孙脸朝外，嘴里喃喃自语，找市里，说让局里解决，找局里，局长不给面见，书记话说得好听，可不见真章。想去省里讨说法还拦着不让去，让我还有啥活路呀！

谁说没活路？吴威一步跨上楼顶，气喘吁吁，断断续续地说。你孙明举，歌舞团打架子鼓的，人称老孙头，十年前团里机构改革，你在家里生病，当时工作不细，在没征得你意见的情况下，就把你随大帮给改了。病好后你不知就里，也没深究，就跟着团里走村串户去演出。那时候效益好，也就没把这事往心里去。你们团与你相近的情况还有几个，我说的对不？

老孙头脑袋猛地掉过来，两条腿随着身子也顺到楼顶上。他张大两眼直盯吴威，我没听错？

当然没听错。这事有错在我，事办得拖沓，让孙大哥上火了。在这儿，我向老哥检讨，同时还恳请老哥容吴威点工夫，事情过去了好多年，又挺复杂，将事情彻底搞清需要费点时间啊……

老孙头眼泪哗哗地就满脸淌下来。他哭着说，吴书记，听你那意思，我跟旁人不同的情况你真格了解？

吴威点头，我刚才在京剧团正跟老团长了解你的事呢。

这时候，老张两腿颤抖地爬上楼来，他指着老孙头，你这个老东西，越活越有出息了，人家吴书记方才还在我那儿调查你的事呢，你可倒好，折腾楼顶上了，你咋就不学那孙猴子上西天？

老孙头双腿一屈，"扑通"就跪在了吴威面前。

吴威赶紧托老孙头起来，可双膝一软，自个儿也跪在了地上。吴威这才感觉浑身像被这楼顶的风抽干了似的，一点力气也没有，前胸后背全是冷汗。办公室主任想扶他起来，吴威摆摆手，别管我，赶快扶老孙下楼。

看着众人将老孙头挽下去，吴威长舒一口气。他盯着老孙头佝偻的后背满心愧疚，他真想抽自己一个大嘴巴，为先前的计较和淡漠。

吴威伏在桌上将歌舞团体制改革的调查报告反复看了三遍，又拿电话对一些细枝末节进行了深抠核实，这才长出一口气。几天来，他带领有关人员马不停蹄地找当事者和知情人开座谈会，个别谈话，还细致翻查了有关的档案、文件。应当说，吴威对这份报告已是了然在胸。

他拿起报告去找金局，刚出门，从金局的门里走出剧目室主任和文艺处处长等一干人，个个都蔫头耷脑的。吴威就问，怎么，剧本还不过关？那几个人摇头叹气，可不，方才金局还把我们好一顿怼，说我们平时都人五人六的，到正经用时，都成了银样蜡枪头了。

吴威就打个沉，心说，要不待一会儿再找她？又思忖，又不是下属找领导讨赏，得挑个良辰吉日领导好心情。这个事一分钟都等不得了，前些天若不是自个儿想法多，顾脸面，何苦闹得老孙头要死要活上楼头呢！

金局正秀眉紧蹙，一张俏脸对着桌上的剧本发呆，见吴威进来挤出一丝笑容，那笑呆滞且勉强。吴威本想询问下"五个一"工程的进展情况，话到嘴边又咽回去了。他将报告放到金局手里，让金局看。

工夫不大，金局推开吴威的门，将手她里拿的报告向老吴扬了扬。我没意见，就按报告的意见上报。吴威说，那就马上开班子会，通过后就由你向市委汇报。金局说，这事从头至尾都是你抓的，还是你来汇报吧。吴威沉吟下，摇摇头，报告弄出来了，我老吴就到此为此，你是一局之长，你汇报正宗。市委如果批准这个报告，下面还有许多跟劳动、人事、保险、财政等部门打交道的事，你金局出马一个顶俩，我这书记协调这事可不行。再说了，我也这大把年纪了，你忍心让我这老头子低眉顺眼地跟那些小年轻的递小话？

金局笑笑，还想再说。吴威打断她，你就别推了，汇报时我也去，好歹这报告我熟些，领导假若细问，我还能帮帮腔。金局见老吴说得诚恳，便不再言语。

说完事，金局还是不走，在屋里打磨磨。一会看看吴威写的字，一会又问吴书记喝的茶。吴威心内就划魂儿，这丫头肚里一定还有啥话没说出来。索性就问，金局是不是还有啥事没说？闻此问，金局的脸倏地就红了。她咽口唾沫，面对着吴威，小学生似的嗫嚅着，吴书记，吴大哥，早就想跟你道济一声，这事是我的不对，若不是我态度消极，何至于闹出这么大的漏子。我不懂事，脸又急……

吴威连忙站起，又摇头又摆手地不让金局往下说。吴威说，这事过去就算，工作上的事，哪有件件都想到一块的。再者说了，我也有责任，当大哥的，小妹呛两句，这老脸就搁不住，没个大老爷们的样！金局见吴威这样说，脸上就挂了笑模样，轻盈地向外走，说要通知开班子会。

吴威叫住了金局，问"五个一"工程进展的事。金局叹口气，脸上复现了阴霾。她说，之所以没跟书记说，就是不想拿这事再烦你。关键是剧本不过关，剧目室弄了好几稿了，都不满意，部里已连催几次啦！吴威就说，前些天我去调研处，见剧目室老主任老李搞了一个本子，以咱市委老书记张鸣岐为原型，还是话剧，当时听了几嘴，挺感人的。我当时因惦着调查上访的事，就没听全。后来我听老张他们讲，听全的几个还都鼻涕眼泪的呢。

金局眼一亮，复又黯淡下来。吴威明白金局的心思，就说，这样，咱先把上访的事弄妥，倒出工夫，我找老李再摸摸底。金局点头，眼里有一丝感激涌动。

金局出屋，吴威不禁自嘲，我这人真是挺没劲的，人家给个好脸，就找不到北了，本来都咬碎牙地说不管闲事，这倒好，还主动请缨啦！

吴威逮个空儿就跟老李把剧本的事说了，老李的反应却让他大感意外。

其实，老李的反应也没啥意外的。不仅老李，连边上的老张老王那帮家伙的反应大抵都是如此。老李不温不火，这"五个一"工程的事，局里谁在抓？吴威说，金局呀。老张插嘴，这就对了，我们也知道是金局抓这事，并且还知道金局和剧目室那帮人正紧锣密鼓地在搞剧本。你这半道又杀出个程咬金算哪门子事？老李接过来，吴书记，我们知道你是热心肠，也是个为工作着想的人，假如这活儿是你抓，别说用到本子，就是用我们这帮老家伙的命，也没二话！可是……老李撮撮牙花子，没往下说。

其实，没说，也等于啥都说了，吴威不是糊涂人，他知道这盐打哪咸、醋打哪酸。

吴威找到金局，没有掩饰地将老李们的态度和自己的想法说了出来。见金局面露难色，吴威说，我觉得不是这帮老家伙矫情不给面子，换做你我是否也会有此反应？别说上次和他们的梁子并未真正解开，即便没这道梁子，你要拿人家的东西，你当家的也应该给人家一个明确态度呀！

金局点头，你说得有道理，如果我低把头，既解决了剧本难题又能把和他们的矛盾解决掉岂不是两全其美？可是我也有顾虑……吴威急忙打气，你是想多了，那几个老伙计我还是了解的，不是不通情理的人。他怕金局心没底，就拿自己举例子，上次你来我屋和我说的那几句话，到现在我心里还热乎着呢！要不，没名没利的，我也不会主动张罗这事。

金局俏眉扬起，问，哪几句话？吴威嘴唇嗫嚅。金局见吴威脸色窘迫，突然就笑了，下决心道，解铃还得系铃人，这个头我低。吴威说，那就好，我立马打电话让他们过来。金局拦住他，别打电话！吴威诧异，咋地，还没底？把心放肚里，如果咱这头真心实意把头低到腰下了，这帮老家伙还小肚鸡肠，我这儿就饶不了他们。金局莞尔一笑，不是这意思，我是说，既然拿出诚意，就不能让人家往这儿跑。也不怪人家对我有意见，自打这个调研处成立，我还一次还没去过呢。吴威高兴，就想叫车。金局又拦他，就几步道，走着去吧，你陪我，好吗？

真是人怕见面，树怕扒皮。正像吴威分析的那样，金局这一主动上门，立马就收到了效果。金局当着大家的面恭恭敬敬地鞠躬，眼圈跟着就红了，还没等一句道歉的话说出口，这帮老家伙就呛不住了，立马纷纷起立，不让金局往下说，有的拉金局坐下，有的把刚沏的热茶端过去，老张说，局长来，我们高兴，过去的事我们几个老家伙也有不对的地方。老李更绝，还没等金局提剧本的事，就主动把本子递到了人家跟前。

十

年终岁尾，领导干部要做述职报告，吴威伏在电脑前好一会儿了，过电影似的将自己的履职情况盘点了一轮，除了例行的党建和行业廉政以及机关作风建设，可圈可点的真格不多。只有两件事让吴威略微感觉有些色彩，但又很纠结，不知道该写不该写。

第一件就是处理歌舞团上访事件。吴威主导的调查报告经金局向市委汇报后，得到了领导的首肯，说这是一个实事求是的报告，不仅体现了公平正义原则又不给无理取闹者可乘之机，可作为处理问题的主基调。

的确，老吴搞的调查报告不单纯就上访解决上访，而是下了番笨功夫，对当年涉及机构改革的人和事全方位进行了摸底排查。参与上访的共二十一人，而当年机构改革所涉及的人数达四五十人之多。老吴耗费了大量精力，在时间紧、情况杂、压力大的前提下，不舍昼夜，摸底排查，精准地对当时剧团改革的不同情况进行了归类。这其中，大部分人员当时都自愿参与了改革，并且也按政策履行了合同拿到了补偿；有一些拿到了补偿，但没在合同上签字；还有的虽签了字却并未拿到应有的补偿；而像老孙头这样既没签字又未获得补偿的是极少数。老吴对此等情况按照政策规定，分门别类地提出了处理意见，特别对上访者和没参与上访的都一视同仁，这就避免了当下流行的会哭的孩子有奶吃和老实人干吃亏的弊端，也不会按下葫芦起来瓢。

经金局多方协调，歌舞团机构改革的遗留问题很快得到落实。绝大多数当事人对处理结果都很满意，少数虽未达到目的，也不敢兴风作浪。一则是失去了浑水摸鱼的由头，再者是市委的意见很明确，再有无理取闹者，依法依规绝不姑息，算是彻底解决了这一困扰多年的陈年旧账。

第二件就是"五个一"工程的事了。吴威不仅在"五个一"工程面临无米下锅的窘迫下帮忙挖到了高大上的剧本，还借此使金局与老干部们冰释了前嫌。更有意外的收获，吴威本人还在戏里客串了一个小角色，也算过足了把戏瘾。

那是新书记刚来市里工作的一场戏。新书记履新不久到大街上走街串巷、微服私访，偶遇一名下岗的老工程师。这位曾在企业颇有贡献的老工程师如今因企业不景气下了岗，为生计而蹬起了神牛（一种人力三轮车）。正巧新书记就坐到了他的车上，打唠中书记了解到企业及老工程师的情况，不禁百感交集，跳下车来表明身份，代表市委、市政府向老工程师鞠躬道歉，并将老工程师请至车上，自己亲自为老人拉车。

选角时，啥角都有了，就这个蹬神牛的老工程师还没到位。找了几个，导演都摇头，说不能光照蹬神牛的选，首先他得是工程师，潦倒中也得有种书卷气。

吴威那天没事和金局在旁扒眼，编剧兼副导老李偶然就瞄了吴书记一眼，眼前一亮，就捅导演。导演扭过头去看半天，"噗嗤"乐了。你别说，这气质形象、年龄体貌的都符合。可又沉吟，人家是领导，哪好演这小角色？老李说，你就说成不成？导演频点头。

俩人正嘀咕呢，这老吴自己就送上门了。问不抓紧练，在那儿嘀咕啥呢？老李就憋不住笑。说真是缺啥来啥。就把方才说的跟他学了。吴威连连摆手，说那是拿鸭子上架。老李说，救戏如救火，再者说了，当初还是你把我架到这火上烤来着。俩人正争着，金局踅摸过来，笑微微地端详老吴半天，突然一个大鞠躬。吓得老吴一扎撒，忙问金局你这是跟着起什么哄？金局说，我这不是起哄，我是以小妹兼文化系统全体同仁身份真诚恳请老大哥和吴书记为繁荣我市的文化事业屈身出演这个角儿。现场的不论演员观众一片掌声，搞得吴威不接都不成了。

别说，选老吴演这个角儿还真是慧眼独具。吴威是个有心人，既然接了活就认真，加之对剧情把握得准，每次同市委书记演对手戏时，自觉不自觉就陷入情节之中。生动再现了新任市委书记与下岗老工程师水乳交融的感人一幕。以至于台下观众报以雷鸣般的掌声时，老吴都泪流满面、大汗不止，半天回不过神来。

旁人就议论，这吴书记压根就是做演员的料，如果早入这行，说不定也是个誉满天下的角儿了！有的说，角儿有啥好，还不如当官，当官多牛气。跟前人就不忿，那看啥官，金局那官才是牛官，书记有哪样？虽说他搞定剧本又演戏，出力流汗地没少忙乎，如果在省里、中央拿大奖，可还不是人家市领导和金局上台领奖嘛！

众人都"啧啧"称是，这话三句两句地也传到吴威的耳朵眼里，吴威的心里也曾有过一丝不是味道，但一阵风也就吹过去了。戏照演，并且每演必是热泪盈眶。

满玻璃窗的阳光照在身上，浑身暖洋洋的。老吴不禁伸个懒腰，然后伸手在鼠标上按下了"剪切"键，将述职报告上这两段内容删掉了。

这时就听到闹哄哄的，依稀还有锣鼓声，从窗外随风透过。老吴嘟哝，不年不节的，敲哪门子锣？

十一

市委书记办公室，书记正听纪检书记汇报几个典型案例，旁边的沙发上，组织部长和宣传部的常务部长老铁也坐在那里。

纪检书记刚汇报完两个乱作为的案例。他喝口水，说，接下来是一起不作为的典型，这第三个是吴威。

吴威？市委书记眉毛扬了扬，将脸转向组织部长。部长温和地笑了，吴威，就是文化局党组书记。书记"唔"了一声，想起来了。金桔的搭档，是第三个？！

部长点头，是第三个。纪检书记也点头，对，吴威，也是我要说的第三个。

文化局这段工作不是很有起色吗？书记将头转向了宣传部的老铁。

老铁忙欠身，是不错。这不，由文化局主抓的"五个一"工程，我市的参演剧目在中央和省里都拿了大奖。今天李部长同金局长代表市里去北京领奖，要不应该是李部长来参加这个会的。

书记将头转向了纪检书记。

纪检书记说，我说的不作为，是指文化局党组在处理歌舞团老职工的上访问题上。

书记将头又转向了老铁。

老铁又欠起身，略微打了个沉。据我所知，这个对歌舞团的上访处理还比较稳妥，老吴在息访、解决信访方面也做了许多工作的……

纪检书记打断他，一码是一码。你说的是后期，我们指的是前期，正因为在前期阶段，文化局对此问题推诿扯皮，态度暧昧才造成信访的个别群众欲跳楼轻生。不仅给市委、市政府造成了很坏的负面影响，并且正好那天有省电视台在我市，将这事拍个正着，要不是我们和你们李部长共同做了工作，就给我们在省台曝光了。至于方才老铁说的情况，纪检书记顿了一顿，可以在处理时酌情考虑进去。

书记若有所思，扭头对组织部长说，文化局是"双黄蛋"，还有局长？

部长说，出了这么大的事，当然党组要负主体责任，更何况小金这一段工作很努力，在"五个一"工程上可谓呕心沥血，为我们市获了那么大的奖……

书记颔首，转对老铁问，宣传部的意见呢？

老铁嘴唇嗫嚅了几下，用眼瞟一下纪检书记，摇摇头，将欠起的身子坐回到沙发上。

书记清清嗓，准备说几句。恰好这时楼外的街道上传来一阵喧哗，并且还有"哐镪、哐镪"的锣鼓点。书记就没往下说，想等楼下的喧哗走远了再说。

可楼下的喧哗没有走远，反而停下了，就在楼门口不动，那铿镪有力的鼓点越发响亮，简直有点震耳欲聋的感觉。书记有些不悦，自言自语，也像是对在座的说，这临街倒是接地气，可办公真是个不肃静。

众人你觑我，我瞅你，都没吱声。这时候，办公厅主任就来了，主任走得挺急，光秃的脑门上汗津津地。书记就问，哪拨上访的，咋还敲起了鼓？主任回答，不是上访的。书记就诧异，不上访，堵哪门子门，还整得惊天动地的！主任拿手抹拭下汗，真格没上访，是送锦旗的，给咱市委还有文化局送锦旗的，领头就是那天爬楼顶上的那个老孙头。

书记有些愣怔。书记下派前是省政府副秘书长，主管信访这一块。那几年改革步伐快，基层矛盾也多，每天全省各地到政府上访都得几拨或十几拨，如果哪一天进省政府大门没看到有堵门的，倒感觉不正常甚至缺少点啥似的。到市里后，虽然每天不用亲自接待和处理上访，但看到的、闹心的依然和信访的内容离不开。

说心里话，信访量的增减和信访级别的高低成了当下官员政绩的重要衡量标准，而百姓自发地（非导演的）给党和政府庆功、送锦旗的事倒成了非常久远的过去，或者近乎有些天方夜谭啦！

书记想到这里，感慨良多。他挥挥手，告诉主任，让秘书长下楼将锦旗接过来，一定接待好。见主任掉转身，又喊住了他。书记说，算了，还是我下去吧。说真格的，干了这么些年，老百姓自发地给咱送旗，我遇到的还真是不多。他又环顾那几个人，你们也别坐那了，麻溜的跟我一块下去。

纪检书记问，那这第三个？

书记说，吴威呀，等我们接完锦旗回来再说。

这工夫，老铁连忙掏出电话，打给电视台、报社、各大媒体，让他们即刻派精兵强将到市委门前来！

作者简介：

范志军，籍贯辽宁绥中，现在锦州工作。二零一二年开始文学创作，迄今在文学刊物发表中短篇小说四十余万字，曾荣获辽宁省作协主题征文优秀短篇小说奖，有作品被选刊转载。

伴驾 /凌耀忠

一

在长江入海的吴淞口镇这个巨大的喇叭型三角洲上，共散布着十八所中小学，它们直属芦潮区教育局管辖。余亮是芦潮区教育局的一名专职听课员，也就是说，他的日常工作便是带了耳朵，专门去巡回听人授课，然后把结果报告给局里有关方面。

在漫长的听课生涯中，无数曾经被其监察的教师们，有的得到了升迁，或者因此而改善了个人待遇，也有的被其听出了破绽，从此个人前景便不太美妙的。这些来自基层的对余亮林林总总的舆论，天长日久汇成一条可以达成共识的河流，河流里涌动的泡沫无不显示两个字——特务。但这个特务却长得慈眉善目，倘若你盯住他的脸蛋细看，甚至可以看出几分谦恭与怯懦来。

现在，是一年中最为惬意轻松的季节。八月中旬，整个教育系统都在放暑假，余亮待在家里消暑。余亮虽然端着社会主义的饭碗，所居房屋却不是公家的，他的私宅是一个带院子的青砖瓦房，共三间，是其祖父早年从日本侨民手里用三根金条买下的房产。

院子设有栅栏，有水井，有一排已经成材的楠木树，以上诸项都是听课得来的好处，是被他听课的教师帮他搞来的。此外，还有一些体态秀丽的花木盆景，一条意大利血统的狼狗，所获途径如上。

在这些听课得来的价值并不特别昂贵的好处里头，隐藏着一件终生意义的好处，即余亮的老婆——也是由于听课才得来的。多年以前，余亮屈居她的讲台下听她讲课，结婚以后，他仍旧屈居她的统治——她在灶台给他讲课，并做出一日三餐来展现她主持家政的魅力。

妻子付月霞小他三岁，四十七了，已经到了一个女人日落晚霞的黄昏季节。在八月中旬难捱的酷热中，余亮的居室热浪袭人，倒是室外的小院子有一点凉意。付月霞亲手搭的葡萄棚，像一个人工华盖，挡住了太阳的炙烤。

葡萄是一个亲戚从日本探亲带来的富士山品种，一串串红得令人眩目，正因为它太红了，便透出一层滴水的娇贵，带来一种类似红颜薄命的忧郁，像日本文豪川端康成笔下的女性。余亮夫妇坐在葡萄棚下品茶，这种纳凉方式贯穿了他们结婚以来二十余年的夏季生活。

"非常奇怪，"余亮呷了口茶，"局里组织的北戴河疗养团，三届疗养活动，洪乙醇回回不落。我并不在乎游山玩水，但这个事意味深长，去疗养的都是局长处长们，可洪乙醇的地位人人都明白，他凭什么去'伴驾'？"

付月霞说："局里就你们两个是专门听课的，宠了他，当然要冷落了你。这很正常。"

"底下还有文章，爱妻。"

"洪乙醇要升官了。这是一个信号。"

余亮咂咂嘴："不错，酒精先生的好运快来了。从此以后，他不必屁颠屁颠地到处去听课，到处去受气了。"

酒精先生是洪乙醇的外号。当你随便上哪一家药店购买酒精，你不会说请拿一瓶乙醇。我买一瓶酒精，你这样对售货员说。在局机关里，大家称呼洪乙醇为酒精先生。

付月霞说："洪乙醇一向不显山不露水，想不到会发迹。"

余亮吹了一口浮在茶杯表面的茶叶末子，"沉默是金。"

一个衣衫褴褛的老乞丐绕着小院栅栏，小心地走来走去。老乞丐有理由对卧着的那条意大利狼狗表示恐惧，因此他把一半的媚笑对准余亮夫妇，另一半媚笑留给了狼狗。在老乞丐缠绵不走的情形下，付月霞扔给了他一个五角钱的硬币。出于某种预感，乞丐巧妙地凌空接住了成弧形抛来的钱币。

余亮目睹乞讨者踏着午后的尘埃慢慢朝吴淞口镇走去，一阵热风袭来，有一股酸汗臭味扑入鼻孔。

"乞丐们好像从来不洗澡。"

付月霞摇摇头："一个好的乞丐应当尽可能地少洗澡，只有主人对他产生了厌恶，才会很快打发他走。"

"但很多情况下，主人们可以不理会他。"

"那你的厌恶就会持续，他老是不走，很多主人会受不了的。"付月霞说。

这时，屋里的电话响了。付月霞进屋接电话，一会儿又走了出来。

"是谁？"

"错号，别人打错的。"

余亮把头仰在藤椅上："我一直在等电话。"

"知道。"

"已经八月中旬了，下学期的巡回听课日程表，怎么还不出来？"

"恐怕要九月一号开学后才出来吧。"

"不，往年这个时候早出来了。这好像不对头。这里头有什么故事。"

"你怕让你下岗？"付月霞对丈夫一笑，"或者，像洪乙醇那样，去升官。升官好像不存在害怕的理由。"

"总之，听课表不下来，这不正常。"

"到时候自然会下来的，"付月霞看了一眼丈夫，"还不至于要夺你饭碗。"

二

第二天，轮到余亮到局里暑期值班。所谓的值班其实并没有什么事可做，往往泡一杯茶，找一个人闲聊，此外，接接电话，要紧的内容记下来，再汇报给上司。

今天很凑巧，顶头上司卞处长领衔值班。余亮的行政编制在教导处，直属卞处长领导。卞处长与余亮同龄，也满五十了。不过，和卞处长私下独处，让余亮心里发怵，原因只有一个，这位以半老徐娘自居的卞处长，相貌平平不耐看且不去说，却是一个私生活不大检点的角色，即便到了时下的高龄，还喜欢对中意的男同志做出惊鸿一瞥的情感扫描，让对方尴尬。有人说，教育局的前两任局长都和她有染。不过，两位局座也算对得起她——他们把她一步一步提拔了上来，之后都调任或升迁别处。时至今日，五十岁的卞处长仍然是一个行不改名坐不改姓的寡妇。

为了表达一点不过分的殷勤，余亮给她泡了一杯茶。天气炎热，卞处长出门前化的妆遭了殃，让汗水浇坏了花容，她只好对着镜子，小心地补妆，情景仿佛一位老农在受了洪灾的田地挽救庄稼。

"老余，你太太出门，化不化妆？"

余亮如实禀告："有时也在脸上搞一搞，要看去什么场合、什么地方。"

"你怎么看待自己太太的化妆？"

"我是无为而治，"余亮谦恭地对她笑笑，"爱美之心，人皆有之。"

"那你有没有呢？"

"哎呀卞处长，您取笑了。我这种岁数，早没那种心思了。"

卞处长一面补妆，一面从手镜内窥视这位手下。她不大看得起余亮，在卞处长的眼里，余亮既不是那种清白高洁的知识分子，也不是那种喜弄权术的人间精英，老实说，他什么也不是，只能算是一个看重眼前利益的小市民。不错，这个家伙，标准的小市民，素无大志，懂得占小便宜。他是一只老鼠，本质上。

卞处长收起了手镜，也等于收起了对眼前这位下属的戒心——实际上她对余亮一贯少有戒心，对他使用戒心，不值得。

"老余，干你们这行听课的，有没有职业病？"

余亮一阵狐疑，他不理解这位女上司是调侃自己，还是真的关心属下。可不回答又不行，回答得太笨也不行。

"听课员，其实是有点职业病的。生理上有职业病，心理上也有职业病。"余亮说。卞处长来了兴致："想不到，想不到，老余你讲讲看，怎么一个生理，怎么一个心理。"

余亮解释道："生理上的病，主要表现在耳朵方面，常常会出现莫名其妙的耳鸣状态；心理上的病，主要表现在晚上睡梦里，我常常被人家骂作暗探。"

卞处长笑了："那倒是真的，做个探子，头一条便是需要偷听。当然，还需要一个好的鼻子。不过老余，你天生一个很挺的鼻子。"

正说着，洪乙醇推门进屋，这让余亮吃了一惊，因为据自己得来的情报，洪乙醇应该随局里的头头脑脑去北戴河度假了。怎么这家伙还没有走？

"都说你跟周局长上北戴河度假了。怎么还不走？"

卞处长酸溜溜地说:"都说咱们周兰芳局长是局里的老佛爷,酒精先生就是老佛爷身边的李莲英大人。如今局长起驾,而你却怎地留了下来?"

洪乙醇苦笑:"处长,天这么热,你还折腾我。周局长昨天临上飞机前,又决定不走了。这事,您又不是不知道。"

卞处长一边收拾补妆的东西,一边说:"我们又不是局长大人的亲信,怎么知道?所以要问你呢。"

洪乙醇在这二人面前不敢恋战,赶紧打开自己的办公桌抽屉,取了一卷包好的什么东西,开了房门又出去了。洪乙醇刚走,余亮便说:"处长,我有事想请教。"

"说吧,你。"

余亮问道:"处长,您是什么级别?"

"废话,"卞处长笑了,"不是处级吗?"

"那么,洪乙醇是什么级?"

"又是废话,他不是同你一样,听课员。"

余亮不依不饶:"听课员是什么级?"

卞处长又笑,"老余同志,看不出你官瘾那么重。听课员是国家公务员,什么级别,那要看人大常委会对你们的态度了。"

余亮又说:"那您处长,出于个人感情,想给我们听课员定什么级呢?"

"我看给个副科级,蛮合适。道理很简单,副科级分发房屋补贴,原则上是两室一厅的面积,有利于计划生育。"

"也就是说,逼着你只生一个。"

"不是逼,是提倡。老余同志。"

余亮罢休了,不再穷追猛打,而卞处长也已拾掇好了补妆的东西,顺势倒在一张凉椅上,扯过一张《人民日报》,看一张有关"希望工程"的动人照片。卞处长调来教导处不过一年,特别喜欢看《人民日报》,用她的话来讲,不能不看党的"喉舌",因此传达室公务员给她送报,不称呼"人民日报",而叫"今天的喉舌来了,处长"。卞处长每天只有在看完了"喉舌"之后,才去看办公室的其他报刊。

"你看看,人家山里娃子多造孽,板凳没有,站着读书。"卞处长的双眼大放慈悲。余亮心里直嘀咕,装什么革命呀,把你每天坐小轿车省下的汽油钱捐给"希望工程"，便可以挽救好几十个失学儿童。什么东西，倒还能装一副慈悲心肠。

三

也是巡回听课员的洪乙醇，家境方面就没有余亮好了。洪乙醇不像余亮那样，有一座私房，即使穷到讨饭，到底还有作为固定资产的房子。洪乙醇的房子是公家的，是教育局分配的，才十七个平方，厨房与卫生间都和另一户人家共用。最头疼的是女儿大了，二十好几了，三口之家挤一室，常常会挤出许多男女不便的尴尬来。

特别触动洪乙醇的是，余亮的私宅离自己那样地近，连余家那条意大利血统的狼狗偶然的小吠，也听得清清楚楚。不夸张地说，在夏天乘凉的夜里，他常常可以听见余亮与太太付月霞在自家院子葡萄棚下调情的说笑，有时还很放肆，仿佛一段儿童不宜的录像片子。余家的幸福以及居住的宽敞，让洪乙醇很不舒服，同时也激起了老婆胡泱泱对他的不满，有时甚至是鄙夷。

比如，胡泱泱总喜欢拿丈夫和余亮来一番攀比。你看你看，人家余先生日子过得多舒坦，比你混得强多了。洪乙醇不服气，总要修正太太的口误——孩子他娘，其实你讲得没道理。

我怎么没道理？

我在局里是听课员，老余也是听课员，谁也不比谁混得强。

不，分明他比你强！人家余先生强。

应该说老余的祖宗比我祖宗强，给他留下了房产，家财，而我的祖宗却什么也没给我。这个道理对不对，孩子他娘？

胡泱泱不言语了。的确，差距和毛病出在老祖宗方面，龙生龙凤生凤，耗子生儿打地洞，自家男人的老祖宗，有案可查的就达三代老贫农。穷啊，整整穷了一个多世纪。

所以，在这个日薄西山的八月黄昏，作为家庭主妇的胡泱泱，快活不起来。胡泱泱四十五岁了，在一家幼儿园当老师，每天无聊地教小孩子捉迷藏，教了那么多年，早已教得怒火万丈。胡泱泱自从生育女儿后至今的二十余年中，避孕老是失败，一共做过五次人工流产手术，把原先还算有几分中看的美貌以及一副动人的三围，糟蹋得走了样。当胡泱泱在厨房围上做家务的蓝色围腰，你就会看到一个中年怨妇，忙得像一只无头苍蝇。

洪乙醇一回到家，两件事是必办的：第一，撒尿，他有前列腺毛病，尿频，常常形成淅淅沥沥的风度；第二，洗完手，立刻帮老婆搞家务，不然，老婆要河东狮吼。

洪乙醇小心走入厨房，未等老婆回头，便已掏出了糖衣炮弹，那是一种广东生产的蜜饯，叫开心果，一下塞入胡泱泱的嘴巴，幸好周围并无邻居，因为他紧接着又亲了亲她，有点老夫聊发少年狂的意味。胡泱泱的嘴给堵上了，只好冲他瞪瞪眼。胡泱泱的手在剥一条鳊鱼的内脏，鱼的一小块苦胆被小心挖了出来。

"你忘了自己的年岁啦。"

"没忘。"洪乙醇去接苦胆，"五十岁，天命年。"

胡泱泱叹了口气："穷乐，穷开心。"

"既然人已经穷了，再不乐乐，简直白活了。"

胡泱泱将苦胆扔向一边，"周局长那儿，还是没有消息么？"

"没有，"洪乙醇摇摇头，"周老太临上飞机前，又决定不走了，简直怪事。"

胡泱泱说："更年期的女人，说变就变，就像三春的天气。这下好了，你在家留守，枯等周老太吧。"

妻子把杀好的鱼拎了起来，在一瞬间，洪乙醇觉得就像凌空吊杀一个人，此人的骨胳被抖散了。他看着妻子把整条鱼儿下油锅。非常具有戏剧性的是，邻居那只擅长捕鼠的大黄猫，此刻无奈地骑在厨房的烟道墙口，眼巴巴瞧过来。

洪乙醇回到卧房。女儿洪丹丹还没有回家，作为兽医学院即将毕业的一名二十三岁的女大夫，洪丹丹生就一副与动物打交道的心肠。她杀伐果断，在好几回给牛羊猪狗的开刀实习中，总成绩名列第一。由于一家三口一间房，所以屋内摆两张床，一张双人床，另一张女儿的单人床，并且都置了大大的蚊帐。女儿出浴后，往往躲在帐内一款一款地更衣，这让作为父亲的男性公民洪乙醇先生一阵阵不愉快。同样，他与妻子胡泱泱的房事，质量与频率也一年年下跌。夫妻性事，变得毫无乐趣可言。很多怡人的细节无法铺展，用妻子胡泱泱的话来讲，无非是"两口子的嘴儿碰一个响"，其余享受，谈不上。

洪乙醇拿出下午去弄来的一盘片子。是从一个朋友处借来的，录有美国某同性恋当红歌星的现场演唱。据说其中不少镜头有淫秽成分，因此公开场合是禁止放映的。洪乙醇很想看看，却又唯恐女儿突然回家，处于一种类似十八岁的小伙子在初恋场合中闯红灯的感觉。正在彷徨摇摆时，一段电视节目挽救了他。这是一档群众文艺节目，录有市区一批京剧票友的内部活动镜头，其中领衔的，便是他洪乙醇先生，他在舞台上男扮女装，出演旦角，风采不输于当年的荀慧生。

不要小瞧了巡回听课员洪乙醇，他从八岁开始投身名贯华东的 B 旦角门下，专攻花旦，略有小成，但一直未正式下海（旧指业余学艺人转入正式剧团充当演员）。其实不下海并非他的个人意志，主要障碍来自他父亲。洪父一脑袋旧社会的陈腐观念，认为唱戏的社会地位十分低下，与乞丐暗娼同一档次，不入流的。所以，在迄今五十年的光阴中，洪乙醇始终是一个小有名气的男旦，一个业余演艺人，并且是一位光荣的人民老师，可以斜睨一只眼，鸟瞰公安局同志收捕乞丐与暗娼。

电视机上放的，是上个月在群文馆现场采录的。洪乙醇饰《吕布》中的貂蝉，那身段如此袅娜，发音如此娇嫩，台步如此水莲花一般，你简直看不出饰演者是一位业已半百的准老头了。

看着看着，自己的身子也软了下来，那种感觉，出了钱也买不到。一直看到自己唱完，从电视屏幕上一步一步退出舞台，以及演职人员名单一串串地从屏幕一角慢慢升起。

四

第二天一早，洪乙醇挎着篮子上菜市场买东西。走过街不远，便是一个居委会办的保姆中介，管中介的马大嫂很热情。洪乙醇的老婆曾照顾马大嫂的外孙女开后门考入幼儿园，马大嫂十分记情，每次见面都热烈地打招呼。

洪乙醇回应她，随后提篮，渐入菜市场。如今世风变了，都市不少大男人，照样一脸堂皇地来买菜，而不少主妇却在家蒙被大睡。中国的女权主义，开始看出点苗头了。洪乙醇一边走，一边想心事，最大的心事，便是周局长周老太的事。不晓得这位上司何时一个电话，便要自己随她一块儿去外地，去扮演一个外人不知的神秘角色。

最近三年来，每年的夏季放暑假，周兰芳局长必召他相随，去北戴河度假。当然，不可能局内数千名教职员工人人参与猜疑，不过局机关二百多人有兴趣参加到猜疑的行列中，却是一个事实。在同事们看来，洪乙醇充其量一个巡回听课教师，连副科级也挨不上，怎么周局长周大人的例行度假，要他去"伴驾"呢？凭哪一条呢？

不管怎么讲，于常理上说不通。

说不通的情况下，必然要犯猜疑的毛病。有的猜疑，直指人类最要害的本能，卞处长就说过，周老太需要过一种名义上的孀居身份，但实质上仍然拥有异性的生活。卞处长的言论很刻毒，可她不怕，因为不少人在暗地里附和她。

洪乙醇此刻挎篮漫步于菜市场，心里想着三年来得到的恩宠——来自周兰芳局长的恩宠。尽管这种恩宠迄今为止并没有得到利益兑现——比如职务升迁，住房改善，金钱赠予，不过他相信这一切迟早会实现。只要周兰芳局长人还在，位还在，对自己心不死，那么，一切都好办。中国的事就是这样。

没料到，菜市场对面走来了自己的对手余亮，还有他的老婆付月霞。这一对夫妻逛菜市场，从不挎竹篮，女的挽住丈夫手臂，菜蔬、鱼虾、肉类、副食品一个一个档位逛下去，最后大都什么也不买。他俩买熟食。他俩厌烦开伙的那一份忙乱。

菜市场上也有不少教师，对余亮十分尊敬，纷纷与他打招呼，即使不怎么识得他的那些年轻教师，也对他施以注目礼。洪乙醇当然明白，并不是教师们尊敬余亮这个人，而是尊敬他屁股上坐着的位子，因为他是听课员呗，一双耳朵一张嘴，随时可以向上头打小报告。

总而言之，在芦潮区教育系统所辖的十八所中小学中，人人晓得余亮的厉害，他的放刁，以及不太过分地利用职位，小小牟求好处的那种滑头。相形之下，同样也是听课员的洪乙醇，便有许多地方不及他了。洪乙醇从内心深处敷衍这份差事，他从来不去要挟被听课者，他喜欢过一种慵懒随意的日子，不愿意与人较真。此外，他把不少的精力用来唱戏，搞票友演出，因此，他管辖的教师并不惧他，洪本人也对自己在这个岗位上素无权威而供认不讳。

由于对迎面而来的同事怀有心理准备，所以余亮夫妇走拢时，洪乙醇已准备了一份平平常常的笑容。余亮笑着指指他篮子："你篮子好大，可以盛一礼拜吃的菜。"付月霞也说："洪先生采办菜蔬的规模，活像办一个单位的食堂哩。"洪乙醇嘴里嘿嘿嘿应着，心里其实讨厌这位同行。你这个家伙，谁知道在背后放了我多少暗箭，中国的知识分子搞起窝里斗，都有一种本事和特色，暗地里咬你一口，但脸上春风扬柳，照样与你亲嘴握手。

付月霞又说："昨夜电视里头，洪先生须眉不让巾帼，您扮的那个貂婵，真比十八的姑娘还水灵呢。"

洪乙醇陪笑："过奖过奖，我们票友，不过图一个热闹，在台上装疯卖傻罢了。"不想余亮朝他眨眨眼，说："不不，台上装疯卖傻，剧情需要，说得过去的。台下装疯卖傻，便不可取，不可取呀。"

洪乙醇动颜一笑："余先生说得有理。不过，据我看，台下装，比台上装却容易得多，成本也小多了。"

付月霞是个乖巧人，从中拦截两个男人："你们闲聊就闲聊，不要用词那么'权术'，好不好？我家老余在这方面不及洪先生，老是小肚鸡肠。"

余亮受了老婆鞭挞，一点不恼，倒还从容地笑给洪乙醇看："近来我夜里老是做梦，梦见老洪在教育局一夫当关，做了显官，一有兴致，便赏给我们这些手下人果子吃。"洪乙醇也索性逢场作戏："什么果子，老余？"

"哈哈，开心果，"余亮一笑，"如今局里上上下下都晓得您是位宠臣，到时戴了乌纱帽，别忘了我们这些寒儒哇。"

"你开玩笑。"洪乙醇说，"老余你寒得起来么？你是我们知识分子里头的首富，从房子开始，有那么多值钱的财产堆在家里。老余哇，你早就完成私有化啦。"

正说着，胡泱泱骑车路过，见丈夫被余亮夫妇裹住，看了就不耐烦，她挪挪屁股，示意丈夫上车。一阵铃响，胡泱泱载了洪乙醇蹬轮就走，像个古代剪径女盗裹挟了一名不中用的秀才。

付月霞望着那一对背影："我有点不相信，洪乙醇居然会得到你们局长的欣赏，受到什么宠幸。你说，凭哪一点？"

"我怀疑不是在仕途方面欣赏他，"余亮一眼瞅见了菜市场北侧一家点心店刚刚出笼的小笼包子，它们热气腾腾，"局长老太宠幸此人，也许有另外的原因。"

"什么原因？难道又是人们议论的那种通俗故事，像地摊书上写的那样？"

"也不全是，"余亮对付月霞指了指点心店，"从本质上讲，洪乙醇是一个玩票的票友，一个戏子。洪乙醇可能是周局长眼里的一颗点心，而不是主食。"

付月霞摇摇头："我不懂。只要他在业务上别挤兑你，就成。"

"说到底，我也看不懂了，我也糊涂了。局长老太为什么要宠幸他。"

"我想，各取所需吧。"付月霞也指了指点心店，并率丈夫走进去。余亮在心里默叩妻子的话，各取所需吧。各取所需吧。

五

不错，只能是各取所需。

一晃眼，半个多月过去了。也就是说八月底了。洪乙醇这半个月一直待在家，半步也不敢挪，静候周兰芳局长的召唤，静候她的电话。没有电话，也就是没有召唤，没有局长老太的旨意。等待是一种煎熬，是一种慢性自杀，不见血。

房子外面就是一条小小的马路。马路两边栽着很多梧桐树。春天是多雨的季节，梧桐成为流泪的美人。秋天也是如此。如今已过了立秋，天气虽还热着，却少了大暑伏天的炙人。最明显的例子是梧桐树上栖息的蝉了。这不，立秋后的蝉儿开始嗓子变闷了，变呆了。给教师们喘息的暑假，眨眼间快完了。

早上开始下雨，一直没有停的意思。妻子胡泱泱上班去了。女儿洪丹丹上学去了。她们走后，来了一位区群艺馆的干部。干部五十好几，端着一只吃皇粮的发福肚子，手上夹一棵"云烟"，袅袅地伴随他发言。干部是给票友们送劳务费的，洪乙醇常下街道为居民唱戏，而群艺馆作为主办单位，半年总要给票友们发一点辛苦钱，意思意思。

干部说："洪先生，上半年你共唱了三十一场。每场四十元，因你是领衔的男旦，太少了，意思意思。"

洪乙醇接钱，签字，还表示客气："我拿这个数，不少了，很多跑龙套的票友都不拿钱，尽义务的。"

"如今开始学市场经济。不过真正好东西，一下子还市场不起来。"

洪乙醇说："万事开头难，以后总会良性循环，慢慢接轨的。"

送走干部，洪乙醇隔着窗户，对着天空的亮光，一张一张观赏钱币。一千多元，共有十多张百元大钞，四个伟人的照片，很有派头的。由于钞票很新，翻动纸币时有一种欢愉的声音，使人想起银行内流水作业线上的全自动点钞机。

说实在的，他太需要钱了，比如二十多万元一套的工薪阶层福利房，就在前头不远的拐弯街角，可他买不起。再比如，女儿想买一根比较像样的金项链，虽然他怀疑女儿此举是为了获得男性的青睐，但女儿到了这个岁数已有这种必要，可他也买不起。再再比如，自己倒还罢了，然而妻子胡泱泱才不过四十五岁，正是盛年女性芳草萋萋的红火年龄，却老相毕露，去年在参药店看中的几支西洋人参，待入秋后怎么也要咬牙买来，多少价钱不再讨价，让妻子服了，怎么也要向岁月讨回几分公道。

不过总的来说，除了清贫以外，他没法对自己不满意。床架上的镜子可以表达这一点，不错，五十岁了，一个男人如同西半天的太阳，已经接近落山了。可他身板依然完好无损，在业余唱戏的票友中间，他是公认的"青春不倒翁"。这使他想起幼年学戏的情景。

记得他长到十五岁的美少年光景，学了一手男旦的功夫，加上自己巧手粉墨，一登台一亮嗓，便有无数捧场的掌声飞来。十五岁秋天，他唱戏的那家票房的班主———一位四五十岁的男性老板，垂涎他的美少年身子，好几次在戏演完后的场合，向他问色求欢。他不理解男老板为什么有嗜爱男风的不良习惯，加上自己年龄尚小，所以只是装糊涂，拖延过去。后来老板卷了细软去了香港，才算摆脱了。再后来，他娶妻生女，主业教书，副业当票友，直到眼下的五十岁光景。总的来说，他是一个公共生活与私生活都很干净的公民，并且是一个小有名气的业余男旦。当然，混得不怎样，距离所谓的小康，还有好多站，可自己不是在埋头追赶么。赶总比坐守干等要好，是不是？

六

八月三十日，芦潮区教育局基本结束暑假状态，职员陆续来各科室上班。教导处的下处长，这位老女人率领听课员余亮以及洪乙醇等几位，手握鸡毛掸子，在办公室内纷纷扬扬地打扫卫生，好几只在办公室内辛勤织网的蜘蛛只得无奈逃走。

卞处长新烫了头发，一边玩耍鸡毛掸子，一边拿眼溜洪乙醇，同时把话题递给余亮。

"今年这个暑假，咱们周局长周老太，总算廉政得很，哪儿也没去度假。"

余亮附和："大概老的风景点已经玩腻，新的又没有开发出来。"

卞处长的眼睛继续溜在洪乙醇身上，在她看来，洪乙醇如同一位女皇的内宠。当自己与余亮大谈周局长时，洪乙醇低头不言是不正常的，简直是对自己的藐视与鄙夷。卞处长隐而不发："洪先生这几年，年年暑期随周局长去度假，而且都在水边海边什么的，生猛海鲜鱼鲜算是吃腻了。比如现在世面上昂贵的老鳖。喂，老余，鳖有几种叫法？"

余亮进一步附和："还有叫甲鱼、团鱼的。处长。"

"好像还有。老洪，你在这一方面有阅历，倒是给我们说说。"卞处长对洪乙醇不依不饶。

洪乙醇讨厌此二位，抬头道："的确还有别名，叫王八！"

卞处长愣了一下，随即痛痛快快笑了起来，由于是上了五十岁的年纪，卞处长的沙哑嗓子像一只黄昏觅食的乌鸦。

洪乙醇丢下卞处长和余亮，独自拿了一块抹布去走廊上擦玻璃。玻璃内是一个局宣传科布置的专栏，重点宣传"春蚕到死丝方尽"的教育精神，以及人民教师"烛光里的微笑"的宣传图画。洪乙醇以抹玻璃为掩饰，其实是想窥探周兰芳局长的动静，局长办公室就在走廊斜对面，门缝悄悄张着，空调机朝室外一口一口吐着热气。可以看见两位秘书小姐，玉腿齐齐地露在裙外，百无聊赖地坐着。她俩也许会一直坐下去，然后提干，直至在这里终老。当然，也不绝对，要看人的造化了。

没有什么迹象表明周兰芳局长在，或者不在。她是一个五十五岁的女性，比卞处长那个老女人漂亮多了，这是洪乙醇的看法。卞处长有一对粗俗的金鱼眼睛，也许它能给年轻时代的卞处长带来春色，却对老年不利。一双过大的眼珠，有时就仿佛两盏探照灯，很容易照亮脸上密布的皱纹。卞处长在这一方面吃亏不小，并且无法纠正。

而周兰芳局长。对了，周老太，大家都这么称呼她。周老太估计有一米六五，从六十年代的一名民办教师，开始构建她的仕途大厦。即使如今老了，举止还像一个淑女，处事不温不火，一副金丝眼镜里，有两只顾盼生辉的眼睛。她仍然是南方的籽脸。为了永葆青春，她在家里造好了桑拿浴室。当然，独自享用。

洪乙醇拿了抹布，在心里迅速比较自己的两个女上司，很容易就把下处长比下去了。他此刻非常希望周老太能凑巧从办公室出来，或者从外头下了轿车后准备步入办公室，不管怎样都是一个照面的机会，他至少有半个月没见到她了。可是，洪乙醇却不愿走入局长室，去看她一个在与不在的究竟。他觉得自己守不住了，迫切地想知道她在哪里，并且，她是否需要他——需要他的服务。他寻思着，要用一个简便而有效的方法，来确认周老太的行踪。

这样，洪乙醇踅入局机关后院，溜进了停放周兰芳局长小轿车的小车班。小车班有五位司机，轮流开机关的四辆小车。在车库内挂着出车记录的黑板，牌照为H3458的奥迪车不在泊位，黑板上草草一行字——周，用车，市教委，全天。

七

如果不是出于防盗的考虑，周兰芳局长的私寓不会在院子的围墙上拉铁丝网。这是一幢日本式小洋房，上下两层楼，有八间房。当然，作为局长的周兰芳，每月只象征性地交一点房租，除了房费，诸如电话费、水电煤气费等，也都是由局里补贴的，她象征性地出一点罢了。人的权力达到了一定的等级，很多"象征性"便会来找你。自然，人的地位高了，看待下属的眼光也变得像扫描，潦潦草草的。看人，也成为一种象征性。

比如现在。周兰芳坐在回家的小轿车内，听任缓缓的车轮慢下来并且接近私寓楼下的车库。女佣刘妈已经开了车库小门，让司机泊车。周兰芳怎么就没注意到私寓大门口不远处溜达的洪乙醇呢？洪乙醇一只脚踩在自行车踏板上，把一双手肘匍伏在车龙头上，他的一双眼睛有忧戚的彷徨，他非常渴望她能看见自己。然而没有。周兰芳钻出小卧车，走向院子，就在这时，出身贫苦劳动人民的那位佣人刘妈，注意到了洪乙醇，刘妈给了他一个很大的面子。

刘妈轻声对周局长说："门口，那个唱戏的先生。"

周兰芳这才对那个方向定睛，她看清了洪乙醇，她笑了，倘若你愿意给其一个客观的描写，那么周兰芳凝视洪乙醇的神态，仿佛一个儿童正看待一架供人愉悦的游戏机。

"小洪。"周兰芳招呼道,"你怎么好久不来我这儿走动啦。"

洪乙醇规规矩矩从踏板上缩回脚,站正了,取一种下属的姿态:"局长不召,我擅自来,不方便。"说着,哈腰推车上前,靠拢周兰芳。周兰芳说,"以前你多方便,常过来唱几句,我听了,舒筋活血。今后一如既往,照旧。"洪乙醇点头。

"撂下你的车,跟我进屋吧。"周兰芳手指朝里点点。

洪乙醇在门口锁上了那辆破旧的凤凰牌自行车。司机泊车完毕,对他笑笑,转身回家。女佣刘妈原本与洪乙醇相熟,所以也无过多的客套。洪乙醇进了底楼客厅,听见女佣刘妈在浴池里给女主人哗啦哗啦地准备洗澡水,同时也听见楼上卧室内女主人穿着拖鞋的拖沓脚步声。客厅里摆了好几盆仙人掌仙人球一类的扎手东西,一看,便让人产生警觉,而怀念起与人为善的另外一些盆景植物。

没人来招呼洪乙醇,不过他早已习惯了。事实上常年寡居的周兰芳私寓,也不过她与女佣刘妈单独过日子,一栋小楼凄清无比。当然,外界舆论也嚼过周兰芳的舌头,说她公寓内藏有须眉汉子,不过,传闻归传闻,在当事人未公开私生活前,一切都不作数。

大约在四年前,洪乙醇有幸成为周兰芳局长私寓的客人。那时,她刚刚被任命为局长,正是一个仕途女性五十岁左右的小阳春光景。有一次纯粹出于偶然,教育局工会举办一台庆祝教师节的文娱晚会。会上有一段洪乙醇的京剧折子戏《王昭君》,一个人独唱独做独步独舞。由于他的那一条几可乱真的男旦嗓子,所以在台上莺声呖呖,十分妩媚风流。加上妆也化得传神,让人只得对这个"旦角"从心里赞一声好。其时周兰芳也在座,被他的表演所吸引,记下了这一段插曲。不久后,周兰芳患感冒在私寓病休,无聊极了,便想起这个地位卑微的下属,想起他这个业余票友的唱腔、台步与风情。她打了个电话,让秘书召他来唱戏。

那是个深秋的黄昏,洪乙醇平生以来头一回被人召去演戏,并且是给一个人看。他知道旧社会有钱人也召艺人上门去演艺,这种演艺行为被称作"唱堂会",素来被人所看不起。艺坛上比较有名的角儿一般不屑此行当,只有穷途末路的艺匠才那么去卖钱。

记得自己带了一把京胡，一叠唱片，在外候着。不一会儿，佣人刘妈传唤他上楼，入周兰芳的卧室。其时她背后垫一个软枕儿，五旬的头颅上照样青丝如云，拱起一个精心梳挽的发髻。在讲究的美容按摩后，她的脖颈与脸部洁白，只有少许的皱纹在告诉你一个成功女性的岁月沧桑。

"对不住了，叫你来。"

洪乙醇受宠若惊："不知局长在这方面有这么高的鉴赏水平。"周兰芳微微笑了："我小时候也学过戏，不过熬不了戏班子的清规戒律，才逃跑的。我差一点，就变成专业的了。"

洪乙醇本来想说，专业唱戏不好，没什么地位。再说文艺舞台上多一个戏子，微不足道，但革命队伍里就会少一个局长，太亏了。他经过思考后说，唱戏前途不大，意思不大。不想周兰芳听了倒高兴，并亲自剥桔子给他吃。那次，他唱了几段，具体唱什么已不记得了，反正她满意，还叫佣人刘妈给他搞了一点夜宵，吃了再走。在迄今为止的几年中，他常常奉召来她私寓唱戏，或者陪她去度假。总之一句话，洪乙醇已习惯了这种能伺候她的生活，这也正是他近来由于得不到她的召见而魂不守舍的重要原因。

正抚今思昔地狂想，周兰芳已沐完浴，穿一套淡米色的休闲服，来客厅。洪乙醇想起立表达尊敬，周兰芳一只软手朝下轻轻一按，好像哑语——不必不必。

周兰芳隔着茶几，与他对坐，佣人刘妈沏茶，徐徐退了。周兰芳只顾自己抽烟，淡幽幽的灯影下散发着烟雾的一圈圈螺旋。

"最近，你们票友在社会上有什么活动，唱了些什么戏呀？"

回答这种问题，洪乙醇很谨慎："最近忙备课，社会上来请戏，一般很少去。局长，本职工作我是摆在第一位的。"

周兰芳显然中意，点了几下头："有的时候我想，你听别人的课，我听你的戏，这事很有趣。是不是，小洪？"洪乙醇温顺地回答："您听我的戏，是抬举我们票友，等于也是听我的一门功课。局长。"

周兰芳大悦："你讲得过头了，过头了。"她的手指弹烟灰，"下学期的听课表，是不是下达了？"

"下达了。"

"你还是听历史么？"

"听历史，还有语文。局长。"

"那个余亮呢？"

"同我一样，也是语文、历史。"

周兰芳嘴角抿了一口茶："这位余先生，听说很有家底，家境很不错的。"

洪乙醇说："听群众反映，余亮的家私家产，比得上解放前的一个工商地主。"

周兰芳忍不住笑了："工商地主是一个什么概念，我不清楚。你我都生在50多年前，那时太小，不大记得工商地主什么样。你记得么？"

"只记得长袍马褂，出门坐黄包车什么的。"

周兰芳眯着眼品烟，半天呼出一口，缓缓道："让一些人先富起来，是对的。群众中最好不要有偏见和舆论，什么工商地主，弄得又像是当年搞土改划成分，批判土豪劣绅，这和改革开放不对头，也不利。"

洪乙醇一边听一边喏喏有声。喏喏之间，周兰芳又问："你们教导处那个卞处长，怎么样？"

洪乙醇正襟危坐："她是我们上司，说了她，等于打小报告了。"

"不算小报告，"周兰芳抬起头，居高临下鸟瞰他，"这等于我们局领导的微服私访。"

"卞处长刚愎自用，业务能力差，私心也重。这些都是群众的意见，我不过归纳了几条。"不想周兰芳十分赞许，竟又续了一支烟，津津有味："好，好。好啊。"周兰芳不解释好什么，好在哪里，"今天，等于你讲课，我台下听课。"

洪乙醇一脸惶恐："局长什么话，我们这种小公务员，讲得出啥名堂。今天我来，是想给您唱几曲，让您散散心的。"

周兰芳玉手轻摇，笑颜依旧："今天我累，免了，过几天来了兴致，再找你来唱，怎么样？"

洪乙醇识趣，立刻起身，周兰芳也不留，也无起身相送的意思。周兰芳只是又问了他一句："你刚才说，你听历史课？"

"还有语文课，局长。"

周兰芳叹了一口气："这事多奇妙呀，事实上很多成气候的人物，这两门功课从小就是最好。我们闭起眼睛数一数，看是不是这样？"

八

洪乙醇带着几分遗憾，或者也可以说是不快，回到家。再添一句，带着一个空落落的肚子回到家。人家今夜不想听他的曲儿，因此，也不留饭。

妻子胡泱泱拿了一把锈迹斑斑的利斧，坐屋檐下劈柴禾。每个月都需要不少把蜂窝煤引燃的柴禾，而缺乏臂力的胡泱泱最恼恨的，莫过于劈柴了。

"又去献媚。"胡泱泱冷笑，"主人也不给你管饭呀？"

"你咋唬什么？"洪乙醇把一只手指竖在唇边嘘她，"怕人家听不见。"边说，边抬腿入家门。女儿还没回家，差不多快七点了，电视台正播股票行情，主持小姐的樱桃小唇毫无表情。昨天正是她，播了一条某股民炒股失败后自杀的新闻，表情并无任何的忧戚。不过话又说回来，如今这年头，人们抵抗悲痛的能耐一日强似一日。笑比哭好。是不是呢？你说说。

胡泱泱也跟脚进屋。她将斧子放到了壁橱背后。"今晚不煮饭了，"胡泱泱说，"呆会儿，用电饭锅来下面条。"洪乙醇喏喏连声。

"刚才，余亮来过。送来听课日程表。"

"我已经拿到日程表了，"洪乙醇一脸狐疑，"他这是什么意思，存心上我家，找借口来窥探我的行踪么？"

胡泱泱面露不屑，"你又不是什么大爷，人家有什么必要去刺探你的行踪？"

"你怎么对他说的？"

"我说你上票友协会，找一帮戏子鬼混去了。"

洪乙醇正色："你别贬低我们人格，一口一个戏子的。解放五十多年了，怎么也不改一改？"

胡泱泱，这位善于控制幼儿园孩子的教师，驾驭丈夫也有法宝，那便是突然间刹车，默然不语。她在心里称赞自己的这种休克疗法。果然丈夫守不住沉默了，两只手枕住脑瓜，朝床上一躺，表面自言自语，实质是想与老婆对话。

"一个小小局长，三十年前不过是一个教人体卫生课的民办教师，居然这个样子对待我——召之即来，挥之即去的。当年走资派也没她那么，那么藐视群众。哼，我好尴尬。"

胡泱泱瞥了他一眼："这种尴尬是你自找的。难道不是么？时不时屁颠屁颠地上她家，一曲一曲学猫叫，让她听得舒服。这几年少说给她唱了几百回。唱到现在，没落到一丁点好处。白唱！"

洪乙醇不服气："也不能说白唱，比如房子问题，我充分向她暗示了我们家的住房困难。"

"她怎么了？给你批条解决了？"

"倒不见得马上批条，"洪乙醇的眼光暗淡下来，可马上又亮泽起来，"前年我又向她提了房子困难，她马上点头，并起身唱了一段江南评弹，杜甫的《茅屋为秋风所破歌》。你说说，她这动作，难道对我不是某种暗示么？"

"呆子，"胡泱泱掩嘴笑，"你唱曲儿做戏，难道人家就不能做戏么？"

"这我不管。种瓜得瓜，种豆得豆，我伺候她，对她好。想必，她早晚不会忘了我。"

胡泱泱鼻里哼一声："老实对你说，因我知道你的人品，才不往坏的方面想。她一个寡妇局长，这几年老是召你上门唱戏，听小堂会，换了别家的女人，不会轻易把自己家丈夫放出门。你难道不想一想，我好歹也是个新中国的妇女，我有我的尊严。"

洪乙醇额头青筋毕露，一句话憋了好久，才徐徐喷薄而出："你竟如此……如此粗俗！小市民……"

九

隔了两天，新学年已进入第二周，九月八日了。教导处卞处长一到办公室，就像当年攻打国民党反动派的前敌总指挥，手握鸡毛掸子，对住墙上那张"巡回听课表"敲来敲去。卞处长觉得，该派人去所辖的学校听听课了，不然，一搞教学评比，什么参照系数都没有。

卞处长正运筹帷幄，下属余亮和洪乙醇，已推门入室上班。卞处长不受干扰，鸡毛掸子继续支在墙上地图，做总攻前的凝思状。余亮把脸凑拢，看见卞处长鸡掸直捣玉镇中学，于是回头朝洪乙醇笑笑。

"比例尺——图上距离一厘米等于三公里。此地距玉镇三厘米。"

"正好九公里，"卞处长看了他俩一眼。"你俩今天去听课，听初一（三）班欧阳美丽的两堂课。一节语文，一节历史。"

洪乙醇不觉脱口而出："欧阳美丽，不是周兰芳局长的亲戚么？"

"局长亲戚怎么啦？"卞处长冷冷对他扫来一眼，"就听不得了么？"

余亮平衡气氛："听得听得，我俩收拾收拾就走。"

余、洪二人避开卞处长，出来打开各自的单车，离了局机关，径往玉镇的公路上骑。正是名副其实的秋天，公路两边聒噪的夏蝉，已经让位于遍地蟋蟀的合唱了。洪乙醇骑着骑着，忽对余亮发问："你一向跟卞处长跟得紧，刚才怎么也给我打圆场了？"

"你老兄这话，就让人伤心了，"余亮一只手掌住单车龙头，另一只手指向自家的一颗心脏，"不管怎么说，我俩是一口锅里舀食的伙计，能向着你的地方，我总向着你。"

"难得。"洪乙醇哼了一句。

"你就权当处长那老娘们犯更年期了。"

洪乙醇想了想，说："不对。她让咱俩听欧阳美丽的课，明摆着是找欧阳的碴，背后的目的，也是要找周局长的碴。"

余亮微微一笑："这又有何难呀，咱俩听完后找一个两全其美的评语写上，既不得罪周局长，也不触犯卞处长。"

"卞、周两个领导闹矛盾，我们这些小人物，风箱里的老鼠，日子难过。"洪乙醇叹气。

"都是狗咬狗，一嘴毛！"余亮说。

洪乙醇吃惊了："你说什么？再说一遍。"

余亮嘻嘻一笑："这又何难，我又不怕谁。狗咬狗，一嘴毛！"洪乙醇听后，半晌作不得声。他承认，这个家伙言语是粗俗了一点，不过，说得并无不当。

骑了一段后，余亮下车，从路边小贩那儿买了两根削皮的甘蔗，一人一根，边骑边嚼。骑着骑着，余亮忍不住，又向他挑衅："现在局机关里都是你的新闻。"

洪乙醇心一紧："无事生非嚼舌头。"

"是嚼好事的舌头，不是坏事。"

"我不听。"洪乙醇心里痒痒。

余亮笑笑："不听算了，我说给自己听。有人说，消息可靠——周兰芳局长要提拔你，做办公室副主任呢。"

"我对仕途不感兴趣，"洪乙醇咽下一口甘蔗甜汁，觉得脾胃十分舒畅，"这年头，小道消息比'文化大革命'还多。"

余亮取一种猫逗老鼠的闲聊调侃风度，不慌不忙："种种迹象表明，小道消息可靠。你怎么不想想，最近好几年出外度假，周局长怎么总把你拖着一路去？洪老，蛛丝马迹呀，古往今来，历史上所有的恩宠都是这么一点一滴开始的，当然你也不能例外喽。"

洪乙醇心里直叫苦，你们怎晓得，局座捎带我外出度假，主要是想听我唱小曲儿来解闷的。

"其实，这几年周局长也捎带过其他人去度过假的，比如小 A、小 B、小 C……"

"就是要你这句话，"余亮说。"后来情形如何呀？小 A 提了两级工资，小 B 在物资科得到一个肥缺，小 C 公派出国。洪老，以上几位锦绣前程都看得见摸得着。洪老，你是第四位。"

"哎，说这些，斯文扫地，扫地呀。"洪乙醇按捺住内心躁动，他觉得与余亮共事近三十年，从来没有像今天这样地话多。

到达玉镇中学，上午听了欧阳美丽一节语文课，下午听了她一节历史课。这位周兰芳局长的亲戚，在秋阳初照的教室内，背对崭新的黑板，穿一套淡藕色连衣裙，举手投足虽不能说美仑美奂，却有几分病西施的妩媚。她是一个被破格提拔到年级主任的二十三岁青年教师，并被选入区三八红旗手，还谋得了预备党员的资格。芦潮区教育系统的舆论是，欧阳美丽的幸运离不开周局长的荫庇，尽管周兰芳局长很少到玉镇中学去。

洪乙醇和余亮二位，在教室后排的听课席上，听取这位病西施的娓娓说教。语文课中，欧阳美丽把多音字"迫"击炮的"迫"，读成被压迫的"迫"。事实上很多不识字的疆场武夫，都晓得这门炮应该读成"徘"（迫）击炮的。欧阳美丽的历史课也让人不尽如意。一是"三吏三别"忘了是哪位作者写的，二是描绘历史事件的地图搞不清楚——方向搞不清楚，比如上北下南左西右东。虽则如此，却还常常把脸凑上去，指导学生寻找长安开封（汴京）西凉什么的。

洪乙醇忍不住对余亮低语："误人子弟呀。"余亮深以为然："人误地一时，地误人一季，误人功课，则甚过图财害命。"二人尽管正义在胸，然而在填写听课鉴定表时，却没有适当地表露出来。我们可以看见在优、良、及格、不及格四等之间，他们给定的评语处在优和良当中。

洪乙醇一边在表格上签名，一边说："渐愧。"余亮却一脸不屑："你别装模作样。难道你是到了今天，才明白忠臣难当呀？"

十

洪乙醇很快忘掉了听课的事。忘掉了在他心中并不美丽的欧阳美丽小姐。洪乙醇重又打点精神，等候周兰芳局长的召见。召他去服务唱曲儿。在这种他自己也看不起自己的等待中，无聊像某种啃啮人的怪虫，既给他搔庠，也让他无端幻想。他想起历史上不胜枚举的攀高枝的故事，而希望成为某根高枝悬挂着的某颗果实，早就变成一个顽固的幻想了。

这个暗中操纵我幻想的可恶女人。

到了掌灯时分，突然电话来了，洪乙醇便骑车，直奔周兰芳局长私寓。他不敢过分地摁门铃，所以铃声像一个老年人的咳嗽，时断时续。女佣刘妈开了门，侧出身子让他进屋。他刚拐入一条过道，就闻到了一股清明节上坟时的浓郁香味，再走入里头客厅，一眼看见了周兰芳。周兰芳的神情不见得快活，可也不见得不快活，不过，她的服饰十分素静，一点没有妇女同志喜欢的女红。再抬头一瞧，客厅里有一垂老女性的遗像。事实上这是一个精心布置的灵堂，遗像前供奉了不少吃食果品，以及数十柱袅袅的烟香。由于香烛摇曳，产生了一种暗香浮动的鬼魅效果。

"家母不在了。"周兰芳缓缓说。

洪乙醇立即趋前，弯腰弓臀，给了三个鞠躬。周兰芳看着满意，示意他入一旁的会客厅："家母宁波乡下的不少亲戚，又是忙修坟，又是大操大办搞大殓，还请和尚道士诵经超度，叫城里戏班子下乡唱戏。尽管乡下亲戚来了人，催了好几次，可我不能去赶热闹。你想想，我现在这种身份，能去赶那个热闹么？"

洪乙醇忙不迭紧跟："不妥不妥，封建迷信的确是要回避的。"

周兰芳眉头微蹙："不过，尽孝之情，总是难以回避的。今夜请你来，就是想让你随便唱点什么，解解我心里的忧愁。"

说话间，女佣刘妈一件一件端吃食过来。菜都是附近饭店订购的，现在，倾刻已铺满一桌。酒是绍兴花雕黄酒，在酒壶内用热水烫着。周兰芳给洪乙醇倒了酒，而后自己也倒满，仰脖灌下。周兰芳喝酒频率很快，一会儿三杯下肚，腮红了，瞳仁也显得游移不定了。在洪乙醇看来，丧母的忧愁像浓雾一样，开始对准他的上司奔袭而来。

"人死如灯灭呵，"周兰芳举杯对遗像晃晃，一副举杯邀亡母的模样，"人生一世，草木一秋。"

洪乙醇小心翼翼："老母高寿？"

"七十一。"

"呀，"洪乙醇自认为逮着文章了，"局长，那应该是喜丧啊。"

不想周兰芳并无快感："如今中国人寿命普遍提高，七十一算什么：一点也算不上及格。这叫什么喜丧。"

有点自讨无趣了。洪乙醇暗想。我闭口，少说为佳吧。

"人生一世，草木一秋哇，"周兰芳又念叨了一遍，"你倒说说，什么东西才算富贵呢？"

由于酒喝多了，这个女人目光灼灼，不过也可认为是目光浑浊。真的，洪乙醇开始讨厌这个女人了。他想：我这是干嘛呢，给人家的亡母吊孝么？

洪乙醇不得不回答："世上有不少的富贵，局长。一个人活着，并且对自己的生活满意，就是最大的富贵。"

"那么，洪先生对自己满意么？"

"不满意。"

"嗯，所以你不富贵。"

"是，局长，不富贵。人人都知道我不富贵。"

"那么，你看看我，"周兰芳自傲地指着自己鼻尖，"我富贵么？"

"局长，局长么，"洪乙醇略迟疑，"局长基本富贵"。

周兰芳莞尔一笑："局长，哈哈也就是我。一说我，你口气就停顿，可见，我的富贵也有过停顿的时候。"

"事物总是螺旋形上升发展的，局长。"

周兰芳叹了一口气："你很会说话呀。可惜命运不济，不济啊。"

佣人刘妈跑进跑出，撤下动过筷子的旧菜，再上新的菜。客厅内灵堂，寂然无声，只有一道一道扑鼻的暗香，僭越了亡灵的眼睛，一缕缕莫名其妙地走失。一只西洋自动挂钟里，突然站出一只杜鹃，机械地一声声报时，完事后，它又钻入钟腹。时光如同暗算人类的判官，一寸光阴一寸金地向人们索取性命。

两个人又喝掉不少黄酒。周兰芳忽然说："前几天在音像商店买了不少戏曲卡拉OK伴唱带子，今后你唱曲儿，不用清唱了，清汤寡水的。"洪乙醇说："那是最好，我也不喜欢清汤寡水。"

言毕，周兰芳去卧室取音带，脚步已让花雕酒泡软，一步一步显出趔趄来。带子取来后，洪乙醇请示唱什么，因为在洪票友看来，局长丧母，所唱曲儿多少要有一点悲悼肃穆的味道。不想周兰芳醉眼蒙眬，一边开机子放伴奏带子，一边醉兮兮地说："不，不见得，反其道而行之嘛。伤情掉泪的未必好呀，唱一点红火的，热闹的，浓艳的，怎么就不好了呢？"

洪乙醇奉命，唱了几段。偏偏就是这几段，却让他倒了霉，他后来就出事了。谁能料到那样的结局呢？洪乙醇居然被周兰芳撵出了私寓！

十一

又过了一年。转眼到了一个新的秋天。

洪乙醇还是老样子，不过头上白发多了一点。照旧与余亮一周去巡回听课，业余时间，有机会也上票友协会唱唱戏，清汤寡水地自娱一番，家里也还是老样子，和老婆女儿共居一屋，共同承担狭窄的居室以及男女不便的许多尴尬。

有关去年秋天周兰芳局长丧母，召他去唱曲儿的不愉快回忆，已成为一首不堪回首的挽歌。他费了很大的力气，企图忘掉它，但不大容易做到，他常常在供职的局机关见到周局长，她仍然一如既往地对她客气，或者点点头什么的。他觉得，不能再去向她套近乎，他非常害怕遇到她的笑容——那种包含讥讽的，像看待一件废品回收物那般的笑容。

我很卑微。可也是一个人，不是废品回收物。他想。

事实上去年秋天的那个夜晚，也许是双方酒喝多了的缘故吧。周兰芳开机要他唱曲儿。他借着酒意边唱边舞，一条男旦的嗓子魅力横生；她借着酒意边听边在膝头击掌，醉意朦胧中，仿佛觉得自己的地位飞升，恍若老佛爷慈禧太后在宝殿品戏了。然而，过了一会儿，她却关了机子，手指一下又一下点着他的鼻子。她数落了他不少，直让他目瞪口呆，自辩不得。

后来，她唤来了女拥刘妈，吩咐她一件事——送客，把这个戏子撵走！因为在周兰芳看来，这个男旦的所有表演——唱念做打，手势台步舞段眼神，怎么越看越觉得变态，让人忍受不了。为什么自己以前几年中，却那么地欣赏他呢？历史上曾经有过不少惑主的妖孽，难保他不是！刘妈，你帮我把这个人撵走。以后，不准他再上家门！

真相就是这样。一年前那个暗香浮动的秋夜。

如今，一年过去了。

不。也曾经有朦胧的不死心。洪乙醇在暗地里发出幻想，也许，那只是一时酒性使然，周兰芳还会对其有新的召唤，新的使用。然而，什么动静也没有，一年过去了，她绝对冷落了他。在她的几次新的度假中，她找到了别的伴驾者，他们肯定以更为健康的方式去陪伴她外出，或工作或娱乐。皇天可鉴，他们比洪乙醇更安全，更令人赏心悦目。

在今年肥藕大丰收的仲秋之夜，月亮正如气象台预报的那样，圆盘似的光辉四射。因为女儿和妻子正在忙中秋之夜的家宴（工薪者的小宴），洪乙醇才得以独处。洪乙醇调好胡琴，于屋檐下散漫地拉了起来，琴声飘荡，和现代的审美毫不合拍。

偏偏不远处的余亮家有客人。客人是教导处卞处长。卞处长以五旬之身不屈不挠地和青年妇女争奇斗艳，照样穿紧裹三围的裙子。请客是事先拟定的，卞处长欣然赴余宅，令余亮夫妇高兴。院子葡萄棚下，余妻付月霞备妥吃的东西。三个人对笑一番，刚刚尝菜，就听见了近在咫尺的胡琴声。洪乙醇的琴声。

余亮道："孤独的内心独白呀，这位老洪兄。"

卞处长说："他有老婆女儿，洪乙醇他孤独什么？"

付月霞说："处长不知道，现在他很少开口唱曲儿了，老是拉琴。先前他不是这样的，我们两家住得近，知道。"

卞处长略略点头："都在传说，周兰芳不宠他了。其实风物长宜放眼量，和周兰芳套近乎有什么意思，她又不是第三梯队的干部，说话间便要下台的。"

余亮帮卞处长殷勤夹菜："事实上，也未必宠他洪乙醇。据别人讲，周兰芳前几年，也不过是召他唱唱小堂会，给她逗趣解闷的。"

卞处长停了筷子，良久才说："这就对了。我怎么就没有想到这一层呢？可怜的洪老兄。"

这一边的窃窃私语不能妨碍继续操琴的洪乙醇。拉了一会儿，无人搭理他，周遭的邻居也在各自庆祝，所以不得不无聊了。此时，妻子胡泱泱走拢屋檐，一边解下围腰，一边对丈夫说："别拉了，菜已烧齐，进来吃吧。"

看着自家男人不动，胡泱泱半真半假端了他一下："这么多年，你费那么多心思，那么多心血，唱了那么多曲儿给人家受用。今夜，能不能也为我唱几段啊？"

洪乙醇异常认真地望着妻子，郑重其事地说："怎么不可以？以后你想听，我就给你唱。"

作者简介：

凌耀忠，男，上海歌舞团编剧、创作室主任，上海作协会员。迄今已发表中短篇小说作品三百多万字，作品多次被选刊转载，有部分作品被译为英、法文在海外发行。

官 途 /唐达天

一

何东阳正埋头看文件，忽听有人敲了一下门，他刚说了一声进来，就见一个陌生男人腋下夹着一个黑色手提包进了门。那男人留着一个寸头，脖子里套着一个大金链，一看就知道是那种有了俩钱的土老板。何东阳正疑惑地看着，陌生男人关了门，转过身来狡黠地一笑，才说："何市长好，我在电视上老见到你，就是没有打过交道。自我介绍一下，我是金色花园小区的住户，叫周得财。"何东阳一听是周得财，"哦"了一声，知道麻烦找上门来了。

前些天，新闻媒体上、网络上同时爆出了金州市金色花园小区个别住户擅自加盖别墅、影响城市景观的报道，网站上的文章更犀利，有一篇题目为《穷人被强拆，富人在强建，政府要站哪一边》的文章，内容翔实，笔锋犀利，列举了金色花园小区内的别墅加盖扩大占地面积的数字，还发了照片。文中还采访了一些人大、政协委员，他们发出的呼声非常尖锐，低收入群众的合理住宅被强迁，富人们却私自违章建筑，公理何在？我们的政府究竟代表谁的利益？言之凿凿，咄咄逼人，并责问政府不能只拿弱势群体开刀，应该一视同仁。

很显然，这样的报道上升到了穷人与富人之间的矛盾，引发了一些负面的效应，也把政府工作放置到了风口浪尖上去拷问。网文下面的跟帖更是过激，几乎是一边倒在指责富人们，责问政府为什么不加以制止，难道是政府的官员得了什么好处，害怕得罪这些富人吗？报纸上的虽然言辞没有这么犀利，却上升到了创建精神文明城市的高度，指责这些私自加盖的别墅影响了城市的整体规划和文化广场的周边环境，有关部门不应该熟视无睹。

看完报道，何东阳心里十分恼火，这是什么人在故意制造矛盾，唯恐天下不乱？网络上的文章倒也罢了，《金州日报》怎么也跟着起哄？这不是明摆着把自己放到了火上烤吗？他很想给日报社的总编老常打个电话批评几句，可又一想，报纸反映一些群众的呼声也没有错，老常可能压根儿就没有想到会把矛头指向自己，这一过问，岂不是把问题扩大化了？也许是因为自己站的位置不同，才对同一个问题有了不同的理解，如果现在还是丁志强当市长，他不是临时负责政府工作的常务副市长，他也不会这么敏感。这样想来，心气才平和了许多，他正准备给城建局的局长黄建成打个电话，没想刚拨了号，黄建成就出现在了他面前。他心里一惊，真是一念鬼就是一个黑古桩，便黑了脸问："最近报纸批评你们城建部门的事儿，你看了没？"

黄建成说："看了，我就是特意来向何市长汇报情况的。"何东阳示意他坐下，为他泡了一杯茶。黄建成客气地说："谢谢何市长。"何东阳早就听人说过，黄建成是市长丁志强一手提拔起来的亲信，城建局管着城市规划与建设，是一个实权部门，更是一个高危地带。按市政府原来的分工，城建局属于丁志强直接管辖，何东阳很少问津，黄建成有什么事也不来找他，他们俩几乎没有什么来往。何东阳明白，这次黄建成主动找他来汇报，主要是市长丁志强被调到了省政协去担任一个部委的副主任，他不得不向他来汇报。想着，便坐到了位子上说："那你说说情况。"

黄建成说："金色花园小区的别墅是九十年代末修建的，因为质量问题，有的顶层每逢下雨就漏水。去年，他们中的有些人曾经申请过要自己补修一下，城建局考虑到实际情况，就答应了他们的请求，没想到他们越搞越出格，有的住户竟在上面加层，有的干脆推倒重新修建了小高层。在这个问题上，我们城建局有责任，主要是没及时检查，加以限制，才导致了今天的被动局面。"

何东阳说："媒体上的报道和批评你看了没有？"黄建成点了点头说："这些媒体都是马后炮，在他们修建时悄无声息，既成事实后就知道煽风点火。"何东阳没有表态，只问："你是城建局长，在这个问题上你最有发言权，你说说，现在该怎么办？"黄建成苦笑了一下说："我觉得现在只能要求他们下不为例，已经加盖的，要让他们拆除可能有难度。如果强行拆除，恐怕会引起新的矛盾。这些人都是金州市的纳税大户，有的是外来多年的投资商，我觉得我们还要理性地对待这件事。"何东阳"哦"了一声，他觉得黄建成说的有些道理，但也有些偏颇，如果按他这么做，显然不能一视同仁，恐怕难以服众，只好说："这样吧，安排一个时间，我们去实地考察一下再做决定。"

从何东阳的主观愿望上来讲，他也不希望扩大事态，最好是冷处理为好。然而，没想到晚上的电视节目又曝了光，无疑又使这件事升了级。电视画面上出现了几个加修的别墅，有五六层高的，也有三四层高的，有的干脆推倒了重建，有的在原有基础上扩建，整个别墅区乱糟糟一片，失去了别墅区的和谐，反倒有点儿城中村的意味。电视主持人还现场采访了施工人员、保安和小区管理人员，就是没有采访业主。小区管理人员说，他们曾向城建部门汇报过，城建部门没有做过明确的答复。

何东阳越看越生气，觉得城建局在管理上还是有问题，像这样的事应该早发现早制止，等到生米煮成熟饭了，问题暴露了，对谁都被动。他不打算去考察了，新闻记者的调查足以让他了解到问题的症结，再去考察就是多此一举。既然是城建部门管理出了漏洞，他只能责令城建部门自己去解决，该拆除的拆除，该处罚的处罚，不能让你黄建成当好人，让我去得罪人。

第二天，是市委中心小组学习日。何东阳本想等学习结束后再向市委书记孙正权做个汇报，听听他的意见，没想到还没来得及向他汇报，在中心学习小组会上孙正权就讲到了这个问题。孙正权不是专门作为一个问题单独讲的，而是在讲到创建全国精神文明城市时，顺便提到了金色花园小区有人以维修为名私自加盖别墅的事。他说，这件事影响很不好，不仅影响了居民小区的统一规划和文化广场的周边环境，更重要的是在群众中产生了不良的后果，无形中扩大了贫富阶层的矛盾，希望政府有关部门作出相应的措施，处理好这件事。

何东阳很认真地做了笔记，打算轮到他发言的时候表个态，并把自己的打算汇报一下。孙正权发完言，自然轮到了副书记韦一光，使何东阳没想到的是，韦一光的发言一下子把这个问题推向了一个高潮。韦一光首先谈了一阵学习的体会，然后话锋一转："说到创建全国精神文明城市之事，我完全拥护和赞成孙书记观点，我们就是要从小处着眼，大处着手，一屋不扫，何以扫天下？如果我们的文明示范城创建活动不从群众关心的实际问题着手，就很难得到广大市民的共鸣与支持，很难由决策行为变成自觉的群众行为。所以，我们决不能忽视群众的意见和呼声。

"花园小区别墅业主的改建行为，已经严重影响了整个小区的景观和其他人的生活，往小里说，这是一个局部的行为，往大里说，就是个别人无视政府职能部门的法规，破坏和影响了文化广场的周边环境和景观。一些人大代表、政协委员由此也对我们的政府工作提出了质疑，我们是为富人开路，还是为穷人说话？这样的提问虽然有些偏激，但也说明了一个问题，就是我们在治法上的不公，不能因为老百姓没有钱没有权就强拆他们的房子，有些人手里有了钱就可以放任他们自己修建。

"最近，我在南方网上看了一篇新闻，说广州有个富豪区，上演起大规模圈地运动，别墅小区的业主改扩行为比较严重，使原本整齐划一的别墅群变成了风格各异的大杂烩。附近业主意见很大，市人大代表的呼声也很高，但问题终究没有解决。新任广州市长对此向权富们铁腕开战，他明确表示：'老百姓的违建可以拆，非富即贵的违建拆不了，不合理！我不管你里面住的是谁、背后有谁，依法行政理直气壮，如果有钱人都管不住，那穷人还怕什么啊！一定要好好查一下。'在这位新任市长的明确批示下，有关部门严厉督办，终于拆迁了这些违章建筑。这件事与我们这里所发生的几乎一模一样，我们不妨借鉴别人的成功经验，采取必要的措施，把这种歪风邪气打压下去！"

何东阳听着，心里有点儿怪怪的，韦一光的话无疑有小题大做、推波助澜的意味，目的就是想把他推到问题的风口浪尖上，让他骑虎难下，不好收场。如果仅仅这样也就罢了，更让他感到不悦的是，韦一光拿了广州市长的例子来说事，这无疑将他置于被动的地位，如果他拿出了铁手腕，抹平了这件事，功劳也不全是他的，还有韦一光，他只不过按照韦一光说的去做，才取得了这样的成果。如果他做砸了，引发了新的矛盾，说明他没有水平。如果不按照这样的思路去做，问题就不会得到彻底解决。好一个韦一光呀！这不是把我架到火上去烤吗？让我去得罪人，你却躲在一边隔岸观火，事成了，有你的一半，事败了，让我落下个无能的恶名。这其中的玄机，也许其他人没有参透。韦一光的话说完，其他人都跟着借题发挥起来，很显然，这些发言中有原来对丁志强不满的人趁机发些牢骚，也有趁机讨好孙正权和韦一光的，把政府工作的不满情绪一下发泄了出来。

孙正权听了大家的议论，又做了几点补充和强调，态度非常明确，责令政府一定要依法行政，处理好这件事。轮到何东阳发言的时候，他不得不向市委、向孙书记表了态，要深入调研，给出切合实际的处理意见，保证给市委交一份满意的答卷。

可是当何东阳接受了拆除违章别墅楼的任务后，才知道这是一块难啃的骨头。别墅区有五家加盖了楼层，三家完全拆除了原来的楼房重新修建了楼房，不但破坏了原来的框架结构，还扩大了占地面积。这三家中，有一家户主叫周得财，既是房地产开发商，又是省纪委书记的表弟。难怪黄建成睁一只眼闭一只眼，当时在位的市长丁志强也不闻不问。城建部门的默许，无疑助长了周得财的胆量，才导致了他拆旧盖新，彻底破坏了原有的格局，也为其他房主带了一个不好的头，引发了一连串的违章修建。

这些信息是城建局的副局长岳阳告诉他的。岳阳原先在祁北县当过乡长，是何东阳的老部下，他向何东阳提供这些内情，无非是想提醒何东阳要投鼠忌器，别影响了自己。很显然，周得财是这群人里面的领头羊，大家都看着周得财，只要拆除了周得财的违章修建，别的人就好办了。问题是，怎么才能让周得财认识到扩建的危害性，并让他成为一个拆除的带头人呢？何东阳不得不问岳阳："你说说，如果政府强拆，最坏会导致什么后果？"岳阳说："何市长，恕我直言，如果真的强拆，恐怕会得罪省纪委书记。"

何东阳心里一惊，如果真的得罪了省纪委书记就不好了，他随便给你穿个小鞋，找点儿问题查一查，不管能不能查到，经过这么一折腾，搞不好会从此毁了自己的前程。但如果就这么放弃，又觉得难以给金州老百姓一个交代，也对不起自己的良心，更何况他已经被人推到了风口浪尖上，想退已经来不及了，唯一能做的就是想办法从中寻找一个平衡点，找到一种更为合理的解决问题的方法，可是，这个方法要到哪里找呢？

何东阳叫来了秘书长潘多文，把问题大致给他讲了一下，说："你安排一下，明天早上八点钟，城建局、金都区政府，还有各新闻单位的记者到市政府大院集中，然后我们统一到金色花园别墅区现场办公。到时候你也一同去。"潘多文说："好的，我马上去通知。"何东阳很希望潘多文能谈谈自己的想法。他知道潘多文伺候过几任领导，有着相当丰富的经验，隔岸观火时，要比火中的人看得更深刻透彻一些。虽然秘书长的位置决定了他不宜多说，但这并不妨碍他的心智高于他人。何东阳想试一试，如果把这个烫手的山芋交给他，他会如何应对？于是便说："必要时，你可代表政府对着摄像机讲几句话。"

潘多文谦卑地一笑："谢谢何市长对我的信任，代表市政府讲话，非你莫属，尤其是这在个特殊时期，你不要把这个话语权交给了别人。"

何东阳心里却想，潘多文不愧是一个明白人，就说："什么特殊时期？坐，坐下来说嘛。"

潘多文坐在了他对面的椅子上，说："丁市长一走，位子空了，这就是一个特殊时期。恐怕瞅着市长位子的人不少，上面的意见很重要，群众基础也同样重要，所以你不能太掉以轻心，该舆论造势的时候，你也得造一造，该走的路子还得走一走。我们政府这边的人都希望你能当上市长，你不仅能力很强，为人公正，而且还关怀我们下属，说真的，我打心眼希望你坐上这位子，也好关照一下我们。"

何东阳哈哈一笑，心里不觉一阵畅快，他觉得潘多文为人不错，尽管有恭维的成分，听起来还是相当顺耳，就接了他的话头说："多文呀，如果我真的能坐了那个位子，我就不光是关照你一下的问题了，而是要把你放到更加重要的岗位上，让你发挥更大的作用。"

潘多文一听，眉宇间顿时溢满了喜气，说："谢谢市长的高看，不管将来情况怎么样，有你这句话，就让我很知足了。"

何东阳说："我说的不是面子上的话，而是真心的，谁不希望自己的手下有几个得力的干将？但是想归想，不到那个位子上，想关照也难。至于市长的位子，想的人很多，我也不抱太大指望，什么事都不能强求，顺其自然吧，只要把眼前的工作做好，能够问心无愧，对得起金州的老百姓就行了。"

潘多文说："倒也是，倒也是。说到眼前的工作，我觉得别墅区违规建筑的确是一个非常棘手的问题，不过，话又说回来，越是棘手的问题，越能考验领导者的执政能力，处理好了，能得到老百姓的拥护和口碑，也能得到上级领导的看重。当然，这样做可能会触及个别人的利益，如果真的触及了，上面有人怪罪下来，那也不是你的责任，是市委的决策，下面又有城建局和区政府具体去执行，他也奈何不了你。"

何东阳点了点头，拿市委的决策来做挡箭牌他不是没有想过，但总觉得有点儿牵强，现在再经潘多文这么一讲，他有了一种认同感，嘴上却故意说："干吧，干什么事都不能顾及太多，如果顾及太多，什么事都做不成。"

潘多文告辞后，何东阳心里轻松了许多。潘多文的话，无疑消除了他的心结，也打开了他的思维，他完全可以把问题交给区政府和城建局去办，还可以让他们分为两步走，先劝其自行拆除，避免矛盾，如果他们自己不拆除，再强行拆除。同是一件事，处理的方式不同，效果也不同。他十分清楚，在这件事上绝对没有折中路线可走，也无路可退，他只有硬着头皮上了。

次日早上，何东阳带着市城建局以及有关部门几十人到金色花园小区去调研，电视台的摄像记者一会儿把镜头对准何东阳一行人，一会儿又对准旁边的施工人员。小区内，不时传来搅拌机隆隆的轰鸣声，来来往往的运沙车堵住了别墅区的小路，旁边一家别墅外面搭建了高高的脚手架，在原三层别墅楼上正加盖第四层。何东阳的身旁，一左一右陪着的是金都区的区长王守义和城建局局长黄建成，其余人等都紧随其后。他们察看了一圈，从外观上看，有五户别墅区加高了楼层，有三户推倒在原地重建了别墅楼，无论从面积上还是外观上，都与原有的别墅大相径庭，有点儿鹤立鸡群的味道。大家心里都明白，这三家大概就是富人中的富人。

一行人来到物业中心，小区物管公司的经理介绍说，从去年开始，部分业主提出要对私家别墅做装修，我们物业公司允许他们在不改变框架结构的前提下进行装修。后来，有人陆续以装修为名开始对别墅进行不同程度的违法改建和扩建，特别是今年以来更为集中，业主争相攀比、效仿，擅自进行较大规模的违法改建、扩建，修凉亭，扩建地下室，改变主体结构，甚至还有三家推倒重建。

何东阳说："你们物业管理公司为什么不加以制止？"

经理说："制止过，他们说问过城建局了，同意他们改。"

黄建成说："你们应该看看有没有城建部门的批文，没有批文，口说无凭，就是违法修建。反正这事儿我们城建局根本不知道，他们从来就没有报过。"

何东阳说："现在知道了，该怎么去解决？"

黄建成说："我们一定查处！"

何东阳说："市、区城建部门立即成立一个联合清查小组，由你担任组长，介入金色花园小区，对违章建筑进行全面摸查，进行立案查处，决不手软。需要处罚的就按规定处罚，需要拆除的，报请区政府批准，先通知户主限期自拆，如不自拆，就强拆。"

黄建成马上点头说："好好好！"

何东阳又对金都区区长王守义说："王区长，这也是你区政府管的事，你要积极配合黄局长做好这项工作，限期三个工作日，把所有的违章建筑拆除干净。"

王守义马上应声说："好好好，我一定积极配合黄局长，完成市长下达的任务。"

看着王守义谦卑的样子，何东阳突然想起半年前有一次群众上访时，他打电话给王守义，王守义依仗他是丁志强的亲信，敷衍了事不把自己放在眼里。没想到此一时彼一时，丁志强调走后，他像换了一个人似的，变得万分谦卑听话，从这细微的转变中，他看到了人性的善变，也看到了王守义的可怜。

就在这时，电视台的女记者拿着话筒过来对他说："何市长，我是电视台的记者田小麦，想采访一下您，好吗？"

何东阳一看，原来是一位漂亮的女记者，他在电视上常见到她主持节目，印象挺不错的，就说："好吧，你有什么问题可以随便问。"

看到记者要采访何东阳，其他人马上回避开来，把镜头留给了何东阳一个人。

田小麦将话筒对到自己的嘴边说："金色花园小区别墅区个别住户以修缮为名，私自对别墅进行了违法改建、扩建，有的甚至推倒重新修建，加高了楼层，扩大了占地面积，破坏了小区的整体规划，在社会上引起了强烈的反映，有人说，这是富人区，富人有钱了就可以随便扩建，没人敢管也没人敢过问。今天，市委常委、常务副市长何东阳带领城建局和金都区的领导一起来视察，看到这些违法建筑，我们想听听何市长的看法。"

何东阳心想，这小丫头看起来像个花瓶，问起问题来却不乏深度，也够尖锐，不过，尖锐点儿也好，这正好把他推到风口浪尖上，方才显英雄本色。田小麦说完，将话筒对到他的面前。何东阳微微一笑，说："不管他是富人还是穷人，我们市委市政府的态度非常明确，如果是违章建筑，一律限其在规定的时间内自己拆除，如果故意拖延时间不拆除，我们也不能排除强制拆除。"

他越来越找到了讲话的感觉，指着旁边的违章建筑，激情满怀地说："你们看看，金色花园是多么漂亮的小区，由于这些扩建和加高的违章建筑，极大地影响了小区的美观和整体规划，再加上来来往往的车辆和轰隆隆的机械声，也影响了这里居民的正常休息。老百姓的违章建筑我们可以拆除，富人的违章建筑我们为什么不能拆除？我有这个决心，也有这个信心，在市委的正确领导下，一定会给金州的老百姓一个满意的答复。"

采访结束后，田小麦收起话筒说："谢谢何市长，您讲得非常精彩。"

何东阳心里一阵高兴，嘴上却说："这有什么精彩，只不过是实话实说而已。你是不是叫田小麦？"

田小麦点着头说："我就是田小麦，谢谢市长能叫出我的名字。以后，随着拆除工作的进一步深入，我还可以来采访您吗？"

何东阳说："当然可以，我们政府的工作，也要接受你们新闻媒体的监督呀。"

田小麦粲然一笑说："那好呀，下次采访时我们再约。"说完，打了一声招呼像小鸟一样飞走了。

何东阳暗想，文化广播系统，可谓美女如云，难怪吴国顺把文广局长的位子看得这么重，有这么漂亮的女孩儿当下属，这领导当起来肯定很滋润。

晚上吃过饭，何东阳就迫不及待地打开了电视，看过了央视的《新闻联播》，又看金州电视台的《金州新闻》，新闻的第一条是孙正权参加一个公司剪彩仪式，第二条就是他自己检查金色花园小区的新闻。他没有想到电视上的自己，说得那么慷慨激昂，也许当时他看到这些富人们住了这么好的别墅，他们还不满足，还要相互攀比，扩大了地盘还要加盖楼层，竟然置城建规定于不顾，不要以为你们有了钱就可以为所欲为，我就是要让你们知道，无视政府的法规，必然要遭到法规的制裁。也许，正因为有了这样的思想动因，内心里产生了强烈的不满，才讲得这么义正词严。

看完新闻，他的夫人胡亚娟说："你瞧你，这种得罪人的事还能在电视上随意说？"

何东阳听得极不顺耳，便没好气地说："你一个女人家懂什么？"

胡亚娟嘴一撇，说："我是不懂什么，可是你看看，人家孙正权戴着大红花去剪彩，得罪人的事他怎么不去？还说哩，我看你就知道给人家去垫背。"

何东阳心里越发来气了，就说："市委与政府的分工本来就不同，有关行政执法的事，就是政府的事，政府不出面能行？尽瞎说。"

胡亚娟哼了一下，说："你拆除了他们的别墅，就不怕他们指着你的脊梁骨骂你？"

何东阳不想听她再啰嗦，又不好发脾气训斥她，就说："这是市委常委定的决策，又不是我自作主张要拆除。好了，你看电视吧，我要到书房看几份文件。"

胡亚娟说："文件，文件，回了家就不能放松一下，还要看文件？"

何东阳本来不想理她了，听了这话，还是接了说："等没有文件可看的时候，说明我的政治生涯也就到头了。"

进了书房，何东阳的心里一团乱麻，本来挺不错的心情，让胡亚娟一阵乱说，搞得他灰暗了许多。待抽了支烟，静了心，细想胡亚娟所说的，其实也正是他所担心的，只是他不愿意朝那方面去多想，更不愿意放大它，让这些负面情绪来扰乱他的心。有些事儿，并不是你愿不愿意做的问题，而是你愿意也得做，不愿意也得做，而且还必须做好。身处在他这个位置，有时候是没有选择的，他更多地模糊了自己的个性，呈现出来的却是一个政治符号，或者说是官方的发言人。

而具体到他的职位，只不过是一个政府的临时负责人，说到底，他必须围绕着真正的一把手、市委书记孙正权的方向盘来转，取得了成绩，是一把手英明领导的结果，出现了问题，只好由他这个具体办事的人来承担。这一次，让韦一光点起了火，然后又让孙正权把他推到了台前，让他去做得罪人的事。不过，这一次虽然是得罪人的事，却也传达了他的一些执政理念，他觉得能够伸张正义、为老百姓代言，即便损失一些也不遗憾。

第二天，何东阳看到了《金州日报》的头条刊登了他视察金色花园小区的一张大图片，雷人的标题一下吸引了他的眼球：《常务副市长何东阳向富人开炮——违章建筑必须要拆除》。他一看这个标题就火了，记者们真是瞎胡闹，什么向富人开炮？这不是有意挑起矛盾吗？他匆匆看了文章内容，倒也客观，没有过分渲染。心里正为这个标题而纠结，想打个电话给报社总编说一说，电话就响了，他一看来电显示是孙正权的，马上接通了电话说："孙书记，您好，我是东阳。"

孙正权说："东阳，昨天晚上我看了电视，早上又看了报纸，既然把话说出去了，一定要坚持做下去，决不能手软，否则，以后的工作就不好开展了。"

何东阳一听孙正权这么支持他，就说："谢谢书记的支持，本来我打算今天要上您那里汇报一下，没想您就打来电话了。有书记支持，我就更有决心和信心把工作做好了，决不辜负书记的期望。"

孙正权说："这就好，这就好。大家都很忙，电话里能沟通的就在电话里沟通，不必来汇报了。"

何东阳连说："好好好，好好好。"

挂了电话，何东阳心里踏实了许多。只要书记满意，他就高兴。

可是让何东阳没有想到位是，这种好心情没有持续多久，周得财就找上了门。他想好好给他做做工作，就礼貌地点点头，说："是周老板呀，好好好，有什么事坐下说。"

周得财落了座才说："何市长，我知道您很忙，日理万机，我呢，也是无事不登三宝殿。我最近一直不在金州，昨天晚上回来看了电视，今天早上又看了报纸，才知道您下令要拆除金色花园小区的违章建筑。"

何东阳一直没有吱声，想以静制动，就点了点头，让他继续说。

周得财说："何市长，我就是那个小区的住户，您的命令直接牵扯到了我的利益，今天来找您，就是想与您沟通一下。我住的那个别墅区呀，别看是富人区，房子的质量真是太差了，之前我家的房子每到下雨天就稀里哗啦地漏水，把家具家电都弄坏了，物业公司他们又不负责修，咋办呢？活人总不让屁胀死。去年，我向物业做了反映，他们让我自己修，我觉得既然要修，还不如推倒重新建，我向城建部门反映，他们说要修就修去吧。这不，刚刚修建好了，我还没有住安生，又要让我拆除，这……这，损失也太大了吧？"

何东阳这才说："周老板，你说的不是没有道理，但是，市城建部门早有明文规定，凡是民用住宅区的房屋，都不能以装修为名改变房屋结构，你不但改变了内部结构，还扩大了地盘，加高了楼层，这就属于违章建筑了。更主要的是，你这一加盖不要紧，其他住户也跟着你学，这样一来，问题就麻烦了，如果我们这座城市，每个住户都各行其事，把自己的房子扒拉了重盖，再加高楼层，那岂不是乱了套？"

周得财说："我修建的时候怎么没有人提醒过我？如果有人不让修建，我就不修建了，现在盖起来了，再让我拆除，这经济损失有多大呀？所以，我希望何市长能给通融一下。"

何东阳不想与他就这个问题纠缠下去，就说："周老板，现在问题的关键不是你修建的时候有没有人干预过你，而是你有没有上报请示过城建局，是不是有城建局的批文？如果没有，说什么也没用，那肯定是违章建筑。再说了，这拆除的事也不是我一个人说了算，这是市委常委会决定的，会议上决定的事，不是我私下里通融能解决的了的，还得请你多多给予理解，支持政府的工作。"

周得财说："如果您不再追究，到时候我补办一个城建许可证不就妥了？何市长，您就开开恩吧，那又不是什么原则性的大事，何必那么较真儿？"说着，拉开了他的手提包，从中拿出一摞用报纸包着的钞票放到了桌子上，"一点儿心意，市长，您忙，我先走了。"

何东阳一看那形状，就知道里面包的是什么，马上正色道："周老板，请你拿走，不要这样。"

周得财说："何市长请不必客气，这只是我的一点儿意思，来日方长，来日方长，以后您就会知道我是一个仗义的人。"说完就要溜。

何东阳马上拿起纸包说："周老板，请你拿走，否则，别怪我把它送到市纪委。"

周得财这才一转身，马上黑了脸说："好一个廉洁奉公的何市长，那你干脆送到省纪委书记那里去吧，他是我的表哥，你要不认识他，我可以介绍你认识。"

何东阳一听这带有污辱性的话，火气一下涌上了心头，但他还是极力克制着，把纸包塞到他的手里说："周老板，一码归一码，你还是把东西收好吧！"

周得财把纸包装进手提包中，说："难得呀，难得这么清廉的市长，金州市那么多的大事你不管，就盯着我的房子非拆不可，那好，你拆吧，除非你的屁股底下干干净净，否则，我告诉你，你会有后悔的那一天。"

何东阳用手指着门说："请你给我出去！"

周得财冷笑一声："是不是心虚了？现在后悔还来得及。"说完，挟着包扬长而去。

何东阳听着周得财的脚步声在走廊里消失了，才"砰"的一声关上了门，回到座位上，气得不能自已。他想点一支烟，手却禁不住抖了起来，点了好几次才点着。自从走上仕途以来，他还没有受过这样的窝囊气，更没有碰到过这么气焰嚣张而又无赖的人。今天，总算让他摊上了，也好，这让他多了一份应对无赖的能力，那就是用正气压倒邪气。

他给门卫打了一个电话，训斥说："你们是怎么搞的？没有我的同意你们怎么随便放人来找我？"

门卫紧张地说："何市长，我们对每个来办事的人都做了登记，没有人来找你。"

何东阳说："还说，刚才有个大胖子来找我，他叫周得财，不是你们放进来的吗？"

门卫说："对不起市长，他登记的是去找城建局的黄局长，我们也得到了黄局长的许可，才放他进去的。"

何东阳一听就明白了，说："好了，以后多注意点儿。"

挂了机，想起周得财刚才说的通融一下，要让城建局补办一个许可证。莫不是他与黄建成私下里早就密谋好了，才来拉他下水？何东阳心里一阵发凉，这个黄建成，竟然玩心计玩到了我的头上！过去，有人私下说黄建成当了四年城建局长，估计每年都能捞到数百万。对这样没有根据的话他从来不信，也从来不说，今天发生的事让他不得不对黄建成产生了怀疑。他又想起了早上孙正权的电话，他那么为自己鼓劲，又是为了什么？他是不是早就知道会有人找上门来向他求情或者施压？不论怎样，有一点是肯定的，孙正权就是想让他坚持住，不能泄气。这里面难道仅仅是因为几幢违章建筑的拆除吗？还有没有更为复杂的原因在里面？

快下班的时候，他给文化广播电视局局长吴国顺打了一个电话，让他找个安静点儿的地方，两个人喝几杯。

二

吴国顺接到何东阳的电话时，正在办公室同一个新来的女播音员谈话。这个女播音员叫周虹，金州人，三年前应聘到电视台，没干多久又考上了北广去进修，现在刚从北广播音主持专业进修回来。女主持还是那么年轻漂亮，青春四溢，说起话还是那么美妙悦耳。

周虹说："我在北京早就听说我们局和文化、体育局合并了，我还担心回去后没有人接收我。回来后，听到吴局仍然是局长，我好高兴哟。有吴局坐镇，我们干起工作来才有信心。"

吴国顺听得心花怒放，脸上了也洋溢着喜悦，心里却想，你哪里知道，为了夺得这片一亩三分地，我不知费了多大周折。最初，三局合一后，由原来文化局局长姚洁当了一把手，广电局局长吴国顺成了二把手，没办法，姚洁是市长丁志强的人，他斗不过，只好甘拜下风。没想到的是后来时来运转了，丁志强调到了省政协，吴国顺抓住姚洁受贿的把柄，彻底掀翻了她，他才重新做上了第一把交椅。这样想着，不觉一笑，接了她的话说："谢谢你对我的信任，无论谁当局长，对你这样的人才都是欢迎的。"

周虹娇气细语地说："我哪算得上人才？再说了，即便是人才，还得伯乐赏识，如果每个领导都像吴局这样关心爱护部下就好了，不把你放到让你发挥作用的位子上，你再有本事也是白搭。"

吴国顺呵呵一笑说："说得也是。不过，没关系的，有我在这里，不会有人对你怎么样的。"

周虹高兴地说："那太好了，我要先谢谢吴局了，不知道吴局今天晚上有没有空，要是有，我请你吃饭。"

吴国顺已经与人约好了，晚上一起上西州去吃羊肉，洗桑拿。此刻，周虹提出要与他吃饭时，他的心还是禁不住有些动摇，仿佛看到了一缕粉红色的亮光，在他眼前忽闪着，只要他循了去，一定会与那团粉红的亮光融为一体。凭他多年风月场上的经验可以观察出来，这无疑又是一个类似于田小麦的小妖精，只要他想拿下她，就肯定能拿下。他真想推掉约好的饭局，单独和周虹找个僻静的地方聚聚。就在他正准备答应周虹的时候，电话响了，一看来电显示是何东阳的，他马上坐正了身子，示意周虹不要出声，便接起电话说："市长好，有什么指示？"

"晚上有空吗？"

"有，有空，有什么事，您尽管吩咐！"

"这样吧，你安排一个幽静一些的地方，想和你一起去喝几杯。"

"好的好的，我马上就安排，到时候发到你手机里。"

挂了电话，吴国顺明显地感到周虹看他的目光又多了几分敬佩的色彩，就笑着说："不好意思，何市长约我了，我不能不去，改天我请你吧。"

周虹站起身来，吴国顺的眼前立刻便亮出了一道风景。那风景里，该突出地方很突出，该凹的地方非常凹，十分夸张，又非常和谐，组合到一起就成了完美。

周虹又笑了一下说："刚才你们讲的我都偷听到了，吴局可真有人气呀，市长都对你那么好。那我不打扰你了，改天我们再约。"说着她用手在耳朵边比了一个打电话的手势。

吴国顺说："我还不知道你的手机号码。"

周虹说："待会儿我发到你的手机里。"说完，朝他摇了摇小手，告辞了。

吴国顺在心里暗叫了一声小妖精，就给先约的那人打了个电话，把晚上的安排取消了。刚挂电话，手机又振动了一下，打开一看，是一条手机短信："吴局，这是我的号码，千万别忘了保持联系哟，小虹。"

吴国顺一看后面的落款，不免有点儿暧昧，止不住心就狂跳了起来，这不是明显地暗示我吗？如果一个男领导对他的女下属不叫全名，不叫小周，而叫小虹，那意味着他俩的关系已经不一般了。既然你有情，我就有意，既然你敢向我招手，我就敢放马过去。吴国顺觉得在文化广播系统当一把手真好，不用费多大的劲儿去勾引人，别人就会主动来勾引你，这是市上一些实权部门、要害部门所不能比拟的。

他存好了周虹的手机号，又给西部风情的老板打了一个电话，订好了包厢，这才静下心来琢磨起何东阳为什么要与他单独相聚。

何东阳虽然没有多说什么，但从何东阳的声音里能感觉到他好像有点儿不高兴，是不是他当市长的希望破灭了，或者遇到了不顺心的事？

吴国顺多么希望何东阳能够顺利当上市长，他知道，只要何东阳当了市长，他肯定还会有高升的机会。现在的社会就是这样，口头上讲任人唯贤，实际上却是任人唯亲，如果你没有关系，上面的领导不认识你，不信任你，即便你有天大的才能也是白搭。这一次，他从副局长的位子上反败为胜，说到底还是上面有人，有何东阳护着他，否则，他就是击败了姚洁，这个位子也不一定就能轮上他。

经过这一轮的浮沉，让他更加深刻地认清了周围的人，也认清了周围的事，更加珍惜失而复得的权力。那天早上，当市委组织部长唐明天当众宣布由他负责文广局全面工作的决定后，参加会议的几十名中层领导响起了热烈的掌声，他在这种掌声中恢复了一个男人的尊严，也洗刷了之前所有的耻辱。当他重新坐在了一把手的位子上后，人还是那个肉头肉脑的人，办公室还是那个办公室，气场却决然不一样了，那些原来一直对他不错的老部下，纷纷来给他道贺，脸上挂满了抑制不住的笑容，那些原来紧跟姚洁的人，见了他远远地就绽开了笑脸，主动与他打招呼。他从这一张张真真假假的笑脸里，再一次感受到了人性的善变，感受到了小人物生存的无奈。

使吴国顺没有想到的是，田小麦竟然也给他发了一条手机短信，一是向他表示祝贺，二是想请他单独吃一次饭，希望他能赏光。他知道，田小麦请吃饭是假，重叙旧情是真。他轻轻地一笑，回了一句："谢谢，现在没有空，等以后有时间再说。"一摁键，发了出去。想当初，在他最失意的时候，他多么希望能从她的身上得到一丝温暖与慰藉，没有想到这个女人却毅然决然地离开了他，跟副局长苏正万走了。这是留在他心里永远的痛，每每想起，他就恨不得让她出门碰死，吃饭噎死，话筒漏电电死。

其实吴国顺也知道，这种恨里面包含的是一种深深的爱，爱有多深，恨也就有多深。爱与不爱，可以欺骗别人，却无法欺骗自己。他虽然一直恨着田小麦，却也在一直爱着她，这种爱一直存在于他的幻觉里。在与老婆做爱时，他还是不忘让田小麦如影随形伴随着他，一起完成整个性爱过程。有时，莫名其妙地想起与她相处的精彩片断，就有了一种想给她发条手机短信打动一下她的冲动。但是，待他写好要发时，想起当初她高昂着胸脯决绝地走出他的办公室的样子，他还是克制住了。他知道，他们的缘分尽了，既然她选择了离开，必有她的道理。人不可能两次踏入同一条河流，再拉回来，他和她也不是原来的模样了。何况，她已经成了苏正万的人了，再拉回来也没有意思了。

不一会儿，田小麦又给他回了短信："国顺，你是不是还在生我的气？其实，离开你后我一直都在后悔，想挽回又碍于面子，更怕遭到你拒绝，所以一直耗到了现在，希望能得到你的谅解，也希望你能给我一个机会。小麦。"他反复地看了几遍，心里有了一种暖暖的感觉。他知道，不管这里面有多少假话，至少有一句是真话，那就是想与他重归于好。他要的就是这种效果，就是要让她后悔。他虽然很强烈地渴望得到她的身体，但还是不想再接受她。

下班后，吴国顺直接来到了西部风情定好的包厢。他原以为何东阳的郁闷可能与争夺市长位子有关，没想几杯酒下肚后，才知道何东阳生了周得财的闲气。他知道周得财，是东州市人，十多年前拉来一伙人在金州搞建筑，后来越做越大，就成立了一家建筑公司，业务扩展到了周边几个市。他听说周得财在省上有一个当大官的亲戚，究竟是什么人，他倒不知道。此刻，听了何东阳这么一讲，也有些生气，就说："周得财算什么东西？再别理他！"

何东阳闷闷地说："尿泡打人，臊气难闻。"

吴国顺说："你就当没有防住被狗咬一口，你总不能与狗去计较吧？"

何东阳被气乐了，说："哪有你这样打比方的？"

吴国顺也笑了，说："打这样的比方，能让人想开许多。不过，话又说回来，这次出面下令拆除违章建筑，还是有好处，经电视、报纸一宣传，你的人气也大大提高了，为下一步荣升市长制造了良好的舆论氛围，相比得到的，出现几声狗叫算得了什么？"

何东阳拿起酒杯，象征性地与他碰了一下，说："光老百姓说好不大顶用呀，关键还得上头有人说话。"

吴国顺说："话虽这么说，也不能小瞧民众的呼声，尤其在这个网络时代，网民的呼声可以影响上面的决策。下午，我还特意到几家网站浏览了一下，《市长向富人开炮》的新闻被好几家网站转载了，网民一片叫好，我也留了言。网络一红，上面的领导肯定会注意到，到时候一旦给他们造成压力，不用你也不行。"

何东阳一听网络上也有了转载，马上来了兴趣："网上也转载了？这我还不知道。"

吴国顺说："现在的网络传播速度快得很，尤其是微博，不到一分钟就传开了，无论是坐在车上，还是蹲在厕所里，只要打开手机，就可以上网浏览，要比电视传播还来得直接。"

何东阳听吴国顺这么一说，心情好了许多，便想到为了帮他争夺市长之位，吴国顺也尽了力，而他的事自己也理应多关心一些，就问："说说你吧，现在接了一把手的工作，还顺利吧？"

吴国顺呵呵一笑："托市长的福，又让我尝到了当家做主的感觉。工作比原来多了，也杂了，不过，心里却感到很踏实。"

何东阳说："这就好，这就好。过两天要开常务会，讨论人事安排，会议结束后，你的任命书就正式下发了。"

吴国顺心里一热，就恭恭敬敬地端起酒杯说："多谢市长关怀，别的话我就不多说了，我先干为敬，一切都在酒里。"

何东阳也端起酒杯，喝了酒，心情柔软了许多，便说："国顺呀，金州的这些干部中你是我最亲近的人，我不关心你，还去关心谁呀？"

吴国顺感激地连连点头称是，就在点头的过程中，他觉得自己太亏欠何东阳了，他给予了自己那么多，而他的回报却微乎其微。在经济上，何东阳从不贪心，在美色上，也从没有听到过有关他的传闻。他突然想到了周虹，那绝对是一个尤物，如果何东阳喜欢，就把她送给他，也算是对他的报答，便试探着说："想起首长对我的好来，真是无以报答。今天来吃饭，我还在想着，是不是带一个电视台的女主持来为市长陪酒，又怕遭你的批评，就没敢带。"

一说女主持，何东阳不觉想起了昨天采访过他的田小麦，如果能有那样一位女孩儿陪着一起吃酒，也是一种享受。当然，那只是想想，嘴上却说："国顺呀，你没有带是对的。美女谁不喜欢？每个男人都喜欢，但为了在仕途上走得更远一些，该回避的还是要回避。"

吴国顺马上点头称是。

何东阳又说："你也一样，在美女如云的单位里当领导，一定要经得起美色的考验呀。窝边的草好是好，但你不能吃，吃了最容易暴露。"

吴国顺就嘿嘿地笑着说："不吃，不吃，让别人吃去！"

三

次日一上班，何东阳就急不可耐地打开网页，在搜索引擎中输入几个关键词，很快就搜到了几十条有关他下令拆迁的报道，有的还加上了他的照片，有的改了更雷人的标题，诸如《铁腕副市长勇敢向富人开炮》、《何东阳，好样的》等。再看网友跟帖，几乎是一片叫好，甚至还有的网友说，像这样的铁腕副市长应该放到市长的位置上，让他发挥更大的作用。他知道，这种报道正因为迎合了网民的仇富心理，才引起这么大的社会反响。也有个别网友持怀疑的态度，怀疑这是在作秀。随后又有人跟帖说，是真枪实弹地干，还是放空炮，我们拭目以待。

看到这些网帖，何东阳觉得自己已经被媒体推到了风口浪尖上，进，可以继续得到媒体的信任，得到网友的拥护；退，意味着彻底失去民心，也必然会引起网络媒体的抨击，从此就会臭名远扬。更何况，这一次的拆迁不像别的拆迁，如果是为了征收土地，强制拆迁民房，他于心不忍，更会触怒众人，而这一次是拆除富人的违章建筑，在他的潜意识里，有一种大义凛然的豪迈和依法行政的正气。面对强大的网络媒体，面对民众的信任和支持，周得财的讽刺与威胁根本算不了什么，只不过是一只小小的苍蝇，嗡嗡叫，几声凄厉，几声抽泣。开弓没有回头箭，他已横了心，将拆迁进行到底。

然而，随着拆迁工作的进一步深入，想象不到的阻力也越来越大，城建局下文后，正在准备扩建的几家马上停了工，修建好的几家却坚持不自拆。这天下午，黄建成找上门来向他汇报说："有三家通知拆除的抱成了团，公然与城建局叫板，扬言要与别墅共存亡。"

何东阳问："这三家中有没有周得财？"

黄建成说："有。主要是周得财的工作不好做，大家都看着他，他要拆了，其他两户自然也要拆。他要不拆，他们也不拆。我就怕……怕到了拆除的限期后，他们仍然不拆怎么办？"

何东阳怒道："该怎么办就怎么办！"

黄建成呆呆地看着他，好像有点儿不太理解。

何东阳说："你们过去是怎么动用智慧拆迁的？难倒这次就不能再动动脑子？"

黄建成这才勉强说："好的。"

何东阳一看黄建成犹犹豫豫的样子，想起上次周得财来他办公室里发威的事，就怀疑是黄建成唆使的，看他这缩头缩脑的样子，说不准拿了人家的手短，吃了人家的嘴软。心一横，便说："至于你采取什么方式我不管，我要的是结果，限定时间一到，还没有完成任务，你就别来找我了，直接去找孙书记，向他汇报好了。"

看着黄建成无精打采离去的样子，何东阳刚缓了一口气，电话就响了，一看来电显示是省城的，马上接起了电话，客气地说："你好。请问你找谁？"

对方说："请问你是何东阳同志吗？"

他一听这说话的口气，又加了"同志"二字，必定是一个大人物，马上说："我是何东阳，请问您是……哪位？"

"我是省纪委的纪长海。"

何东阳一听是省纪委纪书记，马上热情地说："纪书记好！纪书记打电话来有什么指示？"

纪长海说："何市长，我不是做什么指示，今天给你打电话，纯粹属于私人通话。是这样的，听说你们政府要对金色花园小区的个别扩建别墅进行拆除，我有个亲戚叫周得财，他的别墅也在拆除之列。昨天他打来电话说，他只在原来的地基上拆了危房，重盖时你们城建部门也没有加以阻止，现在人家盖完装潢好了，人也住进去了，你们却要拆除，这代价未免有些太大了。如果这些损失让他个人全部承担，恐怕有点儿说不过去。你们看看，能不能以罚款的形式做个处理，这样既合乎常情，也不至于让他个人损失太惨重。"

何东阳虽然没有与纪长海正面接触过，但他的声音却非常熟悉，他常在电视上看到他，又听过他做的党员干部如何反腐倡廉的电视讲话。现在，就是这个大人物，却为他的混账亲戚说情，不知是他在玩弄现实，还是现实在嘲笑他。他明白，面对这样的大人物，你只能迂回，决不能当面拒绝。等他的话讲完了，何东阳便接了话说："是是是，纪书记说得有道理，我们压根儿就不知道周得财是您的亲戚，要是知道，也不至于把事情搞得这么被动。这个拆除的决定是市委常委会决定的，您也知道，我只不过是一个副市长，上面怎么要求我就怎么去执行，决定权还是在市委那边。不过，请纪书记放心，您说的话，我一定转告给孙书记。"

纪长海说："何市长客气了，至于是不是我的亲戚倒不重要，重要的是你们一定要掌握好行政执法这个度，我是搞纪检工作的，有过这样的经验教训。有时候，这个度把握不好，可能就会将一个干部的前途断送了。所以呀，我们在依法行政的时候，还是要以经济发展为主，不要人为地将问题扩大化，造成人为的矛盾，你说我说得对吗？"

何东阳听出了他的话中之意，虽然在心里极为反感这种暗示性的威胁，但嘴上却非常恭敬地说："对对对！书记说得对。"

"当然，我这样说不是干涉你们地方常委和政府的工作，主要是说，有了问题，或者是决策上出现了偏差后，要注意及时纠正，这才是唯物主义的态度。至于正权同志那里，我已经打电话说了，他说你在电视上、报纸上把话说出去了，恐怕难以收场。我说有什么不好收场的，不能只顾个人的脸面，非要把事情推上极端，那就不好了。"

"谢谢纪书记的批评指导，我们一定注意改正。"

挂了电话，何东阳虚汗淋漓，他本想要个滑头，把责任推到市委，没想到孙正权比他更滑，早就把难题交到了他这边，而纪长海更是老谋深算，亮出了所有的底牌，逼着他不得不就此收场。他仿佛被一种强大的气场所包围着，在这种气场里，他几乎被压得透不过气来。

纪长海已经说得很明白了，他是搞纪检工作的，如果把握不好度，可能会将一些干部的前程断送掉。他知道，经纪长海这样一打招呼，如果再一意孤行，必然会引起后遗症，搞不好，他将会付出沉重的代价。如果就此放手，实在对不起自己的良心，更会失信于民，很快就会像汶川大地震中的"范跑跑"一样，成为大家嘲笑和谴责的对象。

他决定去找孙正权，听听他的意见。一路上他都想好了，如果孙正权退缩了，要他放弃，他只能借坡下驴，拿市委的决定来做对外舆论的挡箭牌。如果孙正权还要他继续坚持，那他只能义无反顾地坚持到底，要是纪长海怪罪下来，他仍然会把市委的决定拿来当挡箭牌。身处夹缝中的他别无选择，也无法一意孤行，他只有按市委一把手的指令去办事。

敲开了孙正权的门，孙正权向他招了一下手说："我正准备打电话给你，没想到你就来了。坐，坐下来再说吧。"

何东阳坐在孙正权对面的椅子上说："书记找我有什么指示？"

"你先说吧，你找我是什么事？"说着，孙正权给何东阳递了一支烟，自己也点了支。

何东阳觉得孙正权好像已经知道了纪长海给他打过电话，便说："刚才省纪委纪书记给我打了一个电话，他给我讲了一大堆道理，并说周得财是他的亲戚，让我们变通一下，适当地作个处理，罚点儿款就行了。并让我们在行政执法上掌握好度，不要人为地扩大矛盾。"

孙正权说："你是怎么认为的？"

何东阳没想到孙正权一脚就把球踢到了自己的怀里，真是高手，让他不知道怎么回答是好。如果说纪长海说得对，那无疑是否定了市委的工作，让孙正权误认为自己有什么把柄被纪委抓到了手，才那么怕他。如果否定纪长海的观点，会不会引起孙正权的不高兴？他略一思忖，只好实话实说："按说，上级领导不应该干涉地方常委和政府的工作，至于违章建筑的拆除问题，也不是我们哪一个人说的，是市委常委会议的决定，我觉得拆除违章建筑，依法行政没有什么错，不能因为我们触犯他的亲戚的利益，就说我们没有掌握好度。"

孙正权点了点头，又问："那你是怎么回答他的？"

何东阳心里一虚，说："我说这是市委常委会讨论决定的，我只是一个执行者，无权改变。"

孙正权"哦"了一声，才说："你说得没错，这是我们市委常委会集体讨论决定的。不过，从问题的另一方面来想，纪书记的话也有道理。东阳，不知你想过没有？我们抛开周得财的事不谈，单就这违章建筑而言，他们在拆旧盖新的时候，我们的行政执法人员跑到哪里去了？我们当时怎么就不加以制止，不向他们讲清楚事情的后果？他们叮叮咣咣搞了几个月，我们的城建部门不声不响地给予了默许，等人家盖起来了，住进去了，听到网友一煽动，政府部门立即回头去拆除。真的拆除了，让一个家庭去承担那样大的风险是不是太过了？我们城建部门在平时的监管上有没有责任？如果有责任，又要承担多少？不瞒你说，纪书记也给我打过电话，我一直在认真反思，是不是我们的这个决定过于草率和不够理性？"

何东阳一听，就知道孙正权有了倾向性，他已经被纪长海的观点同化了，如果按这种观点推理下去，他们纪委对党员干部违法乱纪的事也不能查处了，他们为什么在党员干部违法时不加以纠正，一直等到他们违纪成了事实，铸成大错后再查处？行政执法也是一样，对方没有违章建筑，你查什么？有了违章建筑，才有按章拆除。这样的道理，孙正权不可能不懂，纪长海也不可能不懂，正因为他们都懂，都在装不懂，他就不能在他们面前真的懂，只能顺其自然，借坡下驴地说："还是书记分析得透彻，我听书记的，如果不需要拆除，就放弃算了。"

孙正权叹了一声说："东阳，恐怕你也知道，我一直在有意地培养你，给你提供一个施展才华的平台，一旦有机会，就想把你往上推一推。我找你的目的和你找我目的是一样的，就是为了拆除违章建筑这件事，你看着办吧。如果你觉得已经把话说出去了，非要还大家一个说法，我也不阻挠你；如果你觉得这样做有风险，放弃了，我也不批评你。政府这边的具体工作主要还得你们做，你自己衡权。"

何东阳不得不佩服孙正权真是一个太极高手，转了一圈儿，又把问题交给了自己，他只好假装高兴地说："谢谢书记对我的栽培，我明白该怎么做了。"

告辞出来，下了办公大楼，仰望着蓝天，何东阳才知道，虽然他嘴上说明白了，其实还是没有明白，他没有明白到底是要放弃，还是要坚持。他只觉得自己被人放到火山上烤，一边是网络的舆论监督，一边是上级的施压。如果放弃，必然会造成舆论的谴责，落下一个说大话放空炮的外号。如果坚持下去，必然会得罪省上的大人物，那他以后的日子很难说清楚会出现什么变故。是进是退，何去何从？他真的无法找到一种合理的答案。很显然，孙正权嘴上说让他自己看着办，实际上是把他的责任推卸得干干净净了，进，你去承担政治风险；退，你去承受舆论谴责。上了车，一种从未有过的孤独感慢慢将他包围了起来，他看不清前面的路，更不知道该怎么走。

回到市政府，何东阳刚到楼下，看到市委副书记韦一光从电梯里走了出来，后面跟随的是人事局许局长。他急忙迎上去招呼道："韦书记驾到，有失远迎。"

韦一光呵呵笑着，伸出一只手来，握住晃了两晃说："我刚到人事局去了一趟，何市长从哪儿回来？"

何东阳说："我从市委来，请到不如遇到，上去坐一会儿吧。"

何东阳心里有事，本来是说句客气话，没想韦一光看了看表说："好吧，正好有空，去坐一会儿。"

上了电梯，何东阳说："书记有什么事，打个电话让许局长给您办好就是了，还劳您亲自来办？"

韦一光说："小事，小事，我也正好有时间，出来随便走走。"

说笑间出了电梯，许局长打了声招呼告辞了，何东阳和韦一光一起来到了他的办公室。落了座，泡了茶，何东阳说："韦书记呀，你怎么还不过来政府这边主持工作？我都忙得焦头烂额了，你要再不过来，我可要撂挑子了。"

韦一光听完，哈哈大笑着说："何市长真是太谦虚了，我看你干得很出色嘛，都成了媒体的焦点人物了，还有什么撂挑子的？"

何东阳苦笑一声说："什么焦点人物！我现在才真正体验到了被放到火上烤的感觉是多么煎熬。"

韦一光呷了一口茶："不至于吧？"

何东阳知道韦一光言不由衷，说不准他什么都知道，便也不再隐瞒："我现在是内外夹攻呀，周得财到我这里公开要挟，上面又有人给我打了招呼，要我们把握好度，不要激化矛盾。"

韦一光吃惊地说："竟然有这样的事？那头儿的意见是什么？"

何东阳明白他所说的头儿就是孙正权，便说："我刚从他那里来，看来他很大度，让我自己来把握。"

韦一光长叹了一声说："难，真难，进退两难。进，得罪上面的人，不好办；退，要冷落那么多热心支持你的人，也很闹心。尤其是网络这么一宣传，全国各地的网友都知道这件事，真是不好收场呀。"

何东阳突然想起了孙正权刚才向他发出的疑问："是不是我们的这个决定过于草率和不够理性？"当他又一次想起这句话的时候，似乎品出了孙正权的真正含义来，那不仅仅是对这个决定的反思，更重要的是，我们在做这个决定时是不是被人利用了？现在，听到韦一光的这番话，越发地体会到了孙正权说话的用意，也体会到了韦一光上一次的高调唱得实在有些虚假，不免有点儿煽风点火之嫌。想到这里，便微微一笑说："顺其自然吧！再过几天，你来当市长了，一切由你顶着，就没有我什么事了。"

韦一光虚张声势地说："老兄呀，现在八字还没有一撇，究竟是外面派人，还是内部产生都很难说，你的善良愿望我怕多半会落空了。"

何东阳说："不会吧？"

韦一光无奈地摇摇头："任何事情都充满了变数，也说不准到时候文件下来后，不是我，而是你。这种事不能强求，随缘吧。"

何东阳知道他说的是真话，却故意说："你上不去，那我更上不去了。"

韦一光说："我们之间，谁能上就上吧，如果到时候被外人抢了去，那损失可就大了。"

经他这么一说，何东阳心里仿佛被什么东西触疼了，想起省上一点儿消息也没有，便感到了隐隐的失落。

四

一连几天，何东阳真有点儿火烧屁股的感觉，他正想着对拆除事件如何冷处理时，没想到媒体又烧了一把火。这天早上，省报头版上赫然出现了他的大照片，还有一篇大文章，标题是《面对富人区的违章建筑怎么办》，下面一行副题上写道："金州市常务副市长何东阳如是说：老百姓的违章建筑我们可以拆除，富人的违章建筑我们为什么不能拆除？"何东阳打开报纸，头就大了。这真是哪壶不开提哪壶，好不容易想出了冷处理的办法，让媒体这一忽悠，岂不是又把问题推向了极端？而这个媒体，不是一般的网络传媒，它是党报，是党的喉舌。这样一搞，纪书记看到了会怎么想？还以为我不知好歹，故意冲着他来着。更主要的是，影响一旦扩大出去，让他怎么收场呀！

他点了支烟，一边吸着一边匆匆浏览起了全文，文章中并没有夸张什么，却将事情的真相完完全全地呈现了出来，让人觉得这样的违章建筑不拆除的确不足以平民愤。他查看了一下记者的名字，记者叫余杰，是省报的。这个人他根本不认识，他也没有采访过自己，怎么不打一声招呼就上报了呢？现在的记者真能胡搞，为了抢时间抓新闻，根本不进行深入实际的调查，只凭网络上的资料胡整瞎编。他将报纸扔到了一边，脑海里却是一片空白……

不知过了多久，电话铃响了，他看了一眼来电显示，是省城的，是不是纪书记打来电话指责他？他接起了电话，刚"喂"了一声，对方说："请问你是东阳吗？"

他一听不像纪长海的声音，就有气无力地说："我是何东阳，请问你是哪位？"

对方说："东阳呀，我是祝开运，今天省报刊登了你下令拆除违章建筑的报道，我看后很高兴。很不错，真的不错。近几年，政府只一味地拆除普通老百姓的房子，引起了老百姓的抵触情绪和强烈不满，也影响了干群之间的关系。你反其道而行之，向富人开炮，拆除富人的违章建筑，这很好，这需要勇气，也需要胆略，我支持你！"

何东阳一听是省长祝开运，早就恭恭敬敬坐正了身子，紧紧地将话筒贴在耳朵上，生怕漏掉一个字。当他清清楚楚地听完了祝开运的话，高兴得声音都差点儿变调了，马上回答说："谢谢省长的关心与支持，阻力肯定有，而且很大，不过有您的支持，有市委的领导，我们一定能够顺利完成任务。"

祝开运说："这就好。你现在正是有作为的时候，好好干，争取干出些成绩出来。"

何东阳激动地说："好好好，希望省长以后多批评指正，让我进步得更快些。"

"会的，会的，那好吧！以后有什么事再联系。"祝开运说完挂了电话。

何东阳还握着话筒，等他确信祝开运挂了机，才发现自己已经握了一手心的汗。挂了电话，他感到抑制不住地兴奋。他非常明白，虽说祝开运在话中没有向他多透露什么，但电话本身已经透露了许多，或者说是表明了许多，这就是说他已经注意到了自己，他已经在关注着自己。当何东阳把问题想到这个层面后，他几乎有些兴奋得不能自已。他觉得自己的判断十分准确，依照常理，日报上每天都有好多地方新闻，都有好多新鲜事，省长不可能一一打电话去鼓励，去表扬。他之所以给自己打电话，恐怕一多半不是事情本身，而是向他传达一种信息，这就是说，他当市长的事已经有了眉目，省长正在为自己积极努力。

何东阳越想越激动，越激动身上就越热。他感觉今天的暖气分外热，走到窗前，推开了窗户，一股初冬的冷气吹来，舒心无比。再看远处的楼宇，灰蒙蒙一片，仿佛笼罩在了云雾中。吹了一会儿冷风，大脑一清醒，又想起了省长对他的表扬，想起他亲口答应了祝省长，一定要完成任务。可这任务又怎么完成呢？纪委书记泼过了冷水，他刚刚降了温，媒体一煽动，省长又来给他加温，他不知道究竟该怎么办。按纪委书记的办，必然会让省长失望，如果按省长的去做，从此得罪了纪委书记，究竟听谁的？他的心里一阵纠结，又陷入到了深深的矛盾之中。

下午，何东阳要去市委参加常委会，主要是讨论人事安排问题，他已经与韦一光通了气，如果没有什么意外，吴国顺的任命应该不会有问题，会议结束就可以下文。吴国顺的事，他总算有了一个交代，可他自己的事却越来越理不清了。等会议完了，有没有必要向孙正权做个单独汇报？他实在拿不出一个好主意来，必须要好好想一想，想出一个自己认为行得通的办法，再去汇报吧。

何东阳在政府这边正纠结的时候，韦一光却在市委那边正开心。何东阳的纠结是因为省报的报道，韦一光的开心也是因为这篇报道。同一篇报道，因为两个人看问题的角度不一样，心理感受自然也不一样。

韦一光一看这篇报道，就不由得笑了。他知道何东阳早就有了偃旗息鼓的打算，没想到省报的报道又在何东阳的屁股后面加了一把火，让他退又退不得，进又进不了。如果进，必会得罪省上的那位要人，他随便找一点儿问题，在省委常委会上稍微点一下，那何东阳的前途就算是划上了句号。如果退，一定会引来政界的嘲笑，落下个说大话放空炮、不务实爱作秀的虚名，其他的领导同样会反感这样的人。出了这样的麻烦事，够他何东阳受的，这无疑为自己竞选市长之位扫清了一大障碍，至少，他当不上市长，也不会让何东阳抢了去，否则，他就太失败了。

一想到市长的位子，韦一光心里就纠结了起来。他最硬的关系，省委副书记顾长平的突然调离，让他感到自己就像无根的浮萍，没有了根基，顿感心神不宁。前几天，他去了趟省城，想跑一跑省组织部长潘长虹的关系。可没想到却生生地碰了个冷屁股，潘长虹没答应，也没拒绝，给他来了个不置可否。也难怪，没了顾长平的依靠，人家自然不会把他放在眼里。

从省城回来后，他再没有联系过潘长虹，潘长虹也没有给他打过电话，他有时也想给潘长虹打个电话过去，再问一问情况如何。如果有必要的话，他打算再一上趟省城，实打实地让潘长虹感受他的诚意，但每每拿起电话，他就犹豫了，电话打通后，向他说什么？仅仅是问声好，还是询问事情的进展？他觉得怎么说都不太合适，只好又把电话放下了。现在，当他排除了何东阳之后，觉得自己又多了一丝希望，如果不外派，从金州内部产生，无论从哪方面来讲，新市长都应该是自己。

下午，市委召开常委会，韦一光在会议厅看到了何东阳，两人相视一笑，然后各坐到了各的位子上。会议厅呈长方形，周围摆放着的都是高档的单人沙发，沙发与沙发之间放着一个小茶几，便给人一种宽敞的感觉，上方一共放着三个沙发，最中间的位子是孙正权的，左边是韦一光的，右边的本来是丁志强的，他走了，现在始终空着，谁也不好意思去坐。这种座次的排列，从来没人有意排列过，几乎是自然而然养成的习惯。

孙正权还没有来，宣传部部长刘胜文就对旁边的何东阳开玩笑说："何市长，祝贺你，上省报头版了。"经他这么一说，大家的目光一起聚向了何东阳。

何东阳便趁机解释说："这省报一点儿都不慎重，记者从来没有采访过我，就捕风捉影地瞎报道。"

刘胜文说："何市长，这就是你对新闻这一行不太了解了，记者只注重新闻的真实性，并不在乎获取新闻的手段。比如中央领导有什么活动，也不可能让新华社的记者亲自去采访，只要记者获得了真实的新闻，照样可以发稿。"其他人听了就哈哈一阵大笑。

何东阳感到大家都有点儿嘲笑他的意味，便也正了色说："我还真不了解，原来新闻都是这么道听途说来的，经刘部长这么一说，我算是长了见识。"大家听了，又一阵哈哈大笑。就在笑声里，孙正权进来了。孙正权一进门，大家的笑声立刻停止了，而何东阳的脸上却感到了一阵火烧火燎，仿佛觉得大家都知道了他的底牌，都在等着看他怎么收场。

会议开始了，何东阳的注意力却集中不到会议上来，他感觉这次省报的报道完全把他推到了悬崖上，如果在党报上放了空炮，不仅成了政界的笑柄，他个人的威信也将灰飞烟灭，以后别想再在金州这片土地上理直气壮地说话了，你要再说，谁还信，谁还听？何东阳知道，他现在已经没有退路了，他只能回头看，却不能再回头走，与其自己打败自己，还不如让对手打败自己，好赖还能得到一个好的口碑。

这次常委会议，主要讨论人事安排，吴国顺的事终于办妥了，何东阳也算了结了一个心愿。会议结束后，他本来想与孙正权沟通一下，给他谈谈想法，没想到政协李主席跟着进了孙正权的门，他只好打道回府。坐到车上，掏出手机，他给吴国顺发了一条短信："常委会已通过，敬贺你！"

很快，吴国顺回信："谢谢首长，晚上聚一聚？"

何东阳想了一下，回复道："算了，太敏感了。"

车过电信大楼，何东阳突然看到了一块巨大的广告牌上写着"山高人为峰"几个大字。这是电视上常播的一条广告，平时没做多少思考，此刻看到，却突然有了一种新感悟，大有"海到无边天作岸，山登绝顶我为峰"的意境，仿佛跳出了世俗的圈子，站在高山之巅，鸟瞰芸芸众生，心胸豁然开朗了起来。那个曾经在他的脑海里朦朦胧胧的想法，也越来越明晰了起来，渐渐地，终于成了一个可以操作的完整方案，再回想那些纠结的事情时，觉得没有什么大不了。人到万难须放胆，事当两难要平心。有时候就是这样，当你面对同一个问题，如果心大了，问题就变小了；如果心小了，问题就变大了。

不知不觉，车到了政府大门口，何东阳掏出了手机，给吴国顺打了一个电话，说："你安排一个安静的地方，我们喝两盅。"

五

当吴国顺听到何东阳让他把图书馆的修建工程交给周得财时，他吃惊地"啊"了一声："交给他？"

何东阳点了点头说："是的，是周得财，你把那个工程交给他。"

吴国顺还是不敢相信自己的耳朵，盯着何东阳说："首长，前不久他到你的办公室里耍赖的事，你不可能这么快就忘了吧？"

何东阳端起酒杯，示意吴国顺也端起来，碰了一下，一口喝干后说："你看过今天省报上对我的报道了没有？"

吴国顺说："看了，这篇报道很好，难道与他有关系？"

何东阳说："当然有关系，而且关系很大。前两天，省纪委书记纪长海给我打了一个电话，明确指出，在拆除别墅区的问题上要把握好度，不要人为地扩大矛盾。建议我们适当罚点儿款就行了。如果我要顶着干，后果可想而知。我正想着低调处理一下算了，没想到今天省报这篇报道把问题推向了高潮，祝省长打来电话公开支持我。你想想看，一边是纪委书记要打压，一边是省长在支持，我该怎么办？"

吴国顺长吸了一口气，说："这真是难呀，得罪谁都不好，怎么做都是吃力不讨好。如果听了纪长海的，必然会让省长认为你说大话，放空炮。社会舆论已经把你推到了风口浪尖上，想退也不好退了。如果不给纪长海面子，关键时刻他给你挑点儿毛病，让你跳进黄河也洗不清。"

何东阳又喝了一杯酒才说："我何尝不是这么想的？所以，我才不得不孤注一掷，让你把文化广播局的这个大工程交给周得财，然后，我再拆了他的楼。"

吴国顺这才恍然大悟："我明白了，高！真是高家庄的高！"说着，斟满了酒，递给何东阳一杯，他端起一杯，"来，首长，为你的一举两得干杯！"

何东阳喝了酒，随着长长的一声呼吸，终于把捂在心里的纠结吐了出来，便说："国顺呀，不瞒你说，最近为这事我天天失眠，当舆论把你推到风口浪尖上后，不知有多少双眼睛盯着你看，稍有不慎就会前功尽弃，搞不好还会身败名裂。我知道，这是一个损招，但这也是没有办法的办法。"

吴国顺说："我理解，完全理解。这样一来，化腐朽为神奇，不但兼顾了两边，更重要的是舆论再一加热，为你说话的领导就更有理由来推荐你，到时候组织上不用你也说不过去了。"

何东阳正是这么想的，此刻经吴国顺这么一说，更加印证了自己这一方案的可操作性，就说："所以，这一次你一定要给我搭好这个台，没有台，有戏也没法唱。"

吴国顺说："首长放心好了，我知道我的今天都是你给予的，我的明天还寄托在你的身上，盼望你高升，就像盼望我自己高升一样，没有理由不尽心尽力。"

何东阳又端起酒杯，两人碰了一下，一饮而尽，然后接着说："国顺，你能这样想就好。你尽快找一下周得财，与他私下达成协议，并且让他给纪书记打个电话解释一下，别让纪书记误解了。"

吴国顺说："好的，我明天就约他见个面，谈完了再给你汇报。"

何东阳又说："另外，以后不管遇到什么人问到这件事，你都不能说，哪怕烂到肚子里也不能对人说。"

"你放心，我就是烂到肚子里也不会向外人说的，周得财那边我也会给你说好，不要得了便宜说风凉话。"

"对对对！你办事，我放心！"

这一次，何东阳不知不觉喝高了。回到家里，他一扫连日的失眠，终于安安稳稳地睡了一个好觉，次日起来，精神倍增。

何东阳刚到办公室，黄建成就匆匆跑来汇报工作，说他们给周得财做了多次工作，协商不通，明天拆除的期限已到，已经做好了强拆的准备工作，看看市长还有没有指示。

何东阳心想，周得财一定给黄建成传达了什么信息，否则，任务早就下达给他了，他也不会赶来汇报。他想等吴国顺那边做完工作后再看，便说："这样吧，你们等几天再说，最好是避免冲突。"

黄建成连说了几声"好好好"，告辞而去。何东阳觉得应该给纪长海打个电话解释一下，免得他看了报纸有误解。在这关键时刻，千万不能让他有想法，否则，即使自己有幸被推到了省委常委会议上，也会被他的一句微词拉下来。像这样的事例在市县级的常委会议上发生过不少，会议在讨论某某的升迁问题时，纪委书记突发微词，说这个同志工作是不错，能力也有，可就是有群众反映他在经济上有问题。这样一说，这个同志就彻底完了。等查清楚真的没有事，他的机会也失去了，再等机会，就成了猴年马月的事了。前车可鉴，他可不能犯这样的低级错误。

何东阳理了一下头绪，拨通了纪长海的电话，心里还是不由得一阵紧张。电话通了，他听到对方"喂"了一声，就马上说："纪书记好！我是金州的何东阳。"

纪长海这才说："是东阳呀，有什么事你就说吧。"

他一听对方说话的口气还算热情，心情放松了许多，就从容地说："纪书记，非常感谢您上次在电话中对我们工作给予批评指导，我也向市委书记孙正权同志做了汇报，我们的意见是一致的，就是要遵照纪书记的指示，把握好度。没想到省报根本没有征求过我们的意见，擅作主张，发了一篇有关我的报道，又引起了祝省长的关注，还特意打来电话过问，搞得我非常难堪。所以，我想变通一下，征求一下纪书记的意见。"

纪长海"哦"了一声说："怎样变通，你说说看。"

何东阳说："纪书记，是这样的，我打算给周得财一个工程项目作为补偿，然后再给他做做工作，让他自己拆了。否则，舆论已经造出去了，再加上祝省长又过问过，我怕不好收场。我先给纪书记做个汇报，征求您的意见，纪书记若觉得可以，我就这么办，纪书记如果觉得这样不妥，那我就按您原来的指示办。"

纪长海又"哦"了一声，才说："东阳呀，这件事也真为难你了，你和周得财商量着办吧。我只不过是给你们的工作提了一点儿建议，具体怎么办，我还是尊重你们地方政府的，不能干涉呀。"

何东阳一听，一块石头终于落了地，就说："谢谢纪书记对我们工作的关心与理解，也希望纪书记以后多多关心指导我们的工作。打扰纪书记了，以后有空欢迎来金州指导工作。"他一口一个纪书记地叫着，一直叫得纪长海一边听着一边"嗯嗯"地应着。等挂了电话，他才长出了一口气，暗想，这个老东西，终于把你搞定了！

何东阳点了一支烟，吸了几口之后，心里顿感轻松了许多。回想起刚才的对话，何东阳深深感觉到，与强势人物对话，首先要学会示弱，这样才能博得领导的同情。二是要学会讨巧。古人说，话有三说，妙者为上。如果刚才他不说祝省长过问此事，而是说祝省长打电话支持他，纪长海一定会认为自己拿省长来压他，那样会适得其反，搞不好就会与他对立起来。他选择省长"过问"一词，回避了敏感的问题，又传达了某种信息，这样才能让纪长海容易接受，并宽宏对待。其三是学会尊重。他明明知道该怎么去办了，还要把决定权交给领导，充分尊重纪长海，让他说怎么办就怎么办，这样，他反而会尊重你的意见。这真是经一事长一智，人的经验就是在不断的交往中积累起来的。官场中最难处理的就是人际关系，该说的话，必须说，少一句话，可能就会失去一个机会；不该说的话，千万不能说，多一句话，可能会毁了自己的前程。

这样想来，他觉得还要与孙正权沟通一下。在上次与孙正权的交谈中，领略到了孙正权的意图，就是要放弃，现在情况变了，他的策略也改了。如果不征得孙正权的默许，他会认为你自命不凡，如果再知道你与纪长海达成了私下协议，他还认为你背着他做了交易，更会对你有意见。做人真难，没有办法，为了尊严，就必须先付出尊严。

在何东阳驱车去市委的路上，吴国顺与周得财面对面地坐在了一起。

周得财掏出软中华，给吴国顺敬了一支，说："吴局长今天找我来，有什么事？"

吴国顺点着了烟，才说："我们文广局明年要修建图书馆，这项大工程已经列入了市政府的议事日程之中。眼下招标在即，不知道周老板对这项工程感不感兴趣？"

周得财咧着大嘴哈哈笑着说："吴局长不会开玩笑吧？这种好事谁不感兴趣？"

吴国顺说："周老板真是个痛快人，好说，好说，只要你要，我就一定给你。不过，我有个条件，不知道周老板能否答应？"

"这个行业的规矩我懂，吴局长有什么条件尽管说，我不会亏待你的。"

"既然周老板懂，那我倒要问，按这行业的规矩……应该提几成？"

"一般来讲，五个点。如果是大工程，可能还会再高点儿。"

"这项工程，计划投资两千万，你说是大还是小？"

"吴局长放心好了，与我周得财打过交道的人都知道，我绝不是那种见利忘义的人，有钱大家挣，有财大家发。你说吧，只要这项工程能给我，怎么都行。"

"既然周老板这么痛快，我也把话说清楚，我要把这项工程交给你，我一分钱的好处都不要，但有一条，你必须把金色花园小区你的那幢别墅拆了重盖，你看行吗？"

周得财一下警觉了起来，忙问："这是为什么？"

吴国顺说："周老板你也是明白人，这话还需要我讲透吗？现在舆论都造出去了，你的违章别墅如果不拆，其他两户也不拆，市上的政令怎么能畅通？所以，市上也好为难，想把这项工程交给你，就算是一种额外的补偿，这样大家的面子也能过得去。"

周得财闷头想了一下，才说："现在有两个问题，想请教一下吴局长。"

吴国顺说："你说吧！"

"第一，这项工程还要通过公开招标才能拿到，如果我将来拿不到怎么办？第二，即便我拿到了这项工程，我挣的利润也是工程修建的利润，这不能等同于我拆除别墅。"

吴国顺一听，觉得这死胖子虽然难缠，不过说得也有道理，就呵呵一笑说："周老板，在生意上你是行家，在行政事务这方面你还缺乏了解。就说招标的事，那只不过是一种形式，其中的游戏规则你是清楚的，如果市政府想让哪个公司中标，能有不中的吗？"

周得财点了点头，算是认可了。

吴国顺又说："再说第二个问题，如果按着行内的规则，要夺取这样一个大项目，你要投入多少资金？你心里肯定有个基数的，而这些投入，能不能换来你的一幢别墅你心里也清楚。我可以负责地告诉你，这项工程不让你投入任何运作资金，我也不要你的一分钱好处费，这难道还不行吗？"

就在这时，周得财的手机响了。他一看来电显示，马上对吴国顺说："不好意思，吴局，我先接个电话。"说完，他站起身，一边接听着电话，一边走出门外去了。

吴国顺只好点了烟，一边抽着，一边等着他。吴国顺在约他谈判之前已经想好了几套对策，甚至从最坏处做了打算，万一他不答应，吴国顺就打算再把文体馆的装潢工程交给他，把他喂足喂饱，看他愿不愿意？因为这件事直接关系到何东阳的名誉和威信，关系到何东阳的事业与升迁。

何东阳能把这样大的事交给吴国顺，足以说明了何东阳对他的信任，也正好给了他一个报答何东阳的机会，他不能辜负了何东阳对他的厚望。再说了，他今天拥有的一切都是何东阳给的，他明天的提升还要靠何东阳帮忙，他给何东阳办事，说到底也是在为他自己办事，他没有理由不竭尽全力。

他的一支烟还没有抽完，周得财就一摇一晃地走了过来，说："不好意思，让你久等了。"

吴国顺说："没什么，我们继续说吧。"

周得财坐下后说："吴局，你看这样行不行？那幢别墅嘛，暂时留着，等什么时候你把工程交给了我，什么时候再拆行不行？"

吴国顺说："周老板，你还是对我不放心，是不是？你可以对我不放心，但你不能对市政府不放心。我今天找你谈判，不说你也明白，我是代表谁来的？再说了，你周老板又是谁？有那样的大人物在省上，谁敢欺骗你？除非他不想做官了，你说是不是？"

周得财这才咧了阔嘴哈哈笑着说："话虽这么说，但我现在拿不到工程，心里总感觉到没有底。"

"没什么底？现在的问题无非是打一个时间差而已，如果现在不拆，等你拿了工程再拆，别人会怎么想，会怎么看？你周老板也不想背着一个交换的名义来承接这个大项目吧？"

周得财这才勉强应承说："既然吴局长这么说了，我就答应你。不过，你们宽限我一个星期，等把东西搬完了你们去拆。"

"行！我答应你。你也必须答应我两个条件。一是这件事你必须给纪书记打一声招呼，免得让他产生了误会。"

周得财嘿嘿笑着说："放心，刚才就是他给我打的电话，他已经知道了这件事。"

"第二，你必须明白，我们完全是顾及纪书记的面子，才对你网开一面，给予你变相的补偿。你千万不能向外人说出此事的真相，否则会坏了纪书记的声誉。更有甚者，如果让其余的两户知道了，他们照猫画虎，惹出麻烦来，会影响到纪书记在人民群众心目中的形象。"

"这个我懂，你让何市长放心好了，不该说的话，我半句都不说，就是烂到肚子里也不说。"

吴国顺说："好！既然这样，我也放心了。"

打发走了周得财，吴国顺这才长长出了一口气。心想这周得财真是狗仗人势，有了这样一个亲戚在上面，好像他们家的祖坟上真的冒青烟了，竟然敢跟政府讨价还价。要是换了其他人，他敢？这个社会就是这样，一人有福，托带买路；一人得道，鸡犬升天。谁家的亲戚中有了当大官的，而这个大官又比较袒护亲戚的话，那这家亲戚不知要比普通人多占多少便宜。

他边想边随手整理起了文档，竟然翻出一份春节联欢晚会的策划方案，才想起这是苏正万上次交给他的。他随手打开一看，里面排着演职人员列表，其中主持人是田小麦和一位男主播。心里不觉有点儿愤然，将资料扔到了一边，心想做你们的黄粱美梦去吧。他想等任命书一下，就着手班子调整，把苏正万从电视台拿掉，让他的亲信窦小军去负责。他要把这块舆论阵地牢牢控制在自己手里，也要把电视台的这伙女人掌控起来。

吴国顺正想着，听到有人敲门，便说了一声"进来"。话音刚落，进来的却是田小麦。这真是奇了，念到鬼，就立马出现一个黑枯桩。田小麦还是那么楚楚动人，一条米黄色的紧身裤，一双桃红色的长靴子，外加一件黑色的小毛衣，一条白色的短围巾，将她整个人勾勒得更加青春毕露、活力四射。他急忙低下头，装作看着手上的文件，故意漫不经心地说："是你呀，有事吗？"

田小麦说："你是不是不欢迎？要是不欢迎我就走。"

吴国顺这才将文件一推，抬起头来说："一大摊事，成天忙得焦头烂额的。坐吧，有什么事坐下来说。"

田小麦这才坐在了他斜对面的沙发上。田小麦的坐姿很优雅，她不像别人一屁股坐到沙发上，人就像被装进沙发中一样，显不出立体感来；她却不一样，她的屁股只挂在沙发的边上，人就不得不收腹挺胸，从侧面看去，腿长身子短，小腰儿一凹，便勾勒出一道美丽的弧线，臀部呈一个大大的椭圆型，在沙发上深深拓了一个痕，越发显得性感无比。

田小麦转过头，向他微微一笑说："不管你是不是还在生我的气，但我还是衷心祝贺你反败为胜当了局长。无论你怎么看待我，我都非常珍惜我们的过去，因为你毕竟是我经历过的男人，是你给予了我今天的一切。"

吴国顺呵呵一笑，心想你现在才知道后悔了？晚了，当初看我不行了，你见风使舵投入我的竞争对手怀抱，现在说再好听的话，也晚了。想到这儿，他便故意打岔说："哪里值得祝贺，工作嘛，上面怎么安排就怎么服从，多安排了多干，不安排就图个轻闲。你呢，最近还好吗？"

田小麦说："国顺，我们难道就不能心平气和地坐下来谈谈，消除误会，重归于好吗？"

吴国顺没想到田小麦转变得这么突然，突然得几乎让他有点儿吃惊。可以想象出来，她为说出这样的话不知暗暗下过多少次决心。这足以证明，她真的是后悔了，否则，她不会付出这么大的勇气。就在这一刻，他内心的柔软处不由得一颤，经过无数次折磨建立起来的意志差点儿就要决堤了。

就在这时，吴国顺想到了另一个问题，如果他现在还是副局长，她田小麦会向自己道歉吗？她会后悔吗？肯定不会。而他，当然也不会。于是他呵呵一笑，显得非常大度，非常宽宏地说："我们产生过误会吗？没有呀，我觉得我们没有产生什么误会，谈何消除误会？"

田小麦的脸色渐渐地绯红了起来，很快就红到了耳根。就在这一刻，他真有点儿后悔自己刚才的话说重了。这样一个如花似玉般的美人，找上门来投怀送抱，却被你冷言相对，也太过分了。没想到他的自责还没有结束，她却倏地站了起来，说："对不起，那可能是我自作多情了。"说完，头一埋，转身就要离去。

吴国顺的心不由得一阵阵收紧了，但他还是没有挽留她。即使田小麦的背影还是那么迷人，即使她圆鼓鼓的屁股还是那么性感，他还是没有挽留。

他挽留过她，她没有停下，跟上苏正万走了。错过了那个机会，她也就错过了她的今天。

六

何东阳万万没有想到，省政策研究室副主任高冰要来金州市当代理市长。当他得知这个消息后，几乎快崩溃了。先前他已经找了个合适的时间、合理的借口，去省城找祝开运活动过了。而那时祝开运的反应也算得上是接纳了，事后还专门给他打了几次电话，话里话外有着几分暗示"没什么问题"的意思。按理说，这就应该没有什么问题了啊？难道祝开运给他打电话纯粹是为了工作？没有别的意思在里面？如果真是这样，这就是命，他何东阳只好自认倒霉。如果不是这样，那又怎么解释？难道是祝开运没有为他努力，或者说祝开运本来想为他努力，而这个高冰出了比他更大的价码，最终被他挤掉了？再或者是不是省委书记钦点了高冰，祝开运不得不退而求其次？

这个消息是孙正权告诉何东阳的，孙正权见他有点儿走神，便语重心长地说："东阳呀，这个决定太出乎我的意料了，我已经向省委推荐过你了，没想到最后的决定却是这样。既然省委这样决定了，我们只能坚决服从省委的决定，积极支持高冰同志的工作，你还年轻，有的是机会。"

何东阳知道孙正权说的是实话，他相信孙正权宁可用自己熟悉的部下，也不会选择与自己毫无关系的外来人。可既然事情到了这一步，他就必须要正视现实，向孙正权明确表态，不能让他有了想法。于是，他呵呵苦笑了一下说："谢谢书记对我的栽培，我的资历还不够，要上，也应该是一光书记先上。不管是谁来当代理市长，我都会一如既往地服从市委的领导，干好我的工作。"

孙正权说："这就好。你还年轻，有的是机会，不要为一时一事斤斤计较。高冰同志来了后，他肯定对金州的情况不熟悉，到时候你还得多多支持、配合他的工作。"

何东阳说："请书记放心，我一定会支持他。"

告辞出来，何东阳顿觉头重脚轻，仿佛聚在体内的精气神统统散了去，人就一下子成了一具空壳。他很想强打起精神来，却力不从心。如果这次安排的不是高冰，而是省上的另外一个人，也许他的心情会稍微轻松一点儿，而这个顶头上司又偏偏是他曾在党校的同学，这让他的心里越发感到不平衡。

何东阳正在楼口等着电梯，看到了韦一光路过，便强打起精神打了一声招呼。韦一光说："到我办公室坐一会儿再走嘛，急什么？"他只好随了韦一光，进了办公室。

韦一光给他泡了一杯茶，往他面前一放，说："知道了？"

何东阳点了一下头，勉强笑了一下说："知道了，孙书记刚给我透露的，他要我到时候好好配合代理市长工作。"

韦一光也呵呵苦笑了一下："是呀，不论是谁，组织安排来了，我们就得全力配合。"

何东阳明显地感觉到韦一光说话的底气不足，肯定不是说的真心话，不免有点儿惺惺相惜，就说："我始终认为是你，也该你上了，刚才我在孙书记面前也是这么说的，没想到还是空降了。"

韦一光知道何东阳说的也未必是真心话，听来却很舒服。之前，他已经知道自己没有多少希望了，就想办法阻止何东阳，生怕他超过自己先升一步。这个目的虽然达到了，但当新任代理市长从省城空降下来时，他还是有些失落，不觉长叹一声说："谢谢东阳，现在的社会就是这样，没有什么应该不应该的。上面重用你，就是应该的；不重用，就是不应该。我早就预料到我上不去，还希望你上哩，没想到头来会是这样一个结果。"

何东阳心里一笑，心想：你韦一光哪里希望让我上？正因为怕我上去，才把我推到了风口浪尖。不过，这一次虽然让他很纠结，却也给他带来了意想不到的收获，那便是舆论走红，让更多的领导知道了他。这是一个前奏，打下了这个基础，总归会对他有利的。想到这儿，他便应付着说："我哪里行？资历不够，根本就不敢奢望，只希望你上去了我好步你的后尘，没想到会是高冰。"

韦一光突然心里一闪，有一个不太明显的想法在他的心里出现了，然后又渐渐放大了。这一次的拆迁事件，本想把何东阳逼上两难境地，落下一个政治笑柄，没想到何东阳还真有一股子拼劲，在网络民众和媒体中赢得了良好的口碑。尽管上面的个别领导可能对此不满，下面的群众却很支持，人气指数一路高升。听说这几天金色花园小区的违章建筑就要拆除，这无疑会把他推向舆论高峰，成为新闻焦点人物。而高冰呢，原来在省城里只不过是一个默默无闻的副厅级干部，他到金州来，在很短的时间内不可能取得令人瞩目的成绩，更不可能赢得良好的口碑和超高的人气指数。

如果再过四个月，市人代会上的投票高冰超不过半数，被超高人气的何东阳取代了怎么办？韦一光不能排除这种可能。在全国各地每年的选举中，总会出现一些让当地常委难以预料的事情。如果真的是这样，那就再好不过了：一是高冰肯定在金州待不下去了；二是何东阳虽然被选上了，如果不是党委指定的人选，也注定不会有好果子吃。到时金州的政治局势将会发生重组，说不准他会在这种格局里得到意外的收获。想到这里，他就想点拨一下何东阳，便说："东阳呀，你想过没有，再过四个月就是人代会，高冰来的话，不可能有太多的群众基础，而你的人气现在是一路蹿红，到时候也不能排除你会被意外选上的可能啊。"

何东阳忙说："不可能，绝对不可能。"何东阳知道这件事的轻重，也知道这是雷区，搞不好会承担政治风险。不论韦一光是随便说说，还是有意为之，他都不想就此引来麻烦，于是便接了话头说："选举还早着哩，一般来讲，等额选举不会出现意外的，如果真的有什么迹象，到时候我们多做些正面工作，也不会出现意外。"

韦一光有点儿不尴不尬地说："那是，那是。"

何东阳觉得再说下去就有些无趣了，便推说有事告辞而去。

上了车，何东阳的脑海里真是翻江倒海，几个月的临时负责，让他尝到了当一把手的妙处，也赢得了上上下下的尊重，没想到会是这样的结局。等高冰一来，他就得把政府的工作全盘交过去，他又成了过去的二把手。他真有点儿不舍，但又毫无办法。按说，祝开运已经暗示过他了，为什么会出现这样一种结果？就在这时，他的手机响了，接起来一看，是一个陌生电话。他"喂"了一声，就听到对方说："请问你是何市长吗？"对方是一个女的，声音非常悦耳，非常富有感染力，听着很舒服，他便回应道："我是，请问你是哪位？"对方这才说："何市长你好，我是电视台的主持人田小麦，上次采访过你。我们一直对金色花园小区的违章建筑做着跟踪报道，今天正式拆除，我们正在现场采访。我想请示一下你，你要是有空，我们能不能过去采访你一下？"

何东阳听着这轻柔如水的声音，仿佛看到了那个灵光四溢的人。自从上次接受了她的采访后，她说还要来采访他，但后来并没有再联系过他，他也就把这件事忘了。现在，市长人选已经尘埃落定，有没有必要再上电视了？他不觉"哦"了一声，问题就在这一声里得到了缓冲。他突然想起了刚才韦一光所说的"人气"之说，还是有一定道理。这次违章建筑的拆除，让他绞尽脑汁，却也让他赢得了民众的好评。既然把事情做到了这一步，露露脸也没有什么坏处，他便说："好吧，可以接受你的采访。"

田小麦说："多谢何市长，太好了。请问市长，是让我们到你办公室里来，还是……你来拆迁工地好？如果在拆迁工地，现场感会好些。"

何东阳不觉一笑，心想这小丫头还挺机灵的，便说："我正好有空，就到现场看看再说吧。"挂了电话，他让司机直接开车去金色花园。

为违章建筑拆除的事，何东阳上次又找过孙正权，并把他的难处和想法如实汇报给了孙正权。还好，孙正权很通情达理，表示理解与支持。与此同时，吴国顺那边也给他摆平了，让他省了不少心，也让他找到了一种平衡。

车到金色花园小区，他感到高档社区的环境就是不一样，花园式的小区，欧式的建筑，格调和谐，唯独三幢私自加盖的别墅严重破坏和影响了小区的格调。驱车而入，看到拆迁队正在拆除一幢别墅，大型的铲车伸出一个大爪钩，从楼顶上一爪钩下去，随着一层白灰扬起，旋即开了一个大豁口。

何东阳刚从车上下来，看到周得财正打开旁边的一辆小车门准备上去。自从上次周得财到他的办公室里大发淫威后，他再没有见过这个人，他也不想再见到这样的人渣。何东阳本想装作没有看到，周得财却主动过来同他打招呼："何市长视察来了？"

何东阳回了头，假装刚看到了他，诧异地说："原来是周老板呀。"说着，伸过手去，象征性地握了一下。

周得财嘿嘿一笑说："房子被拆除，心里还是有些痛，忍不住过来再看一眼。"

何东阳一听这话，顺耳了许多，看来吴国顺的工作做得还是很扎实。这世上真是这样的，没有永远的敌人，也没有永远的朋友，只有永远的利益。能让这样的人俯首听命，没有利益诱惑决然不行。想到这儿，他便说："可以理解，可以理解，换了谁也一样，毕竟是自己用心筑就的家。谢谢周老板的通情达理，更谢谢你对我们政府工作的支持。"

周得财也马上换了一副嘴脸，嘿嘿笑着说："我虽然文化程度不高，对政府的工作还是很支持的，只是上次没有转过弯来，冲撞了何市长，还希望何市长多多原谅。这叫不打不相识，以后我们熟悉了，你就会知道我周得财是咋样的人。"

何东阳听得出来，他话中有话，不想与他多说，便说："没有什么，你一时接受不了，发几句牢骚话也是正常的。"正说间，看到田小麦拿着话筒朝他这边走来，只见她足蹬粉红色的小长靴，穿着黑色牛仔裤，白色毛衣，外面罩一件无袖黄色羽绒服，青春靓丽，活泼如兔。

田小麦走到近处，才说："市长好！我是田小麦，感谢你接受我们的采访。"说着伸出了她的小手。

何东阳象征性地握了一下她的手，松开后心里却犯起了嘀咕：让他当着周得财的面接受采访，好比当着知情人的面说谎一样。这让他很难堪，想着便呵呵一笑说："知道，上次采访我的就是你田小麦。来，给你介绍一下，这位是这幢别墅的主人，周得财周老板。"

周得财点了一下头，马上将手伸到了田小麦面前，田小麦握了一下说："原来你就是周老板呀！请到不如遇到，等我采访完了何市长，再采访一下你好吗？"

周得财说："可以，可以的。"

何东阳一听周得财也要接受采访，觉得不太好。一是怕这出戏演不好让人看出破绽；二是如果周得财出了镜，让全市人都知道了，再交工程给他，怕被别人识破是交换。他忙给周得财使了个眼色，没想到周得财看了一下，就心领神会了，马上又接了说："田记者，要不这样吧，我还是不接受采访了。你看这……房子被强行拆除，我心里也不好受，让我说什么呢？"

何东阳接了他的话说："周老板说得也有道理，要不，就不为难他了。"

田小麦这才说："好的，好的，听市长的。"

周得财这才趁机告辞了。

田小麦选好了摄像角度，这才对着镜头说："我现在的位置是金色花园小区，大家看到我身后的那幢别墅，就是市政府下令要拆除的违章建筑。一个月前，市委常委、常务副市长何东阳曾经在这里向大家做了公开承诺：一定要拆除违章建筑，给老百姓一个满意的答复。何市长的承诺在今天、在此时已经变成现实，大家看看我身后的场面，城建拆迁队的工人们正在拆除违章建筑。我相信，未来的金州会更好更美。正好，何市长也来视察，我们当然不会错过这样的采访机会，下面就请跟着我们的镜头来采访何市长。"说着，她来到何东阳面前说："何市长，违章建筑今天开始拆除，看到此情此景，不知你有何感想？"

何东阳对着话筒说："一个月前我在这里向大家公开做过承诺，老百姓的违章建筑我们可以拆除，富人的违章建筑我们为什么不能拆除？我有这个决心，也有这个信心，在市委的正确领导下，一定会给金州的老百姓一个满意的答复。今天，我仍然坚信，只要我们依法行政，没有拆除不了的违章建筑。违章建筑不可怕，可怕的是心里的违章建筑，只要冲破了心里的违章建筑，任何困难都不在话下。我非常感谢媒体、感谢广大网民和各界人士对我们政府工作的支持和监督，我们的工作没有最好，只有更好！"

何东阳越说越觉得有些底气不足，匆匆说完，感觉脸上一阵发烧，这是他从来没有过的感觉。他知道，这样做不是他的本意，是迫于无奈，迫于形势，是不得已而为之。上了车，心里一直很纠结，觉得自己怎么变成了这样一个人，明明知道是谎话，竟然大言不惭，说得有板有眼。

七

次日，何东阳去参加文化三下乡慰问活动，这样的活动每年春节前都要搞一次，由市委宣传部牵头，市总工会、文化广播电视局、技术局、卫生局几家联合主办，组织全市的艺术家、书法家、技术咨询服务员到乡村去，举办几场节目演出，播放几场露天电影，再为农民写一些春联，义务量量血压，送些书籍。这样的形式主义每年都在搞，谁都知道是形式主义，但是谁也无法免俗，已经形成了一种惯例，不搞反而觉得不习惯了。从省上到地市级，再到县级，几乎是一个套路，甚至电视报道也是一样的格式，放些活动场面，然后现场采访主管领导，领导必然要讲一讲活动的现实意义和长远打算。光领导说了不行，还得有群众代表谈谈，群众代表中最好是能说会道一点儿的，能说会道一点儿的最好是最具农民特征的老头儿，老头儿中最好是缺了门牙的，缺了门牙的老头儿中最好是能面带笑容的，这样才能体现出三下乡活动温暖人心，表现出农民的幸福感来。

车出了金州，来到茫茫的乡村原野上，何东阳觉得心情开朗多了。虽说冬天的乡村没有多少观赏价值，土地泛着青冷的寒光，低洼处堆积着星星点点的积雪，看上去一片荒凉，但正是这一望无际的空旷，让被城市挤压久了的人感到舒心无比。这次三下乡的活动地点是祁北县的羊下巴乡，十多年前，何东阳在这里当过乡长、乡党委书记，对这里的家家户户几乎了如指掌。这次下来，看到过去的一些大姑娘小伙子现在都当了爸爸妈妈，看到过去一些与自己岁数差不多的人有的已经当了爷爷，自然无限感慨。几乎家家户户都新盖了房子，变化的确大得惊人。他这次下来，打算跟着三下乡活动团多走几个地方，他实在有些身心交瘁，想抛开所有的事务在老乡家里住上两三天，体验一下乡村中国留给他的童年温暖。

　　晚上，在乡政府的广场上上演着市剧团的《铡美案》，秦香莲那细细长长的声音通过音响扩到了十里之外，听起来是那么的凄美动人。何东阳身穿一件军大衣，混到人群里听了一会儿，不觉想起了童年看大戏时的情景。那时他还是一个不谙世事的孩子，就知道有一个读书人叫陈世美，考了状元后抛弃了妻子女儿，当了皇帝的驸马，结果让包公砍了头。那时他就下了决心，将来当了官，一定做一个像包公那样的清官，名垂千古。他从做乡秘书开始，一步一个脚印，一直走到了现在，他的骨子里还是想做一个清官，一个为民办事的好官，但现实总是在不断地打压着自己的理想，又在不断修正着自己的人生目标。通过不断的打压与修正，他已经不是原来意义上的他了，他的内心极其渴望能有一个更大的平台去实现他的愿望，展示他的才能。当个人的愿望与现实发生背离的时候，他又是那么的脆弱与消极。有时，他也在想，人的政治理想很难与个人的欲望相分离，当了乡长，想当县长，当了县长又想当县委书记，当了县委书记又想当副市长，欲望无止境，官场就永远没有一个头。作为一个农民的儿子，他能到了今天的这个位置，已经不错的，他还有什么不满足的？

　　不知不觉间，何东阳走出了人群，走向了田野，一种泥土的气息向他扑面而来，感觉是那般的亲切。抬眼望去，天高云淡，月明星稀；极目处，一抹黛青，如画般挂在天的尽头。远处，秦腔《铡美案》中包公那气吞山河的吼声，一声声撞击着他的灵魂，将心里的纠结驱散了尽，那声音，就仿佛成了一种强大的气场，将他包裹在了其中，他禁不住也朝天大吼了起来：王朝马汉一声唤，将棺木抬在午门前，事到临头须放胆，豁出黑头上金銮……

作者简介：

唐达天，中国作协会员，甘肃人。出版有《悲情腾格里》、《绝路》、《残局》、《后台》、《我的美丽没有错》、《沙尘暴》、《一把手》、《二把手》、《官太太》、《突围》等十多部作品，曾获冰心奖、甘肃省黄河文学奖、甘肃省敦煌文艺奖、北广传媒优秀小说改编奖等多种奖项。长篇小说《后台》改编为电视连续剧《华容道Ⅱ》在各大卫视播出过，长篇小说《官太太》被越南引进版权出版发行。

并非闹剧 /王昕朋

一

偏僻的张沟村突然热闹起来。

县委来了一位副书记。这位副书记是个女的，戴着一副宽边黑框的眼镜，村里人私下称她为"四眼书记"。实话实说，这外号的发明者是我。那年我刚满九岁，在张沟村小学上二年级。

"四眼书记"带了一支浩荡的队伍，光小车就有十几辆。不过张沟村通往山外的路不好走，要在山上盘五六个弯不说，前几天下暴雨，造成了多处塌方，有的地方过不了车。"四眼书记"带的长长的车队只能停在村外的半山腰上。她带着一行人艰难地跋涉了半个多小时才到张沟村。村口的老槐树下有一盘石磨，是过去生产队用来磨面用的。石磨好久没用了，上边铺了一层厚厚的尘土，鸡屎狗屎驴屎蛋子从尘土中露出不易发觉的小尖尖。"四眼书记"可能是太累了，连擦也没擦就一屁股坐在石磨上，使劲儿地用手绢扇着风，上气不接下气地说，这地方真够偏的！

那时候矿泉水还没风行开，饮料就更不用说了。领导的车上一般都放着热水瓶。领导下企业或农村视察，一下车秘书必然会端着泡着茶的保温杯跟上。所以，在一群人中，哪个人身边跟着个胳肢窝里挟着公文包，手里端着保温杯的，那个人就是领导，而胳肢窝挟着公文包，手里端着保温杯的人肯定是领导秘书。

"四眼书记"的秘书赶忙把保温杯递上。可能是秘书太大意，没有事先测一下保温杯里茶水的温度，"四眼书记"刚喝到嘴里，马上喷了出来，秘书的头发稍上、脸上马上像淋了雨，往下掉水珠。"四眼书记"皱了皱眉头，用严厉的目光看了秘书一眼。后来张梦富爷爷对我形容说，秘书吓得不轻，我看他的脸就像张白纸。

　　好在"四眼书记"在大庭广众面前保持了"领导风度"，没有接着追究。她转过脸，问前来迎接的张沟村支书张梦富，你们没接到乡里的通知啊？

　　张梦富是在山上的红芋地里翻秧时被村会计叫回来的。他穿着一件圆领衫，裤腿卷到膝盖上边，腿肚子上全是又稀又黄的泥巴，左手拎着破了几个洞的解放鞋，右手还拿着翻红芋秧子的白腊棍。他习惯地蹲在地上，说话时也不抬头。因为不清楚"四眼书记"问他这句话是责怪他没到村外迎接，还是嫌他衣冠不整，所以他吭哧了一会儿，没有回答。

　　陪同"四眼书记"前来的刘乡长有点不高兴了，瞪了张梦富一眼，跺了一下右脚。张梦富后来给我说过，那个刘乡长一着急上火就跺脚，跺右脚说明急了，跺完右脚再跺左脚说明十分着急，还会伴着骂人的脏话。不过，他当时没有对张梦富发火，在县领导面前发火，是没有能力的表现，刘乡长懂得这一点。他递给张梦富一颗烟。张梦富把鞋放在地上，在裤子上擦了擦手上的泥巴才接过烟。

　　刘乡长说昨天就通知过了，我打电话到村里没人接，又专门派人过来送的信。他问张梦富，老张，是不是啊！张梦富连忙点头，是，是。信是收到了，可这几天下雨，红芋秧子疯长，不翻一翻就会跟红芋争口……他的话还没说完，就被"四眼书记"打断了。"四眼书记"说我是问你们收到了乡里的信后做了哪些准备工作？

　　张梦富愣了一下，看看刘乡长，又看看村会计，一时茫然不知所措。乡里通知时只说县里要来人，没说让做什么准备。过去，每逢上边来人村里总要搞点形式，比如在村口拉一条横幅，上边写上欢迎上级领导来张沟村视察之类的话。这几年上级领导很少有人来张沟村，来的不是计划生育专业工作队的，就是催卖余粮和收农业税的，一进村就挨家挨户跑，然后匆忙回去交差。

　　那条红布条幅随着来人从事的工作内容不断变换，全是些标语口号，而且有的很吓人。计划生育的口号就写过"对违反计划生育的人要做到五不：上吊不夺绳，喝药不抢瓶，跳河不拦路，发疯不送医，没粮不救济"。意思是死了活该。这条用了十几年的红布条幅，前年被几个妇女扯了分了，拿回家给小孩改裤兜用。

还有就是在村委会门口的空地上临时搭个土台子，放张桌子，桌子上再放只暖壶和几只碗，供领导发表"重要讲话"。因为每回上边来的人都要发表"重要讲话"，有的领导特能讲，从太阳一杆高能讲到过午。有的老百姓称讲台为"炮台"，意思是说领导嗓门儿高，讲话调子高，口号喊得响，但落不到实处，像放空炮。后来，村委会门口的空地批给了几户村民盖房子，讲台也无处安放了。所以，张梦富接到通知，不光是没想过还要做什么样的准备，就是做准备也没条件。巧妇难做无米之炊么。

刘乡长大概是不想让"四眼书记"误会，指着张梦富又问了一句，你们村就没开个大会传达一下？张梦富老老实实地回答说，传达个球哇！能蹦能跳的没几个搁家里，都出去打工挣钱了，这你又不是不知道。

我到省城上大学那年，张梦富爷爷到省城看病。整个张沟村就我一个在省城的，所以"接待"他的光荣任务就落到我的肩头。我陪他到医院排队挂号，为他取药，到了晚上他就住在我的宿舍里。他给我讲过他当村支书几十年中发生的一些难忘的事情。

他说二十世纪六十年代和七十年代，传达上边的精神就是开社员大会。一敲钟或者是大喇叭里吼一嗓子，人就到齐了。你不来开会没有工分。那时候工分和口粮绑在一起，你工分少到年底分的口粮自然少。到了八十年和九十年代，土地承包了，村民不用计工分了，也不用吃集体的粮了，招呼人就难了。一般的情况下，乡干部到县里开会还比较正规。比如计划生育工作，县里开会时书记、县长、分管副书记、副县长，有时还请来市计生委领导，加上县计生委主任都要发表重要讲话，从基本国策、重要意义，一直讲到各个乡镇具体任务，然后分配"人流""结扎"指标，一般来说会议要开两到三天。第一天报到，第二天上午开幕，领导作重要讲话，下午分组讨论，第三天上午总结……到了乡里传达布置时，把村干部招呼到乡里吃喝一顿，一二三四说几条，临了乡长借着几分酒意说，老少爷们这事就拜托各位了。丑话说前边，计划生育是"一票否决"，干不好上级会摘我的乌纱帽，那我就先摘了你的乌纱帽……村干部回到村里，开大会招呼不起来，就把几个村民组长找来喝小酒，临末了就简单明了一句话，结扎！哪个狗日的完不成指标，就自己躺手术台上把自己的家伙扎了。

张梦富挤巴挤巴眼睛，你刘乡长只通知说县里来人，也没说来几个人，我派饭都没得办法。"四眼书记"已经从张梦富颓丧的表情中看出了结果。她温和地笑了笑，张支书您不要难为情。我这次和十几个部门的领导一起来张沟村，就是帮你们做准备工作的。

她没想到这句话让张梦富更是丈二和尚摸不着头脑了。张沟村有什么大事还需要县领导帮着准备？他在张沟村生活了五十多年，当村干部也有三十多年，"四眼书记"是他见过的来张沟村为数不多的大官之一。他爷爷他大大给他讲过，北京某某部的部长、某省某某省长当年在张沟村打过游击。那都什么年代了，而且他们那时候也就是个游击队员。

他刚当大队民兵营长那年，来了一个大官，是穿军装的，军区的副司令。副司令在张沟村开了个动员会，还作了"重要讲话"，说伟大领袖号召要准备打仗。你们是抗日老根据地，解放战争时又是兵工厂、野战医院的基地，群众觉悟高，要"发扬革命传统，争取更大光荣"，带头搞好备战。说不定哪天打起仗来，根据地还放在你们张沟村。副司令走后，张梦富带着民兵夜以继日撅着屁股挖地道，半个村子都掏空了，只是后来并没见打仗。现在听"四眼书记"说准备两个字，他的心一下子紧张起来，迟疑了一会才问，又要准备打仗啊，是不是小日本又张牙舞爪了？

他的话把"四眼书记"同来的人都逗笑了。村里的孩子见来了很多陌生人，好奇地跑来观看。孩子个子小，都挤在里边。有两个男孩听张梦富一说，撒腿就向村里跑，一边跑一边扯着嗓子叫要打仗了，要打仗了！那两个男孩中的一个就是我。

刹那间，张沟村一片混乱，噼里咔嚓开门关门的声音，稀哩哗啦搬东西的声音，惊慌失措的女人叫骂的声音，受了惊吓的孩子哭叫的声音，以及受了人的感染的鸡飞狗跳的声音夹杂一起，汇成一曲山村杂乱无章的交响乐。不一会儿，村街上就出现了几个背着大包小包的妇女，一边挨着墙跟慌张地向后山方向走，一边嘀咕着向村口张望。张梦富早已急了，对他们招着手喊，回来，没仗打！

我至今清楚记得我妈当时用鞋底狠狠地打了我的屁股，骂我嚼舌头根。我把这仇记在了"四眼书记"身上。

一个胆大点儿的年轻妇女高声问道，你们是拍电影的吧？给不给误工费？不给误工费可不给你干。"四眼书记"皱了皱眉头。她的目光和张梦富的目光相遇时，又冲张梦富宽厚地笑笑。"四眼书记"人长得很耐看，笑起来更好看。刘乡长对上级领导的意图心领神会，埋怨地说这儿村民素质太低。他低声给"四眼书记"嘀咕，这村不适合做典型，要不咱换个典型？

"四眼书记"不高兴了，够不够典型不是你说了算也不是我说了算。张沟村是首长点名要看的点。你我的任务是把典型培养好，打造好。说完，她让张梦富带着去村里看看。张梦富站起来后，看见"四眼书记"的裤子屁股上沾了一根麦秸，就像长了根小尾巴，忍俊不禁笑了一声。刘乡长朝他屁股上踢了一脚。

"四眼书记"问张梦富，你们张沟村过去不归咱县管啊？张梦富不知"四眼书记"问话是什么意思。老老实实地把张沟村几次调整区划的事向她说了一遍。张沟村位于三省四县交界处，一直有"鸡鸣闻三省"之称。从民国时期起，曾三次调整区划，分别归属过三个省。"四眼书记"听后恍然大悟，怪不得一开始是邻省在找张沟村，找来找去找不到，最后在咱们省找到的。

村里混乱的局面已经解除，不少村民纷纷走出家门，用各种各样的目光看着"四眼书记"带的队伍，不时有人向张梦富甩过来一两个问题。这个问，梦富大爷，是不是要搞运动了？这回来了恁多人？有的说，张支书你这回眼睛睁大点，别让人又给你多报几只鸡几瓶酒钱。张梦富一边点头，一边嗯啊地应着，不时向人们挥手，示意他们回自己屋里去。有的村民刚从地里回来，端着饭碗在自家门口蹲着吃，见张梦富带着客人过来，站起来热情地打招呼。"四眼书记"也不时冲村民微笑。有个老太太指着"四眼书记"夸奖说，这妮子长得真俊。"四眼书记"懂得当地人称的妮子就是小姑娘，心里像喝了蜂蜜一样甜滋滋的，对张梦富说你们这儿的老百姓很纯朴，很热情。

"四眼书记"带的队伍走到一个十字路口时，突然传来一个女人歇斯底里的叫骂声，哪个万人压的把俺家的车轮胎放了气，看俺家小孩他爸回来不剁了你！随着叫骂声，一个敞胸露怀的女人出现在"四眼书记"一行人的视线中。那个女人五十开外，身材肥胖，站在村街上手舞足蹈好像发了疯一样。张梦富见"四眼书记"脸上晴转多云，眉头也皱了起来，赶紧一溜小跑到了那个女人面前。他不知给那女人说了几句什么话，那个女人伸手去抓他，他转身就跑。那个女人脱下鞋子朝他扔过去，张梦富你别拿鸡毛当令箭吓唬老娘，老娘不吃你这一套。什么他妈书记乡长。他管天管地能管老娘屙屎放屁？他要不愿听老娘骂街，就给老娘换个新车胎！

"四眼书记"看见那个骂街的女人身后是座三层的小楼，红砖红瓦，造型也有点儿别致。小楼四周是个小院，院墙是白灰抹的，上边爬满了瓜秧一类的绿色植物，显得生机勃勃。她的眼睛一亮，这是谁家？刘乡长赶紧回答说是张梦仁家。"四眼书记"问张梦仁是做啥的，你们村干部吗，怎么全村就他家的房子好？刘乡长说张梦仁是我们乡第一个百万富翁，全县的致富先进典型。他主要从事农产品经纪和物流配送。村会计插话说，在过去，这叫投机倒把！这孙子贼有钱！

"四眼书记"沉吟了片刻。她旁边的农业局长补充说张梦仁在咱县也是数一数二的农产品经销大户，光跑长途的运输车就有二十多辆。"四眼书记"想了想，说，我见过这个人，去年表彰大会上是我给他颁的奖状奖杯。挺随和的一位大叔，喜欢笑。说完又问那个女人是谁，狼狈跑回来的张梦富回答说是张梦仁的媳妇"老套筒子"！

"四眼书记"没听明白，百家姓里还有姓老的？村会计抢着回答：有，有，老子不就姓老吗？他的话招来一片嘲笑。张梦富给"四眼书记"解释说，"老套筒子"是当地人对过去打猎人用的火药枪的别称，那种枪装上火药，一点火就着。"四眼书记"这回听明白了，那种枪是不是容易走火，用在比喻人就是说人的火气大？张梦富连连点头，是那意思，是那意思。这个"老套筒子"一句话不投机就骂大街。

刘乡长生气地说，还是张沟村民老实。要是搁在别的村，村民早告她污染听力环境罪了。"四眼书记"坚持要到张梦仁家看看。张梦富劝她不要去，那个"老套筒子"可不是个玩意儿，一句话不对她的脾气，她天王老子都敢骂敢打！"四眼书记"冷冷一笑，我什么大风大浪没见过，还怕一个农妇？说着朝张梦仁家走，随行的县部门领导和刘乡长一行人紧张了，紧紧护卫在她的周围。

张梦仁的媳妇一看来人的架式，马上明白果真有领导来了，心里有点儿发怵，但在很多双熟悉的村民眼皮底下又不愿装孬，就依在门框上，一副无所谓的样子。

你好，你是张梦仁同志的家属吧？"四眼书记"满面微笑地伸出手，想和"老套筒子"握手。"老套筒子"翻了翻眼皮，看了"四眼书记"一眼。我是张梦仁的老婆，你是谁，和他什么关系，你们在哪认识的？刘乡长上前一步喝令"老套筒子"住嘴。说这是咱县的县委副书记，你说话客气点！

"老套筒子"不以为然地抹了抹嘴唇，县委副书记有多大权？我家男人在外边搞破鞋你能管了吗？刘乡长看了张梦富一眼。张梦富缩着头站在后边，看样子是不敢惹"老套筒子"。好在随行人员有公安局的同志，他朝"四眼书记"前边一站，对"老套筒子"严厉地说，书记是来视察工作的。你们家的狗扯蛋事找你们村上，村里管不了再找乡上。"老套筒子"鼻子哧哼一声，张梦富他狗屁事也管不了。你们看看俺村学校的房子都要塌了，他能弄来一分钱买一砖一瓦？

"四眼书记"朝前走了，其他人跟着她往前走。刘乡长和张梦富走在一起，低声对张梦富念叨一句，这种熊娘们，换我早休了她！张梦仁不知咋撑的？

"四眼书记"在张沟村转了大半天，临走前在村头开了个碰头会。张沟村村委会由于长期无人办公，更没有人修缮，前几天下大雨时屋顶被淋塌了。"四眼书记"第一个要求就是把村委会的房子修好，费用由县乡两级拨付。她对组织部的同志说，你们把那些先进村党支部的一些东西尽快搬过来，好好布置布置，像党员之家，支部工作目标责任制等。然后，她问大家的意见。

有人说张沟村的农业还是不错的，庄稼长得好，果树也长得好，人勤地勤，是个老农业先进，就是水利设施毁坏严重，这大雨过去几天了，有的地里水还没排出去。"四眼书记"说这是农业局的事。你们农业局想办法解决。如果农业方面出了问题，你们局长向书记县长两个一把手检讨去。

有人说张沟四个自然村太分散，自然村与自然村之间的路不好走。"四眼书记"说这是交通局的事情，交通局想办法，不在这里研究了。最后，"四眼书记"又问张梦富有啥意见。张梦富虽然到此为止还不知县委副书记等人到张沟村来要做什么。但是他毕竟也有多年农村工作经验，朦胧意识倒是好事。他说，刚才"老套筒子"已替俺说了，俺村小学校是危房，万一再来场大雨，那些娃娃……他的声音哽咽了，能不能给俺村盖个学校？他说这话时眼睛一直盯着刘乡长的脸。他没有把几次找乡政府协调村小学改造，挨了刘乡长几次训斥的事说出来。

会场上一阵沉默。刘乡长看县里来的同志包括"四眼书记"有些为难，就对张梦富说，眼下都要钱，哪个急先用，等领导来时，你让学生放假，就说学校是过去生产队的养猪圈！刘乡长的话激怒了张梦富。他红着脸，严厉地说，刘乡长你说话不怕闪了舌头根啊！上级早就说过再苦不能苦教育，再难不能难孩子。你这当乡长的把娃娃们上学的地方说成猪圈，老少爷们知道了还不跟你玩命！

刘乡长知道自己说错了，正要分辩，被"四眼书记"制止了。"四眼书记"说这事也不难为你们乡政府。你们乡是个穷乡，办教育的负担够重的了。这样吧，县里给十万，老张支书你们发动村民自力更生，争取一个月内把学校建好。

张梦富忙不迭地点头，连说了三个管、管、管！他毕竟做了三十多年村干部，到这时心里明白了，张沟村要来大领导视察，"四眼书记"这一行人是来找问题，然后想办法把问题解决，说白了是来送钱的。这是个好事。不要白不要，能多要就多要。他接着又提出了村通往乡的道路问题，农用电问题，建蔬菜大棚的投资问题、通广播电视问题，总之提了一大堆问题，说了一大堆困难。这期间刘乡长几次踩右脚，直到刘乡长踩了左脚又踩右脚他才停下话头。

"四眼书记"有的当场拍板让有关部门解决，有的说回去向县委常委会汇报。最后，"四眼书记"提了一个让张梦富挠头的问题。她说贫困村应当让上级领导看到村民的精神面貌不贫，改天换地的精神不贫，脱贫致富的志向不贫。比如那个张梦仁就是个很好的典型，可以让他重点介绍一下他是怎样勤劳致富的。

村会计在一旁说，张梦仁可不是一般人，他开始做生意时是他老丈人帮的他。别人没摊上他那样的好老丈人！"四眼书记"又皱起眉头。秘书赶忙递上茶杯。她喝了一口茶，又问刘乡长，这个村这几年上访户多不多？上访是基层最头疼的事，万一领导来了被上访户缠住，就会给领导留下不好的印象。所以，她对这个问题非常关心。

刘乡长想了想，说张沟村还真没有上访户。说完看了张梦富一眼。张梦富刚刚点了下头，村会计在一旁又插话说，俺这里天高皇帝远，没人来投资，不用搞征地和拆迁安置，当官的也没有东西可捞，没啥可上访的。就一个上访户还是老板张梦仁的媳妇，老是告张梦仁在外边搞破鞋……

"四眼书记"对张梦富和刘乡长说，他那个媳妇说话有点不沾边。你们乡村两级做做他媳妇的工作，不要把一场好戏让她媳妇一锤给砸了！到那个时候，你们不光对不起这些支持你们的单位，没法向县委县政府甚至省委省政府交待，银行找上门让你们还贷就够你们受的！

刘乡长连忙回答说没问题，请领导放一百个心一千个心。

张梦富又蹲下了，连连摆着手说，这不管。

"四眼书记"用严厉的目光看了他一眼，这事必须管，你还得亲自管！

张梦富又摇头，这事我不管。

"四眼书记"有点火了，你是这里的村支书你不管谁管？

张梦富又说，我真不管。说完又叹气。

"四眼书记"更急了，张支书你到底管不管？

张梦富也急了，猛地站起来，说，我说不管就真不管。你就是撤了我的职也不管。

刘乡长听明白了，赶忙对"四眼书记"解释说，这里人说的管不是管理那个管，而是，而是……但是，但是……他急得跺着脚，生怕解释不清楚。这么给你说吧，比如咱说这事能行，就是能干，不行就是不能干。这里是说管，就是行，不管就是不行。老张刚才的意思不是说不管理"老套筒子"，而是她太厉害，他没办法管她。对不老张？

张梦富点点头。

"四眼书记"说，这个我也不管。我只看结果。

"四眼书记"走后，刘乡长留了下来，他同张梦富又对一些细节做了精心谋划。他说张梦富呀张梦富，我知道你梦里都想富，现在你致富的机会来了，就看你能不能抓住。

张梦富说我个人致不致富不打紧，只要能让张沟村的百姓觉得有盼头，我没白当几十年支书，死了能合上眼。他又问，刘乡长你给俺透个底，到底多大个头头要来张沟村？刘乡长瞪了他一眼，这都不该你问。你把你该做的做好就行了。两人说到这里，自然就说到了张梦仁媳妇的事，都觉得很难办。地里挖几条水沟，路上铺些石渣子，就是盖学校只要材料备齐了也没问题，恰恰就是人的问题不好解决。你真要安排领导参观张梦仁家，就不能不让他媳妇露面，总不能把他媳妇锁屋里吧？那是非法拘禁。刘乡长想得头都疼了，才拍了下脑袋，你看这样行不行，找张梦仁谈一谈，让他把他媳妇接县城住一段时间。

张梦富连忙摇头说，不管，他才不会接他媳妇去县城住，那样他搞破鞋不就不方便了！刘乡长斩钉截铁地说这回必须让张梦仁听咱的。狗日的再有钱，还能赶上我乡长的权力好使？我最拿手的好戏就是治那些不听话的老板。他抽了口烟，又说你要怕给他谈不通，我亲自找他谈。这狗日的还不会不给我面子。

二

绿色东方集团董事长张梦仁是张沟村人。他当过兵，复原回来后跟堂哥张梦富当了几年民兵营副营长。实行家庭联产承包责任制后，他是张沟村第一个走出去做生意的，那时还不叫老板，叫个体户。起初，他是把张沟村周边山村农民种的菜、苹果和粮食用马车、拖拉机往镇上和县城倒腾，从中赚些小钱。后来，张梦仁发现市场越来越活跃，但仓储越来越紧俏。于是他开始做起仓储，过了几年又加上了物流配送，到目前他已做成了全县最大的农产品仓储和物流配送企业，财产也达到了上百万。然而，让他最头疼最伤感也最心烦的就是老婆"老套筒子"不争气。人长得难看不说，脾气还大得很，常常在他面前指手画脚，动不动就念"老三篇"，说张梦仁有了今天全托她的福，今天富了忘恩负义，在外边搞破鞋对不起她……

张梦仁在家排行老大，下边还有四个弟弟妹妹。他当兵走以后，全家就他父亲一个是"整劳力"，他母亲一年到头几乎挣不到几个工分，全家的生活陷入了困境。他当兵的第二年回乡探亲，在镇子上遇见了小学同学"老套筒子"。

"老套筒子"的父亲当时已经当上公社革委会副主任，全家转成了商品粮户口。"老套筒子"见穿着军装的张梦仁魁梧英俊，加上那个年代的年轻姑娘喜欢军人，心里对他生出几分爱恋，求她父母托人说亲，要嫁给张梦仁。在张梦仁的父母看来，这无疑是天降富贵，就算一年三百六十五天，天天烧香磕头也求不来的好事，马上就答应下来。

张梦仁起初死活不同意，他父亲又骂又打，他母亲又是要喝农药又是要跳井，硬是逼着他与"老套筒子"定了亲。张梦仁打心里不喜欢她，人长得又矮又胖，脸上还有几个黑麻子，说起话来像一门小钢炮，脾气就像火药桶，张口就骂脏话。他后来不止一次骂她的嘴就是大粪坑，又脏又臭。可是他一个穷当兵的，要地位没地位，要钱没钱。女方答应给盖三间新房，送"三转一响"（自行车、缝纫机、手表和半导体收音机）的嫁妆，你还有什么可挑剔的？这样，他和"老套筒子"结了婚。

婚后第二年，张梦仁复原回到张沟村。他岳父把他安排在公社开车。那时公社领导不像现在有专车。整个公社机关就一辆大头车也叫客货两用车。没几个月，他和公社的总机接线员好上了。他岳父一气之下把他赶回了家。

张梦仁和"老套筒子"婚后几年没有孩子，有人说他根本就没和"老套筒子"同过床。他岳父听后，恼羞成怒，让人把他绑了，推推拥拥到他岳父面前。他岳父手里拎着把切菜刀，狗日的你今天不说清楚，老子把你的家伙割下来喂狗！张梦仁吓得尿了一裤裆。他把"老套筒子"拉了来作证才算过关。此后，"老套筒子"竟然一发而不可收，接二连三为他生了两儿两女。

在张梦仁的家乡，儿女双全是有福气的象征。他从此对"老套筒子"态度也来了个一百八十度大转弯，对她言听计从不说，她骂他，他不还口；她动手打他，他也不还手。没想到日子长了，竟然养成了一个坏习惯。

其实，张梦仁对"老套筒子"服软还有一个重要原因，就是心亏。他喜欢拈花惹草。当民兵营副营长时，张梦仁负责全大队的"看青"。老百姓对地里的庄稼常用颜色来划分阶段。绿是指庄稼的幼年期，青是指成长期，黄则是指成熟。"看青"就是看护未成熟的庄稼。有的人家家里人口多，粮食不够吃，到了青黄不接的时候接应不上，就到地里偷一些即将成熟而又没成熟的庄稼来补充，这在当地叫"偷青"。

对于来"偷青"的老人和小孩子，他这个民兵营副营长大多是睁一只眼闭一只眼的，但是一旦逮着有点姿色的年轻女人，就逼着人家脱裤子，天当被地当床和他干那种事。日子久了，有个女人成了他的固定关系户。她来"偷青"，张梦仁不但不逮，还帮忙，而她则随叫随到供张梦仁玩乐。

世上没有不透风的墙。这事传到"老套筒子"那里，"老套筒子"和张梦仁大闹了一场。当天半夜里，张梦仁正睡得迷糊，忽然感觉下身的家伙被扯痛，睁开眼一看，"老套筒子"一手抓住他的家伙，一手拿着把剪刀，正要下剪子，给他来个"一剪没"。张梦仁吓得魂飞魄散，当即跪在床头前乞求"老套筒子"原谅，并发誓一辈子对她不再三心二意。

　　当时，公社革委会也收到了对张梦仁的举报信。那个年代搞男女关系就是流氓，流氓理所当然是无产阶级专政的对象。公社负责专政的组织把写着"流氓张梦仁"的高帽子都准备好了，打算在逢集的日子抓他去游街。"老套筒子"跑到她父亲那里，跪着求她父亲为张梦仁说情。她父亲让张梦仁写了永不再犯的保证书，才出面保他没事。

　　张梦仁离开张沟村到县城做生意后，在这方面有了如鱼得水的感觉，不时调换女友，反正"老套筒子"看不见抓不着。然而，他处了几个女人都是无果而终，原因很简单，他不敢向"老套筒子"提出离婚的要求。那几个女人见跟张梦仁没什么结果，要一笔钱也就和他拜拜了。

　　八年前，张梦仁到省城出差时，在歌厅认识了一个本县籍的女子。那女子名叫杨花，刚二十出头。两个人认识的当天就开了房上了床。从此，张梦仁每次到省城都约她。张梦仁对杨花说，我爹给我起的名字真好，梦人，我天天梦的人就是一朵花。杨花说那你把我带走吧。在这儿坐台，今天公安来查，明天消防来查，后天又传说征税，弄得人整天心里七上八下的。我想跟你过正常人的生活。

　　于是，张梦仁就把杨花带回了县城，安排在他公司的一个仓库做经理。后来，张梦仁在县城买了块地，盖了栋小楼，和杨花过起了夫妻生活。前年，杨花给他生了个儿子，开始和他闹起结婚的事来。杨花说你要是不和我结婚，我就把你儿子掐死然后再自杀！张梦仁好说歹说，最后给杨花写了保证书才让她平静下来。可是，他一回到张沟，见了"老套筒子"，就像泄了气的皮球，一下子就软塌塌的了。再回到县城见了杨花，他就编瞎话哄她，说"老套筒子"已经答应离婚了，条件是大儿子成家以后。

　　杨花算算张梦仁和"老套筒子"的大儿子二十三四岁了，也找好女朋友了，结婚的日子也定了，就再拖一年半载吧！过了两年，他大儿子连孩子都生出来了，张梦仁和"老套筒子"还没离婚。杨花恼羞成怒，带着孩子不辞而别。

这下张梦仁急了，回到张沟找堂兄张梦富商量，让张梦富帮他做"老套筒子"的工作，在离婚书上签字。张梦富说这事我不管，滚你个蛋吧，没心没肺的东西！当初不是"老套筒子"她爹扶你一把，找银行托关系给你贷款买车跑运输、收农产品，你小子能有今天？你撒泡尿照照自己，你是比别人多长只脑袋还是多了只眼，没你老丈人你现在还照样撸牛尾巴！你让我去做"老套筒子"的工作，不如给我把刀，让我砍了她！

张梦仁也去找过刘乡长。刘乡长是他岳父的老部下，也是他的老朋友，帮过他不少忙。他的几个大仓库，都是原来乡镇企业的旧厂房改造的。刘乡长为了把地和房子弄到他的名下可谓冒着风险，排除万难。自然，张梦仁也给了刘乡长不少好处。刘乡长的两个女儿在省城上大学，所有费用都是他包的。刘乡长问他怎么能帮上忙？张梦仁说你让民政服务中心帮我办个和杨花的结婚证就行了。刘乡长想也没想，一拍桌子，瞪着眼骂他是个混蛋。我老刘没亏待你吧？你怎么想这个阴招来害我。你知不知道伪造证件是违法的。再说，你老丈人也是老干部，老干部是最不能得罪的。万一你老丈人你老婆往上一告，我得跟你去坐牢。你还要你的杨花呢，水性也沾不着！

张梦仁万般无奈之下，还曾按照电线杆子上贴的小广告的地址找过办假证的，想办两张假证糊弄杨花。一张是他和"老套筒子"的离婚证，一张是他和杨花的结婚证。办证的一口价，一个证要五百。张梦仁说办好了我给你两千！可是证拿到后，他没敢给杨花看就撕碎扔到垃圾筒里了，气得直骂，你姥姥！那公章上的大印叫中国民政部，这不明摆着假的？狗日的办证的也太没文化了！

昨天夜里，杨花又和他大闹了一场，说再过一个月她就满三十周岁。如果张梦仁不能在她三十周岁那天办完离婚手续，就彻底和他拜拜。张梦仁又施展老伎俩，给杨花写了份保证书，说如果不和"老套筒子"离婚，遭天打五雷轰。杨花看也没看就撕成碎片扔到他脸上。张梦仁你个老小子，你就是把保证书拿电视台去放，我也不相信你了。

就在张梦仁一筹莫展之际，刘乡长把他叫到了乡政府，就在刘乡长办公室的沙发上和他并肩而坐，促膝谈心。刘乡长说，我也不叫你张老板了，叫你老张哥，谁叫咱哥俩亲得像一个娘生的呢！

张梦仁心里打鼓，这狗日的不知又想用什么名目从我腰包里掏钱。每次搞捐助，他都是全乡掏钱最多的，这已形成了惯例，而且十万元以下的刘乡长都不亲自找他谈。他也不敢不给。他要是不给，第二天他的仓库就会断电断水。张梦仁的仓库可都是放的新鲜的农产品和肉类，停电一天损失可不是十几万的事。你要敢告，小子等着，派出所、法院、工商所、税务所、土地所、环保所，一直到信用社都在排着队等着挑你的刺儿。

张梦仁不想和刘乡长浪费时间，就直截了当地说，乡长老弟你有话就挑明了，这回又要多少？

刘乡长拍了下他的大腿，老哥，这次不是向你要钱，是要给你钱！

张梦仁先是朝窗外看了一眼，接着又揉了揉眼睛，太阳从西边出来了啊！

刘乡长跺了一下左脚，骂张梦仁你小子眼睛不色盲吧？太阳还是从东边出来西边落。这回兄弟也没骗你。真的是政府要给你钱。

多少？张梦仁想起最近从电视上看到过，中央提出要加大对中小企业的支持力度，尤其是支持"三农"，对他这样搞农副产品的小企业有优惠政策，也许是上边给乡里拨了款，乡长想起了他？

刘乡长伸出食指，在张梦仁面前晃了晃。张梦仁喜出望外，一百万啊！

刘乡长摇摇头，做梦吧你！

张梦仁又问，那就是十万？总不会是一万吧？你知道我的企业每天支出都得好几万，少了不够塞牙缝！

刘乡长站起身，在房间来回走了几圈，然后回到办公桌前坐下，左腿翘在右腿上，点燃一支中华烟，一边抽一边说，张老板你应该知道，咱这个乡财政相当困难，公务员和老师的工资都拖欠三月了，要不是这回乡政府有求于你，别说一万，一分也不会给你。

张梦仁一听说乡政府有事求他，而且花一万元钱求他，一下子就呆了，过了好一会儿才给刘乡长敬了根烟，陪着笑脸喊了几声刘乡长。我说乡长老弟你就别卖关子了，有什么事你尽管吩咐，我张梦仁你也不是不了解，只要是政府一声令下，我保证积极响应，坚决贯彻执行。说完，笑笑又说，我可从来没给老弟你讲过价钱。

刘乡长离开座位，拉着他的手重又回到沙发上坐下。我的老板大哥，乡里给你这一万元钱是出差补助费。接着，他把自认为考虑成熟的意见向张梦仁说了一遍。

"四眼书记"一行走后，刘乡长拉着张梦富又去了一趟张梦仁家。他想和"老套筒子"谈谈，看能不能让"老套筒子"配合一下，首长来的时候别惹出麻烦。他进门之前，先把自己的表情改造了一下。当干部这些年，他的面部千锤百炼成了威严的表情，除非是见上级领导，很难看到笑貌，就是在家里对妻子女儿也很严肃，大女儿给他起了个外号叫"会议脸"，小女儿则直陈他笑和哭没有严格界限。他冲"老套筒子"一笑，"老套筒子"果然也是吓了一跳。刘乡长你这是干嘛，不是来俺们家报丧吧？！

会说话吗？张梦富冲"老套筒子"瞪了瞪眼。人家刘乡长来看你，你一点礼貌也不懂。

"老套筒子"根本不买张梦富的账。她说这回刘乡长在你张梦富眼里成好人了。下大雨那天，你不是还满大街扯着嗓子骂刘乡长是刘大炮，答应给村小学拨款建房都当放屁。

刘乡长看了张梦富一眼。张梦富红着脸，把眼睛转到一边。刘乡长没有计较"老套筒子"的话，也没有冲张梦富发火。他知道不止张梦富一个村干部对他有怨言，背后骂他，叫他刘大炮，意思是说他说的话不落实。他有他的难处苦处。为了让村干部们安心工作，他不能不常常许愿，可真正要落实起来，他又拿不出钱。

刘乡长对"老套筒子"说，老嫂子你有意见尽管提，我今天就是来听你提意见的。

没想到他这一句随便说说的话，引来了"老套筒子"一大堆牢骚。"老套筒子"说我对你乡长没啥意见。你是乡长我是老百姓，咱中间隔着山隔着水。再说了你又不是我儿子我外甥，我也够不着让你疼我孝敬我。可人家梦富哥这些村干部是你的兵，你不能光让人家卖力气干活，不管人家死活。梦富哥去年累得生了一场大病，要不是村里人东家五十西家三十拼份子给他凑了手术费，他这会儿能活蹦乱跳站你跟前？

刘乡长说，这事梦富也没说，我是事后才知道的。回头看着张梦富：张支书，这种事以后要第一时间通知乡政府。咱再是穷乡，也不差那几个子儿。

"老套筒子"又说，俺们村小改造也说几年了，光听水响不见鱼儿上来，你当乡长的又怎么说？

刘乡长跺了左脚跺右脚，连说几个马上马上，这两天就动工。他觉得身上发热，已经开始出汗了。他在心里想，要不是"四眼书记"非要定这个典型，老子一句难听话也不会听下去。

"老套筒子"的嗓门儿高，吵吵几句，四边邻居家就有人过来了，都站在院子里，一边听一边议论。有的说上边的经好，就是下边的歪嘴和尚给念错了。咱听广播电视里说上边让消灭农村学校的危房，可咱村小学到现在还是危房，孩子在里边上课，咱下地干活都揪着心。

说这话的是我妈。我妈说完，又有几个人跟着骂，有的骂乡里截留上级下拨的惠农补贴，有的甚至骂县里街道开得太宽，铺的大理石太浪费……

刘乡长出门后在心里计算了一下，"老套筒子"和村里几个人说的问题，既涉及干部的工作作风，又涉及农民的利益，这些话要是让首长听见那还得了！他想，无论如何也不能让"老套筒子"搅了局！

刘乡长专程去了一趟县委，向"四眼书记"汇报筹备工作情况。他已经从"四眼书记"的秘书那里知道，县里对这次首长来张沟村视察十分重视，专门成立了领导小组，由县委书记任组长，"四眼书记"只是个常务副组长，成员还有有关部委办局的负责人，他也是其中之一。刘乡长绕着圈子问"四眼书记"的秘书哪个首长来张沟视察。秘书说不知道，你问咱书记，书记也不知道。

刘乡长见了"四眼书记"，还想问这个问题，"四眼书记"发了火，老刘你想啥呢？首长不来你就不干工作了？接着就提到"老套筒子"，那个张梦仁媳妇的工作你们要好好做一做，让她也得有个典型的样子！

刘乡长说，不行咱换一个典型吧。

"四眼书记"皱了皱眉头，你张沟村有第二个张梦仁那样的致富典型，还是有张家那样的好房子？

刘乡长原想把在"老套筒子"那听到的告诉"四眼书记"，话到嘴边又咽了回去。领导交办的工作，你做下级的只有排除万难去完成，才能得到领导的赞赏。你摆了一堆困难，领导会怎么看你？一是你没有能力，没能力就是不称职；二是你讲条件，革命工作怎么能讲条件？他不想在即将换届的关键时期给"四眼书记"留下这样不好的印象。

回到乡里，他又接二连三接到"四眼书记"秘书的电话。秘书向他转达了"四眼书记"的指示，要求他无论想什么办法，一定要做好张梦仁家属的思想工作，让张梦仁的家属与张梦仁配合好，当好勤劳致富的典型。"四眼书记"的秘书最后强调，书记说了，如果这个典型出了问题，你捧着乌纱帽到县里来向书记和县长检讨！

刘乡长放下电话后坐卧不安，苦思冥想，想出了十几个办法。他把这些办法挨个试了一遍，最后又都让自己否定了。就在他感到无计可施的时候，乡政府一位工作人员来向他报告出差的事。他跺着左脚拍着桌子骂那个工作人员不长眼睛，乡里忙得一塌糊涂，万一要是找你，你不在……他突然灵机一动：对啊，要是首长来那天"老套筒子"不在家，不是就不会和首长碰上面了吗？对，就让张梦仁狗日的安排"老套筒子"出去躲几天。到了首长来的那一天她不在家，什么问题都不会发生了。想好这个计策后，他才约张梦仁到办公室来谈。

张梦仁听了刘乡长的话，开始一个劲儿地摇头。不管，不管，我的乡长兄弟，你太不了解那娘们了！

刘乡长说，我怎么能了解她？从打和你认识，你今天让我见这个嫂子，明天让我见那个嫂子，不是那天陪县领导去你家，我一辈子恐怕也见不到你真媳妇的面。我先找你谈，就是请你出面嘛！你想想，你是农村勤劳致富的典型，各级领导都很器重。可是进了你家，你媳妇不管是谁，张口就是脏话、粗鲁话，冒犯领导不说，万一领导问她什么问题，她再不知深浅把你一些不该让别人知道的事说出来，那不就砸锅了？

张梦仁这回听明白了，就是说有大干部、大领导要到张沟村去，张沟村选了他做先进典型，但对他媳妇"老套筒子"那张嘴不放心，想让"老套筒子"外出回避一下，而且给一万元钱补助。他想着想着，觉得自己的机会来了。他问刘乡长，到了那时我是不是要在家里？刘乡长说那是当然，你还要和领导合影，向领导介绍致富经验。张梦仁点点头，行，我听明白了。我明天就回张沟做我媳妇的工作，保准让她积极配合。

临出门，他又给刘乡长留下一句话，那一万元钱不用政府掏腰包，你哥不缺那点钱。

张梦仁确实想到了个锦囊妙计。他开上车疯一样往县城赶。过去，他从乡里到县城或者从县城到乡里要用四十分钟时间，这次只用了半个小时。他回到家，一头撞进厨房，把正在炒菜的杨花一把拉在怀里，又是亲吻又是浑身上下乱摸，惹得杨花不高兴，挥起锅铲子朝他屁股上打了一下。那锅铲子刚从油锅里拿出来，还有些烫，疼得他龇牙咧嘴。

闹罢，杨花炒好菜出来，解下围裙扔在他脸上。你是中了大奖还是赚了大钱？看把你乐的！张梦仁把杨花抱在大腿上坐下，一边摆弄着她高高的鼻梁，一边说，这事比中大奖和赚大钱都让你高兴。接着，他眉飞色舞地把刘乡长的谈话内容向杨花说了一遍。杨花听了，不以为然地哼了一声，不就是让你们家的母老虎先回避一下吗？与我有什么关系？

张梦仁说这可与你我的关系大了！他把自己想好的计谋以及实施计划向杨花说了。杨花边听边笑，等他说完，杨花跳起来亲了他一口，张梦仁你要是办成了这事，我死心塌地跟你过一辈子！再给你生个闺女。她拍着自己的肚皮，我这肚子里还能盛下三两个小孙孙！

三

"老套筒子"听张梦仁说让她去香港旅游，马上瞪大了眼睛。张梦仁，你个挨枪子的，又给老娘耍什么心眼？

张梦仁说我能给你耍什么心眼？我是完完全全为你好。县里奖励勤劳致富的先进人物，奖品就是去香港十日游的机票。我想我都去过香港多次了。这回该让你去。不管怎么说，这军功章里有我一半也有你的一半。不信，你问问梦富哥！

他这回把张梦富也拉来一起做他媳妇的工作。张梦富虽然工作能力一般，做村支书没本事带大伙致富，但他为人老实正派，在张沟村是有口皆碑的。"老套筒子"曾经说过，张梦仁要有张梦富一半老实，他走哪里我也都放心了。

张梦富本来不想同张梦仁一起来找"老套筒子"，可一来刘乡长给他有话，这是上级指示；二来张梦仁求到他，这是人情面子，更重要的是保住这个典型才能保住张沟村这个典型，保住了张沟村这个典型，县里乡里才会投资修路、建蔬菜大棚、挖水沟、打井、盖学校。为了这，就算是被"老套筒子"吃了，他也是该去的。

张梦富一进屋，沙发不坐，凳子不坐，又是朝地上一蹲。这也许是他的工作方法吧？蹲在地上，别人不容易看见他的表情。他听张梦仁问自己，就郑重地点了点头。接着他又后悔，因为他知道张梦仁的鬼点子多，万一张梦仁使个阴招把"老套筒子"涮了，"老套筒子"到后来会把他捎带上。

刘乡长明明说给张梦仁一万元钱，让张梦仁把"老套筒子"支出去几天，这事刘乡长没瞒他，也对他说了。眼前，张梦仁明睁着大眼说瞎话，对"老套筒子"说是县里奖了他十万元还有香港往返的机票，如果不去就作废。张梦富对此心里感到很不踏实。他活了六十多岁，当了几十年村干部，认清一个理，不管什么人，只要为了一件什么事编谎言说假话，那件事背后肯定有诈。可是他又不好当面说破，说破了对大家都没有好处。老实人在一定的场合，也不一定都说老实话，办老实事。

"老套筒子"接过张梦仁递上的飞机票，左看一眼右看一眼，正面看罢，又反过来看。那机票上写的英文字母她一个也不认识。她问张梦仁，张梦仁你是不是又骗我，我咋没看见我的名字？她虽然也上过小学，学习不努力，又过了很多年，好多字都认不得了，唯独对自己名字还认得清楚，因为过去生产队年代每次分东西，都在上边放个写着人名的字条。

张梦仁尽管心里看不起"老套筒子"，表面上却不敢得罪她，忙给她解释说机票上的名字是拼音字母。他又把为"老套筒子"办好的港澳通行证上的名字拿出来对照让"老套筒子"看。通行证上有照片，"老套筒子"这才放了心。她又问和谁一起去？你得陪我去。我跟你过了大半辈子，你连县城也没带我去过。这回你得陪我，你不陪我，我不去！

张梦仁按照事前编好的计划，说我想到了，全都给你想好了，让咱大儿媳妇陪你一起去。她上过大学，会说英语，到香港可以给你当翻译。我得照顾生意，走不开。再说，我也不会说英语。

"老套筒子"不信，唏，骗鬼呢张梦仁？香港说英语，我咋看电视电影里香港人说话和咱一样。

张梦仁说，唏，那是翻译过来的你知道不？电视电影里的美国人日本人还说中国话呢，都是翻译的。

"老套筒子"看了看张梦富，张梦富低着头抽烟，眼皮也没抬。

"老套筒子"到楼上转了一圈，回来后又不放心了。她说张梦仁你个挨枪子的别骗我。你不会我前脚走你后脚把别的野女人带回家来吧？

张梦仁忙说那怎么可能。好歹我是先进典型，那种缺德事咱不干。我要做对不起你的事，梦富哥也不会答应，对不，梦富哥？

张梦富蹲在地上，仍旧是侧着脸点烟，假装没听见。

"老套筒子"狐疑的目光在张梦仁脸上停留了足足两分钟。张梦仁我告诉你，我养大的狗最怕野女人的骚气，闻到味扑上去就咬，到时出了人命，可别怪我没警告你啊。

我长大后听我妈说过，"老套筒子"打从嫁到张梦仁家，没有一天信任过张梦仁。平常都是张梦仁指东她向西，张梦仁指西她向东，比如张梦仁从县城打电话回家说今天回来，她大门一锁该干啥还去干啥，因为她压根就不信张梦仁回来。就连张梦仁从县城带回来的吃的东西，她都放着等张梦仁回来看着他先吃，自己才肯吃，说是怕张梦仁给她下毒。夫妻做到这个份上，真是一大悲剧！

偏偏那次"老套筒子"不知怎么就信了张梦仁的话。她那时心里甭提多高兴了。去香港，张沟村的女人谁敢做这个梦？别说香港了，省城、北京又有几个人去过，有的连县城还没到过呢！而她却即将成行。她越想越高兴，拿着飞机票出了门，说是要给几个牌友告个别。张梦仁想拦她，让她把机票留在家里，想想又没说出口。这个女人，一句话不中听就会变脸变点子，还是任由她去吧。

那天是个星期天，我和邻居家的孩子到地里帮着大人干活去了。我们回来路过张梦仁家，正碰上"老套筒子"拿着机票，手舞足蹈地跑出门。她突然一下子抱住我，把机票在我眼前晃了几晃，乖乖，告诉大娘香港离咱张沟有多远？我愣了一会儿，摇了摇头。我邻居家的孩子接上说在上海老往南老往南。"老套筒子"白了我邻居家孩子一眼。

"老套筒子"的工作做通了，张梦仁又到乡里去找刘乡长。

刘乡长中午有个雷打不动的午睡习惯。他睡午觉时最讨厌被打扰，即使是乡党委书记有事找他而非急事，他也会含沙射影地骂几句：昨天有个老乡说丢了条驴，怎么今天在咱乡政府院里听见驴叫了！如果是下级打扰了他的午梦，他会毫不客气地指着鼻子训斥。张梦仁到了他的门前，敲了十几下门，没听见应声，有些急了，说我是张梦仁，找刘乡长有事。我走了！

其实，张梦仁敲第一声时刘乡长就听见了，他没理，转个身又要睡。听张梦仁报出名字，又说要走，他才赶忙起床开了门。张老板你小子真不够意思，孩子吃奶也得等娘解开怀啊。你总得让我把裤子穿上吧！说着，点了一支中华烟，猛抽了几口，算是提了提神，说吧，和你老婆谈得怎么样？

张梦仁把同"老套筒子"谈的经过简要向刘乡长说了，然后得意地说，我老婆已经同意了。我把她和六儿媳妇去香港的通行证和机票都办好了。

刘乡长撇了撇嘴，有必要吗？还去香港。

张梦仁说要是送省城，她脑子一热赶回来怎么办？去香港就不由她随便了。

刘乡长点点头，跺了下右脚，还是你想得周全，到底是老板，脑子好使！

张梦仁笑了。笑罢，张了张嘴，想说什么，可能觉得不好意思，把话又咽了回去。他也点了一支烟抽着，不时抬头看看刘乡长。

有事？刘乡长问。他打了个哈欠，示意还想再睡一会儿。

张梦仁说，领导来了，看我这么富裕的家庭条件，就我一个光棍男人，能信吗？

刘乡长说，你可以给领导说你媳妇去香港旅游了嘛，这实事求是，你们村都知道！山沟农民坐飞机去香港旅游，这也是件新鲜事，首长听了一定会高兴。

张梦仁说，首长高兴你乡长高兴我媳妇也高兴，就我高兴不了。

刘乡长听出了张梦仁话中有音，就说有想法你就说出来，别吞吞吐吐的像茧抽丝一样。

张梦仁这才把他的想法，严格点说是他的策划向刘乡长说了。他说家里没有女人不能算一个完整的家，家里没有一个能说会道，漂亮贤惠的女人，不能算一个和谐的家。你们既然让我的家当典型，就得让我的家完整无缺。

刘乡长问，你该不是想找个女人代替你老婆吧？

张梦仁点点头，刘乡长你真伟大！他说着给刘乡长点了一支烟。刘乡长抽了一口，夹在手指缝间看了看烟灰，又看了看烟头前的数字。328开头的，是吗？我怎么抽着你这烟味道不太对劲！

张梦仁从烟盒里又掏出一支烟，拿在手上给刘乡长看，然后又从刘乡长的烟盒里取出一支烟，把两支烟的包装纸、烟丝一一作了个对比。他说，我这烟是从烟草专卖拿的货，那里有我哥们，辨别真假烟的办法也是他教我的。

刘乡长听后，拍了拍脑袋，日他娘，老子这些年抽的中华全是假的呀！

张梦仁回到车上，取了两条中华烟，指着烟盒上的防伪标志说，你看看这上边都有烟草专卖的专用章，假不了！你要是抽这个牌子，我每月供给你三五条。一个大乡长抽假烟，你不怕别人笑话，我这个全乡首富还觉得脸上没光呢。

刘乡长左手摆得像风吹的荷叶，嘴里说着我不能收你的烟，右手却把烟接过放进办公桌下边的框子里。他说，张老板你刚才想弄个假媳妇，我看就免了吧。不过，你可以找个熟悉点的，好看点的，能说会道点的在家里帮忙搞搞接待。领导要问，你就含含糊糊地回答，不说是媳妇，就不算弄虚作假。

张梦仁高兴得跳了起来，握着刘乡长的双手，乡长老弟，知我者非你莫属。我一定遵照你的指示把这事办好。

他临上车时，刘乡长又冲他吼了一声，张老板，你可别弄假成真、假戏真唱。到时候你媳妇找我要男人，我可不负责任啊！

刘乡长的话显然应验了。其实，事实也必须应验，或者准确地说事情的发展必然走到那一步，只是刘乡长的责任是推脱不掉的。

四

张梦富这一个月里忙得焦头烂额。

他做的第一件事是修路。从乡到村的路不用他操心，由县交通部门组织修。县交通部门一开始提议，严格追查过去拨的村村通修路款哪去了，县政府一个领导说过了这事再说。县交通部门这次也学精了，自己招队伍自己干。张梦富操心的是几个自然村之间的路。虽然上级的拨款到了，但组织施工得由他负责。

最让他头疼的是拆迁。由于村里盖房用地紧张，村民这些年胡搭乱建的情况比较突出。乡里要求沿路两侧不许有违章建筑，而农民不管这些。我在自家门前盖间锅屋搭个鸡窝羊圈违什么法？然而即使一个鸡窝狗窝，你动他的也得给补偿。尤其是自然村与自然村之间的路年久失修，有的地段被村民取土弄塌陷了，有的地段被村民拾荒种上了菜。你给他讲这是集体的，他根本不买账。集体的你集体不早修，偏偏我上边种了菜你来收？给钱！张梦富上午跑东村的村民小组，下午跑西边的村民小组，晚上还要走村串户做说服动员。张梦仁见他累得瘦了一圈，就给他出了个主意：你怎么不学学当年当民兵营长的办法？

张梦富说那什么年代现在什么年代，那法儿过时了！

张梦仁说你就招几个年轻力壮的愣头青，不叫民兵营民兵连，按现在时髦叫法是村容村貌整治办，保准管用！

张梦富开始还疑疑惑惑，这都什么年代了，这法儿还行吗？村会计说办法行不行试一试，你不试怎么知道行不行。张梦富就在村街上搭了个棚子，上边挂了个"村容整治办"的牌子，又招了七八个年轻力壮的壮年人，每天让村会计放两盒烟一瓶酒给他们享用，再给每人每天十元钱的补助。结果正如张梦仁所说，效果特别明显。被村委会招聘的七八个村容村貌整治办人员非常卖力，戴着"整治办"的红袖章从早到晚吆三喝五地在村里转，碰上"难缠头"的村民就动拳头。

张梦仁家盖楼房时曾盖了个停车房，不过是在院子后边，张梦仁平时回家少，加上路也不好走，车房被"老套筒子"用来当贮藏室，乱七八糟的东西都往里放。去年张梦仁有一次回来，七拐八拐折腾了半天，好不容易把车开过来，只好停在门前。就一顿饭工夫，轮胎被人扎了两个洞，车窗子上还挂了只破鞋。为这事，他和"老套筒子"剋了一架。"老套筒子"觉得心里挺过意不去，不是对张梦仁，而是心疼几十万一辆的车。她在家门前盖了个车棚。这回"整治办"要拆，她不同意，拎着把菜刀坐在门口，说谁敢拆就和谁拼命。她这一带头，村里一些妇女也向她学习，拆迁工作一时陷入困境。

两天后的一个深夜，"老套筒子"在沉睡中被一阵吵嚷声惊醒，爬起来一看，自家门前火光映天，等她到了门口，车棚已烧成一片灰烬。她哭啊骂啊，嗓子都哑了，也没人给她个交代。刘乡长来检查工作进度时，她一把鼻涕一把泪地向刘乡长控诉万恶的整治办，刘乡长跺着脚，咬牙切齿地说这事我一定帮你管！话是说了，可是一转脸就扔脑后去了。

"老套筒子"被治服了，其他钉子户只好乖乖地拆掉了院门前的停车棚。张梦富对这些装作看不见听不见。反正是给村民办好事，等村路铺上柏油，晴天不再有尘土飞扬到你家锅里，下雨天不再用你驮自行车，你自然就会理解了。

修路的麻烦事一解决，其他事情就好办了。盖学校对大家都有好处，哪有不拥护的，而且大伙踊跃出义务工，会木匠活、泥瓦活的都上了工地，学生娃子们也跟着搬砖头。后来张梦富爷爷对我说，你小子那时最卖力，和你一般大的孩子一趟搬三块砖，你却比他们多搬两块。我那时就说，你小子长大了比他们有出息。

村委会办公室里翻修，几个人就够了。至于地里挖排水沟，张梦富采取了包工的办法，把上级补助的钱发到每家每户，由每家每户各自挖自己责任田的排水沟，家中没有劳力的，可以拿着补助的钱雇佣他人。

在这一个月的时间里，张沟村几乎没断了来人。"四眼书记"先后来了三趟，刘乡长几乎每天都来。"四眼书记"说县委、县政府下了决心，举全县之力建设好张沟村这个典型。县委、县政府，乡党委、乡政府有关部门有的派了工作组，有的派了专人，县委办还专门设立了督察组，负责督促检查。有一次，"四眼书记"在张梦仁家门前站了一会儿，指着张梦仁家雪白的墙壁，说，这块墙不用上可惜了。你们张沟村整个一村子里，让人看不到振奋精神的东西，就在这墙上写几幅大红字标语吧。想了一会儿，又说，解放思想，实事求是，抢抓机遇，加快发展，十二字！

刘乡长说好词，然后安排张梦富尽快落实。

张沟村的百姓弄不清楚发生了什么事。有的说咱这里是革命老区，上边对老区加大了政策扶持力度。有的说咱张沟村是不是也要划成特区了？看那架式拉得够大！其实张梦富心里明白，脱贫致富不能靠上级给钱。你今天给钱修了路、建了大棚、盖了学校，明天俺们就能摘掉贫困的帽子？哄谁呢！

还是张梦仁的媳妇"老套筒子"聪明，当然也因为她家房子多，有条件。她瞄准了各级来的干部、施工人员都要吃饭这一商机，开了个"农家乐"饭店，每天中午竟然宾客盈门。有一天张梦仁回家，她对张梦仁说，我不去香港旅游了，在家开饭店挣钱。张梦仁一听急了，你不去香港旅游怎么可以？那就算咱违约，违约要罚款的！

"老套筒子"说，你得了吧，咱给公家省钱，公家还得罚款？你骗谁呢？别忘了我爸也当过公社的高干。

张梦仁就差没笑喷。心想，去你妈的，你爸还高干？嘴上却哄着"老套筒子"说，香港那边不同内地，定好几个人几间房几桌子饭，就一个都不能缺，缺了就是违约，违约当然要罚款。罚款还不怕，咱不缺钱，关键的关键是政治影响。香港同胞要说咱内地人不守诚信，反映到领导那儿，咱可吃不了啦!

张梦仁说的这些"老套筒子"不了解,心里疑疑惑惑,就去问张梦富。张梦富已经尝到了点甜头,还想借机多给张沟村弄点投资,加上张梦仁这几次来每次都给他带上一条烟两瓶酒,就一本正经地对"老套筒子"说,这事要是牵涉到内地人民的形象,那可不是闹着玩的。"老套筒子"看张梦富老实人都害怕了,也就不好再坚持。她又对张梦仁说我这个饭店刚开张十几天,每天都能收入几百元,你让我关张走人,损失谁补?张梦仁想想和她再争下去也没有个头,就说给县里反映一下,看看县里能不能换个人去。他出了门就给刘乡长打了个电话,让刘乡长派人把"老套筒子"的饭店给关了。

这事对刘乡长来说易如反掌,因为"老套筒子"的饭店没办工商许可证,税务登记证、食品卫生许可证也没有。刘乡长一个电话,让食品卫生所来了两个人,把"老套筒子"的锅碗瓢勺、桌椅板凳全都装到车上拉走了。"老套筒子"和来人闹,来人说你要是再闹,信不信我把你们家大门给封了!

"老套筒子"一气之下,反而坚定了去香港旅游的决心。好你个政府,我好心给你们省十万元钱,你们不领情不说,还拆了我的饭店。那我就拿你们的钱去香港好好玩,非玩得让你心疼不可!

知"老套筒子"者非张梦仁莫属。他怕"老套筒子"半路上有变,亲自把"老套筒子"和他大儿媳妇送到机场,一直看着"老套筒子"过了安检,才放心地离开。回到县城,他兴高采烈地去接杨花。这回杨花却又给他出难题了。杨花刚洗完澡出来,披着睡衣,故意坦露着雪白的胸脯。张梦仁刚要靠近她,被她一脚蹬出两步远:张梦仁我告诉你,你别想让我到张沟给你当几天道具。

张梦仁说岂敢岂敢,我对你可是一片忠心。

杨花问,到了张沟你老家,我是个什么身份?

张梦仁早想到杨花会问这样的问题,毫不迟疑地回答说,那还用问,你当然是我张梦仁的媳妇。

杨花问你敢当着张沟父老乡亲的面这样介绍吗?没等张梦仁回答又说,你要是把我的身份不说清楚,我转身就走,别怪我让你下不了台。

张梦仁带着杨花一回到张沟村,就有很多村民围上来,就像看刚过门的新媳妇。有个胆子大点的年轻人问张梦仁,大叔,我该怎么称呼这位大姐？张梦仁假装没听见，杨花却大大方方地说，你既然叫她大叔就叫我大婶呗！叫我姑奶奶他可就不答应了！一句话把在场的人都逗乐了。当然，那几个"老套筒子"的牌友心里不高兴，低声骂她不要脸，不是正经女人！我妈就骂杨花破鞋，人家张梦仁可是有老婆的男人，你这样不明不白算个啥？杨花白了我妈一眼，假装没听见。

杨花听见人们的议论，表面上不动声色，关上门却和张梦仁闹起来。张梦仁你个死不要脸的臭男人，你不是说当众说明我的身份吗？刚才你为什么不回答？

张梦仁陪着笑脸，说，这是咱俩的隐私，给他们说不说有什么关系？

杨花扯着他的耳朵，你不是还诳我说和你媳妇说妥了离婚的吗？把你的离婚证拿我看看！

张梦仁急了。他说你要离婚证有啥子用？我等着让法庭判决。

杨花说，你拿不出离婚证，你就拿咱俩的结婚证给我看。不然的话，我就带着你孩子远走高飞，让你找也找不着。她边骂边扑到张梦仁身上，一阵拳打脚踢，又施展女人的拿手好戏，把张梦仁脸上挠出了几道血印子。张梦仁好汉不吃眼前亏，匆匆忙忙跑出门，找到正在指挥着粉刷学校的张梦富。恰巧刘乡长也在。他说，不得了啦，杨花说不明不白的身份不行，一定要让我给她一个说法。

刘乡长问啥子说法？

张梦仁说她提出要看结婚证。没结婚证她就走。她光走还不够，还要和我闹个天翻地覆。

怎么会这个样子？刘乡长恼了。张老板，这时间可不多了，咱开不起玩笑。

张梦富却白了张梦仁一眼，鼻子哼了一声。

刘乡长把张梦仁拉到自己的车子里，关好了门窗，神情严肃地对他说，张老板，这次可是重要的政治任务，容不得一丝一毫的麻痹大意！我实话告诉你，如果张沟村有第二个张梦仁，我绝不会选你当典型！

张梦仁假装着急，抹了抹眼睛，我也想不到会是这种情况。刘乡长你得拿个主意。万一……

刘乡长说，你别给我说万一，要是怕万一你现在就把姓杨的女人送回县城。咱还按照原来说的，就说你老婆去香港旅游了！接上又说，梦仁，这就是你不对了。你肚子里有几根蛔虫，我清楚得很。你千万别给政府玩立格儿愣。我觉得还是说你媳妇去香港了好。这样会省得很多麻烦。

张梦仁挤巴挤巴眼皮，说，那还是说她在我家做接待吧。我怕领导万一问长问短，我这人脑子不好使，特别是记数字不成。我看报纸电视里，领导到了哪个地方，最喜欢听实话，什么人均收入啦，干部作风啦，你说是不是？万一我答不上来不好，答错了更不好。杨花脑子好使，让她给我提个醒！

张梦仁这话是拿刀子捅刘乡长的心，捅得血淋淋的。因为乡里已经专门下了文件开了会，统一了农民人均收入的数字，不过这个数字水分太大。真到了领导问起来，张梦仁不按统一口径说，那就害了县领导乡领导。刘乡长不怕害别人，关键是自己也在被害之列。他说张老板我算服你了。你让我和乡党委书记商量商量怎么解决。

张梦仁走后，刘乡长对张梦富说，你这个堂弟有你三分实在都好对付。

张梦富笑了笑，唏，典型嘛！

刘乡长跺了下左脚，说典型个球！不是县里定他，他倒找五十万，叫我一声大爷，我也不会选他！

刘乡长真的犯愁了。回到乡里，他专程到乡党委书记办公室，想说说张梦仁的事，话到嘴边又咽了回去。最近，关于乡党委书记要提拔当县委常委、组织部长的消息传得沸沸扬扬。书记一走，当乡长的按常规应当接替书记。万一他把这个烫手的山芋交给书记，书记一定会对他生成见。你姓刘的在这节骨眼上不是给我上眼药吗？到时他当不上组织部长，他连书记也不能顺顺当当地接上。他向书记把张沟村的情况作了汇报，唯独没说张梦仁的事。乡党委书记亲切地拍了拍他的肩膀，好哥哥，我代表全乡人民感谢你，当然我首先感谢你。

刘乡长回到自己的办公室，将身子靠在椅子后背上，两条腿放在桌子上，闭着眼深思起来。狗日的张梦仁这不是得寸进尺吗？你明明有媳妇，再和别的女人办结婚证就是重婚罪。违法犯罪的事谁敢给你批？他也想到了给"四眼书记"汇报一下，想想又忍住了。这都啥时候了，你小子还给县委领导上眼药？

张沟村最后一次全面检查的日子到了。县委书记县长亲自出马，市委也来了一位副书记。几十号子人几十辆车，浩浩荡荡地向张沟村开去。"四眼书记"拉着刘乡长坐在市委副书记和县委书记、县长的考斯特车上，不时向市委副书记汇报张沟村的变化。她说一个月前，车子还不能开进村里，要停在几里外的山坡。现在这条路上可以跑大货车，农民的农副产品运输问题迎刃而解了。

刘乡长接上说，张沟村有个农业经纪大户叫张梦仁，一下子就添了四部大货车。市委副书记很高兴，张梦仁，我认识他。他是市政协委员。前年市里开"两会"，他中午出去喝了几盅，下午在会上发言时竟然说什么不但应该放开生二胎，还应当放开娶二房，遭到在场的女委员炮轰。后来政协一位领导出面为他圆场，说他是酒后醉话。

刘乡长第一次听说张梦仁还出过这样的笑话，心里骂张梦仁是个二半吊子，同时也有点发怵。这个二半吊子，万一在首长面前说出二半吊子话，那可就不同了。

检查组把几个点看了，虽然提出了一些意见，但总体比较满意。市教育局的这次表现最好，带来了几台电脑赠送给张沟村小学。那是我和我的同学们第一次认识电脑。

检查到村"两委"办的时候，县组织部一位同志指着学习栏上贴着的文章说，这几篇文章除了标题不一样，内容一个字不差，我好像在哪张报纸上看过。再看看这字歪歪扭扭，像三四年级小学生写的……得赶快改一下。

张梦富爷爷脸涨得通红，头也不敢抬。村会计胆子大，说就这还给誊写的学生每人两元钱，是张支书自己掏腰包垫的。

市委副书记坦诚地说这不用改了。如果每个人的文章都不同，相反不正常了。对农村老党员来说，关键是参加了学习，心得都一样，文章统一，也不是抄袭，剽窃，这样更真实嘛！他这样一说，在场的县乡领导才松了一口气，脸上重又精神焕发。

刘乡长故意安排最后一个点到张梦仁家。

市委副书记和张梦仁认识，所以见了面不用介绍，寒暄几句，就坐在一楼宽敞的客厅里聊起来。刘乡长听二楼有女人咳嗽，估计杨花在上边。他悄无声息地拉着张梦富站在楼梯口，如果杨花想下来，就让张梦富给挡回去。

张总，你这小楼盖几年了？市委副书记问，看上去还挺新嘛！

张梦仁说七八年了。他想了想，又说，是小平同志南方谈话后的第二年盖的。

市委副书记感叹地说，七八年了，我看你们村还是你这一栋小楼。张总啊，你是做农业流通的，这农业流通对农业产业化的带动作用不可小看。你得发挥龙头作用，带领乡亲们致富，让全村父老乡亲都尽快住上你这样的小楼。

张梦仁看了张梦富一眼，然后盯着刘乡长的脸，接着市委副书记的话说，俺们乡和俺们张沟村这几年大力发展农业产业化，你刚才看到那些大棚了吧，种的全是城里人喜欢吃的无药蔬菜。俺们张沟村村民的收入比周边都高，可大多数村民传统观念的根太深，不习惯住楼，说是养猪养羊养牛不方便。不过，我听说村里正在规划，有一半以上的人家今明两年要陆续盖楼呢！

县委书记和县长对视了一眼，那神态明显不相信。张梦富也觉得张梦仁的话说过了头，故意咳嗽了一声。

市委副书记站起来，拉出一副要走的姿势。刘乡长暗想这下好了，张梦仁虽然吹了几句牛皮但不碍大事，只要不让他看见杨花就万事大吉。没想到市委副书记竟然主动提到了张梦仁家庭问题。张总，怎么没见你家属和孩子啊？

他家属……张梦富刚说出这三个字，杨花就在楼上应了。杨花问谁叫我呢？什么他家属他家属的，我也有名有姓。说着，就从楼上走下来。刚才，她一直在楼上等机会。她今天精心打扮了一番，把在县城穿的时尚、名牌的服装，换成了张沟村和她年龄相仿的女人常穿的朴素的衣服，没想到她的皮肤白，穿着素装相反更显得鲜灵生动，光彩照人。大伙的目光几乎都投到她身上，只有刘乡长和张梦富紧张地看着市委副书记的神情。

市委副书记显然有点惊奇。可是他又不便问。老板找年轻媳妇的多了，你总不能说他媳妇太年轻太漂亮了吧？还没等他回过神来，杨花已主动上前握住了他的手。书记您好！我经常在咱市电视台新闻节目里看见您，也听我们家梦仁说过您。他说咱市有个好书记，学问大，胆子大，工作手腕粗。市委副书记听着听着皱起了眉头。张梦仁赶忙给杨花挤眼，意思是让她打住话头。刘乡长心想这回砸了，来的是市委副书记，你夸也没夸对人。再说，你用词可以但不能滥用，什么叫手腕粗？他急得抬了抬脚，但没有跺下去。

杨花极其聪明，马上意识到自己的话让眼前的领导不舒服，又说看您是个菩萨像，没架子，又温和，不像有些当官的老是以官自居，走哪儿人没到肚子先到……她的这句话把市委副书记逗笑了。在场的人都笑了，气氛一下子轻松起来。

市委副书记说，张总能做到今天这一地步，与你的支持分不开。

杨花开心一笑。不瞒领导说，我们家梦仁过去学历不高，没太多文化，企业越做越大，管理越来越吃力，还是我督促他报了党校的大专班学习。这不，学了就跟没学不一样，叫什么来着，如虎添翅！

杨花说着，拿眼看了看张梦仁，见张梦仁的裤子上有一片烟灰，她走过去用袖子轻轻地掸了一下。接着又说，梦仁过去还小器，几年不给工人长工资，有的工人干一年半载就走了。我说你不要学过去的资本家坑骗工人，你要想留得住人，就不能太抠门！你吃肉让人家喝汤，喝汤还不给喝饱，谁还跟你干。他听我的，每人给涨了一百元钱，结果您猜怎么样，这两年没一个辞职的。

市委副书记连连点头，对，对，你说得对，做得也对。我们有些老板就是不考虑工人利益。接着，市委副书记又问了村里的情况，杨花不仅把刘乡长亲自审核过的稿子背得滚瓜烂熟，用刘乡长的话说还加了些色彩。不时逗得市委副书记一行哈哈大笑。

市委副书记一上车就高兴地夸起来，这个张梦仁真有福，找了个能帮着想方设法的好媳妇。车上的人都附和着夸杨花。"四眼书记"脸上带着笑，但目光有些不安。刘乡长和张梦富低着头没插话。刘乡长想，杨花还真的不错，大大方方，说话做事得体。整个过程中就说错了个手腕粗，把如虎添翼说成了如虎添翅，其他还真挑不出毛病。

市委副书记到了乡里，换上自己的奥迪走了。"四眼书记"想招呼刘乡长到她办公室谈一谈，刘乡长却被县长叫去了。

刘乡长没想到张梦仁又得寸进尺了。他刚回到乡里，张梦仁就到了。张梦仁表情凝重，还显得很痛苦。刘乡长，你要是不给我和杨花办结婚证，杨花可真不答应了。

刘乡长一拍桌子，跺了一下左脚又跺了一下右脚，张梦仁你到底要把手伸多长？你要是再闹，我这个熊乡长不干了，让你来当吧！

张梦仁说我一不向你要钱二不向你要物，就一张纸就那么困难吗？你不要忘了，我要这张纸，也是为咱乡好。县里给张沟村拨的款，怎么说你乡里也截留个十万八万吧？我不信一张纸那么贵。

刘乡长大口大口地抽着烟，脸憋得通红。

张梦仁说乡长我也不为难你，你也别让我这个典型当不下去。这样吧，你就算借我张结婚证用这几天。等我把这几天糊弄过去，就把它撕了！

刘乡长又跺了一下右脚，说那你不如自己找个萝卜刻个图盖上去，操蛋货！

张梦仁说我是想过，可我上哪儿去印结婚证的纸？抽了一口烟，翻瞪一下眼皮又说，我真不想给你乡长老弟添麻烦。我甚至想过用我过去和"老套筒子"的结婚证翻改一个。可是，杨花被我骗怕了，她非得要和我一起去民政登记！民政那边有我结过婚的底子，没有您说话肯定办不了！

刘乡长摁灭了烟头，长长地叹了口气，张梦仁啊张梦仁，你改名叫张害人算了。

第二天，刘乡长让张梦富当担保人，与张梦仁签了个协议，协议上写道：张沟村张梦仁借一张结婚证用，用完必须及时退还……

五

"老套筒子"一登上飞机，就知道自己被张梦仁骗了。哪里是什么县政府奖励，整个是跟着旅游团出去。说白了是自己家掏钱，只不过是不从她腰包里掏，而是从张梦仁腰包里掏出来的。这还不一样？她琢磨张梦仁骗她出来一定有事瞒着她，就吵着要回去。张梦仁个老流氓，又给老娘藏蒙蒙呢。不行，我得回去，回去保准抓他和那娘们个现行！

人已经在飞机上，飞机已经在天上，她想下来那可不是她说了算。于是，她就骂旅游团的带队是骗子。你们不是县政府的吗，你们让县长出来，我给县长说。带队的耐心给她解释，转身对别人说她整个一神经病！

张梦仁的大儿媳妇也是第一次去香港，想好好玩一玩。她临行前，张梦仁给了她一万港币，让她无论如何要让婆婆这十天玩个好，玩个够。他不能给儿媳妇说他还有别的心思。大儿媳妇劝"老套筒子"消消气。我老爸骗你那也是好心，是想让你到香港玩玩。他要不用这一招，就您老人家能舍得放下家里一摊子事出来旅游？这样，"老套筒子"的气才消了一些，不再跟旅游团的人闹。

有一点张梦仁没骗她，就是不能毁约。这个旅游团办的是香港包括东南亚十日游，往返机票行程，住的酒店都是订好的，你毁约可以，不但已经付过的费用不退，还得交一笔违约金。"老套筒子"心疼钱，让她赔钱的事，她肯定不干。就这样，她和大儿媳妇玩了十天才回来。

到省城接她的是她的大儿子。这一点她能理解，张梦仁忙，再说还有大儿媳妇跟着，派大儿子来接很正常。然而大儿子说到张梦仁时躲躲闪闪，让她心里觉得疙疙瘩瘩。她问大儿子，你爸这些天回过张沟吗？大儿子说我出差了，为了接您昨天才赶回来，不太清楚。

"老套筒子"又问你爸知不知道我今天回来？大儿子说我爸说了，接到您，先把您送回张沟。他说您在外边十来天，累得不轻，回家好好休息休息！"老套筒子"又问张沟那边的事忙完了吗，公家的人都走了吗？大儿子支支吾吾没有正面回答。她没有深问，也不想深问。她心里还惦记着回张沟开她的饭店。

张梦仁和杨花以夫妻名义公开露面的消息，"老套筒子"是从报纸上知道的。她回到家，连热水还没烧开就听见有人敲门，开门一看，门外没人。她以为自己耳朵不好使，刚才听错了。飞机降落时，她的耳朵的确嗡嗡响。大儿媳妇告诉她这是正常反应。是不是飞机降落的反应还没过去？她关上门，往屋里走了几步，觉得不太对劲，自己的耳朵上没反应了！于是回头又看了一眼，才发现门下边的缝里有张报纸。

"老套筒子"开始以为报纸是风吹来的，拣起来想扔垃圾筐里，可一眼看见头版上的一幅大照片。照片上有她丈夫张梦仁，张梦仁左边站着一个头发败顶的老头，右边站着一个比张梦仁年轻二十多岁的女人。她猜想那个左边站着的老头，就是前些日子说要来张沟的首长，那个女人呢？她好像面熟，一时又想不起在哪儿见过。是首长的夫人？瞧瞧多么俊的女人，笑得那么好看。一想觉得不对劲，首长怎么会娶这么小的媳妇。也许是首长的陪同人员吧？她想，把报纸丢在了沙发上。等到水烧开了，泡上茶，喝了一口，又把报纸拿起来翻来覆去地看了一遍，越看越觉得不对劲，心莫名其妙地砰砰跳得快了。

"老套筒子"这人喜欢显摆。在香港时她就想着回到张沟怎么向村民尤其是她的几个牌友炫耀。她咬了咬牙，在小摊上花几十元钱一个买了一堆小装饰品带回来，急着喊几个牌友到家里。没想到只来了一个牌友。那个牌友拿起沙发上的报纸，故意大声念道，首长和张沟村农民企业家张梦仁夫妻合影留念，还让张梦仁站在中间。首长亲切勉励他们夫妇在农村改革中当先锋，再创辉煌。

　　"老套筒子"要过报纸，看了又看。她嘴上骂那个牌友满嘴白字念错了，心里却翻江倒海般难受。再仔细看张梦仁右边那个女的，突然想起来是杨花。她还是几年前到县城和张梦仁闹的时候，见过杨花一面。没想到这女人几年过去越长越年轻了，肯定是张梦仁个老流氓花钱给她脸上贴了什么膜。在香港购物时，她大儿媳妇推荐让她买美容用的产品时，说过有一种什么贴在脸上用的膜，她说我一辈子没用过那玩意儿！

　　那个牌友这才告诉她，你前脚走，照片上这个女人就来了，在你家住了好一个多礼拜呢！她自己说和你们家张梦仁已经登记结婚了。

　　"老套筒子"一把把报纸撕碎。好你张梦仁个龟孙，原来真给老娘藏蒙蒙啦！她摸起电话就给张梦仁打，手机通了，但没有人接。她一口气拨了五六遍，还是没人接。拨到第七遍时，回答是"你拨打的电话已关机"。她气急败坏，又拨通大儿子的电话，劈头就问张梦仁个老流氓在哪里？她大儿子马上明白发生了什么事，劝她不要冲动。妈，我就怕你冲动，才没敢告诉你。我给你说吧，我看了报纸也生气，我问我爸，我妈哪里得罪你了，你怎么能背着我妈这样干？我爸说这是演戏给领导看的。你妈不在家，我堂堂一个民营企业家总不能光棍一个，影响张沟村的形象吧！

　　"老套筒子"说你甭听他放屁！我还能不知道他靠什么发财起家？他那点事我要给捅露出去谁也不会再拿他当人待。

　　大儿子说，妈你有必要吗？无论怎么说你和我爸一起过了大半辈子，一日夫妻还百日恩！再者说了，我爸他在改革开放中得的成果不也让咱们全家共享了吗？

　　"老套筒子"说那我也得让他给我说清他和照片上那个女的有什么关系。他早答应我说和那个女人分开了，没想到还带家里做真夫妻。

　　还没等"老套筒子"问张梦仁，杨花却主动找上门了。

第二天一大早，"老套筒子"正在厨房里做饭，敲门声急促地响起，而且声音很重，不像是用拳头而是铁家伙。她家的厨房在一楼，从窗口看不到门外。她连火也没关，急急忙忙去开门，边走边埋怨，一大早的来报丧啊！

一开门，她愣住了。门口站的是与张梦仁一起和首长合影的女人。那个女人身后带着两个五大三粗的男人。那两个男人全戴着墨镜，双手交叉放在胸前，两腿叉开，活脱脱香港电影中黑社会的打手。那个女人没等"老套筒子"发问，推开她径直走进院子里。

"老套筒子"急了，哎，哎，你做什么，就是来要饭，不唱几句要饭的歌也得说几句人话，叫我一声奶奶吧！

我叫杨花，是这家的女主人！杨花理直气壮地说，咱俩有个要饭的，但是你不是我。她说着，向那两个男人挥了挥手。其中一个男人从车上抱下一只纸箱，然后从箱子里取出几个镶好了照片的镜框，又拿出气钉枪在客厅醒目位置上打了几个洞，锁上钉子，把镜框挂了上去。一个镜框里是报纸上登过的首长与张梦仁、杨花的合影，一个镜框里是张梦仁和杨花结婚照。杨花还披着婚纱……

一直沉默着的"老套筒子"爆发了。她从厨房里出来时手里还拿着锅铲子，这回派上了用场。她挥起锅铲子就向杨花打去，杨花躲闪不及，啪得一声响打在了她的右脸颊上，疼得她哎哟叫了一声。那两个男人见状冲上前，帮着杨花把"老套筒子"摁在地上。用当地乡下人的话说这种行为叫"拉偏架"。杨花为了保护身材长期减肥，身材瘦弱，本来不是五大三粗的"老套筒子"的对手。那两个男人一"拉偏架"，"老套筒子"反倒被杨花骑在了身下。她一边挣扎，一边扯着嗓门叫起来，来人啊，救命啊！来人啊，救命啊……

其实，杨花一进村，就有一些人看到了。有人还认出了她，说张梦仁的小媳妇来了，等着瞧吧，张梦仁家里有好戏看了。等到"老套筒子"和杨花打起来，高喊救命的时候，她家院子里里外外已经聚了好几层看热闹的村民。

在张沟村这一带的山村，除了广播电视外，村民一年到头没有多少娱乐节目，再说电视在张沟还没普及，只是一部分人家中有，而且信号常常中断。村里人吵架骂架就成了一项娱乐。他们称吵架骂架为"剋"。男人们之间剋架比较简单，骂几句就噼哩叭啦动手，谁把谁打倒在地，或者是谁在对方拳头下示弱了，甘拜下风了，也就分出了高低。有时村东头响起两个男人的叫骂声，村西头的人小跑过去，剋架已经宣告结束，有人形容说比撒泡尿还快。

而女人们之间剋起来，就是重头戏了，有看头。一般来说，女人剋架的戏故事情节并不复杂，有的是因为男女关系问题，有的是因为背后说闲话问题，有的是因为争地边问题，有的是由于孩子之间吵嘴打架引发大人之间动嘴动手……但是，开场后故事发展却完全不以人的意志为转移，甚至牵扯的人物，上场的人物会越来越多，祖宗八代都翻个了遍。

一般情况下，女人之间剋架舞台也大，在地里干活时，一个在地南头一个在地北头；在村里时，各自在自家的家门口。不到最高潮时，很难纠缠在一起互相动手。而一旦动手，你扯我的头发，我扯你的头发，大多情况下还会互相撕衣服，所以当地人又把女人剋架称之为"撕巴"。只听一阵刺拉声响过，两尊雪白的肉体呈现在人们眼前，这时戏才到高潮，也才会有人上前把双方拉开。

张梦仁平时回来少，和老少爷们感情日渐淡薄。"老套筒子"平时则耀武扬威爱显摆，不把别人放在眼里，引起不少人对她妒嫉，加上乡村里也流行仇富的情绪，所以"老套筒子"喊了叫了半天，人们也只是在她家门里门外驻足观看。她的几个牌友来了一阵子，也是在一旁看，直到她的喊叫声越来越弱，才吵吵着进了屋，把她从杨花身下抢救出来，拉到了院子里。

"老套筒子"指着屋里骂杨花不要脸，臭婊子，我还没撕巴你，你倒骂上门来了。我打十八岁进这个门就没挪过窝，你是哪块地上长出的葱，凭什么来撵我？

杨花也从屋里出来了。她说不是我撵你，是你男人撵你。我和张梦仁正式登记结婚的，我理所当然是这家的主人！你死皮赖脸在这呆着，我不撵你撵狗啊！

"老套筒子"说，我在这院里生活了四十年啦，给张梦仁生了四个孩子，是张梦仁明媒正娶的媳妇。你是主人，你主个屁！

杨花说，你给张梦仁生了孩子我也给张梦仁生了孩子，你是明媒正娶，我和张梦仁也有结婚证！

故事的发展没出人们意料。两人骂着骂着就扯到了张梦仁身上。杨花说张梦仁和你已经快十年没有夫妻生活了，这是他亲口给我说的。可他和我在一起，一夜少说得要两三次！

人群中几个年轻的小伙子忍不住大笑。两个人吵着骂着，仿佛都忘记了饥饿。围观的人中有的回家端了饭来，边吃边看，饭也吃完了。这时候，我妈闻到一股焦糊味，刚说了句失火了，"老套筒子"家的厨房里就砰砰响了两声。原来是"老套筒子"锅里的水烧干了，锅爆炸了。"老套筒子"到厨房里关上火，又气急败坏地跑出来，一屁股坐在地上哭天抹泪地大骂张梦富。张梦富你个狼心狗肺的东西假正经，收了张梦仁的好处，帮着张梦仁一块跟我藏蒙蒙。你是什么狗村官，草管人命！

我当时也跟着大人去了"老套筒子"家看热闹。我说张大娘你说错了，那叫草菅人命。我妈在我屁股上打了一巴掌，小孩子别插嘴，快回家写作业去！

一个牌友看天不早了，说怎么村干部一个不露头，要是首长这时候来那就有好戏看了！

首长是三天前来的张沟村。

那天一大早，张沟村人发现村里来了很多陌生人，有老有少有男有女。张梦富把村民叫到村口开了个会。他说咱张沟村最近短短一个月翻天覆地的变化大家都看见了。这是因为什么，是因为上级支持咱们老区。今天上级又派了这些同志来，咱们沿着路的人家，每家一个。家里只有老人的，就带个小伙子或闺女回去，权当是自家儿女；家里只有小两口的，就领个老人回去，就算认了个干爹干妈。我把话说在前头，今天乡里给咱村每户补助一百元，谁要是弄砸了，不光一百块不发，还得罚两百元！

接下来，那些陌生人拿着事前发的条子，跟着村民进了户。那些人不知道发生了什么事，村民们也不知有什么事要发生。那天是个星期天，我也在家里。我妈领了一个大姐姐回家，让我喊姐姐，还说有生人来问，就说是亲姐姐。我喊了那个大姐姐一声姐，她很高兴，搂着我的头，问我上几年级，学习怎么样？最后又问我喜欢不喜欢她这么个大姐姐？我问她是从哪儿来的，她沉吟了片刻回答说是从县机关来的，在县机关当打字员，来这儿是当演员。

一听说演戏我来了劲。要知道我们这个偏远的山村几年也没来过剧团。我问她演什么戏？她的神情马上严肃起来，望着远处的青山，若有所思地说了一句你现在还看不懂，姐姐也看不懂。我妈在一旁接上说造孽啊，就不能少折腾俺们老百姓。她接着又给那个大姐姐说了张梦仁家的事。那个大姐姐听了，眉头皱得更深。

到了我上大学那年，那个姐姐已经当上县里一个部门的领导。她经常下乡调研，还不时举发生在张沟村的那场闹剧告诫自己和单位的同志，搞调查研究一定要深入，不能走马观花，更不能弄虚作假。

我清楚记得那天十点多钟的时候，村口响起了警车的警笛声。村民们在驻户人员的带领下，有的在门口观看，有的在院子里观看。可是只看见几辆面包车驶过，看不清车里边坐的人。一个小时后，浩浩荡荡的车队离开了，驻户人员也撤离了，村民纷纷走到村街上，互相打听着发生了什么事。有几个上学的孩子告诉大人，咱村来了位首长。村民们才恍然大悟。可是，村里老老少少没人对这事评论，毕竟家家都领到了一百元钱的补助。这一百元钱对还很贫困的张沟村村民来说真正是钱。谁要是吵吵出去，坏了大伙的事，还想在张沟立足吗？

张梦富其实早已听到了张梦仁家中的吵骂声。他与张梦仁家住得不远。他之所以没出面，是因为他没法子出面。这事一开头他就不赞成。你弄虚作假，好歹也得有点影子，不能太过份了。假扮夫妻那也是假扮，就是假扮也是扮着扮着成真的多。张梦仁这算啥，他不是假扮是成真扮，还要领结婚证，太荒唐了吧！

可是他张梦富没敢和刘乡长他们顶。他万一较真顶起来，张沟这个典型撤换了，修路、盖学校、村委会重建、农田设施整理也都成了泡影。他不能因张梦仁一个人的事毁了大家的事。他也想到了今天的结果。作茧自缚，这是张梦仁那小子自己干的事，让他自己解决去吧。两个女人他到底要谁，说白了也要由他自己定。一个村支部书记去了怎么解决？"老套筒子"是张梦仁明媒正娶的媳妇，为他生了四个孩子，这是板上钉钉的事实，可那个叫杨花的女人也跟了他多年，为他生了孩子，还领了结婚证。这就不是村支部书记能断的案子。随他们去吧，孩哭抱给孩他娘！

张梦富知道躲在家里也不是办法。他骑上自己的破自行车去了乡政府。解铃还需系铃人，你刘乡长不能把这麻烦事都推给我。

六

刘乡长这回是立了大功的人。

陪同首长一同来的人说，首长一路上看了几个贫困点，心情都很沉重。首长说新中国成立四十多年了，改革开放也十几年了，还有这么多群众生活在贫困线上，我们责任重大啊！首长看了张沟村新建的学校，连连点头，说这个村虽然不富裕，但重视教育，再难不能难教育，再苦不能苦孩子这话说得也好。不过，直到那时首长还是一脸严肃。刘乡长心里忐忑不安，是不是首长看出了什么破绽，抑或是招待不周？他的两眼一刻也没离开首长的脸。

一进张梦仁家，杨花笑容可掬地迎出门，先是自我介绍：

生在农民家，
长在阳光下，
苦水也养人，
名字叫杨花。

首长听了哈哈大笑，哟，想不到在山沟里遇上了女诗人。气氛一下子活跃起来。首长和杨花、张梦仁谈了十几分钟，走时主动提出要和杨花夫妇留个影。张梦仁让首长站在中间，首长不同意，你老张是主人，你站中间。

送走首长回到乡里，乡党委书记拍着刘乡长的肩膀，哥哥你这回立大功了。首长身边的人说，这几天首长是第一次开心大笑。果然，这两天传出乡党委书记要调走，刘乡长要接乡党委书记一职的消息。乡里有个别工作人员见了刘乡长，点头哈腰说书记好。刘乡长心里挺自在。

刘乡长正在写总结，张梦富风风火火闯了进去。进屋后一句话没说，摸起刘乡长桌子上的中华烟，点了火就蹲在地上抽。抽了两口，好像不习惯，就在地上摁灭了，然后又掏出自己的烟点上。刘乡长问梦富你什么事赶得满头大汗？接着又开了句玩笑，不会是你老婆要生孩子难产吧？

张梦富说我老婆生孩子也用不着我急。刘乡长一下子明白了，神情紧张起来。其实，首长视察张沟村的第二天，张沟就出了事，如果不是刘乡长闻讯及时赶到采取措施，可能会引发一场群体事件。

张梦富为了整治村容村貌，成立了个村容村貌整治队，聘用了六七个年轻力壮的小伙子。当时承诺是事后每人每天补助十元钱。可是，首长视察过后，他们找村会计要钱时，村会计却苦着脸说钱用完了，还欠了几千元钱的债，乡里不给，又不敢向村民摊派，不知怎么补这个窟窿呢。

那几个不干了。前前后后加起来，一共四十五天，每天十元就是四百五十元。种一季的粮食刨去农药化肥、用电用水，不算劳动力成本，收入也到不了这个数啊。于是，他们就和张梦富闹，威胁张梦富如果不把钱给他们，他们就到市里省里和北京去告状，告村里乡里县里弄虚作假欺骗首长。张梦富急了，去乡里找刘乡长。刘乡长开始直跺脚，熊羔子想造反啊？我马上叫派出所去把他们抓起来。

张梦富头摇得像货郎鼓。刘乡长这法不行。你没理由抓人家。再说了，你抓了他们，他们家人也会去上访。弄虚作假欺骗首长，这事捅上去可大了。刘乡长连续跺了两下右脚，弄假事真他娘的累！这时，组织上已经对乡党委书记考察过了，近几天就宣布。他这个乡长能不能接上乡党委书记，现在是关键时刻。最后，刘乡长从乡财政拨了三千元钱，才算把事平息了。就这样，那几个壮劳力还不满意，相约一起离开张沟，到省城打工去了。

现在，张梦富慌慌张张地又跑了来，刘乡长马上意识到事情不妙。他问张梦富是不是张梦仁家出事了？没发生流血冲突出人命吧？

快了！张梦富说，两个女人剐起来了。我估摸着，我出来半天了，这回可能都动过刀子了！不知谁已躺地上了。

真是说曹操曹操就到。张梦富的话刚落音，刘乡长办公桌上的电话就响了。电话是乡传达室打来的。他接完电话，跺了一下左脚又跺右脚，然后一屁股坐在椅子上，好大会儿才吐出两个字：来了！

刘乡长的话刚说完，披头散发的杨花闯了进来。她一手举着她、张梦仁和首长的合影照片，一手举着她和张梦仁的结婚证，一进门就跪在地上，刘乡长您得给平民做主！

刘乡长呆若木鸡地坐着，大口大口地抽烟，一句话也不说。张梦富蹲在一个角落里，低着头不敢看杨花。杨花说梦富支书你也别把头藏裤裆里，那不是藏头的地方。你要还是个男人你就说句公道话。

她这话把张梦富激怒了。张梦富忽地一下站了起来，一边向外走一边气咻咻地说老子不管了，老子也出去打工，不在张沟呆了。走到门外，又回过头来冲杨花吼了一声，人家"老套筒子"是张梦仁明媒正娶的，不是假货！

乡政府机关一些人不敢到刘乡长门前围观，只能在办公室议论。有的说弄虚作假到头来是搬石头砸了自己的脚。有的说当时派咱们去也是当群众演员。首长临走前说过一句话，怎么这个村的村民戴的帽子都是统一制作的，村里不是很多人到外打工去了吗，这村青年人那么多？幸亏县长脑子转得快，给首长说是民营企业家张梦仁怕乡亲被太阳晒，统一发的，才算糊弄过去。有的话首长心里明白，也没办法，他总不能当着那么多人把真相说破了吧！

刘乡长被杨花吵得烦了，你们家的事找张梦仁说去，我还要开会！

杨花说你不给我做主，我就去县去省里去北京找各级领导。我是张梦仁合法的妻子，那天去的各级领导都可以作证，这张报纸，还有结婚证也都是真的。

刘乡长心里打怵，表面上还做出不畏惧的样子。你爱上哪找上哪去找。我管不了你们家庭这些破烂事。

杨花还没摆平，"老套筒子"又骂上门来了。"老套筒子"更绝，一手拿着纸质已发黄的她和张梦仁的结婚证，一手拿着瓶敌敌畏，说刘乡长你要不给我作主，把老流氓张梦仁和这个破鞋法办了，我就死在你乡政府。

刘乡长气得跺了一下右脚，说要法办我先法办你！你看看，你看看你还拿着药瓶子想干什么，投毒啊，搞破坏啊？！

"老套筒子"说算你心狠。古时候秦香莲告状申冤还碰上了包青天包大人，一刀铡了包二奶的陈世美，今天你刘乡长公开包庇张梦仁，我问你屁股坐哪儿了？

刘乡长一拍椅子吼道，我屁股坐在椅子上，有本事你把椅子砸了！

他想激怒"老套筒子"，让"老套筒子"做出违法的事儿。你要违了法，我就有法儿治你。这是刘乡长当乡长几年里总结出的心得，或者说他的执政经验。现在已经进入新世纪了，社会在变，利益格局在变，人的思想、理念、性格在变，农民不是过去那样老实巴交、任人摆弄的农民了。中央这几年不断推进乡镇政府职能转变和干部作风转变，老百姓天天睁大眼睛看着你，监督你，一遇上不公平不高兴的事就向上反映，用刘乡长和乡政府同事私下议论的话说，农民一张纸可能就让你下台，一个电话可能就让你滚蛋。当然，他也有他的招，对付农民的招都没有你还当乡长？！

有一回张梦仁要在乡政府所在地的镇子建农贸市场，需要占几户农民的承包地，其中有一户农民嫌补偿费少，硬顶着不让动他的承包地。刘乡长和张梦仁商量，把一台大型推土机放在那户农民地头上，一连几天那户农民租的农机都进不了地。

那户农民来乡政府告状。刘乡长问他占你家地了吗？那个农民说没有。刘乡长又问，那个铁家伙会拉屎撒尿吗？那个农民回答说不会。刘乡长说这不就得了，人家推土机放那儿既没占你家一角地又没对你家地里拉屎撒尿，没得罪你啊。机械坏了，厂方维修人员还没到，官不差病人，何况一堆钢铁。那个农民说它挡了我下地的路。刘乡长说那你想想办法叫它给你让路呗。

那个农民打张梦仁的电话，不是关机就是不便接听，老是联系不上。眼看着要误农时不说，多耽搁一天还得多付一天租农机的钱。那户农民恼羞成怒，当天晚上找了辆拖车和几个人，想把推土机从自家地头移开。没想到张梦仁早让下属的工人做了手脚。张梦仁第二天到乡派出所报案，说那个农民把他的推土机一个主要部件给弄坏了。这样，那个农民反倒成了被告。

眼下，刘乡长心里明白，"老套筒子"只要砸他的办公桌，或者对他动手，他就可以说"老套筒子"寻衅滋事。

"老套筒子"脾气是大，但心眼不傻。她说那是你的椅子，要砸你自己砸。我砸你的椅子还怕脏了我的手。说着，她拧开了敌敌畏的瓶子盖，送到了嘴边。你刘乡长不给我作主，我今天就死给你看看。

刘乡长急得跺了左脚又跺右脚，两手摆着招呼门外的乡政府工作人员进来帮忙。你们是看大戏呢？快，快，快来人把她拉出去！

那几个乡政府工作人员你推我、我推你，谁都不愿进屋。

"老套筒子"咬住敌敌畏瓶子的瓶嘴，说刘乡长你要不说公道话，我真喝下去了。

杨花在一旁嘲讽地说你要喝就喝，没人跟你抢。你千万别对自己客气。

"老套筒子"又问刘乡长你到底公道不公道？你不公道我现在就喝了啊！

门外有人笑出了声，这娘们真有意思，说了都第三遍了，就是不把敌敌畏朝肚子里咽！

张梦仁和他大儿子就是在这个节骨眼上赶到的。原来，杨花和"老套筒子"在家里刚一开闹，村会计就给他打了电话。他花了好大一阵工夫，才在县城最豪华的洗浴中心找到还在睡觉的大儿子。大儿子一开始不愿意跟他来。大儿子说你自己做的事自己去摆平，我没跟你出臭头。

张梦仁急了，说你不疼你爹，连你娘也不疼吗？要是你娘有个三长两短，你可不要找我要娘。这样，他大儿子才跟他来了。两个人路上已经做好分工。到了刘乡长的办公室他去拉杨花，他大儿子去劝"老套筒子"。"老套筒子"用劲一挣扎，手里的敌敌畏瓶子掉在地上摔碎了，流了一地上的药水既没起白色泡沫也没有刺鼻的味道。刘乡长这才长长地松了一口气，敢情"老套筒子"这娘们的药瓶子里装的是水！

"老套筒子"见自己的招儿被拆穿，脸不变色心不跳，大大方方地说了一句，老娘的命没那么贱！然后扬长而去。

尾声

一个月后，张梦仁重婚罪开庭。

原告"老套筒子"在法庭上与杨花又唇枪舌剑地吵吵了半天，各自拿出了与张梦仁的结婚证。两张结婚证，两个女人，同一个男人，只是时间不同。张梦仁重婚铁证如山。最后，法庭以重婚罪对张梦仁进行宣判，但"老套筒子"突然当庭要求撤诉。她说我把这个没心没肺的男人让给那个臭不要脸的女人！我不是看他俩的面子，是看他俩的孩子还小……杨花扑通跪在"老套筒子"面前。大姐，我以后就把你当亲娘，不，当亲姐姐。"老套筒子"呸了一声，我亲妹妹不会像你臭不要脸！

张梦仁和"老套筒子"、杨花的事情到此结束了。刘乡长理所当然地受到了党内严重警告的处分。据说市、县都不想把事情闹大，才给了他这样一个处分。偏偏刘乡长不服气，一气之下辞职下海去北京经商了。临走，他去了一趟张沟。张梦富请他在自己家里吃饭。两杯酒下肚后，刘乡长脸红了，眼睛也红了，发自肺腑地对张梦富说，老哥，如今当官太难了，尤其是咱这些基层的官。张梦富拍了拍刘乡长的肩膀，说我也给你说句掏心窝子的话，不是当官太难了，是当好官太难了。末了又说，要是在过去，我敢拍你肩膀啊？

十年后，已拥有千万资产的刘乡长刘老板在北京与张梦仁邂逅。刘老板身边竟然带了两个年轻漂亮的美女。张梦仁问，你是不是也想学我弄个重婚罪？刘老板笑了，谁像你那么傻，非得把人搞大肚子，生孩子，死活缠着你。看看咱，不是新郎，但夜夜当新郎，多潇洒！

刘老板还告诉张梦仁，说那位去张沟村的首长几年前退休了，喜欢打高尔夫球，有一次他和那个首长在高尔夫球场遇上了。首长问他，张沟村那个张老板叫什么花的小媳妇又给他生孩子了吧？刘乡长说我他妈真想把事实真相告诉他，可想想还是忍住了。人生就是一场戏，真真假假，假假真真，何必让老人家为自己参与过那么一场闹剧而难过呢！

张梦仁说兄弟你比过去还成熟！不过，那可不是闹剧，就是闹剧也是你们导演的。

刘乡长说兄弟你错了。你、我都是演员。

那谁是导演？张梦仁不解。

刘老板没回答。

过了一会张梦仁又问，首长那天真没看出是咱演的一出子戏吗？

刘老板跺了一下左脚，说人家首长走过的桥比咱走过的路还长，什么事看不透？我听"四眼书记"说过，首长除了没看出你和杨花当时是假夫妻，别的都看破了。回到北京不久，首长就写过一篇文章，呼吁要说老实话，做老实人，办老实事，没点名地批评了咱县咱乡和张沟村。

张梦仁噢了一声，若有所思地看了看晴朗的天空。

刘老板说，说老实话容易吗？喊多少年了，不照样还有人弄虚作假。我前些日子在一家报纸上看到报道，说咱那个县森林覆盖率达到了百分之八十，扯蛋吧？

张梦仁笑了，怪谁？要我说，就定个吹牛皮税，你看还有人敢吹吗？

两人相视一笑。

临分手，刘老板对张梦仁又交待一句，你丫别太无情，抽空回张沟村去看看"老套筒子"。那老太婆脾气是不好，心眼可不坏！

作者简介：

王昕朋，安徽萧县人，祖籍江苏徐州，中国作家协会会员，曾出版过长篇小说《红月亮》、《天理难容》、《天下苍生》（合著）及中短篇小说集、散文集多部。

并非游戏 /王昕朋

一

马沟村支书马平安突然病逝的消息传到钢山县政府大院，县长周大保立即停下正在主持的一个会议，驱车赶到马平安家中。这让马平安的两个儿子感动不已，按照当地规矩，两人给周大保磕了三个响头。

马平安的大儿子马金山说，周县长你太讲究了，我爸要是地下有知，肯定会感激不尽的。二儿子马银山说，我爸前些天还说过，我死后咱县的那些官中第一个行来往的肯定是周大保！马金山剜了弟弟一眼。周大保却好像没在意，用纸巾擦着眼睛，说，应该的，应该的。马书记是咱县大名鼎鼎的老先进老模范，连续三届县人大代表，对他突然的、不幸的去世，县委、县政府感到非常的、强烈的悲痛。他说完，朝帘子后边瞟了一眼。

按照这一带的习俗，人死了以后要设灵堂，前边挂着一张白布帘子，正中间悬挂死者的遗像，两边是寄托着子女哀思的挽联。布帘的后边放着死者的棺材。这些年各地加大和加快殡葬改革的步伐，人死后当天即要送到火葬厂火化，临终住在医院的，一般从医院直接送去火葬厂。周大保之所以朝帘子后边瞟一眼，完全是下意识的，并非想看马平安的遗体。

行来往的一般在灵堂不作停留，因为后边络绎不绝有来者。当地有一种风俗，遇到"红事"也就是办喜事，办事的家庭不请不去，而遇到"白事"也就是丧事，听说了就要去行来往。行来往的一时不离开，孝子就得一直跪着，还得嚎啕大哭。至于有没有眼泪，没人拨拉孝子的眼睛去看。

转型社会无奇不有，尤其是在供需失衡的情况下。最近几年，马沟一带兴起了一个新行业——代哭，就是孝子花钱租人在灵堂外代替孝子哭，哭得越响表示孝子贤孙越孝顺，越伤心。马家的灵堂外就有几个代哭的男子汉。代哭的人毕竟受过专业训练，又拿了人家的钱，哭起来非常卖力，且节奏感强，词也是事前编排好的，一套一套的很有连续性。

也许是马家兄弟忽略了来的是县长，没有事前给代哭的人明确指示，代哭的哭着哭着出了岔子。一个说，我的爸呀，我妈早上还给您做了您最喜欢吃的面疙瘩汤，您没喝一口就撒手走了呀。一个说，爸呀，我妹妹还小，以后她想您的时候我拿啥话哄她呀？周大保听着，眼角闪过一丝嘲笑。他太了解马平安的家庭情况，两个儿子，老伴早在十几年前就去世了，怎么又冒出老伴和女儿？

马金山看出了周大保的心思，赶忙对弟弟使了个眼色，说，银山，你在这招呼客人。我陪周县长到里屋歇歇。

马平安家是座三层的小楼。他本人住在一楼的东屋里，西屋是他放东西的地方，中间是客厅，当地人称为屋当门，用来接待来家的亲朋好友。现在一楼的屋当门做了灵堂，马金山只好招呼周大保上二楼。周大保挥挥手说，不上去了，就在你爸屋里坐坐。老人家在世时，我每次来你家，喝酒喝茶都在他屋里。

马金山只好打开了马平安住的屋子。门一开，周大保好像被什么味道刺激了一下，鼻子哧哼一声，身子也朝后趔了趔。进屋之后，没等马金山招呼，他主动坐在客人座位上，朝桌子上瞅了一眼，发现黄花梨木的烟灰缸里的烟头冒了尖。这只黄花梨木的烟灰缸，还是前几年他带队去海南岛参观，马平安在当地一家商店里买的。那些年，马平安抽烟比较厉害，一天两包。这两年改成以茶代烟，走哪儿都带着泡了浓茶的大杯子，一停下来就滋溜溜喝几口。这烟灰缸里的烟是谁抽的呢？周大保有点儿纳闷。

马金山忙着要倒茶，被周大保制止了。他说，金山你别忙了，我坐一会就走。你先坐下，咱说说话。

马金山原想在周大保对面的椅子上坐下，屁股快沾椅子时又站了起来，另外搬了只矮凳子坐在周大保对面。这样，他就比坐在椅子上的周大保矮了一半。周大保心里想，这个马平安的家规够严厉，他活着的时候，晚辈和他说话时必须坐在矮凳子上，他死了儿子还不敢违背这个规矩。想到这些，他又掏出张纸巾擦了擦眼睛，问道：你爸怎么走得这么突然？没送医院抢救吗？

马金山难过地低下头，说，我昨晚在县城有个饭局，快十点才回来，到他屋里请安。他刚和我说了两句话，突然脖子一歪，头就耷拉下来。我又拉又推，喊了好大会儿他也不理。再想把他送医院，一摸他的鼻孔，已经断了气……

周大保很有经验地说，那是突发心肌梗塞的征兆，你越拉他推他越麻烦。让我怎么说你呀金山？早几年每回见你爸，我都劝他再找个老伴。老伴老伴，老来有伴，能躺你身边，总比儿子……唉。

马金山悔恨交加，喊了一声爸，双手捂着脸哭开了。

周大保在屋子里走了两圈，递给马金山一张纸巾，问：你爸没留下什么遗言吗？你应当知道，他是马沟举足轻重的人物，他的遗言很重要……

马金山摇头，说，没有。太突然了。他一句话也没来得及说。

这之前他有没有给你交待过村里的事情，比如马沟煤业公司改制的事？周大保问，原来定的那个方案有变化，到底怎么变的？

马金山想了想，坚定地回答：没有。

周大保又问，会不会给银山说过呢？

马金山摆摆手，说，更不会。银山在县政府跟你干，又不属于马沟的人，我爸从来不给他说村里的事。

周大保似信非信地摇摇头，叹了口气说，非常可惜，十分可惜，强烈可惜。马沟是县政府确定的第一批改制试点村，在这改制的关键时候他突然走了……

马金山目不转睛地看着周大保，仿佛想从这位县长的表情中读出点什么。

周大保看了看表，说，时间不早了，县里还有个会等着我。

马金山慌忙起身，摆出一副送客的架势，说，您现在就走啊？

周大保的屁股纹丝不动。

马金山又问了一句，您这就走呀？

周大保嗯啊着，仍然没动，目光四下搜索着。稍停片刻，又看了看表，说我得回去了。可还是没动。

马金山只好又坐下，小心翼翼地问，周县长您还有啥重要指示？

周大保沉痛地说，我现在想着你爸的悼词中怎么高度概括、高度评价他的一生。

马金山感动地跪下给周大保磕了个头，说，周县长我谢谢您！

周大保让马金山坐下说话，马金山说，我站着就成，穿着孝袍总坐着不好。周大保就没再和他客气，严肃地说，得抓紧把改制的事完成了，这样你爸好有个善始善终。

马金山郑重地点点头，说，我都听您的。

周大保摆摆手，说，哎，不能这样说。不是听我的，是听马沟百姓的，再说深一点是听人民的。你是马沟村改制办主任，你第一次第二次的改制方案，你爸都给否了。

马金山说我爸就胆小，老是怕有人背后叨咕，说坏话。

周大保拉长了脸，让人说话天塌不下来。背后骂我这个县长的少吗？总不能这边骂了，屁股朝这边挪挪，那边骂了，屁股朝那边坐坐。我觉得你的第二个方案没有太大问题嘛！专家、县有关部门都没提多少意见。你抓紧改一改，争取这两天上村民代表会。稍后又补充一句：到时我也来参加。

周大保说完，见马金山答应得很爽快，才起身离开。

车子沿着村中的柏油路向外行驶时，周大保隔着车窗玻璃朝外看，发现村子里好像什么事情也没发生过，村民有的三三两两站在路边聊天，有的坐在门前一边晒太阳一边抠脚丫子，有的围着圆桌打麻将，还有的背着粪箕子朝村外的田里走，四五个小学生模样的孩子在踢足球，嘻嘻哈哈地追逐打闹着，就连狗呀鸡呀等小动物，也各自悠闲地做着自己的事情。

周大保是在农村长大的，他晓得村里不管遇到红白事情，村里人即使不是倾巢而出，也会家家派个人去办事儿的人家帮忙。他想起在马平安家除了见到他的两个儿子，听到有人代哭，再就是些看热闹的孩子。是邻里之间感情冷漠了，还是对马平安有成见？他想不明白：当了三十多年村支书的马平安，在马沟村怎么落得这么个人缘？

周大保大学毕业后被分配在县乡镇企业局工作。那时的马沟村村镇企业已经办得红红火火，有煤矿、煤场、运输队、铸造厂、砖瓦厂、服装厂，村年集体经济收入过百万元，在全县村级组织中排名前三，被称为百万村。

马平安虽然识字不多，但头脑灵活，思维敏锐，尤其学东西快。七十年代有一段时期兴起农民赛诗，只要有人把报上的哪类诗读两遍，他就能滚瓜烂熟地背下来，而且隔夜就能编改成自己的诗朗诵出来。这两年，他从报纸上看到一些先进地区的经验，马上就活学活用，但绝不是像有些地方照抄照搬，而是结合马沟的实际加以改造后借鉴利用。

马沟村在全县第一个铺上了村级柏油路，办起了第一个农民敬老院、第一家农民幼儿园、第一个农民图书室、第一个青年之家，还别出心裁地办了一个农民文化中心。那时人口还没有流动起来，农村青年外出打工的少，这些活动对青年人吸引力较大。省里一位领导来马沟考察后，惊叹这个村改革开放带来的巨大变化，称其为"明珠"，随行的省报记者写的长篇通讯就用了《中原农村一颗光芒四射的明珠》为题，占了省报大半个版面。

从此，马沟村成了闻名全省的文明村，前来参观的有关人员络绎不绝。马平安当年被评为省劳动模范，十佳村党支部书记。作为乡镇企业局的工作人员，周大保几乎每周都要到马沟村去一两次。他那时也是热血青年，遇事容易激动，马平安做的事情的确让他打心里敬佩。有一回年终发奖金，全村人均是一千元，村支部委员马奔提出：马平安的贡献大，奖金标准应当定得比群众高，建议给他定两千元。

马平安知道了这事，当着周大保的面就摔了杯子，马奔你小子别他妈的拿我说事。你给我定高，还不是想自己也定高？老子还没到老眼昏花的时候。告诉你，咱马沟只有吃苦在前的党员，没有见利就上的干部。这煤是谁挖出来的？这厂子里的活是谁干的？是马沟的老少爷们。反正老子把话撂前边，我一分不比群众多拿！谁要是想发财，就别当党员，别当村干部！

马奔说你不定高，群众又怎么定高，总不能年年一个水平不涨吧？马奔一气之下，就辞去了村党支部委员的职，自己买了辆车跑运输去了。

马平安对自己要求很严，但是对来马沟的客人却热情大方，好酒好茶好烟招待，临走还给带上点土特产，像三两只鸡、十来斤鸡蛋（一个纸箱），或者当地名酒名烟什么的。周大保他们年轻人没车坐，大多是坐公共汽车去。临走，马平安再忙，宁肯自己骑自行车或步行，也让自己的桑塔纳去专门送他们。

所以，周大保他们也愿意到马沟去，和马平安交朋友，当然也没少了给马沟"吃小灶"，比如计划、项目、贷款等等。周大保当上乡镇企业局副局长时，听到有人说马沟是花钱培养出来的典型，非常生气，说，马沟村一开始是自力更生、艰苦奋斗干出来的。他们干好了，要上新台阶，要有新发展，上级当然要给予支持，这符合国家让一部分地区率先致富的政策嘛！你能说深圳是靠国家的钱建起来的？

不过，当上副局长，后来又当了局长、副县长、县长的周大保，的确到马沟的时间越来越少。有一年开人代会，他在会上见到马平安，马平安握着他的手开玩笑说，周县长，我有大半年没见你了！他说，惭愧，惭愧。第二天，他就去了马沟，当场给马沟村拨了三百万煤矿技术改造的费用。

两人吃饭时，马平安说乡镇企业局有个同志从马沟借了辆上海轿车，用两个月了，还没送回来。周大保恼火地说，回去我就处分他！马平安又摇头又摆手，可不敢，不敢啊！你处分了他一个，往后谁还敢和马沟来往？第二天，马平安派他大儿子给他家送了一套实木家具，还捎话给他：当副县长了，别再那么寒酸。

周大保一直以为，马沟村的群众对马平安是心存着一份感激的。周大保记得当年总结的马沟群众有十个不出村：村里有商场，买日常用品不出村；有卫生所，小病不出村；有文化中心，看电影看戏不出村……农村有句老话：不看吃的看穿的，不比穿的比住的。周边的村子，就是全县的村子，那些年有哪个能像马沟一家一户一座小楼？县里宣传本县形象的宣传画册上，新农村就是马沟村村民的住宅区。

当年马平安过五十大寿时，村里百十户人家，家家都去祝贺，光礼金就收了十几万，大家还送了一幅牌匾，上边"领头雁"三个大字还是时任县委书记受马沟村群众所托题写的。马平安把那些礼金全都给了村幼儿园，牌匾他也不让挂。他说我离群众的要求还差很远。那么多村子后起直追，农民收入超过了咱马沟，我心里着急啊！周大保的媳妇马红艳在他面前抱怨说，一开始就不收礼金，得省去多少麻烦！

马红艳也是马沟人，比周大保小两岁。周大保在马沟"蹲点"时，她在市里一家师范学院读书，还是马平安为他俩牵线认识，又撮合他俩恋爱、结婚的。马红艳长得好看，是马沟村的一枝花，马金山也追过她。她自己在学校喜欢上一个男同学，看不上又矮又瘦、厚嘴唇的周大保，用她的话说周大保的嘴唇比城墙还厚。马平安一次次找她父亲做工作，说周大保年轻有为，你家闺女找了这样的小伙子，还不是在银行存了一大笔现金？最后，甚至下了命令，你闺女要是不和他恋爱，以后就别踏进马沟村！

不知是出于对马平安"逼婚"耿耿于怀，还是经常听娘家人说三道四，马红艳没少了在周大保面前说马平安的坏话。每回，周大保都严肃地批评她，你就信你娘家人的挑拨。你自己回马沟，亲自到老百姓中间去听听他们对马平安的反映吧。我隔三差五去马沟，村里大人小孩三千多口子能叫上名字的也有一半，怎么没听哪个人说马平安一个不字？

马平安突然病逝，马沟村百姓虽然说不上有天塌的感觉，但也不应当反应如此冷淡，好像这个人与马沟村没有什么关系。这的的确确让周大保感到有些意外。

二

马平安的灵堂是中午前布置妥当的。为布置灵堂，马金山颇费了一番心机，他找来了县城里专门做殡葬的公司，提供从灵堂设计、装饰、用料，到唢呐演奏、代哭、行孝演出等一条龙服务。

灵堂设计了一座大门，仿照马沟村的村门，形状如飞腾的巨龙，仅大大小小的白花黑花就用了两千多只，全用的绸子而并非纸。灵堂一边搭建，唢呐就开始演奏。

本来那家专业殡葬公司有三支唢呐队，一般人家办丧事也就租一支，马金山让三支队伍全到他家来。公司负责人为难地说，还有两家已付过了定金，要不去人家得要赔偿。马金山说，赔多少都是我的。我再给你加两倍的钱。这样，三支唢呐队吹奏起来声势浩大，几里外都听得清清楚楚。马金山得意洋洋，马银山却感到困惑，几里外都听得清楚，本村的人怎么就听不见，好像集体得了聋哑病。

刚送走周大保，街上有人说，天朦朦亮的时候，还见平安叔的大皇冠从街上出去，一眨眼的工夫怎么人就不在了？马金山听出是马奔，蹭地窜了出去，想找他理论理论。可是，只看见了马奔那辆宝马车的后屁股。他气得对着空旷的村街跺着脚大骂：哪个狗日在嚼舌头根？谁家儿女拿自己的老子玩游戏？

马银山把他拉了回去，痛心地说，大哥，咱在办丧事，能少惹点麻烦就少点麻烦，不惹更好。马金山瞪了弟弟一眼，说，就你这软皮蛋性子，在官场上也没大前途。你要是听我的，早点回家来帮咱爸打理煤矿，咱爸也不会那么累。马金山自己正在办移民加拿大的手续，所以心思一半在马沟一半在国外。

马银山说，前几天咱爸去县城，吃饭时征求我对改制的意见。我明确给咱爸说不支持把煤矿改制归个人或少数人。煤在咱村地下，矿也是当初村民集资和村集体名义从银行贷款的，再说咱村有的三代人都挖过煤，凭什么就改制归咱？

马金山喘着粗气，用挟着烟头的手指点点马银山，说，怪不得咱爸犹犹豫豫，直到今天也没签字，原来是你投了弃权票。我告诉你老二，我坚定不移地支持改制，上边也压着让改，你一个人反对没用。周大保找咱爸多少回了，说咱马沟过去是老先进，这次改制成了老落后。你是不是想让咱爸戴着老落后的帽子去见马克思？

马银山用左手推开马金山的胳膊，用右手扇了几下飘荡的烟雾，理直气壮地说，咱爸不是犹豫，是压根不情愿。他和我的观点基本一致。咱爸亲口给我说，我马平安见马克思之前怎么就成了煤老板了呢？让老百姓人人有股份有财产怎么就不行呢？马金山说，上边说得很清楚，改制就是打破大锅饭。人人有股，不等于没改？

两兄弟争执了一阵，无果而终。临近中午时，村子里除了几个和马平安家近房的老人来烧了把纸，再没有其他人来。马金山穿着孝袍，按规矩不能随便离开灵堂，但是他实在忍不住，到门口转了几圈，村街上有些来来往往的人，有的假装没看见他，有的看见他却绕道走小胡同，对面几家明明在二楼的窗户朝这边看，目光和他对视一下就缩回头。

这一回，马金山点了一支烟抽着，从门口朝东溜达。他不信马沟村村民会对他爸爸的病逝无动于衷。妈的，要是那样你们就太没良心了。马沟村能有今天的好光景，不全是我老爸带着你们打拼来的？我老爸接过马沟的烂摊子时还叫大队，整个大队账上一分钱没有不说，还欠了三十多元钱的外债，你们家家户户撅着腚在坷垃地里流一年汗水，劳力多的能挣个十元八元，劳力少孩子多的还透支。现在呢，家家有在煤矿上班的，不缺零花钱，再加上孩子上学不花钱，家里人看病不花钱，老人在敬老院不花钱……这些都是村里包了。看看你们哪家没有摩托车，还有的买了小轿车。你们……他不愿再往下想。他觉得世道变了，人心也变了。

马金山一直走到路尽头的村东口，迎面碰上一辆红色丰田吉普车。那辆车已经从他身边驶了过去，突然又倒车回到他身边停下。车窗玻璃打开一半，露出一张雪白的脸和一双水灵的大眼睛。

其实，马金山一见车就知道是马平安的干闺女小荷，整个马沟村就她开红色吉普车。他一直疑惑这车是马平安帮她买的，马平安死不承认，说小荷能耐大了，全县两百多家小煤矿都用她经销的电缆。他清楚小荷的关系都是马平安给牵线搭桥，只是不愿点破罢了。

小荷冲马金山笑了笑，亲热地叫了声哥。她笑得太夸张，脸上堆积的化妆品在她的笑中一片片抖落。她说，你咋穿个大白袍子，让爸看见不骂死你才怪呢！她称马平安时从来不带"干"字。

马金山不喜欢小荷。心想，熊妮子仗着有几分姿色四处交际，你交际就交际呗，还打着我爹的旗号！他冲小荷吼道：你爸死了，你还笑得出来！

小荷大吃一惊，很快又笑了，哥你的玩笑开大了。我昨晚十点多还接爸的电话，他让我今天务必来一趟……

马金山惊慌地四下看了一眼，责怪地说，他接你电话没几分钟就闭眼了。

他这话很深奥，足以让小荷吓得浑身发抖。好好一个大活人，接你小荷的电话几分钟就咽了气，与你通话的内容有没有直接关系，只有你自己最清楚。

小荷果然心慌意乱，跳下车认认真真地看了看马金山的装束，双膝一弯跪在地上，双手拍打着柏油地面嚎啕大哭，我的爸呀，你好狠心呀，怎么连句话也不给闺女说就走了呀！你让闺女以后找谁为我做主呀！

马金山没理她。他想：你哭吧，哭得声越大越好，让马沟人都听听，我爹马平安还有一个有良心的闺女，你们也就知道应该怎么做了。

小荷哭了几声就爬了起来，从车上拿出一瓶矿泉水浇在手上，洗了洗手上的浮土，然后上了车，招呼马金山也上车，说，哥，那咱赶快回家给咱爸守灵去吧。

马金山皱着眉头，说，你就这样去？

小荷低头看了一眼自己身上的红夹克，眼珠子转了几转，不好意思地说，那我回去换件衣服再回来。她掉转了车头，没有熄火，但也没有开车。已经走出几米外的马金山回头看了一眼，见她正对着车上的反光镜给脸上补妆。他忿忿地骂了一句：浪货！

眼看村民到父亲灵堂行来往的稀少，马金山心里焦急，想了个主意，把他下属的运输公司的几个队长找了来，给他们下达了一个重要任务：养兵千日用兵一时，现在是你们给老子出力的时候了。然后，他按人头每人给他们分配了二十个名额，让他们带人来他家行来往，也就是给他父亲马平安磕头。

有个小队长嘟噜道，这事得人家发自内心，哪有赶着拉着的？

马金山咣当给了他一拳，谁来，可以带全家一起来，我按人头发钱。

布置完以后，马金山就在灵堂里等着。

马沟村三面环山，是在一条狭长的山沟里。春季的白天本来就短，处在山沟里的马沟村的夜晚比山外来得更早些，下午五点多钟的时候，黑夜的影子就光临了。负责管厨房的来找马金山，问他：马总，咱开多少桌席？马金山还没回答，马银山不耐烦地抢着回答道：按十个人一桌开席，开二十桌。马金山说不行，多开十桌，按咱定的宴席标准，八凉八热，一个也不能少了。接着又叮嘱一句：餐具全都换白色的。

马金山说完，转身上二楼他的房间里睡觉去了。他觉得这一天太累太累，仿佛用尽了他过去一个月的劲头。刚刚躺下，突然听到哭声大作，不光是灵堂内外，就连门前的村街上也哭声一片。他从窗户朝外看了一眼，果然黑压压的一群人，多是些上了年纪的老头老太太带着小孩子，还有些怀抱着孩子的妇女，大人孩子加起来有七八十人。

马金山先是高兴，村民终于有所表示了。转念一想又感到心疼，不是疼钱，而是为人情关系冷漠心疼。看看，看看，拖儿带女，拖拖拉拉的一大堆，又不到账房上账，吃完喝完一抹嘴，拍拍屁股走人。我马家又不是酒店开业！就是酒店开业你也不能来白吃白喝。

他套上孝袍下了楼，打算把那群人吆喝走。走到最后一级台阶，突然又改变了主意。我马金山还缺他们吃喝这一点？来了就是捧个人场，图个好名声，让我老子知道马沟村还有这么多百姓念着他，并没有因改制问题忌恨他。这样一想，他心里坦然了些，返身上楼，又躺下了。

这时，手机响了。电话是小荷打来的，一开口就急不可耐地问：大哥，我爸把村煤矿改制的那些材料放哪了你知道不？

马金山一听也急了，骂了一句：哭丧呢你！哭丧也没见你真伸头。

小荷说，这是大保哥家嫂子、红艳姐让我问的，你别对我发火。我现在就和红艳姐在一起，她有话给你说。

马金山刚要挂电话，马红艳在那边开口了，他只好应付着，在心里对小荷发火：浪货，拿县长夫人压我！看我以后怎么整治你。

马红艳在电话里先是哭了几声，对马平安的突然病逝表示哀悼，不过，马金山听出背景有音乐声，像是在咖啡厅里。马红艳说，平安叔是个好人，也是我们家的恩人。那年我妈患病，你大保哥平时廉洁，手里不宽裕，没有存钱，好几万的手术费全是平安叔给掏的，救了我妈一命。我妈啥时提起平安叔，都感动地掉眼泪。她老人家千叮咛万嘱咐，让大保和我要像孝敬她一样孝敬平安叔。我和大保还没来得及孝敬他老人家。他老人家怎么就突然……呜呜呜。她伤心地说不下去了。

马金山有些激动，安慰着说，红艳你也别太难过。我爸也一直把你当亲闺女。马红艳说，我知道我知道。你问小荷妹妹，我妈走的时候我也没像现在，这心里跟天塌了一样。接着话锋一转，说，哥你也知道，平安叔跑几趟找我，说咱村煤矿改制，动员我跟着入股。他说红艳你是咱马沟的闺女，对马沟贡献最大，咱村资产你也有一份。你要是不带头入股谁入股？我为了支持平安叔的工作才点了头。到现在我们家大保还不知道这事。

马金山心想，去你妈的！你男人私下给我爸谈了十几回，后来又在会上不点名地批评老先进变成老后进，拖了全县改制的大腿。甚至还威胁说，谁当改制的绊脚石，我就把他搬开，扔到历史的垃圾堆里！入股也是你老公的事。你家在哪个乡村改制企业入了股，你清楚我也清楚，全县的很多干部都清楚，只有你自欺欺人，以为别人都不知道。别看我马金山大大咧咧，少心缺肺，可是我敢作敢当，要就明要，拿也明拿，挣钱也光明正大地挣。不像你两口子既想当婊子，又想立牌坊，死不要脸！当然，这都是他的心里话，没有说出口。他也不敢说出口。

马红艳还在电话那头不停地说，你们家银山，我和大保也一直当亲兄弟待的。他从进了县机关，大保没少了关心他。上个月大保还对政府办主任交待，让这次报银山副科长。你也知道在县机关当个副科长多难，有的人干了一辈子，退休还是个科员、办事员。

马金山越听心里越烦，一会儿的工夫烟灰缸里的烟头都冒了尖。他不敢挂断电话，就把手机开到免提状态，放在床头柜上，任凭马红艳在那头唠叨，自己仰面躺在床上跷着腿继续吞云吐雾。

咚咚，咚咚，门外有人敲门。马金山说了声，门没关，瞎用什么劲。

大大！进来的是一个七八岁的男孩，看样子是走了急路或者心急上火，脸蛋儿红扑扑的，额头上汗淋淋的，头发也冒着热气。马金山骨碌碌翻身下了床，把那孩子抱了起来，亲了亲他的脸蛋，说，我的小帅哥啥时来的？一个月没见了，来，让大大看看又长个没。

大大，我要见爷爷……男孩子嚎啕大哭，爷爷，爷爷！

马金山轻轻拍着他的后脑勺，念叨着，见爷爷见爷爷，大大带你去见爷爷。

这个男孩叫马军，是马银山的儿子，刚刚跟着他妈妈秀红来的马沟。马金山婚后生了两个女儿，都跟着他媳妇去了加拿大。打从马军出生，他对这个小侄子就倍加疼爱。秀红曾经抱怨马银山说，你抱咱儿子的次数还没他大爷抱的多。

马军两三岁的时候很调皮，常常和比他大两岁的马金山的小女儿动手动脚，每回遇上这事，马金山都把自己的小闺女抱起来打屁股，让她给马军赔礼道歉，惹得他媳妇很不高兴，说他对侄子比对闺女亲，重男轻女。

马军在县城跟着爸爸妈妈，又在全托的幼儿园里，马金山去县城很少见到他。每回见到马军，他都两眼放光，心花怒放，按马军刚学会走路时喜欢在他脖子上骑大马的习惯，趴在地上让马军骑着跑几圈。马军高兴地哈哈大笑，他也乐得闭不上嘴。马金山的媳妇有一次对两个朦胧懂事的女儿说，你们也甭想着你爷爷的家产了。你爷爷百年以后，你爸肯定不会和你叔争，就把你爷爷的家产全给了马军！

难道……马金山刚想了个开头，马银山进来了，开门见山地说，大哥，咱爸的后事不能拖，怎样办你有个考虑没？

马金山说，不让你告诉小军他娘俩，你咋还是把他们接来了？

马银山有点儿恼火，不高兴地说，大哥，咱爸死了这么大的事能不让小军知道？万一他哪天找爷爷，我告诉他到地下去找吧，他还不得跟我拼命！

马金山语塞了。他常常被马银山说得答不上话来。马军又扑到爸爸怀里喊着找爷爷。马银山已经泪流满面，抹了把眼泪，也顾不得卫生，全擦在儿子的衣服上。然后把儿子抱在怀里，咴哼咴哼地哭出了声。

这时，楼下有人喊马金山的名字。马金山仔细听了听，是马奔粗豪的声音。他说，这个杂种到底来了。他还算有良心，没忘了当年咱爸帮他。他说着，从马银山怀里接过马军，举到自己脖子上，一颠一颠地下了楼。

三

马金山万万没有想到，马奔是来谈改制的事。

马奔在灵堂行过来往，又到账房上了账，然后对马金山说，金山兄弟，借一步说说话。马金山把他带到二楼的小客厅里，又故意从包里掏出一盒时下全中国最贵的烟，自己点了一支，对马奔说，要抽自己拿。马奔没有在意，掏出一根雪茄，晃了晃说，我抽这个，这个过瘾。

两人默默抽了一会儿烟。马金山不习惯雪茄的味道，呛得咳嗽了几声，才问：听说你越做越大，发了大财。马沟大人孩子没有不知道你是百万富翁，背地里叫你"马百万"呢。

马奔说，哪里，哪里，比你差十万八千里。不瞒你说，外边对我的传言一半是猜测，一半是我故意炒作。现在这社会，你不炒作，不包装，别人以为你没实力，不跟你合作不说，还处处欺负你。

马金山笑笑，嘲讽地说，你就不怕今后国家来个吹牛皮收税？

马奔也笑了笑，反唇相讥地说，那我也得先看你交不交。你不交我也不交。

马金山好像意识到这个时候孝子不应当和别人说说笑笑，马上换了一副沉痛的表情，低着头抽烟，不再看马奔。

吭，吭，马奔咳嗽了两声，说，金山兄弟，有件事本不应该这个时候说，但是我考虑再三，觉得不说反倒不好。平安叔毕竟还没入土，有些问题说明了解决了，他老人家也好入土为安。

马金山的心一阵惊悸，抬头看了看马奔，问：啥事？

马奔嘴上说着，不好意思，不好意思，兄弟别见怪，手却从衣袋里取出张纸条递给马金山。马金山看了一眼，是一张盖着马沟村委会大印章的证明，上边写着马沟村开煤矿借马奔家盖房子用的大梁、石头、砖头、水泥、木料等，都有具体数字，就连两张铁掀也在上边写得明明白白。马奔说，你看仔细了，这是平安叔亲笔写的。

其实不用马奔点拨，马金山也认得父亲的字。再说，村里开煤矿时，他已经高中毕业，在村广播室看广播，早晨太阳刚露头，播放"东方红，太阳升"，因为马平安不允许放"军港的夜啊静悄悄"一类的歌。村里有什么通知，他就用不太标准的普通话，在广播里宣读：马沟村宣传站，现在广播通知。他常常把通知念成通吃，所以马沟的年轻人私下称他"马通吃"。马平安为了开煤矿的事，白天在村"两委"办公室开会，晚上约人到家里来谈，所以，马金山对这事的来龙去脉也比较清楚。

当时村集体没有多少资金，马平安求爷爷告奶奶，从银行贷了一点，从别的地方借了一点，但是还差不少。村民对投资开煤矿态度不一致，投资不积极，有的担心在地下挖煤搞得墙倒屋塌，有的害怕投进去没有收益倾家荡产，有的说周边几个国有煤矿，咱竞争不过人家，到后来在村子下留下几个窟窿怎么办？

马平安又急又气又累，病了一场。他躺在床上召开支委会，要求大家带头投入。马平安说，咱周边几个地下有煤的村子都动起来了。咱要按兵不动，就是端着金饭碗讨饭吃。我把准备给两个儿子盖房子娶媳妇的钱全拿出来，扔就扔了。这样，那几个村委也都纷纷表态支持。

马奔的那张借条，就是马平安在病床上写的。后来，马奔辞职单干，马平安要把借条上的东西折算成现金还给他。马奔说，平安大叔你也太会抠了吧？这么多年就是存在银行也得不少利息。

马平安生气地骂他，你小子像支委说的话吗？

马奔哈哈大笑，说，我已经不是支委了。就算我还是支委，还在马沟村，也不能老是跟着你无私奉献吧？现在是市场经济！

马平安说，你爱要不要。等哪天我一蹬腿走了，你去阎王爷那儿找我吧！

为此，两人很长一段时间里走对面也互不搭理。

今天，马奔来谈这事，让马金山心里着实恼火。他把纸条还给马奔，冷淡地说，这事我不知道。

马奔脱口而出地说，你不知道可以去问……他发现说走了嘴，赶忙停住了。马金山说，你是想说让我找我爸问是不？那你就找他去吧。我爸要是说还你一千万，就是把马沟煤矿整个给你，我也坚决照办！说着，他站起身，把烟头在烟灰缸里使劲摁了几下，明显是下逐客令。马奔急了，板起面孔，用挟着雪茄的手指着马金山，忿忿地说，马金山你怎么说话不讲理呢！

马金山说，我他妈就不讲理了，你能怎么着我？说着，一伸手把挂在墙上的双筒猎枪拿在手中，虎视眈眈地看着马奔。马奔也不含糊，弯下腰把头抵在枪口上，大声喊着：来吧，朝我头上打。你要不开枪你就是个孬种！

两人的争吵声惊动了马银山。马银山从楼下灵堂匆忙赶上来，一看眼前的架式，吓得面色苍白。他夺过马金山手中的猎枪，把马金山推出门，然后又拉马奔坐下，问了问原由，赔着不是，说，奔哥，这事你别朝心里去。一来我哥可能真不清楚那档子事，二来这个时候他心里特难受，情绪不好。反正千错万错都是他的错。不过你放心，等把我爸送走，我会好好和他谈谈。你手里有证据在这儿，谁还敢不认？如果马沟村没人认，我帮奔哥你打这个官司。

马奔说，银山你这才叫人话。他临出门，又回过头低声对马银山说，你爸扔下改制这个摊子突然走了，据我所知，咱村人要拿这件事说事。你没看见，哪有几个人来吊唁？老少爷们对你爸有怨气啊！百姓不可欺啊……

马奔走后，马银山一屁股坐在椅子上，长长地叹了一口气，喃喃自语地说，爸呀，您走得也不利索呀！

马银山大学毕业后就进了县机关工作。马平安对他的要求是不能落后。有一次他回家，马平安拿出一本存折，一只他上小学时背过的书包，让他面对面坐好。马平安先把书包递到他手里，问他：还记得不？他的眼泪一下子就夺眶而出，情不自禁地叫了一声妈，就把书包紧紧贴在胸口上。

那只书包是他上小学前，身患重病的妈妈在十五瓦灯泡昏黄的光线下，一针一线给他缝的。他妈说，我去买书包，转了几个店，又贵又不结实。长大后他才理解妈说的不是真心话。妈实际上是知道自己的时间不多了，想把对儿子的情感通过这一方式表达。

马银山上初中时，有同学笑话他的书包太土，他用积攒的钱买了一只新书包，回到家把妈缝的书包扔在墙旮旯里。马平安发现后大发雷霆，把书包铺在他妈的遗像前，让他跪在上边。

马平安说，你妈那个时候拿针都费劲，给你缝这只书包，手指上扎了几十个几百个血眼。这书包哪条缝里没有你妈的血你妈的汗妈的泪！

打那以后，一直到大学毕业，马银山随身带的都是这只书包。如今，马平安又把书包拿出来，语重心长地对他说，儿呀，你妈给你缝书包时还有一个心愿，就是让你无论到啥时候都不要忘记，自己是苦家庭苦孩子出身。苦孩子要想出人头地，就得靠自己打拼。

接着，马平安又打开存折让马银山看了一眼，说，这几年咱村里好了，咱家里日子也好了。我办了两个存折，两个全是你的名字。见他惊讶，马平安又说，为啥？你在官场，是国家的人，就那点工资收入。你老爸不希望你像有的当官的那样，到处伸手捞钱，弄不好把自己折进去。老爸不巴望着马家出大政治家，但马家做官的必须是正经人，干正经事。我给你看这两张存折就是告诉你，你不要为钱犯愁，更不能为钱栽跟头。我跟你哥也说过了，你哥没意见。你要是为了钱栽跟头，我就一把火把这两张存折全烧了……

这些年，马银山一直没敢忘记爸爸的教诲，严格地说是把马平安的话当成紧箍咒约束自己、要求自己。周大保任常务副县长时，曾选他当秘书。那时的秘书已经不像过去的领导秘书那样专门负责写领导讲话稿和文章，这些事一骨碌交给了研究室。领导的秘书就是专职为领导服务的，像收收发发，接接电话，上传下达，领导外出时为领导开车门、拎包、端茶杯，领导家里有事了也得鞍前马后地跑，等等。说白了就是个服务员，只是称呼不同罢了。

马银山不想做这个工作，马平安也不支持，只有马金山态度暧昧，一会儿说当领导秘书好，提得快，咱乡的书记乡长，还有几个经济好的乡镇的书记乡长，不是领导的亲戚就是给领导当过秘书的。要不是咱爸和周县长这层关系，秘书这差事八杆子也轮不到你！一会儿又说当领导秘书不好，你看看天天时间多紧，几乎寸步不离，就差没上同一张床了。你哪还有时间干自己的事。

不过，马银山是那种只要接了事就认真去做，做了还要做好的人。明明心里不乐意，做得却十分认真，前两个月的工作一直受到周大保的肯定。马红艳曾在电话中告诉马平安，银山兄弟干得不错，大保说他眼里有活。在当地人的话中，眼里有活这四个字是评价较高的。可第三月一开始，情况就发生了变化。

那一天，马银山陪同周大保到马沟参加小荷的矿山电缆厂成立大会。中午吃了喝了，临走时小荷交给了他两个信封，说，这个写名字的是给你的劳务费，没写名字的是给周县长的出场费。他当即表示拒绝，还严厉批评小荷。他说，小荷你这是让领导和我犯错误。支持民营经济发展是政府义不容辞的责任，周县长来也不光是冲你个人，而是冲全县的民营企业。你这样做把领导当成什么了？小荷笑着说，哥，这是规矩，你不懂。你只管交给周县长就行了。马银山说那不成。周县长会处分我！

第二天，小荷到县城来了，而且没经过他通报就进了周大保的办公室。又过了两天，马金山给他打电话，问他是不是犯了错误，让周县长不满意。他觉得太突然，又很不安。马金山说，这样吧，你主动向周县长提出来不适合做秘书工作。他还想问个究竟，一想不当秘书正合自己心愿，就作罢了。一周后，马银山就调离了秘书岗位。打那以后再见到马红艳，尽管她还像过去那么热情，一口一个银山兄弟地叫着，但是他从她的眼神中能够读到一种距离。

后来他回家时，马平安拍拍他的肩膀，对他说，儿子你行。

马银山一直为有个好爸爸感到骄傲。马平安带着马沟群众把马沟村搞得生龙活虎，连续多年保持全县经济发展先进村的荣誉，在群众中享有很高威望。他第一次骑自行车带女朋友回马沟，离村子很远就有马沟的村民在地里干活，或者在路上行走，看见他都远远打招呼。这个说：老二回来了。你爸要是忙，家里没人做饭，就带你媳妇到我家吃去！那个说：看马书记多有福气，找了个那么俊的儿媳妇。银山你劝劝你爸，让他多注意休息，我们劝他他不听。马银山的女朋友感慨地说，看来你爸真是个好支书啊！

马平安的妻子去世后，说媒的踏破门槛，可是他一概回绝，至今没再续弦。他又当爸又当妈，个中的酸甜苦辣只有自己和两个儿子体会最深刻。马银山曾坚信对父亲的忠诚和爱戴任何人不可比拟。如果不是村煤矿改制的事，他永远也不会和爸爸、大哥翻脸。

两个月前的一天晚上，马平安突然给马银山打电话，说是在县城和几个朋友多喝了几杯，让他送他回马沟。他在一家酒店门前的台阶上找到了酩酊大醉的马平安。上车以后，马平安不时摸摸他的头和脸，又是笑又是哭，让他觉得莫名其妙。在他印象中，爸爸从没有这样酒后失态的事情发生。他想，也许是两个月没回家，父亲太想自己了。哪个男人长得再大再高，在父母面前还是个孩子。

车子快到村口时，马平安让他停车。他以为父亲酒后经车子颠簸，可能想呕吐，就停好车把父亲扶下来。马平安突然冲着马沟村跪下，双手合十，由上而下地连续作了几个揖，哽咽着说，马沟村的老少爷们，我马平安对不住你们了！

父亲的举动让马银山大吃一惊。他上前去拉父亲，父亲跪着不动，他又不敢使大劲，怕把父亲拉倒了摔着。于是，他与父亲面对面地跪下了，诚恳地说，爸，你没有做对不起马沟村父老乡亲的事，心里应当踏实。

马平安说，我心烦意乱，心烦意乱啊！

马银山弄不清到底发生了什么事，掏出手机想给大哥打电话问问，顺便让大哥来帮他一起劝劝父亲。马平安听他在拨号，夺下他的手机，说，不要给那个畜牲打电话。他说，是我哥！马平安说，你哥他就是个畜牲。

已经临近春节，天气十分寒冷，到了晚上温度持续下降，又在空旷的山野上，穿着大衣的马银山冻得浑身哆嗦，上下牙齿碰得咯咯咯地响。马平安怕冻着儿子，才又上了车。他问马银山：乡村集体企业改制的事你听说了吗？

马银山回答：听说了，市里县里都有文件，我看过。

马平安又问：说是一刀切了吗？

马银山说，好像是有要求，让年底前完成改制任务。

马平安突然出其不意地又跳下车，围着车子转着圈子，一边转一边说，这咋办呢，这咋办呢！

马银山说，爸，上级让咋办就咋办呗！这事还能难着你。

马平安又蹲在地上想了一会儿，长长地叹息一声，问：儿子，你爹当大股东行不行？

马银山没有马上回答，这件事来得太突然，父亲的态度也让他感觉太突然，所以他必须认真考虑考虑。县里有相当一部分乡村企业已经改制，从他所了解的情况看，有的改制较为顺利，有的改制遇到阻力甚至闹出了群体事件来。出事的地方或单位，主要原因是改制过程中信息不公开、不透明、不规范。有一个村办的铸造厂，去年报的赢利三百多万，是市、县明星企业，不到半年，改制时资产评估亏损一百多万，村委会主任一分钱不用掏就买断了，乡里还倒过来还补他五十多万。弄得村里几百个村民越级到市里上访。

你爹当大股东行不行？马平安又问了一句，接着说，你哥非得坚持让我当大股东，还有，还有……

马银山知道父亲不说出的名字有不说的原因，他也不想知道。他关心的是大股东占多少股，整个公司的股权如何设置和分配。他的问题问完以后，马平安沉默了，好大会儿才蹦出一个数字：八十！

马银山听了这个数字反倒异常镇静。他说，爸，您怎么就占了八十，您怎么能占八十呢？您想过没有，这个数字一旦公布，咱马沟村人会是什么样的反应？

马平安站起来，跺了一下脚，说，回家，睡觉。老子喝醉了。

马银山把父亲送回家后马上回了县城。人还在路上，马金山的电话就打过来，开门见山地把他骂了一通，说他里通外国出卖自家利益，说他装模作样假廉洁……马金山越说越激动，最后告诉弟弟，咱爸回来就改变了主意，不想拿那么大的股。你知不知道，咱爸这股里不是他一个人咱一家人。咱爸要是不要了，不干了，得给咱家给我包括给你带来多大麻烦你知道不？

马银山烦了，说，你们爱怎么折腾怎么折腾，这事与我没关系。

春节那几天，马银山除了初二按当地规矩回了媳妇娘家，初三在机关值班，其他时间都在家里陪父亲。他发现到家里来串门拜年的乡亲稀少，与过去每年春节络绎不绝地来人有很大反差。他还发现父亲和大哥之间好像有点儿疙疙瘩瘩。现在看来，这都与改制有关。因为当时说马沟村改制方案春节后就要公布……

马银山不愿再想下去了。他甚至怀疑父亲的突然病逝，和改制这件事有一定的关联。

四

怀疑马平安突然病逝诱因的不光是马银山，他的干闺女小荷也怀疑，甚至比马银山考虑的疑点更多。

小荷地地道道是马平安看着一天天长大的。她的父亲是马平安从小一起割草、放羊、玩耍的好朋友，母亲和马平安的媳妇也是邻居，从小就能玩到一起的好姐妹。她临出生的时候，母亲难产，父亲在水利工地上没赶回来，当时任大队会计的马平安用平车拉着她母亲，翻山越岭走了十几里山路，把她母亲送到镇卫生院。一路上，马平安几次摔倒，头也磕破了个大口子，流了很多血。她母亲躺在病床上，抱着刚出生的她给马平安磕了个头，说，俺娘俩的命是你给拣回来的。这闺女就是你亲闺女！

小荷从懂事开始，就经常在马平安家吃，和金山银山混得亲如兄妹。她七岁那年，父亲生病去世，家里的担子一下子重了。马平安那时已经当了村支部书记，给她母亲在村办的电磨房里安排了个搞清洁的工作，活儿不重，按月领补贴，母女俩的生活才没有陷入窘境。她从小学到初中、高中毕业，学费全是马平安帮着缴。在马沟村人的眼里，小荷就是马平安的闺女。小荷也一直以马平安的闺女自居，在他面前开口闭口称爸，省略去了前边的"干"字，而在村里人面前提到马平安时，也是必先把"我爸"放作前缀。

小荷高中毕业后，因为没考上大学，就在村煤矿灯房当了一名工人。本来这个活既不脏也不累，还分三班倒，收入也不低，别的女孩想干还够不着，可是她只干了八个月就不愿干了，缠着马平安要到经营部门工作。

马平安看她性格大大咧咧，人也长得挺俊，说话有板有眼，是个跑业务的料，就答应了她。没想到她干了两年，建立了一些关系户后，又提出辞职，自己单独开公司。

这回，马平安狠狠地骂了她一顿，骂她私心太重，只顾着个人，不考虑大伙。她不吭不声地听着，一句话不说。等马平安骂完了，停下来喘息的时候，她还是旧话重提，爸，我想自由自在，我想给自己挣钱。马平安一生气，几天都没理她。

小荷也不急不躁，不催不问，今天上县城呆两天，明天去省城逛几天，还去了北京、上海旅游。一个月下来，她琢磨着马平安的气也消得差不多了才登门，上来就掏出一大堆给马平安买的东西，有吃的人参含片、枸杞，有春夏秋冬替换的长短袖T恤、羊毛衫、皮夹克，还有鞋子、围巾。马平安嘴上骂着，你这个傻孩子，花那么多钱干嘛，我一老头赶哪门子时髦？心里却乐呵呵的。小荷看老头子高兴了，才又提出了自己办公司的事。

马平安这个把月也对小荷的事作了反复思考。这些年，周边的乡、村企业倒闭的倒闭，改制的改制，不说是人心所向，起码也是大势所趋。自己的大儿子虽然还挂着村办运输公司经理的头衔，实际上大部分车的车主是他个人。马平安说过、骂过，甚至摔酒杯，大儿子不敢和他吵，就怂恿大儿媳跟他闹。大儿媳妇说，爸您也太保守太落后了，现如今哪还有像您这样天天替群众打工的？

马平安说，怎么着，共产党不为群众服务叫啥子共产党？

大儿媳妇说，拉倒吧您，周县长的媳妇马红艳私下开公司，还不是一家两家呢。是县委书记不知道还是纪委书记不知道，管了吗，查了吗？您心里比我和金山清楚，只不过嘴上不认。

马平安说，人家是人家，我是我。

大儿媳妇说，那您不也天天赶着金山给这个送礼那个送礼吗？

马平安急了，说，市场经济！一块蛋糕你想吃我想吃，谁把掌刀的人喂饱，谁才能分一块。

大儿媳妇哈哈大笑，嘲讽地说，爸，有您这句话就成了。

不久，马金山以他媳妇的名字在县城注册了一家公司。马平安想，自己的亲儿子也管不了，何况一干闺女？所以，他没再反对小荷的事。不过，他还是给小荷约法三章：不能打着他的旗号与马沟村企业做生意；不能像市场上有些人那样销售假冒伪劣产品坑害群众；不能像有的大明星那样偷税漏税。如果做不到，从此断绝父女关系。

其实，马平安的干闺女就是最好的名片。领导的子女经商，无须领导亲自打电话、写条子，甚至不需领导的子女自我介绍，有人想巴结还巴结不来。后来，马平安偶然一次听说马沟村煤矿在用小荷经销的产品，曾问过小荷是不是走后门了？小荷理直气壮地说，我的产品好，销路自然好。您老人家不会希望马沟的企业用伪劣产品、出安全事故吧？

马平安咕噜咕噜嘴，没说出话来。他发现自己说话越来越穰，有时觉得真理在自己这边，而一旦辩论起来又是自己被对方说得哑口无言。大儿子、大儿媳妇也好，小荷也罢，说的都是事实。你总不能喊几句口号，就让人家服你吧！就说改制的事，周边村子集体企业大都改了，有的村领导一夜之间成了百万富翁，甚至千万、亿万富翁，老百姓有意见，那也没见再改回集体企业。别说改回来，谁要说集体这个字，马上就有专家骂你，领导批你，说你思想保守，想搞倒退，干扰市场经济……

小荷很精明，眼睛跟针一样能扎到人的心里，尤其是马平安的心思，她看得十分透彻。所以，马沟村煤矿改制的事，她不失时机地插了一腿，想占一部分股份。她踌躇半天，还是找到马红艳，拉上马红艳，老头子就不能不掂量掂量。你马沟村煤矿也好，其他几个村办企业也好，在发展过程中得到县政府主要是周大保的多少支持？改制你就不发展了？改制是为了更快发展。那还离不开周县长的支持。

在和马红艳取得共识后，小荷找马平安认真地谈了一次。马平安不是不懂世故，答应可以考虑。小荷说马红艳那份是干股。马平安这才急了，骂道：凭啥？凭她男人是县长？我给她五十万干股，等于给她五十万。她就不怕拿到手里烫着？

小荷说，爸您咋不算算账。您给她五十万，不要说以后周大保可以用种种名义给你三五百万，就是评估时少给您计算百儿八十万，两头不还是您赚大头。

马平安说，我这不是自己坑自己吗？

第一次谈话没有结果。这一次她到马沟来，就是想和马平安再进一步谈，没想到在村口遇到马金山，又从马金山嘴里得知马平安病逝的消息。她对马金山说回家换衣服，实际上是加大油门赶到县城找马红艳。她自己开公司以后，和马红艳的关系快速升温，几乎到了一日不见如隔三秋的地步。马红艳除了工作以外，大事小事都找她办，说是你办事，姐放心。马红艳入股马沟村煤矿这样的大事，来来回回搞协调的工作自然交给了她。两人见面，谁也没提马平安突然病逝一个字，而是直奔主题说起了马沟村煤矿改制。

小荷说，姐，马沟村谁接班事关重大，要是马金山接上了，咱姐俩入股的事就难了。我知道他。他老婆孩子都移民加拿大了，他就想改制到自己名下，过一二年再转卖出去，然后卷了钱去和老婆孩子热炕头。

马奔这人怎么样？马红艳问，他也当过村委。听说他干个体以后，每年还给马沟敬老院、幼儿园捐款。

小荷一惊，马上明白马奔抢在自己前边找过马红艳。她眼珠子转了几个圈，说，马奔人是很能干，也讲义气。

小荷在商场打拼了几年，因为当下的官场和商场密切相联，所以她实际上是官场商场都熟悉。有的领导不允许别人说自己信任或喜欢的人坏话，认为那就是打自己的耳光。她就绕着弯子先说了几句马奔的好话。接着，冲马红艳笑了笑。

小荷的笑很有艺术，也可以说很有技巧，是那种藏而不露，委婉曲折的笑，马红艳当然看得出她的笑里有话，就催她说，我是问这人忠诚可靠不？现在谁还看能力，关系就是实力，实力就是能力。

县长夫人的话可谓高屋建瓴。小荷更是深谋远虑，吞吞吐吐地说，这个我还不太了解。我和他没共过事。就是，就是他和我爸闹翻那次我在场，听他临出门时扔了句话，叫什么鱼死网破。我爸当时脸都白了！

哎哟，咱可不敢跟这种人瞎掺和！马红艳刚喝一口茶，还没来及咽下去，阿嚏一声全都喷出来，飞溅小荷身上。马红艳觉得有点不好意思，忙拿纸巾给小荷擦。小荷笑着说，没事，没事。姐你要是个男人多好，这一下我就为你湿（失）身了！

接下来两人又商量了一阵。马红艳提出选村支书得经过党员会，还得乡党委考察等，手续太繁琐，时间来不及。马平安一死，马金山作为村改制办主任，把改制方案拿会上走个过场，一旦通过了，改起来费老鼻子劲。她说，小荷还是你先去摸摸马金山的底，就明着给他说，他答应给咱好处，咱就帮他顺利接上老头子的班。他要是不答应，改制的事他就靠边站，换别人干，到那时弄不好他还会排在外边进不来呢！

小荷就是带着马红艳的嘱托以及自己的心思，又匆匆赶回马沟村。一进灵堂，看见马平安的遗像，她心中忽然闪过一个问号：从来没听说老头子有心脏病，怎么会……于是，她扑通跪在地上嚎啕大哭，学着丧失亲人的妇女悲伤欲绝的样子，边哭边用额头碰地，当地叫"拾头"，是最能淋漓尽致表达悲伤的方式。

"拾头"的益处可以举出若干，比如让别人看不见到底流没流泪，比如可以朝前爬行。小荷三下两下就钻到了帘子后边，双手抱着棺材哭得更伤心。其实，她是想借此举看看马金山兄弟的反应。棺材里边如果是空的，他弟兄俩肯定会惊慌失措地来劝她、拉她。

马金山早看透小荷的心思。他讥讽地说，小荷你换件衣服的时间够长的了，该不会是现买布现做的吧？小荷呜咽着说，我一听爸病逝的消息，浑身都软了，踩油门的腿直哆嗦，没办法就停在路边，大哭一场，觉得好受点才敢开车。秀红过来劝小荷歇歇，人死不能复生，别哭伤了身子。小荷借机发了牢骚，说，爸平时身体壮得像头牛，能吃能喝，咋就突然得了病，还是心脏病呢？

我爸是气的！马金山没好气地说，村煤矿没改制前，上边给压力，压得爸脖子疼。一说改制，就跟发大水一样，上上下下、左左右右扑腾扑腾都涌上来了。爸几次给我说想找个地方躲一躲，清静清静。

马银山接过说，爸给我说过他甚至想过死，说活到这么一把年龄，就这些日子最累。咱这社会怎么了，有人见到有利就像饿狗闻到臭屎味一样，是我真跟不上趟，还是……他难过地说不下去了。

马金山说，就是前天，我爸在县城被不知被什么人软缠硬磨了大半夜，我都睡着了还没回来。第二天一早我就听他唉声叹气。

小荷眨了眨眼，说，大哥你说的不对吧？前天的第二天就是昨天，昨天早上我还在县宾馆见你和银行的人一块吃早餐呢！

马金山慌了神，赶忙改口说，那就是今天早上。我现在的心情乱糟糟的，像一团麻绳，哪记得那么清。不过，他越改口越让小荷心里犯嘀咕。她的两个眼珠仿佛充足了气的小皮球又鼓又圆，目不转睛地盯着马金山的眼睛。

恰在这时，马金山的手机电话铃声响了。他低头看了一眼来电号码，脸上出现异常兴奋的表情，侧转身子，用一只手遮挡着和对方说了几句。挂断电话后，他就焦急地对马银山说，领导要我去汇报给爸治丧的事。我去去就回。说完，他不等马银山表态，三下五除二脱掉孝袍，快步如飞地走了。

小荷听到汽车发动的声音，嘴唇边露出一丝不易察觉的微笑。

马银山好像对马金山作为孝子不在灵堂守灵也有意见，就对小荷说，你先回吧，这边有我。等出殡的日子定了再通知你。

小荷有点儿恋恋不舍，抹着眼泪，说，我当闺女的，也得给爸守灵。嘴上这样说，人已经朝外走，到了门口又回头说了句：二哥你也多保重。

小荷一出门，秀红闪身进来了，朝小荷离去的门口瞅了一眼，忿忿地说，跟大哥像一个模子刻出来的，心里就只有钱，也不知要那么多钱干嘛？

马银山长长地叹了口气。

小荷一上车就给马红艳打电话，好像发现了新大陆似的惊喜若狂，姐，给你说个信息，你千万别让吓着了。我从大哥，不，是从马金山的话中听出了破绽。我估摸着，我爸可能没死，十有八九是装死。

接她电话的马红艳正在看电视，手里拿着遥控器从1往后反复调台，听了小荷的话，她果然吓得从沙发上跳起来，手中的遥控器叭嗒掉在地上。她说，这怎么可能。要真是这样，他马平安不是在玩游戏吗？

小荷说，这不是游戏，是，是阴谋。姐你等我一会儿，我一会儿就到。

马红艳挂断电话后，仿佛被人从后脑袋瓜子狠狠打了一棒，身子晃了几晃，沉重地倒在沙发上，歇斯底里地喊了一声：老周，周大保！

周大保县长晚上陪市"改制办"来检查工作的同志喝了几杯，刚回到家，正在卫生间里冲澡，听马红艳叫他，就把卫生间的门拉开一条缝，不耐烦地问：啥事？马红艳说，你快点出来，我有重大新闻告诉你。

周大保毕竟是一县之长，在政治舞台上蹦达了多年，养成了处变不惊的政治素养。他听马红艳说完，心里感到惊奇，表面上却不慌不忙，一边剪着指甲，一边平静地说，别听小荷那妮子瞎咧咧。这怎么可能呢？马平安多年的村支书，连这点起码的政治觉悟都没有，装死抵制改制，那问题大了！

马红艳不满意周大保的话，呸了一声，说，你别在我面前讲那些大道理。我就问你，马平安那边你到底和他谈得怎么样，他是个什么态度？

周大保没回答。

马红艳抓起沙发上的皮垫，朝周大保扔过去，严厉地说，周大保你听着，这些年你没少帮马沟帮马平安。马沟村煤矿改制，不让咱占一半也得三分之一。

周大保火了，有本事你找马平安试试？

马红艳还要再吵，小荷风风火火地赶到了。她刚要朝沙发上坐，周大保冲马红艳挥挥手，说，你们到屋里谈去，我不想听你们那些事。他明知小荷来找马红艳谈什么事，故意装作没兴趣，这就是官场上的学问。

马红艳拉着小荷进屋后，他立即放下剪刀，给马金山拨了个电话。电话是通了，但没人接听。他再打时，里边传出的是清脆的女声：对不起，您拨打的电话已关机。他气得扔了电话，起身在客厅里走了几圈。他也想过给马银山打电话，拿起手机拨了两个号又放下了。

马平安从来不给马银山说村里的事，尤其是经济方面的事，怕马银山学坏了，岂不知这样反倒害了你儿子，就凭你小儿子那点工资收入，如果一点灰色收入也没有，维持生活还可以，想买车买房、交朋友拉关系，做梦吧你！你马平安活着，能给他经济上的支持，万一……想到这里，周大保县长的思路突然拐了个弯。他想，马平安会不会在改制方案里把马银山也列入了股东？想着想着，他给马银山打通了电话。没想到这个电话给他带来了意外的收获。

马银山在电话中抱怨马金山，他当老大的，连让我和爸遗体告别也不等，就在我爸火化单上签了字。周大保说，这个马金山太自私了，现在这气候，遗体放三五天有什么了不起嘛！接着又安慰了马银山几句就挂断了电话。他把小荷说给马红艳，马红艳又说给他听的话，与马银山刚才电话中诉苦说的话连在一起进行了分析，越是往下分析，头胀得越厉害，而且由隐隐作痛发展成撕裂的痛。

五

市委、市政府召开的改制动员大会，是周大保代表县委、县政府参加的。会上，他还代表县政府同市政府负责人签订了改制目标任务责任状。市政府负责人在签完字后严肃地说，大保，你那个县前些年乡村集体企业上马快，不说是村村点火、户户冒烟，也是遍地开花。前两年你们有些企业已经改制，但仍然面广量大。这一次，你们县改制的任务最重。你们县的改制工作完成了，我们市的改制工作就完成了一半。你可得舍得花点精力啊！

周大保当即表示，如果不能在市委、市政府要求的时间内完成改制，如果改制过程中出现群体性事件，如果改制进展不顺利，我自己摘了乌纱帽送到你手上。可进展并不是周大保想象的那么顺利。

首先是开乡镇党委书记、乡镇长会传达市委、市政府会议精神。县委宣传部根据分工，专门从北京请来一位对股份制颇有研究的专家，在会前讲授改制工作的重大意义、法律依据，甚至连操作规程都讲了。那天的会议十分隆重，周大保县长主持，县委书记作报告。专家讲座的过程中，台下鸦雀无声，几百人的会场静得连有人坐的时间长了、挪挪屁股碰了下扶手的声音都听得清清楚楚。

周大保心里高兴，看来改制的工作还是很受欢迎嘛！没想到专家讲完了，几次站起来向台下鞠躬，除了他和县委书记鼓掌，竟然没有一个人回应。这让专家十分尴尬，县委书记和周大保也很难堪。

接下来是与专家互动阶段，台下刷刷刷地递上来十几张纸条，周大保翻着看了一遍，眉头越皱越紧，几乎拧成了咸菜疙瘩，额头上沁出一层汗。

那一个个问题提得太尖锐，太露骨，让他无法念出口。可念不出口也得念，这个过场总得走吧。形式主义之所以存在或者泛滥，就是因为有一个形式。他挑了一张在他看来是四平八稳的问题念了：请问专家先生，是不是集体企业必须改制才能生存下去？企业能不能搞好是不是所有制决定？

北京来的那位专家到底是经过风雨见过世面，当即笑着问答说，我先回答第二个问题，企业能不能搞好与所有制没有根本的关系。我们的国有企业有很多搞得很好，现在还占全国经济总量的半壁江山。

哗哗哗，台下掌声热烈地响了大约三分多钟，专家又几次站起来鞠躬致意。接着，专家又说，我现在回答第一个问题，集体企业的确存在很多弊端，在坐的各位恐怕比我有发言权。从我调查研究的情况看，主要有以下几点：一是管理体制上的问题；二是经营上的问题；三是……他刚讲到这里，台下又响起了掌声。不过这次掌声与上一次掌声截然不同，呱呱，呱呱，节奏感特强，明显是鼓倒掌。在周大保听起来，就是在说滚吧，滚吧！专家是个很有个性的人，站起来挟着包就朝外走。

当天下午会议前，周大保和县委书记就分别接到了市委书记的电话，严厉批评他们贯彻落实市委、市政府改制会议精神不力，没有把会议组织好。专家临走时告了他们一状，说他们这个县"好像远离中国改革开放时代的另一个星球部落"，或者说叫"另类"。市委书记明确指出，谁抓改制不力，我就撤了谁，让能推动改制工作的同志来做这项工作！县委书记和周大保也发了火，两人在会上都拍了桌子，周大保爆了一句脏话：谁他妈的当拦路虎，老子就当打虎英雄！

县委书记和周大保讲完话，各乡镇领导很快就同县政府签订了改制目标任务责任书。市委书记接到报告，满意地说，这才对嘛！抓工作就应当这个样子。

为了督促检查各乡镇推进乡村集体企业改制的进度，县政府向各乡镇派出了督察组。县委、县政府"四大班子"主要领导亲自挂帅，每人包了一个乡镇。周大保包的就是马沟乡。他从参加工作在县乡镇企业局当办事员起，到科长、副局长、局长，再到副县长、常务副县长、县长，历次活动，不管是政治的、经济的活动，他的点都是选马沟乡，再具体一点是马沟村。他想，这一回他亲自出马，马沟肯定又会拿个全县第一。

偏偏，他这次想错了。

马沟村有二星级宾馆，有大大小小十几家饭店，还有专供村民农忙时和村办企业上班的职工就餐的大食堂。但是，周大保每次来，马平安都是在办公桌上铺张报纸，让大食堂送几样大锅菜招待他，而且每次都不摆酒，喝白开水，除非他陪同上级领导来之外，两人就这样简简单单。他每次吃完，都会拍着马平安的肩膀说，老哥，只有到了你这里，我才能吃一顿舒适的饭。

可是这一回不同，马平安在村宾馆二楼装修豪华、专门用来宴请商业上往来客户的房间摆了一桌丰盛的宴席，还上了茅台酒。

周大保问：老马你这是啥意思，怎么破了咱俩多年的规矩？

马平安说，规矩该破就得破，不破不立。说着，给周大保和自己各倒了满满一杯酒，和周大保碰了碰杯子，说，我敬你！然后一仰子，吱溜喝了个底朝天。

周大保看出马平安有心事，有话给他说，陪着他一连喝干八杯酒，三钱的杯子，三八二两四下肚子。周大保觉得心有点烧得慌，就开门见山直奔主题，问马平安：乡政府开会了吧？

马平安说，开了！

周大保又问：会议精神知道了吧？

马平安说：嗯。

周大保再问：责任书签了吗？

马平安说：没签。

周大保愣了一下，问：为啥？

马平安两眼通红，眉头紧锁，说话有点儿结结巴巴，我，我得问问，问问马沟村百姓同不同意，授不授我签字的权利。

周大保马上明白了，问题出在马平安这里。他耐着性子，不慌不忙地把改制的意义、重点、原则等向马平安说了一遍，最后强调，改制是发展生产力的需要，改制是一次深刻的革命，改制是大势所趋。最后，问：老马，这些乡政府没传达？

马平安摆了摆手，说，传达了，我听不懂，听不懂。

周大保说这有什么听不懂的，明明白白，清清楚楚，是个……他想说是个傻子也听明白了，话到嘴边又改了口，说，是个很容易弄懂的事情嘛！再说通俗易懂点，就是你马沟村的村集体企业都要改制。

马平安问：往哪改？

周大保说，不能再吃大锅饭，要改制给能人。

马平安问：是不是个人、私人？凭啥？

周大保一下子语塞了。是啊，他也只是照抄照搬市委、市政府的文件，没有问个凭啥，所以现在也回答不了马平安的问题。马平安借着这个话题和几分酒气，像迫击炮一样咣咣咣咣地一连扔出了十几个问号：俺马沟村集体企业办不下去了？不是吧？俺马沟村走共同富裕的道路错了吗？不是吧？村集体经济收入没有了，幼儿园、敬老院、文化中心、卫生室都散伙？也不是吧……

周大保说，老马你这是先入为主，也可以说主观武断。我刚才已经把改制的重要意义给你说了。你马沟的村集体企业现在是搞得不错，但是你能保证往后一直保持赢利？不光是乡村集体企业，国有企业也得改。咱们市有个锅炉厂你一定知道吧，管理经营混乱，连续几年亏损，后来改制由一家民营企业控股，去年实现赢利五百多万，职工工资也翻了番。

马平安说，你说那事我知道。锅炉厂与我们村煤矿有来往，厂里管生产和经营的干部我也认识几个。过去那可是咱市先进企业。为啥亏损，厂子里的议论我也听到些。改制前那届班子的头，也就是厂长在别处自己办了个锅炉厂，把厂里的订单大部分拿到他自己的厂子去干，就连他自己的厂子职工发的毛巾、肥皂，他家里人买卫生纸都拿大厂子报销。

周大保说，不会吧，怎么没有举报？

马平安说，举报，谁敢？有一个老的车间主任写过举报信，那信转来转去又到了厂长手里。那个老主任从此没有个好日子，家里下水道坏了，后勤部门不给修；生了病买药，厂卫生室不给报；原来接他的班在厂质检科工作的大闺女，以工作需要为名下放烧锅炉……

周大保说，也许真的是工作需要嘛！烧锅炉的工作也得有人干吧。

马平安说，那厂是咱市第一家改制的国有企业，改给谁了？控股的民营企业就是厂长在外办的，法人是他小孩二舅，股东里有一个是管改制的领导的孩子。原来八百多人的厂子，一下减了五百。

周大保说，咱不说他了。你还是说说你对马沟村办集体企业改制的想法吧。

马平安没听周大保的，接着刚才的话题往下说，那个锅炉厂改制后，下岗工人的日子不好过，男的有十几个在我这煤矿下井挖煤，上了年龄的女工有的给人家当保姆，有的在街上卖油条，年轻点的女工有的去广东打工，还有几个去乱七八糟的歌厅坐台。我这村集体企业的工人可大都是村民，要是让他们下了岗……

周大保显然不耐烦了，推开酒杯站了起来，老马，你越说越离谱了。哪一项新鲜事物在一开始和发展过程中没有缺点和问题？关键是看大方向、大局、大环境。他说话喜欢用排比词，不管内容能不能连得上只管往上排。

马平安愣了，眯着眼睛看了他一阵子，好像第一次认识他。周大保有点不好意思了，问：老马，你怎么了？

马平安说，我是在向你反映问题，县长大人。你还记得当年机关有个同志借马沟一辆小轿车多用了个把月，你听了就上火，要回去处分人家。我今天给你说这么大的事，你却无动于衷……说着，连连叹气。

周大保说，那事不也是你老兄死活不让我处理？还送……他想说还送套红木家具堵我的嘴，话到嘴边又改了口，说，我回县里一趟，明天回来咱开个村支部会统一统一思想。

周大保回到县里，和县委书记碰了个头，交流了一下情况。县委书记说他包的那个乡进展很快，接着把他做工作的办法给周大保作了介绍，周大保再到马沟时，在村支部会严肃地说，对改制工作有抵触、不支持，进展缓慢的村，问题出在村主要负责同志身上。这些同志习惯于当皇帝、一言九鼎；习惯于把集体企业控制在自己手里，当成自己的钱袋子；习惯于传统思维方式，等、靠、要，不敢下海和别人竞争……他说着，眼睛看着马平安。

他发现马平安的脸由黄变白，又由白变红，像风吹动着的云彩飘忽不定。于是，他按照县委书记教的办法，又来个扬鞭催马，更加严厉地说，说到底，这些同志是对待改革的态度问题，是对待新旧体制的态度问题，是对待广大群众的利益问题。对于这些有思想问题的同志，县委和县政府的态度就一点：不论他资格多老，资历多深，只要他不支持改制，就坚决撤换！

马金山也是村支部委员，参加了那个会议。他蹭地一下站起来，右手高高举过头顶，热情地说，马沟村党支部坚决拥护和支持县委改制的指示！我们村马平安书记说了，谁不支持就撸他个孙子。在当地话中"撸"有多种意思，撤职叫撸，打人叫撸，批评人骂人也叫撸。其他几个支委看着马平安，都没有说话。

马平安说，我头疼，得请个假去躺一会儿。说着，不管周大保同不同意，起身走了。他这一走，马金山更活跃了，周大保说一他也说一，周大保说三他也说三，让周大保心里非常高兴。会上，通过了成立马沟村改制工作领导小组，由马平安任组长，马金山任副组长兼办公室主任，具体负责改制工作。

散会后，周大保把马金山留下，又单独交待了一番，最后强调，给你爸好好做做思想工作。多年的老先进了，这次千万别成了绊脚石。

马金山说，怎么会呢？过去马沟再有钱，支书是个穷光蛋，一改制，就成了千万富翁。这个账他还能不会算！可能觉得说漏嘴了，忙又改口说，党员干部带头致富嘛。看看人家马奔，全县第一个坐大奔的，真正的马奔！

周大保放心不下，第二天又去了一趟马沟。马平安躺在床上和他见面。马平安说，我糊涂啊！

周大保握着他的手说，实话说我也糊涂。可咱都是党员干部，党的纪律怎么说来着？下级服从上级，看不明白你就照葫芦画瓢，保证不会错。

至于什么人给马平安一夜之间洗了脑，周大保不知道，他也不想知道。他的关注点已经转移到了改制方案上。而改制方案几个关键条款，他都亲自指导，亲自审查，亲自把关。他心里暗暗为自己娶了个马沟村的媳妇感到高兴。因为马红艳已经向马平安父子暗示过入股的事，马平安父子也答应了。

那天晚上他回到家，马红艳没等他脱外套、放书包，急急忙忙拉着他坐在沙发上。马红艳说，我私下问了一下专家，马沟村煤矿价值估计在五千万以上。关键不在这个价值，在入股后升值的价值。现在煤炭卖到一百五一吨，三年五年后呢，说不定三百、四百一吨，咱要是有股在那里，一年还不赚个千儿八百万！

周大保说，你光想着挣钱，怎么不想着赔钱。万一煤炭行情走下坡路呢？万一煤炭挖完了呢？万一……

马红艳瞪了他一眼，别整排比了。你知道人家背后叫你什么吗？周排长！排比用得长。专家说了，咱中国这样的国家，煤炭几十年内都不可能走下坡路。至于煤挖完，那得等到咱下辈子。你把挣的钱存银行里，还怕下辈子没的花？

周大保说，那也不成。你让我堂堂一个县长，怎么伸手和老百姓争利益？我开不了这个口。

马红艳干脆踢了他一脚，说，没让你开口，我已经开过口了，让小荷捎话试探了马平安爷俩的口风。他爷俩没意见。马平安说得更痛快，你让周县长买断算了。

周大保像被电棍捅了一下，忽地站起来，你听听你听听，马平安这是在骂人！

马红艳生气了，一边朝卧室走，一边嘟哝着说，反正我已经说过了。这事和你没关系。到了卧室门口，又回过头说，马平安那老小子滑头着呢。他嘴上说的和心里想的不一个样。他大儿子已经把村运输公司先改制了！

周大保后来一了解，事实的确是那样。马金山先行一步，把他兼经理的马沟村运输公司改了制，他成了第一大股东。在公示的资产清单上，运输公司的资产全部折算下来，还欠外债一百多万。他对人说，我这是自己给自己背了一身债。这辈子还不清就等下辈子吧。

马沟村煤矿的资产评估是本县一家专业公司做的。初评结果是价值五千万，马平安不同意，马金山也不同意。马平安说这五千万够干啥？这些年光银行贷款都超过这个数，再加上每年村里投入，两个五千万也不止。马金山的说法截然不同。他说，五千万太多了吧？你过去银行贷款、村里的投入拿回了多少？我看能值两千万就不错了。就是这两千万也得有人掏得起。

马金山的言下之意，马沟村的人掏不起买矿的钱，按照市、县关于改制的相关规定。可以对外招商引资。他的这话显然是说给周大保听的。周大保在一次关于改制工作的经验交流会议上夸赞说，马沟村的改制办主任马金山，就善于活学活用，把政策用得恰到好处，用活了，用灵了。

周大保万万想不到，改制方案还没提交村民大会，马平安就突然病逝，而种种迹象又显示他没有真死。他是去市里省里甚至北京上访了，还是以这种方式抵制第二个改制方案？周大保越想越不安，招呼马红艳和小荷出来，对她俩说，你们就别关在屋里想得头痛了，该干啥干啥去。

马红艳说，小荷出了个点子，不知合适不合适？

周大保看了她一眼。马红艳明白他的意思，是让她在小荷面前不要冲锋在前。于是，她轻轻推了一下小荷的胳膊。小荷心领神会，说，我知道马金山在县城的公寓的地方。他找女人都是朝那地方带。

周大保一惊，你想干吗？捉奸？人家那是两厢情愿，不是卖淫嫖娼！

小荷咯咯咯地笑了，说，马金山那人的德性我知道，他找女人都是完事后当场给。用他的话说省得麻烦。

马红艳和周大保会心地对视一眼，都在心里想：你咋知道这么清楚！

六

马金山在他所住的公寓嫖娼被派出所抓了个现行，消息像长了翅膀一下子飞遍马沟村各个角落，应验了那句"好事不出门，坏事传千里"的老话。

秀红气愤地说，大哥也太不像话，不在家给爸守灵，干这种肮脏事！

马银山悲愤交加，扶着马平安的棺材哭得直不起腰。小荷在一旁煽风点火，说，得想办法把大哥捞出来，先把爸送下地。大哥那边罚多少钱我给。她见马银山两口子不说话，稍停片刻又说，花点钱把大哥捞出来没问题。关键是大哥的党员、村委会委员、村委会主任、改制领导小组副组长、改制办主任这些职务都保不住了。这改制的事交给了别人，大权旁落。

秀红说，谁要给谁。要不是改制的事闹腾，爸也不会突发心脏病呢。

小荷明显感觉到秀红对自己的不满。这之前，她也曾找过秀红，劝她向老爷子要点股份。秀红坚决地拒绝了，还反过来劝她不要跟着凑热闹。所以，她不想和秀红粘乎，就对马银山说，二哥你这时候得有主见。马银山不知是没听见还是不愿搭理她，给了她一个冷冰冰的后背。她顾不上计较，因为她知道自己肩负着重要使命。她接着说，二哥，你知道爸为啥又支持改制了吗？是因为大哥。爸再拖延，马金山就得进去。

马银山这才回过头来看了小荷一眼。小荷把他从棺材头前拽到后尾，避开秀红，悄悄地告诉了他一件事情。

就在马平安为改制的事犹豫不决时，马红艳有一天突然去马沟找马平安，在马平安的办公室里和他聊了一个多小时。马红艳走后，马平安就把马金山叫到办公室，外人只听见老头子拍桌子摔板凳骂娘，马金山吵了几句气哼哼地走了，却不知道究竟发生了什么事。恰在此时小荷到了。小荷说，我一进爸的办公室，看他斜躺在沙发上，呼哧呼哧地喘着粗气。我喊了几声爸，爸。他理也没理。我也没敢再喊，就在他旁边的椅子上呆呆地坐着。过了得半小时，爸才起身，张口就问我，马金山的事你听说了吗？

小荷说到这里，故意卖了个关子，等着马银山往下问。果然，马银山着急上火地催她往下说。她说，其实，我也是在县城听说大哥的事，赶着回家告诉爸的。有人举报大哥担任村委会委员、运输公司老总那些年利用职权贪污受贿，数字还挺吓人。据说要是查实了，少说也得蹲个十年八年大牢。

马银山说，我早就看大哥没好结果。你看看他，县城买公寓，市里买别墅，家里盖三层楼，尤其是换车那个勤，在全县也数得着。他是最早把吉普车换成新产的桑塔纳，又是最早把桑塔纳换成皇冠，后来又是最早把皇冠换成奔驰。他抽烟清一色几十块一盒的名烟，茅台根本不喝……你一个村委会委员，哪来那么多钱？过去，我总以为是他自己背着爸做点小生意，现在看来我想错了。

小荷说，是呀，大哥是太招摇了，老是跟马奔比。你能跟人家比吗，人家是个体户老板，现在叫民营企业家，再怎么大手大脚是自己挣的。她好像很是惋惜地叹了口气，接着说，马红艳知道这事后来告诉爸。她对爸说了，你是老先进，上级怎么也会给您老人家点面子，我们家大保也好说话。不过，您要不是先进，成了落后了，这事就难说了……

这，这不是威胁爸吗？马银山气愤地说，赤裸裸的交易！

小荷说，那你有啥办法？现在为啥很多人明明对上级有意见，还得老老实实跟着干，就因为人家有法儿弄你。你没辫子你儿子有吧，你儿子没有儿媳妇有吧，儿媳妇没有其他亲戚七大姑八大姨有吧……就是人家想整爸也能找出一二三四五的理由。爸开始生气，骂大哥不争气，说他自己犯的事自己去扛。我就劝爸，那毕竟是你亲儿子。你对你儿子狠得下心，能对你孙女也狠下心吗？大哥在加拿大的孩子知道她爷爷不要他爸了，还不恨死你！

马银山问：大嫂和孩子知道了？

小荷说，马红艳和大嫂像亲姐妹，她还不给大嫂说。大嫂打电话给爸，连哭带吵。我也给爸说，就算你连孙女也不要，上上下下、左左右右的老朋友、老熟人、老关系知道你做事太绝，还敢跟你来往？

马银山问，是你把爸说动了心？

小荷说，实话实说不是我，是现实。现实就摆那儿。

马银山又问，那这一次大哥出事是不是又有人暗算？他经常带女人去公寓，早不出事晚不出事怎么就赶这节骨眼上出事？

小荷撇撇嘴，又慌慌张张地说，光是嫖娼也就拘留几天，罚罚款，我怕的是把举报他的事放在一起处理，那麻烦就大了。

那你说现在怎么办？马银山没有处理这类事情的经验，有点儿茫然不知所措。

小荷这才把和马红艳商量的结果给马银山说了：一是重新做一份改制方案，给马红艳干股，在过去爸答应的基础上再增加一倍。小荷特意说明：这样马红艳才能逼着她老公周县长把大哥的事抹平。钱多少是多？大哥挣得差不多了，该让人家挣点了。

第二呢？马银山问。

小荷听马银山的口气有些不耐烦，又像带着气，琢磨了一会儿，才说，第二就赶快把改制方案落实呗。这么给你说吧哥，咱爸……

马银山打断她的话，说，不，是我爸。

小荷说，对，是我爸。

马银山加重了语气，说，是我爸！

小荷这才明白马银山是在制止她叫马平安爸。她心里十分不高兴，表面上没显示出来，接着说，要是村里集体企业早几年改制，大哥用的那些钱干的那些事还有人追究吗？我用自己的钱，你查我啥？所以说，改制的事不能拖！

马银山思考了片刻，问：要是村民大会通不过呢？

小荷反问道：可能吗？除了极少数人，大家多少有点股份。股份就是钱，这年头谁和钱有仇？尤其是那些村民小组干部、车间主任一级的，比一般群众股份多，肯定更积极。实在不行还有个办法，学马奔前年争村委会主任的手段，挨家挨户送红包。

马银山反感地说，马奔那样做不是没成吗，还差点儿出事。

小荷说，这你就不知道了吧，别人送的比马奔的礼重！

马银山惊讶地瞪大了眼睛。他说，你说得严重了。我爸不会对这事睁一只眼闭一只眼，让这样的事在他眼皮子底下发生的。

小荷不以为然地说，你以为咱爸真是老顽固，脑袋瓜子不开窍？错了，咱爸走南闯北啥事不明白，心里亮堂得很，比咱还亮堂。

马银山对小荷唠唠叨叨说马平安的不是很不满意，又强调说，是我爸。

小荷突然哽咽了，说，二哥，我今天给你说实话吧，我是马平安，也就是你爸我爸的亲生女儿！

马银山啊了一声，身子晃了几晃，扑通坐在地上。

小荷看时机差不多了，得给马银山一点思考的时间，就对他说，我现在就回县城找红艳姐，先把大哥捞出来再说。要是真关他一夜，他不疯才怪呢！

小荷到底了解马家人的脾性。马金山在派出所里真的在发疯。

要毁一个人最好让他丢面子，面子是什么，是尊严。而尊严属于精神层面，毁了他的尊严就等于摧垮了他的精神。民间反腐专家统计，近些年来因腐败落马的官员，不管是官至部长、省长，还是基层的科长，股长，只要一"双规"，马上就吐个一塌糊涂。究其原因，是这些人平日里呼风唤雨，很有尊严，突然沦为阶下囚，昔日的尊严荡然无存了。

马金山就是如此。

过去，派出所从所长到一般民警，哪个见了他不是笑嘻嘻的，马总、马哥地叫着，自从进了派出所，这个横眉竖眼，那个讽刺挖苦，让他懂得了天壤之别的真正含义。两小时过后，他就忍不住大喊大叫，叫你们所长来，我给他有话说！

办案民警刺了他两句：唏，你以为在马沟村呢？看看，这是什么地方！说着指了指墙上威严的警徽。

马金山说，你们所长躲哪去了，叫他出来。奶奶个熊，他哪次去马沟我不是亲自接待，只要他开口，我又哪一次没满足他的要求。这个时候给我玩阴的了。

办案民警说，我警告你啊，再说脏话骂人给你加一条妨碍执行公务罪！

马金山没脾气了。一会儿又哀求办案民警，说，你们罚多少钱，我认。求求你们先放我回家，家中还有一大堆工作等着我处理。

哎，你怎么不说回家给你爸办丧事？办案民警问。

马金山吃了一惊。虽说他没有秘不发丧，但也没有大张旗鼓，怎么连派出所一个普通民警都知道了？难道……

人越是在情绪烦躁的时候，考虑问题越容易极端。马金山自然先想到改制的事，不知为什么，他心里发慌，头上冒汗，两条腿哆嗦不停。马平安前天晚上在村委会上说的最狠的几句话一遍遍在耳边响起。

参加会议的村委每人面前放着一本马沟村集体企业改制方案。这个方案是由马金山担任主任的村改制办花了两个星期的工夫搞出来的，蹲点的周大保县长也看过了，称赞说是个好方案。

按照这个方案，马沟村村办集体企业，主要是马沟村煤矿改制后本村人控股百分之五十一，外来投资者控股百分之四十九，猛一看还是马沟人控股，实际上控股的不是马沟村委会，也不是马沟村全体村民，村、组、企业负责人占了百分之九十，其中马平安一人为百分之五十一，换算下来，马平安个人控股占全部股份的百分之二十五以上，是第一大股东，或者说是第一大老板。如果加上马金山百分之十五的股份，他们父子实际上占了全部股份的百分之四十以上。

马平安当时就哭丧着脸，说：我马平安一夜之间成了千万富翁，我这心脏、我这大脑、我这棺材板子一样的身子骨承受不起，承受不起啊！让我怎么有脸把这个方案拿到村民代表会上讨论？人可以不要钱，但不能不要脸！我就想不明白，有的人为了要钱竟撕破脸，脸都不要了……

马金山记得他当时急得团团转，劝马平安不要再往下说。马平安指着几个村委说，咱们是老哥们，我才掏心窝子给你们说。

有个村委说，老马，你就别谦虚了。咱马沟村的集体企业不管是煤矿还是其他的，哪个不是你操心费力办起来的，别说给你这些股份，就全给你我反正没意见。再说了，你也不是白拿白占，那股份是花钱买来的！

另一个村委说，是呀，我对这个改制方案也没啥子意见。要我说，你马书记当老板，还能想着老百姓，要是卖给只顾自己的那些人，他们只管自己吃肉，老百姓别说喝汤，连腥味恐怕也闻不着。

前些天，周大保让他带着村"两委"的到附近一个改制工作先进村学习取经。刚进村就碰上一对婆媳吵架。原因是改制后村集体经济收入断了，幼儿园办不下去了，婆婆让在广东打工的儿子儿媳把孩子带走，儿媳妇说在城里打工收入本来就不高，外来人口孩子在城里上幼儿园交不起费，就这样吵了起来。马平安当时二话没说，扭头上了车，说，不学了，这经咱取不来，回去！现在，这个支委又提起这事，对他既是很大的刺激，同时又是提醒。他想，也许历史又把我马平安推到了这个位子上。从那时起，他没再说推辞话。

回到家里，马平安对马金山说，方案还得改。我琢磨了，村里搞个经营公司，家家都有股份。挂在我名下的股份，分红时拿出来让大伙儿花，最起码幼儿园、敬老院、卫生室这些不能撤。撤了才是最大的倒退！

马金山为难地说，这恐怕不行。马红艳一人就要百分之二十。

马平安生气了，说，你要不改，我不签字，让周大保签去吧。

马金山想，是不是周大保知道了改方案，下决心要整我父亲？他不敢往下想，又求那个办案民警，说，哥们，我和那姑娘不是第一次，应当算不上嫖娼。

办案民警火了，照你这样说我们抓错人啦？我问你马金山，你俩是不是谈好了价格？

马金山狡辩说，你买萝卜白菜不给钱啊？我给她的是，是……这么说吧，我是打算长期和她处朋友。

办案民警还要发火，电话响了。他一边接电话，一边瞅着马金山。

马金山心想，坏了，有人要挖坑埋我了！

七

床头柜上的座机电话响了。

马银山拿起电话，刚听了一句就吓得面色苍白，把话筒扔在地上。秀红觉得奇怪，拣起电话，对着话筒严厉地问道：找谁？对方咳嗽一声，没有回答。秀红恼怒地骂了一声无聊，我挂了啊！对方这才开口，说，我是马平安！秀红惊恐万状，扔下电话就去抱马银山，而且用力很大，马银山的胳膊关节都发出咯吱咯吱的响声。秀红的声音像在风中飘着，他，他说他是，是马平安。

马银山已经镇静下来。他轻轻地抚摸着秀红因恐惧扭曲的脸，安慰她说，好了，我们明天就可以回去了。接着，他走到院子里，大声喝令唢呐停下，然后一把扯掉灵堂门前的帘子，对马金山公司来帮忙的人说，拆了，统统拆了！

马平安没死，马平安还活着，瞬息之间就传遍了马沟。而且通过现代化的传播工具，在很短的时间内传到了县城。

这简直是在玩游戏！县委书记怒不可遏地拍着桌子，马平安他到底想干什么？一小时前我还接到省报一个记者的电话，要来马沟采访，说一个村党支部书记被逼死了。你看看，这事情闹成什么样子了！周大保说，你先消消气，我马上去马沟一趟了解了解情况。

周大保和马金山几乎是同时到达的马沟，一前一后进的马平安家。

那些被马金山请来的殡葬公司的员工、他自己下属公司的员工正在忙着拆卸灵堂，清理现场，搬运东西。唢呐班子的十几个人则堵着门口，叫喊着要加倍赔偿。这也难怪人家，原定三天的活不到一天就结束了，毁约方当然要赔偿。

马银山看见马金山，吼了一声就要冲过去撕巴他，你是个什么狗东西，能拿老子的生命开玩笑，做游戏！在马金山的记忆中，弟弟长到这么大还是第一次对他爆粗口、要动手。他耷拉着头没敢吱声。周大保也在一旁跺着脚，瞪着眼，讽刺加挖苦地大声训斥马金山：你看看你们马家父子多有能耐，给活人出殡，可以上吉尼斯世界纪录了，申请国际游戏大赛冠军也没问题！

马金山蹲在地上，全没了往日神气活现的样子。他下属公司的一位高管给他点了一支烟，他猛地抽了几口，仿佛要给自己提提精神，没想到反而剧烈地咳嗽起来，边咳还边呕吐。马军懂事地拿了张纸巾，帮他擦了擦嘴唇边的痰液。他一把将马军紧紧抱在怀里，失声痛哭。马军也哭着说，爷爷没死，爷爷一会儿就回家。末了又加一句，我想我爷爷。

我的宝贝孙子，爷爷回来了！随着一个苍桑的声音落地，马平安出现在刚刚撤掉的灵堂大厅里。一屋子人只有马军亲热地扑到他怀里，马金山低着头抽烟，其他人一个个瞪大眼睛看着他，好像他是外星来的不速之客。

老马你这是弄啥呢？周大保先开口了，你知道你这样做的后果有多严重吗？

定我个反革命？！马平安火气很大，说出话硬邦邦的，你周县长看看哪顶帽子适合给我戴，随便。

周大保笑了，老马呀老马，咱俩是二十年的老伙计了。我是什么样的人你还不了解？在咱县也就我，能和你这样掏心窝子说话。今天当着金山、银山的面，别怪我不给你面子。你玩这样个游戏，不要说对上级如何交待，就是马沟村几千百姓你又怎样面对？

马平安说，我考虑好了，辞职！

周大保沉吟片刻，严肃地说，现在是改制的关键时期，你一甩手啥也不管，对得起谁啊？他的这个"谁"包括了方方面面，马平安心里清清楚楚。

一直没说话的马金山大概看火候到了，也对马平安说，爸，周县长说得对，你一撤，马沟还不稀里哗啦全塌了，保证比出一次煤矿安全事故还毁得重！

马平安冲马金山吼了一声：没人把你当哑巴！不是你和几个像蛆的人在里边瞎掺和，乱搅和，老子到今天能人不像人鬼不像鬼？

马金山不服气地顶撞：小荷是你的亲生闺女，也是我搅和的呀？

你说啥？马平安瞪着眼珠子，你小子再说一遍？

马金山说，小荷去派出所接我。她亲口告诉我，你和她妈……

马平安哈哈哈哈大笑几声，说，说这样的话亏心不？我马平安在马沟不说是英雄好汉，也起码不是流氓、孬种。眼前呢？说着，他泪如泉涌，声音苍凉。马军被他吓得心慌，也跟着哭了。

周大保也听得出，马平安表面是骂马金山，实际是冲着他。也许他意识到再给马平安定框框、施加压力，会逼得马平安真的做出惊人的动作。来马沟前，县委书记已经告诉他，省委、省政府领导对下边一些地方改制不尊重基层干部和群众意见，搞"一刀切"、强迫命令的做法已经提出了严厉批评。省领导在一次会议上严厉地说，对那些利用改制中饱私囊，变相侵吞国家和集体财产的人，一经发现，坚决处理。马平安的事如果捅到上边，他们得吃不了兜着走。

于是，周大保换了副平缓的口气说，老马，马沟村企业改制的大权一直在你手里。金山虽说是改制办主任，也只是负责做方案，最后还得你批准。说着，他给马金山递了个眼色，马金山心领神会，立刻接上说，这么多年，我就是爸的一只小卒子……

马金山的牢骚还没发完，就被门外的吵嚷声打断了。

听到马平安死而复生的消息，马沟村能走动的几乎全挤到他家门口，想来看看这个传奇人物。一时间，他家仿佛变成了戏台，人声鼎沸，一片混乱。渐渐地，人们的议论从马平安的死而复生转到了村里的改制上。这些日子改制的事闹得沸沸扬扬，加上周边村改制的事情不断传来，村里人对改制方案迟迟不出台存在着各种说法。

从二十世纪七十年代后期到如今快二十年了，马沟村村民没少沾村办企业的光，家家有人在村办企业上班，按月领工资，不缺零花钱不说，敬老院、幼儿园、村小学、卫生所、文化中心……这是全体村民的福利、福气、福祉。周边改制工作进度快的村，有的一夜之间这些全都烟消云散。这在村民们看来是不能接受的。

正如马平安说过的那样，村里开煤矿、办其他企业，哪家哪户没出力？现在一纸文件让改制，集体财产成了一人或者几人的财产，做梦吧你们！老百姓也不是好欺负的。平时你村干部吃点喝点拿点就算了，但真正要把几千万甚至上亿的资产变你们家的，绝对不能答应。

有的喊：把煤矿炸平，也不能让他们一伙人占了。

有的叫：你马平安别说装死，就是真死，吞了大伙的财产也得吐出来。

有的骂：过去看你马平安还像个为老百姓办事的好村官，没想到你生着法子坑老百姓。

后来就变成了集体呼喊：马平安，出来！马平安，出来！

不知是谁说了一句：县里有个贪官在他家里，让他和马平安一起出来给咱说清楚。于是，呼喊又变成了：马平安，出来！大贪官，出来！

屋子里的人听着门外的吵骂声，脸上的表情千差万别。周大保皱着眉头，焦虑不安；马金山惊恐万状，两眼无光；马银山夫妇神色凝重，一脸怨气。只有马平安镇定自若，非常轻松。马军见爷爷没事儿了，乐得屁颠屁颠地满屋子跑。

周大保恼羞成怒，把怨气全撒在马平安身上，你马平安到底打的什么主意？一会儿装死人，一会儿又挑唆群众围攻县领导，我看你是故意对抗改制，反对改制，反对改革开放！

马平安也不是穰茬儿，反驳说，马沟村就是沾了改革开放的光富裕起来的。没有改革开放就没马沟的今天。但是，你们搞的那种改制，我打心眼里就是不支持。

周大保在屋子里转了几个圈，气急败坏地说，那你说现在怎么办？

马平安说，我和村"两委"的多数同志商量了一个方案。现在我就到门口去征求村民的意见。马金山一听慌了神，用身子挡住马平安，劝止他说，爸，你不能自作主张，我这个方案是村委会讨论过的，征求意见也得用我这个方案。

马平安平静地说，你给我滚开。

马金山没动，还挺了挺腰杆。

马平安急了，扬起胳膊抽了马金山一个耳光。马金山还是岿然不动，一副大义凛然的样子。马平安突然弯下腰，在马金山的大腿上狠狠地咬了一口。他这一口用力大，马金山疼得娘呀娘呀地叫着，跳到一边去了。这一情景不仅让屋子里的几个大人目瞪口呆，就连马军也吓得扑到妈妈的怀里，头也不敢抬了。

马平安还没出门，门外突然间变得鸦雀无声，只有一个宏亮的声音在说：老少爷们，我来晚了一步，让你们担惊了。我要告诉你们，咱马沟的马平安书记不黑不贪，压根儿就没打算把集体资产化为己有……

马平安听出是马奔在说话，屋子里的几个人也都听出来了。

马奔说，马书记为啥安排了一场死而复生的游戏，就是想让一些人充分表演一下，看看他们高喊的改制到底是为了谁。他"死"的这三十多个小时中是和我在一起，还有咱村的几个支委、村委。我们商量了一个新改制方案。我没有权力宣布，一会儿马平安书记会亲自给大伙儿说明。我马奔只能告诉老少爷们一句话，马平安还是过去的马平安，请老少爷们还像过去一样信任他、支持他！

哗哗哗，如同大风吹树叶一般的掌声响了起来。

马银山上前紧紧抱住浑身颤抖的马平安，亲热地叫了一声爸，就说不出话了。

马金山抱着受伤的腿，单脚跳着上了楼。

周大保的神情有些恍惚，一屁股坐在沙发上。

八

一个月后，马沟村煤矿改制方案经村民代表大会高票通过。在这个方案中，改制后的马沟煤矿由民营企业家马奔控股，马沟村村民自愿入股，不愿入股的，按眼下的市场价格赔偿当年的投资。马奔除了投资一千万对马沟煤矿进行了技术改造，提高了产量，还按照合同规定，保留了与村民利益相关的福利，第二年又对幼儿园、学校进行了翻修和重建。

马平安因为操纵了一场活人出殡的游戏，造成不良影响，辞去了马沟村党支部书记的职务，到县城跟二儿子马银山去过了。他每天骑着自行车接送小孙子上学下学，闲下来到公园和一些老人一起下下棋。人混熟了，说话也就随便了。有人问他，你老马当初何必做那场游戏？马平安认真地回答说，我不做那场死亡的游戏，今天就不会活得这样轻松。

唯一让他感到遗憾的是，他从小就疼就爱的干闺女小荷，从此再没去看过他。也有的知道这档子事的老人给他开玩笑，问他是不是和小荷的娘有一腿，小荷真的是不是他闺女。他笑笑反问，我马平安有那个福气吗？

马金山把运输公司也卖给了煤炭公司，去了加拿大。在那里呆了不到一年，又一个人回来了。他说那边的生活不习惯，不踏实，老是有一种双脚离地的感觉。他还开玩笑说，就是想找小姐，语言不通也不敢。他在县城开了一家投资公司。有人说他的投资公司是放高利贷，断言这小子早晚得栽个大跟头。

周大保那次事情后不久，就被免去县长职务，调到市里一个局任局长。

十年后的一天，马奔来县城请马平安喝酒，对他说，老书记啊，咱的煤矿又要改制了。市改制办周大保副主任来咱村宣布的，说咱这样年产二十万吨的小煤矿，要让省里的大煤炭公司兼并重组。

马平安愣怔了一会儿，问：又是一刀切吗？

作者简介：

王昕朋，安徽萧县人，祖籍江苏徐州，中国作家协会会员，曾出版过长篇小说《红月亮》、《天理难容》、《天下苍生》（合著）及中短篇小说集、散文集多部。

老衙役 /张运涛

小说要虚构，这是常识，但任雷诺可不是我虚构的人物。我本来没打算用任雷诺的真名，中国这么大，其他地方有那么一两个，或者十几、二十几个任雷诺也说不定。但如果这一两个或十几、二十几个任雷诺恰好也是公务员，我就脱不了诽谤的嫌疑。为了不给其他任雷诺对号入座的机会，我干脆一不做二不休，连县城的名字也没有费心地杜撰——沿淮县的任雷诺。反正，他也从来没把自己做了一辈子股长当作是多羞辱的事。最重要的是，除了任雷诺这个名字，我实在想不出我的主人公还能姓什么叫什么。

一

任雷诺真正走向仕途，我给他出过力。

任雷诺最初在县城边上的一所中学教书。他是美术专业毕业，那时候乡下的学校哪有美术课？任雷诺其实是在学校打杂，检查卫生、通知开会、布置会场……

我和任雷诺的关系始于大学。那一届师专沿淮籍的同学总共四个，除我们俩，还有朱求是和牛天。有我父亲这个老教育局长的面子，我没有到乡下，留在教育局工作。朱求是转行到检察院脱离了教育，同是中文系毕业的牛天分配到县一高，只有任雷诺自己到了乡下中学。

好在任雷诺家也在城里，每个周末都要回来。他只要一回来，我们四个就要聚一聚。吃喝嫖赌除了第三项，任雷诺哪项都爱。毕业第三年，我已经提拔为教育局团委书记，收到免费的茶叶大多都被任雷诺喝了。任雷诺喜欢喝浓茶，茶叶一放就是大半杯。时间长了，他的茶杯结满了茶垢，看不出颜色。股长和股长差别也大，朱求是是办公室主任，管吃管喝，比我要牛得多。我们四个聚会大多都是吃他，完了每人还能带走两包烟。

新学期开学，我陪余局长下乡检查开学情况。任雷诺工作的学校离县城近，是检查的第一站。进大门是一条窄窄的林荫小路，路两旁有四块黑板。

余局长停下来，你们这板报多长时间出一次？

陪同的校长答，一周一次。

余局长又问，有具体负责的人吗？校长答，有。

余局长眼睛从黑板报上挪到校长身上，问，谁？我自作聪明地问，是任雷诺吧？

一个乡下学校，除了美术专业的任雷诺，还有谁能把板报办得如此有模有样？

校长说，杨书记说得对，是任雷诺。

我赶紧解释，任雷诺是我大学同学，学美术。

走的时候，余局长问，你们知道我今天要来吧？

校长搓着手，哪儿啊，不知道。

不知道这条路怎么扫得这么干净？

我们每天都扫啊，校长看起来很无辜。

每天都扫？

每天都扫。我们有个美术老师，没任课，每天早晨老早就来扫地。对了，就是杨书记的那个同学，任雷诺。学校没开美术课，除了出黑板报他在这儿也派不上多大的用场。

车上，余局长问我，你那个同学，怎么样？

我知道余局长的意思，他肯定是想到局里的那几块黑板报了。教育局的黑板都在办公室的山墙上，出来进去的很惹眼，但黑板报办得实在是不敢恭维，版面不美观不说，字也写得歪歪斜斜，实在有辱教育局这样代表着知识和文化的单位的门脸。

这个时候，我当然要替任雷诺说好话了。任雷诺这个人，跟我们不太一样。他是我们同学中年龄最大的，应该大我们四五岁吧。上大学之前他本来有工作，部队转业后安排在县剧院做美工。在父亲的影响下，他从小就喜欢画画。做了两年美工，他不甘心，又参加高考。我认识他，就是因为高考。一九八五年的高考，外语报考俄语的全市只有他一个人。因为喜欢前苏联电影《山村女教师》里的瓦尔瓦拉·瓦西里耶夫娜，他是自学的俄语。这也是他后来执意要到新疆支边的原因。

他支过边？余局长问。

没有，想去没去成。我跟余局长解释，我们毕业那年，伊犁哈萨克教育局局长在《光明日报》上写信说，欢迎有志之士去边疆支教。任雷诺热血沸腾，给局长写了封长长的自荐信，要求去伊犁哈萨克支教。

当时动静闹得很大，学校不相信他，问他什么目的。去新疆能有什么目的？学校借口教育厅不批，拒绝了他。

任雷诺不死心，自己跑到郑州，找到教育厅学生处。人家说，学校根本就没有报上来。任雷诺又跑回学校，学校说，要去也行，你得回去让你父母写下永不反悔的保证。任雷诺又跑回沿淮，缠着父母写下保证。来回折腾了几次，学校最终还是没同意。

关于任雷诺酒后掀翻我们校长桌子的事，我没讲。我怕余局长不喜欢——当领导的，哪个喜欢自己的手下犯上？

总而言之，任雷诺是个人才，我信誓旦旦地跟余局长保证。他有一幅画，刚刚接到参加全省画展的通知。参加画展可是美术界最荣耀的事，任雷诺可以说开创了咱沿淮县的历史……

当天晚上我就向任雷诺传递了局长对他感兴趣的事。任雷诺很兴奋，骄傲地说，人才啊，放在哪儿都会闪光的！

我打击他，任雷诺，别自恋了，趁着局长有意，赶紧来疏通疏通吧。

任雷诺反问我，怎么疏通？他欣赏咱，用咱，应该他来找咱疏通啊，别搞反了好不好？

我好言劝他，现在时兴这个……

他截断我的话，你是想让我送礼？算了吧，不去局里我任雷诺也坚决不给谁送礼！

没多久，任雷诺调到局办公室，专门负责那几块黑板。

也该他走运，很快，任雷诺又迎来了他人生的第二次转机。

局里的小车突然打不着火了，余局长急得直骂司机，九点钟全市教育局长会，去晚了局长要挨骂。车是辆新车，沃尔沃，上边刚拨给教育局的。正好任雷诺去得早，掀开引擎盖，三下两下就弄好了。任雷诺在部队是汽车兵，给首长开过一年车，车型正好也是这种沃尔沃。余局长怕路上车再捣乱，临时抓了任雷诺的差。

任雷诺自然而然地成了局长的司机。在机关单位，局长的司机可不是谁都能做的。吃的喝的都是公家的不说，还贴近领导，是不在册的单位二把手。

但任雷诺不乐意，司机这差事没日没夜的，没规律不说，还没自己的时间。出黑板报倒是没耽误，等领导开会的间隙就能搞定。画画就不行了，画画需要整块的时间。

上次参加省里的画展时，有人看中了任雷诺那幅参展作品《父与子》，两千块钱买走了。任雷诺受到鼓舞，回来更勤奋了。我们四个人聚会时，他曾经豪迈地说过，他争取在五年之内参加全国画展。而小车司机不分上下班的工作，严重影响了他的创作。

牛天也脱离了教育。县广播电视局缺少采编人员，在全县招考，牛天考了个第一名。广播电视局没跟教育局协调好，余局长不愿放人。那两天，余局长的父亲正好在县医院住院，我让牛天买了几只鸡、两百个鸡蛋送过去。牛天如愿以偿，他踌躇满志，决心要在新闻战线上做出点名堂。当晚，牛天要请客，地点是通风大酒店。本来朱求是要做东的，说是给他祝贺，但牛天坚持自己请。

通风大酒店其实是自嘲的说法，路边地摊，四面通风。任雷诺到得最晚，余局长下乡检查学校危房刚回来。

任雷诺刚坐下，就来了一个卖艺的。小姑娘脖子上勒把吉它，问我们想听什么歌。我摆摆手，去去去，别影响我们喝酒。任雷诺却问，《跟着感觉走》你会不？这么流行的歌哪能不会？小姑娘操起吉它就唱起来……

小姑娘一曲歌罢，一旁吃饭的趁机起哄，再来一个！说得轻松，再来一个谁付钱？任雷诺问她是哪里人，小姑娘说自己是邻县的，在省城大学读书，趁着暑假出来挣点学费。

现在这样的骗子到处都是，我让她出示学生证，她没有，说是出来唱歌谁带学生证？任雷诺从兜里掏出一张一百元的票子，递给了小姑娘。我站起来想拦，任雷诺已经把钱塞到她手里了。小姑娘一连声地说谢谢叔叔、谢谢叔叔，任雷诺打断她，我有这么老吗？

我们谁也没有注意到在暗处跟拍的摄像机。小姑娘真是大学生，省电视台为了拍一个大学生勤工俭学的纪录片，已经跟踪拍摄了十多天。

第二天，那几个记者来教育局采访，想补几个任雷诺的镜头。任雷诺不在家，送局长下乡了。面对镜头，我有点亢奋，没有遵守诺言，把任雷诺给希望工程捐款的事也抖了出来。记者来劲了，任雷诺连续四年给希望工程捐款不留名，这可是条好新闻。

沃尔沃回到局里，记者的摄像机迎上来。新来的熊局长还以为记者是采访他呢，连忙整了整头发。

记者问起昨晚任雷诺的义举，任雷诺很不好意思。其实，我本来打算给小姑娘一张五十的绿票子的，没想到，掏出来的竟是一张红票子。那么多人看着，我没好意思换，只好给了她。

一旁的熊局长忍不住，笑了。

记者也笑了，赶紧停了摄像机……

后来，市电视台、市日报、晚报、县电视台都来了。新闻嘛，都是挖出来的。任雷诺果然有料，他在部队立过三等功，入了党，大学毕业后每年都通过希望工程资助失学儿童……这下子，任雷诺想不出名都难了。

这个熊局长，先前是乡党委书记，来教育局不到一个月。官当久了，熊局长特别官僚，任雷诺不喜欢他。机关里不喜欢谁，都是暗地里，面子上反而更热乎。任雷诺不，他不喜欢谁偏偏想让人家知道。

听说前几天出差，他实在忍受不了熊局长的官腔，半路上踩住刹车，让熊局长下车。这事我也是听别人传的，谁都不相信看着又精又灵的任雷诺会这么傻。但我信。我为他担心，局里年底就要动人，他这样对待新局长，恐怕是没戏了。

不过，熊局长深谙官场规则，这个时候，如果硬压住任雷诺，肯定会激怒媒体和民众的。提拔任雷诺，既显得他局长爱才识时务，又能换个自己贴身的新司机，一举两得，多美啊。

我听人家说，还有一种版本，说熊局长的意思是，对于任雷诺这样不听话的人，驯服他的最好办法就是让他当个小官。入了官场，尝到了做官的好处，任何人都会一门心思地想再上一层。怎么上？只有对上级惟命是从。我更相信最后这个版本，暗合了熊局长的老谋深算。

任雷诺的职位是局团委书记。我没升，由杨书记变成杨主任，平级调整。虽说没提拔，可岗位更重要了，用官场的说法，叫重用。重用当然不如提拔，我心里略有不满，晚上躺在床上，老是反思自己哪里做得还不到位。机关里的工作，说到底就是为一把手服务。这次没有提拔我，说明我还没有把一把手伺候好。

给任雷诺祝贺时，我心里其实很不是滋味。任雷诺端着酒杯，踌躇满志。国家现在重视知识分子，咱们赶上好时候了。好好干，咱们肯定有做县长、县委书记的那一天。到那时候，咱绝对不能让沿淮还是这个样子！

也就是那天晚上，我发现任雷诺的眼睛不同于我们三个。牛天和朱求是的眼睛像兔眼一样，因为警惕，格外精神。但任雷诺不，他的眼睛总是让我想到清澈这个词，就像一汪碧水，你不忍扔下哪怕一片枯叶进去。我回去后，对着镜子凝视了很久，镜子里的那双眼睛也不例外，闪着警惕的光。

二

任雷诺一上任就游说熊局长，把教育局公共厕所前面的那个墓保护起来。

熊局长很不屑，一个破坟堆，有什么可保护的？任雷诺小心地给熊局长介绍，黄叔度可是咱沿淮的名人，叔度汪汪这个典故您肯定知道吧？就是说他的。还有这个碑，黄叔度墓这四个字可是唐代大书法家颜真卿亲笔书写……

熊局长截断他的话，找文化局去，这事跟咱教育局有什么关系？任雷诺找过文化局，进门看他们的桌子都破得快要站不起来了，就没好意思再提文物保护的事。

团委书记其实是个闲差事。人闲了容易生事，熊局长让他捎带着负责局里的考勤工作。这个活不讨好，谁都不愿干。熊局长在班子会上却说，任雷诺这个同志认真，最适宜搞这项工作。

任雷诺确实认真。他把第一周的上班情况及时公布到了黑板报上，没有正常上下班的多达十四人次，其中有师训股股长周二上午缺席，我周四上午早退。黑板报前闹哄哄的，榜上有名的都在发泄对任雷诺的不满。这人不会当官吧？拿着鸡毛当令箭……

牢骚归牢骚，任雷诺一视同仁，他严格按签到册统计。我心里窝着火，局长、副局长不参与考勤，黑板报上就我和师训股长是中层领导，这不是让我们没面子吗？师训股长在我后面抱怨，那天我去医院看病人去了，我可是跟熊局长请过假的。

我知道他肯定没请假，他仗着自己的老婆跟熊局长的老婆都在财政局共事，做什么都打着熊局长的旗号。我装着同情他，你请过假还怕什么？苦的是我啊，家里有事忘了跟咱们的任书记打招呼了。

师训股长被点燃，气呼呼地找任雷诺去了。

后面的事是我后来听说的。师训股长一进任雷诺的办公室就嚷嚷，我那天跟熊局长请过假了，局长的话在你面前也不算吗？任雷诺不急不忙地说，你甭拿局长压我！局长还有一句话你记住没？任雷诺负责局里的考勤工作，半天假必须得跟我请，否则视为缺席。

从此，教育局的签到不再只是个形式了，谁都得认真对待。局里有规定，一月迟到或早退三次、旷工半天或请假三天，当月奖金泡汤。

碰巧那段时间市纪检委暗访各县上班情况，沿淮县教育局成了好典型，得到市委、市政府的通报表扬。熊局长脸上有光，回来在全县教育工作会上还表扬了任雷诺，并奖励他一辆自行车。

任雷诺还是不喜欢熊局长。熊局长把他在乡里的那套重形式不讲实效的官僚作风也带到了教育上，各学校口号喊得满天响，标语写得吓死人，教学却松松垮垮，缺少实际可操作的教学管理目标。最明显的是两所高中，有名气的老师都跑到外地了，尖子生也流失到附近县市，眼看沿淮的教育就要毁了，熊局长在县里却风光依旧。

腊月二十四的早上，熊局长的岳父死了。接到熊局长的电话，我早饭都没顾上吃，挨个通知各相关单位。

身为办公室主任，给领导的家属办丧事也属于我的工作范畴。下午，我又马不停蹄地赶到熊局长岳父家。表示哀悼之后，我主动请缨联系灵车、接送来客。

任雷诺是第二天上午到的。上礼金的时候，他拿出来的是一张红票子。

按说，作为局里的中层领导，送一百块钱礼金也不算多，任雷诺却跟记账的说，找我五十。我有点不相信自己的耳朵，和上账的同时看了看任雷诺。他站在那儿，面无表情地又重复了一遍，找我五十。

过后我问过任雷诺，局里的中层领导送一千、二千的都有，你要送五十就提前备好啊，还偏偏拿出来一张一百的让人家再找回五十，你这不是明显让人难堪吗？长这么大，我可是第一次见送礼的找人家要找头的。任雷诺不以为然，没见过？这不就见过了吗？他与我非亲非故的，送五十已经很不错了。

熊局长转身走了。熊局长本来不远不近地陪着任雷诺的，听了任雷诺的话他肯定比我更诧异。

夜里我陪熊局长守灵，顺便跟熊局长讲了任雷诺名字的由来。任雷诺小时候叫任宏伟，这名字很有气势，是他父亲起的。他父亲是个不出名的画家，小任宏伟耳濡目染，也爱上了画画。

他们家里有几幅临摹法国画家雷诺阿的油画，画的都是日常生活，却美不胜收。比如一个读书的妇女，一对跳舞的男女，一个小酒馆的露天舞场，等等。小任宏伟由此喜欢上了雷诺阿，他也要做雷诺阿，画出平凡中的美。在自己的书本上，小任宏伟把自己的名字偷偷地改成了任雷诺阿。

父亲倒还开明，可老师不同意，哪有四个字的人名？叫起来太拗口。小任宏伟第一次坚持自己，说人家香港人的名字就可以四个字，为什么我就不行？老师最后妥协了，说叫任雷诺可以，任雷诺阿绝对不行，资产阶级那一套早晚要被无产阶级踩在脚下的。小任宏伟看过批斗资产阶级坏分子的场面，没敢坚持，于是改成了现在的名字任雷诺。

这个时候我讲任雷诺名字的由来，显然是想和熊局长套近乎，安慰熊局长，别跟任雷诺一般见识，他就是那样不着调的人，从小就是。熊局长听罢，却没吭声。我想了想，又给熊局长讲了任雷诺的另一个故事。

小学老师让学生们用"有的……有的……"造句，轮到任雷诺了，他说我们班的同学，有的有蛋，有的没蛋。全班哄堂大笑，老师也傻了。任雷诺呢，还自以为完美，满脸得意之色。

这事我先是听局里的同事讲的，可能他们也是想以此证明任雷诺自小就是个很二的人。我后来当面找任雷诺求证过，他认真地想了想，说实在想不起来了。不过，他承认那像是他做过的事。我讲完这个故事，熊局长终于笑了，他还轻轻地拍了拍我的肩膀。

年后第一天上班，牛天打电话说，朱求是被公安局拘留了。我以为他是开玩笑，初三我们四个还在一起喝酒哩。牛天说，真的，他聚众看黄色录像。

当时有政策，看黄色录像和赌博不需要抓现行，有人检举就算。朱求是就是，被他们检察院内部的人检举了。那几天，我们三个人心里都忐忑不安，一方面感叹江湖险恶，另一方面又怕朱求是供出我们。说实话，那玩意儿我们几个都不少看，他是检察院办公室主任，弄几盘黄色录像带还不容易？有一次酒后，我们四个来了兴致，还一起在朱求是的办公室看过。

还好，朱求是没有检举我们。但根据上边的政策，他被清除出公检法队伍。

朱求是的事让我们很受警醒。任雷诺感慨说，唉，其实好东西还是比较多的，比如现在正流行的《还珠格格》……我笑他一个艺术家，喜欢电视上那个没心没肺的小燕子也太低俗了。任雷诺不以为然，谁规定艺术家就不能喜欢小燕子了？连皇上都心仪，我低俗一下又有什么。

低俗就低俗呗，你别弱智啊！任雷诺给县委书记写了一封信，这封信像一把火，没有烧着别人，却把他自己给烧伤了。

信很长，任雷诺写了沿淮县教育的严峻形势，并提了几条建议，恳请县领导考虑。信里写的都是实情，建议也很中肯。就是最后落款，谁也没想到是实名，教育局任雷诺。

信最后转到了熊局长手里，县委书记也有批示，请教育局比照，有则改之，无则加勉。任雷诺原指望县里的领导看到自己的信后会在教育系统做一些调研，并针对他的提议搞一些具体可行的应对方案。没想到，会是这个结果。

局党组会上，熊局长一一化解了任雷诺信中提到的沿淮县教育存在的问题。优秀教师跳槽和尖子生流失，这是目前全社会的问题，并不只是我们县才有的现象。社会资源分配不公，我们又是偏远县区，交通不便，教师待遇上不去，这才是最根本的问题。中招、高招成绩连年下滑，这恰好证明了我们沿淮教育系统是在贯彻上级的教育方针，应试教育还没有害苦我们吗？不能再助长应试教育了，我们沿淮县教育局一定要尽一己之力，大力推行素质教育……

熊局长，列席会议的任雷诺站起来说，应试教育和素质教育并不矛盾啊，我们不能因为抓素质教育就……

熊局长打断他的话，任书记，搞素质教育肯定是要做出牺牲的，成绩就是明显的例子。你还不能称教育专家吧？素质教育可是我们国家的教育专家们根据国情制定出来的教育方针。教育局作为各级学校的领导部门，我们要站得更高一些，眼光放得更远一些……

熊局长这明显是在偷换概念，任雷诺哪有否定素质教育的意思？我也是列席人员，负责记录会议内容，没有发言权。熊局长知道我和任雷诺是同学，我必须得向他表明自己的立场。我顾不了任雷诺，只要熊局长讲话，我一边忙着做记录一边装着若有所思地点头赞同。熊局长应该都看在眼里了吧？会议结束，我的头都快点晕了。

县里调整正科级干部，熊局长连局党委书记一职也兼了。这是我早预料到的，虽然他缺少教育管理的能力，但要论织关系网，熊局长可是游刃有余。

接下来是提拔副科级干部，教育局分到一个指标。新世纪即将到来，一切都在改革，干部的提拔更民主了，民意测验必须考核优秀。这一点我有把握，平时我注意搞好上级关系，但下级关系我也丝毫没敢马虎，能办的事我一定给他们办，不能办的，话我一定会说到。

果然，全局职工给八位股长投票，我优秀。还有一个优秀，谁也没想到，竟然是任雷诺。我们都不理解，他严格考勤制度得罪了那么多人，怎么还有人投他的优秀票？

民主之后就是集中。毫无悬念，胜出者是我。那天的局党组会不是我记录的，我回避了。但事后就有人跟我详细介绍会议情况，熊局长先读了我和任雷诺的简介，然后让大家酝酿，发言。

大家一致认为，任雷诺同志虽然工作认真负责，但工作方法简单，目前看来还不太成熟。而杨从众同志，能服从党的领导，工作认真负责，方法得当，是一个值得培养的好干部。

我终于舒了一口气。

我和牛天同时升的副科，他从广电局人事股长调任副乡长，我比他更好，下乡当副书记。

会议一结束，我和牛天就去找朱求是和任雷诺。朱求是是我们从酒席上拖出来的，他和他的新同事正在喝酒。从检察院出来不久，他就调到了城建局。听说，他是城建局正在筹备的一个新机构的候选负责人。任雷诺正猫在自己的储藏室里，画画。任雷诺很投入，看不出他有多伤心。我心里其实一直很敬佩他，也想象他一样，但又怕像他。很矛盾。

任雷诺给我们翻出一幅画，画上是一老一小两个人的背影。任雷诺说，这是《父与子》系列中的一幅。后面那小的，学着前面老者的样子，手背在后面。这幅画，是任雷诺第二次参加河南省画展的作品。

那天我们喝得比任何时候都畅快，我和牛天都升职了，朱求是马上要做城管队队长了，前途都一片光明。只有任雷诺没动，改为局督察室主任。年龄超了，不适合再做团委书记了。

任雷诺也不气馁，几杯酒过后依然豪情万丈。好好干，记着咱大学时的理想。多做点好事，对得起咱们的身份，好歹咱们也算是知识分子。这话虽然有点扫兴，但每个字都实实在在的，很有针对性。也就任雷诺能说出来，要是换成我们仨，肯定会让人笑，让人骂我们矫情。

三

我在乡里干满一届之后，我们的书记提拔了，副县长。乡长顺其自然，升为书记。这样一来，就空出个乡长的位置。乡人大主席是最具竞争力的——按沿淮县的惯例，人大主席就是乡长的过渡职务。但我也有机会，我分管的工作在各乡排名都靠前。不过，谁都清楚，这年头最关键的不是这个。

这时候，也是最敏感的阶段。县委县政府楼上人心惶惶，都在四处打探消息，谁想着哪个位置，谁找了谁，谁送了多少……有机会的，竖着耳朵捕捉信息；还没轮上的，趁机收集行情，或者趟趟路，看个新奇。

一切都对我不利，组织上最后定下的考核对象是人大主席。我犹豫再三，还是决定亮出杀手锏，举报乡人大主席。去年秋末的一天晚上，我从城里回来，撞上人大主席把一妇女挤到墙上亲嘴。第二天一大早，人大主席就来找我，说他昨夜喝多了。我跟他打哈哈，我也喝多了。城建局那帮龟孙还能放过我？硬朝我嘴里灌，我都不知道怎么回来的。

之所以犹豫，是因为任雷诺。被人大主席亲嘴的妇女，是任雷诺的老婆，燕小琴。

任雷诺的朋友都知道，任雷诺有两大珍爱，一是画，二就是他老婆燕小琴。用他自己的话说，见到燕小琴，他才知道什么是爱情。

前面说了，任雷诺比我们大，结婚却是我们中最晚的一个。我们一个又一个地为他介绍女朋友，他却一点儿也不急，说他还没遇到让他有追求冲动的姑娘。

任雷诺爱上燕小琴的时候，她刚刚从麻纺厂下岗。她父亲是检察院的普通干部，当时就住在朱求是楼下。朱求是提醒任雷诺不要浪费时间，燕小琴比他整整小了十岁，又特别漂亮，人家怎么会看上他？任雷诺不死心，央求朱求是给他们创造认识的机会。

朱求是硬着头皮准备去做媒，词我们早就替他想好了，你燕小琴没工作，任雷诺好歹也是大学毕业，股级干部，这可是一桩前途看好的姻缘……

可任雷诺拒绝了我们的好意，他要自己追，不让我们掺和。他觉得他的小燕子是女神（八字还没一撇呢，他就称人家小燕子了），别说他这样的大学毕业生，就是博士生也不一定配得上她。

任雷诺动了大脑筋，他先写了一封匿名信，想试探一下燕小琴心里到底有没有他。任雷诺在信里面夹了个红心——用红线绕成一颗红心，很简单的一个造型。信上说，如果你有了心仪的男生，就把这个红心寄给他。

这是任雷诺幻想的最好结果，燕小琴把红心寄给他，两个人你情我意，终成好事。让他失望的是，接到信后的燕小琴没有任何反应。

朱求是给他出主意，燕小琴可能被你的文艺范儿吓住了。对于这样没文化的姑娘，你不能羞羞答答，直接上！任雷诺被鼓动，堵住燕小琴，像抓燕子一样牢牢地抓住她的胳膊，质问她高傲什么。燕小琴哪经过这阵势？被任雷诺趁机拥进怀里……

我下乡当副书记的第二年，乡农经站的会计出了车祸，我让在家里赋闲的燕小琴过来顶班。我没指望任雷诺这个不食人间烟火的家伙感激我，但我从燕小琴见我时毕恭毕敬的态度看，我是帮他们解决了一件大事。

燕小琴是个不爱说话的女人，走路都低着头。任雷诺一直把她当成小燕子，女儿都十岁了，还像恋爱时那样一口一个小燕子地叫，像疼自己的女儿一样疼她。任雷诺经常跟我们说，好女人的一切都是向上的，眉眼，乳房，屁股……过了某个阶段，女人的一切才开始向下，连眉眼都是，没有了年轻时的气盛。他的小燕子是标准的好女人，她的一切始终是向上的，根本不像生育过孩子。

我们相信他的话。燕小琴的裸体我们都见过，婚前的，怀孕的，生育之后的，现在的……当然，都是在任雷诺的画布上。任雷诺不避讳这些，他说，真正的美，应该是面向大众的。我喜欢任雷诺的那些人物肖像画，很干净，有一种纯粹的美。

任雷诺要是知道燕小琴背叛了他，我想象不出他会多受打击。但我管不了这么多，我写了封匿名信，说人大主席生活腐化，利用职权与农经站会计燕小琴勾搭成奸。话是重了点，不重上级能重视？匿名信分别寄到纪检委和组织部，很快就见效了。

纪检委派人来查，人大主席不承认。但燕小琴经不住吓，承认说人大主席有天晚上在路上堵住她，亲了她，还在她身上乱摸了一通。没有上床，燕小琴反复强调，人大主席要脱她的裤子，她死活不答应。后来，过来一辆车，人大主席才罢手。

不用说，人大主席的乡长梦破灭了，我补上了这么个缺。那一段时间，我沉浸在迎来送往的祝贺中，忘了燕小琴的事。

任雷诺到乡里来，我那天喝多了，还以为他来祝贺我呢。我跟他开玩笑，说县里调整干部也能拉动内需，你看，县城也好乡镇也好，这段时间饭馆都是客满。任雷诺不看我，呷了一口我给他倒的浓茶，低声问，从众，燕小琴与那个人大主席，是真的吗？

听惯了任雷诺称呼他的小燕子，猛一听燕小琴，感觉特别别扭，酒也醒了一半。别听他们瞎说！你还不相信燕小琴？那么老实的一个人，怎么会有乱七八糟的事？不可能。最多，是那个人大主席想乱来……

狗日的，我去剁了那个狗日的！任雷诺把手里的杯子朝地上一摔，就朝外冲。

我说的是真心话。燕小琴不会说假话，人大主席肯定是没得逞。可这事，一传出来就走形了。我抱住任雷诺，心虚地劝他，你先听我说，人大主席这一段就没来上班，说是病了。你别在这儿折腾，你一折腾全乡还不都知道了？

都这个时候了我还要什么脸？任雷诺胀红着脸，直喘粗气。

遇到这种事，哪个男人也冷静不了。任雷诺让燕小琴辞了工作，别说一千多，就是给一万也不能再进这个狼窝了。燕小琴声泪俱下，任雷诺还是不相信她。即便燕小琴没有失身，一想起自己心爱的小燕子被另一个男人摸过亲过，任雷诺心里就堵得慌。

接下来的副科级调整，任雷诺斗志全无。这之前，任雷诺也错过了一次机会，听说他临时被派到九寨沟开会，回来已经尘埃落定。不用猜，肯定又是熊局长设的局。

年底，听牛天说，任雷诺离婚了。我们四个时不时地还会聚一聚，地点转到朱求是新开的江城大酒店。江城大酒店其实并不大，只有七个包房。现在都这样，酒店公司无论大小都喜欢在名字里加上一个大字。酒桌上的话题避开了女人，主要围绕官场的动态上级的嗜好。

我装着过尽千帆的样子，劝任雷诺，你在外面有几面彩旗没什么，何必非要拔掉家里的那面红旗呢？任雷诺奇怪地看着我，你的意思是，即使互相欺骗下去也比离婚好？我觉得很不道德！没感情了还不离，那是欺骗，是虚伪。

我讨了个没趣。他还不解恨，又扔过来一句，杨乡长，这就是你们这些道貌岸然的人不离婚的原因？牛天俯在我耳朵边说，别理他，他喝多了。不用他劝，在任雷诺面前，我的脸皮早练厚了。

四

二〇〇六年，沿淮县换了县委书记。新书记是从另外一个市里交流来的，姓苟，名东旭。这名字按说很有意味，东旭，东方旭日。可不久，就有人偷偷地给新书记改了名——苟茅台，苟中华，说他喝酒只喝茅台，抽烟只抽中华。只是传，我们也弄不清真假，县委书记官太大，我们一般干部没有机会与他同桌吃饭。更有甚者，把人家的姓和名都改了，狗东西。

也该任雷诺走运，左拐右拐的，竟然跟我们新来的书记扯上关系了。要知道，在一个小县城，能与皇帝一般的县委书记拉上关系，那可是前途无量的事。

任哥哥在省内一所三本大学教书，他回沿淮，我们四个在江城大酒店为他接风。姓苟的本来就少，任哥哥听我们提到苟书记，马上警觉起来，问，苟书记是不是从漯河调来的？牛天说是，原漯河某区区长。任哥哥一拍桌子，天啊，他是我大学同学！

那天晚上有三个人喝醉了，任雷诺、牛天，还有我。任雷诺喝醉属正常，他基本上是每喝必醉。起初，我还矜持着，当乡长的，这样的酒场见得多了。一听苟书记是任哥哥同届同专业的同学，我马上惊了，想个点子推翻了先前不敢开喝的理由。明天的工作交给副乡长吧，少了咱乡长地球就不转了？说完，端起桌上的酒杯干了。

我喝醉，是想提前庆祝自己要当书记了。只要给我个线头，我就有本事把这根线捋顺。在官场摸爬这么多年，我自信自己有这种本领。我猜，牛天也跟我一样，心里早打好了自己的小算盘。让我纳闷的是，朱求是一滴酒都不沾，难道他想当一辈子股长？他说他晚上有事，述，能有什么事？还不是去陪他的那些个相好。

第二天，朱求是出差，剩下我们仨全天都陪着任哥哥。任哥哥给苟书记打电话，苟书记很热情，说晚上在招待所贵一请他吃饭。

那天晚上的宴请我们都参加了。我们陪了任哥哥一天，头天晚上还喝醉了，还不是为了苟书记的这次宴请？朱求是也从省城赶了回来，风尘仆仆的。

我们沿淮县的招待所条件并不好，但贵一、贵二的装修却着实配得上那个贵字。这两间是专门给县委书记和县长的，只要他们两个在家，贵一、贵二随时都得备着，谁都不能用。那是我第一次进贵宾厅吃饭，我一个乡下的乡长，哪有机会在这两个间做客？

贵一与外面反差很大，里面房间阔大，足有四十个平方。墙上挂着一幅国画，署名范曾。任雷诺看了看，说是赝品，哄当官的。

苟书记说，老同学回来了，咱今天不喝洋酒不抽外烟。服务员把烟酒搬上来，果然是茅台、中华。这儿的服务员个个身材高挑，穿一身开着很高衩的旗袍。朱求是还不接受教训，眼睛跟着服务员，都快绿了。直到我拍了拍他的手，朱求是才恢复正常。怪不得他的同事都戏称他黄队长。

我和牛天都很矜持，不敢放开喝，怕在苟书记面前出洋相。只有任雷诺，还跟往常一样，旁若无人地伸筷子揇菜，大大方方地喝酒。任哥哥低声劝他少喝一点儿，他不领情，苟书记准备了这么好的酒，不喝岂不却了苟书记的盛情？

放开喝，苟书记示意服务员给任雷诺满上。

任哥哥适时向苟书记介绍，我这弟弟，还是有点才气的，参加过一次全国画展，两次全省画展。

苟书记赞赏地点点头。

任雷诺手上搛着一筷子菜，忙里偷闲地向苟书记笑了一下。任哥哥拉拉他的袖子，站起来，来，我们哥俩敬老同学一杯！三个人喝完，任雷诺转身又招呼服务员添上。任哥哥不好意思地向着苟书记，请老同学多关照咱弟弟。

熊局长听说了任哥哥与苟书记的这层关系，第二天也来请他。熊局长的意思很明显，也是想请苟书记，任哥哥只是个桥。遗憾的是，苟书记辞了，说是上面来了领导，他走不开。

没有了苟书记，那天的饭吃得很没味，跟没放盐似的。中间我偷偷泼了一杯酒，被任雷诺当众出丑。从众，你不喝可以，但别泼酒——酒可比油贵啊！酒席上泼酒的事，谁没干过？被人当众揭发出来，我这是第二次——第一次也是任雷诺干的。任雷诺搞得我特别尴尬，当时在场的还有一位组织部副部长。我只好勾着头，一迭声地道歉，喝多了喝多了。

人家任雷诺跟没事一样，一如既往，喝得比任何时候都要尽兴。

任哥哥、朱求是带着任雷诺先走，我和牛天、熊局长还有他那个副部长朋友正好凑成一桌，打了会儿麻将。说起任雷诺，熊局长讲了个笑话。

有天上午，上面下来一个学者，给老师们做讲座。时间还早，我找任雷诺过来陪他聊聊天，任雷诺好歹也算个画家，他们应该有共同语言。我跟学者介绍说，这位是我们县著名的艺术家。本来我想说画家的，后来想想，艺术家好像更大些，临时改了口。还没等我介绍完，任雷诺就靠到沙发上睡着了。还是人家学者脑子转得快，说真是艺术家，行为艺术家。我哭笑不得，任雷诺倒是会配合。

这下好了，苟书记一来，雷诺多少年没解决的问题有希望了。熊局长叹了口气，好像任雷诺没提拔都是因为前任县委书记，跟他一点关系都没似的。

第二年春，县里大面积调整干部，我升任乡党委书记，牛天回城当了文化局局长。熊局长还是教育局长，这个位置他坐了八年，听说苟书记有意要换掉他，候选人是两个乡党委书记。熊局长也不知道从哪儿得到了消息，辗转腾挪，十万块钱保住了自己的位。

县里召集全体科级干部开会，统一思想，不传谣不信谣。每次干部调整都会有一些小道消息传出来，这次也不例外，只不过传得更多，更广。说牛天送了十万才当上文化局长，他一个副书记，凭什么一步就做了一把手？虽说不是大局，到底是回了城，还一把手！说任雷诺没送礼，想靠他哥跟领导的同学关系，哪有这样的好事？

这些传言还真奇怪，你不信吧，为什么传得那么准确呢？比如我，上次人家说我当乡长送了五万，这次说我当书记送了十万。送钱的时候，就我和苟书记俩，外人怎么会知道呢？

任雷诺没动，让人大跌眼镜。后来任哥哥向苟书记问过这事，苟书记说忘了，还埋怨说，你弟弟也不来找我谈谈，那么多人要求进步，我哪能都记得住？

我私下里曾经语重心长地劝过任雷诺，人情是一，意思意思也很重要。雷诺啊，你得适应。任雷诺眼睛一瞪，适应？适应你们这些官僚的领导？做你们的顺民？

我用手朝下比划了一下，雷诺，先别激动。中庸你应该比我熟吧？有你哥的面子扛着，别人送十万你送五万，既有人情又有实惠，这不就是中庸？

任雷诺不激动了，换成一副讥讽的腔调，你还真能糟践中庸啊，是不是把你大学里学到的东西都活学活用到官场了？

我知道任雷诺又二起来了，懒得跟他绕舌，转身走了。就让他自己生活在真空里吧。

组织部的红头文件上也没有朱求是的名字，他还是那个城管队长，跟任雷诺一样，原地踏步，股级。

我突然想起大学毕业典礼上校长讲过的话，说我们都是四棱四方的石头，经过社会的打磨，棱角才会磨平磨圆，才能融入社会。校长说得真对，这不，我已经磨平了，牛天也应该磨平了，只有任雷诺还四棱四方的。不急，时间还长着，任雷诺也不会例外，早晚也会磨平的。

五

我手下一个副乡长，写匿名信揭发我喝酒喝死了一个村干部。

我没当回事，这事早摆平了。一个多月前，我带着几个人下去检查工作，村里留着不让走，找了几个村干部陪酒。喝到中途，其中有个村干部红着脸提了个请求，他小舅子寡汉条子，六十多岁了，一直跟着他，看能不能给他定个无保户。

按政策，这是理所当然的。我也喝多了，信口说，你要是把这杯酒喝了，就给你办。那杯酒足有三两，我本来是开玩笑，对方生怕我改口似的，抢过去一饮而尽。

半夜里村长给我打电话，说那人给酒闹死了。我赶紧让人去做善后工作，对外就说男人心脏病突发。乡里赔偿二十万，给他老婆弄个低保，再给他小舅子定个无保户。

火化那天我没去，怕目标太大，派了民政所长过去。所长回来跟我汇报说，还好，挺热闹的。那村干部信耶稣，去了好多教友，又唱又弹的，很有仪式感。所长见我眼睛还盯在报纸上，一声不吭，就很局促，故作轻松地开玩笑说，信耶稣还真不错，比我们党员死了还排场。

市纪检委工作做得很细，跟当时酒桌上的人逐一谈话后，又做通了死者家属的工作，拿到了赔偿协议。我被叫到县委招待所，双规了。

我是下午被纪检委控制的，当天晚上就被放了出来。苟书记跟纪检委做了工作，人家不再追究此事。听说，苟书记的连襟是省纪检委的副书记。

第二天上午县委礼堂有个会，本来是各乡镇、局委分管宣传的副乡长、副局长参加，苟书记却特意嘱咐我参加。电视台的摄像机对着我拍的时候我才意识到，还是苟书记高，他这是让我在全县亮相啊，表明我杨从众出来了，没什么大不了的事。

雨过天晴，风平浪静。晚上我推了很多饭局，牛天设宴为我压惊，就我们兄弟四个。

酒桌上，朱求是讲了一条小道消息，说有个小偷钻进了"狗东西"的办公室，偷到九十七万现金。小偷被抓后，"狗东西"授意派出所所长，让小偷只承认一千。

任雷诺靠在椅靠上，说小说看多了吧？人家都是傻子，办公室放那么多现金？朱求是好像不屑与任雷诺较真，但为了让我们相信，交底说是派出所的哥们告诉他的，绝对可靠。

按朱求是的性格，这事应该是真的。但我刚刚经历此劫，还不全是苟书记帮忙？我言不由衷地打着酒嗝说，苟书记是好人！关键时候没扔掉咱哥们。牛天笑了，你以为他是救你啊？他那是救他自己！

任雷诺愣了，他没太听懂我们的话。

现在"狗东西"见钱才办事的传闻到处都是，朱求是转向任雷诺，雷诺就是一个很好的例子。不送钱，什么关系也不行。

任雷诺沉着脸，没有说话。我指着朱求是说，你没送，我相信。你跟雷诺不一样，你是不想挪位置。城管队长油水多大啊？哪个副科的位置比得过你？我那天有点忘形，话说漏了，这一说还不等于承认自己送过礼了？没关系，反正都是自己人，他们还能害我？

任雷诺还是不开窍。一说领导你们就离不开钱和色，领导要都像你们说的那样，那国家不早就瘫痪了，咱们还能在这儿安心喝酒？别以小人之心度君子之腹。苟书记肯定是事多忘了我的事，他要真像你们说的那样不见兔子不撒鹰，不早出事了？

牛天笑了，他问任雷诺，知道花木兰当年为什么没人知道她是女人吗？花木兰去部队，不可能一开始就是将军啊。是小兵，就得跟大伙滚通铺。其实花木兰的性别早露馅了，但没人说出来。谁愿意说？你想，要是你头天跟花木兰睡一个被窝，你会第二天说出来？你傻啊，说出去了，晚上还能轮到你跟花木兰睡？

我笑得酒都喷出来了。这个牛天，当了几年文化局长，还真让我刮目相看了。

朱求是拍拍任雷诺的肩膀，赶紧醒醒吧，这可是咱沿淮县最好的时候，明码标价，童叟无欺。当然，也是最糟糕的时候，苦的是老百姓。

我看看牛天，这话怎么这么熟啊？

《双城记》的开头，牛天很文艺地开始朗诵。那是最美好的时代，那是最糟糕的时代……

任雷诺喝光杯里的酒，在桌上顿了一下。你们这是诽谤知道不？没凭没据的，乱讲！他真生气了。

我叹了口气，雷诺啊雷诺，官场的事也就我们跟你说实话。

任雷诺不领情，红着眼睛瞪着我，杨从众，既然你跟我说实话，那就老老实实跟我们说说，你是不是逼过那人喝了一满杯酒？

谁逼他？酒话也能当真？我说的是实情，在纪检委那儿连酒话我都没敢承认。

酒话？别忘了你可是党委书记！任雷诺紧追不放，既然你没错，为什么还赔人家二十万？

我那是出于人道主义。我也喝多了，竟跟任雷诺辩起来。

你还知道人道？按你的说法，你把人家喝死了人家还得感谢你？任雷诺笑起来。不过，他笑得有点瘆人。

可不，就他那家庭，恐怕这辈子也挣不到二十万块钱……

杨从众啊杨从众，任雷诺点着我的鼻子，又转向牛天，转向朱求是，看看你们这些人，还算人吗？活脱脱的鬼！连鬼都不如，鬼还知道只在夜里出来，把白天让给人。

牛天夸张地笑起来，哈，你在和你的鬼兄弟喝酒啊？

谁跟鬼是兄弟？任雷诺站起来，再次指着我们。哪天我挨个扎你们一刀试试，看看你们身上还有没有血。说完，扬长而去，留下我们仨。

任雷诺喝多了，我们谁也没有放在心上。我们要是都像他，到处跟人生气，还能有今天？官场上，心里再恼脸上也得挂着笑。大小是个官，就是这个高速运转的机器上的一颗螺丝，说话做事都有预定的轨道，偏了轨道就不行，就是政治上不成熟的表现。

政协马副主席到我们乡搞调研，问我知不知道谁的乒乓球打得好。马副主席是我的前任书记，刚到政协。我给他介绍任雷诺，教育局督察室主任。任雷诺来过我们乡几次，马副主席见过他，印象还不错。

马副主席问，有多好？我说具体我不清楚，但他得过全县的冠军。马副主席跟我透了实情，新来的侯主席喜欢打乒乓球，而且打得相当好，上大学时得过全校的冠军。政协你也知道，事不多，侯主席没事就想锻炼锻炼身体，但苦于找不到旗鼓相当的对手。

我说其他我不敢保证，您要是想找个陪练，任雷诺绝对称职。我其实意思是，我只保证任雷诺球打得好，他要是在政协出了其他什么事，我可是有言在先。

接下来，马副主席就想调任雷诺过去。我说慢，您不了解这人，您要是说调他过去陪领导打球，他肯定不去。马副主席说，那是，这理由也上不了台面啊。他能写吗？我说，不光能写，还能画，全国画展他都参加过。听说最近他的画又一次被全国画展选中，好像是一幅人物肖像。

跟马副主席说这些没用，他不知道全国画展的意义，他只知道自己的主席需要个乒乓球陪练。我像个媒婆，赶紧转变策略，接着夸任雷诺这朵花能写会画，办个宣传栏、写个报道那都是小菜一碟。

马副主席当场拍板，调他过来负责政协的通讯工作，沿淮县政协还从来没有在《协商论坛》上露过脸呢。马副主席提前声明，你那同学还是个股级干部，想一步调过去难。他要愿意来，先借调。

人真是一种很怪的动物，任雷诺远不如我的时候，我老有一种俯视他的感觉，能拉他一把让我很有成就感。但当他快要追上我的时候，我又特别想踩他一脚，与他拉开距离。

我去跟任雷诺说，他还不太乐意，说他不喜欢那个政协主席。前年他给当时还是常务副县长的侯主席发了个短信，说禁烧麦秸的工作马上又要开始了，头一年的奖金怎么还不发？他的秘书马上打来电话，问他是谁，哪单位的。任雷诺大大方方地回答，教育局的，任雷诺。

很快，县里召开禁烧工作动员大会，同时发放头一年的奖金，只有教育局没有得奖。任雷诺气不过，给政府办打电话询问，受批评的单位既然没有教育局，为什么教育局没有奖金？人家说，对不起，这是领导定的名单。任雷话心想，如此小气的人，也配当领导？

我骂他，你以为你是谁啊？你当股长不止十五年了吧？要是想一辈子只当个衙役，就好好呆在教育局吧。朱求是也开导他，政协门路大，每次提拔干部分配的名额多。牛天趁机威胁他，知道你们熊局长为什么在大会上表扬你风格高不跑官吗？他真是表扬你？恶心你哩！你老告他的状，他心里肯定恨死你了。

任雷诺不服气，我什么时候告过他的状？我那是反映教育上的问题好不好？牛天看他又要要牛脾气，赶紧投降，好好，你是反映问题。趁任雷诺去卫生间，牛天不吐不快，真是一根筋啊！向上反映单位的问题，还不等于打一把手的脸？

六

到了新的工作环境，任雷诺振作了很多。马副主席打电话说，你那同学，还真有两手，半年就在《协商论坛》上了四篇报道。

最关键的，我听说任雷诺很快进入了他真正的角色，开始和侯主席练球了。进了大衙门，任雷诺真的进步了，能把成见放进肚子里笑脸摆到外面了。

侯主席上任后，让人把闲置多年的资料室收拾收拾，改成了乒乓球室。但整个政协没有乒乓球高手，侯主席连对练的人都找不到。任雷诺去政协的第二天，马副主席就让他去陪侯主席打球。

球打得怎么样？侯主席本来没有对任雷诺抱多大希望，他以为任雷诺肯定是马副主席的什么关系。这年头，想朝政协调的人多了。侯主席才来，没太管下面的事。

侯主席问任雷诺球打得怎么样？任雷诺回答，差不多吧。

差不多？侯主席很意外。在领导面前，一般人都会谦虚一下，留点把握，是礼貌，也算是给自己留条退路。万一交起手来输了，也算有言在先。

任雷诺没有谦虚，他跟侯主席说，应该还不错。这是实情，任雷诺夺过沿淮县教育系统的乒乓球冠军，他有不谦虚的资本。马副主席讲到这儿时笑了，说你那同学，真有意思。我心想，等着瞧吧，他有意思的地方多着哩。

侯主席生得高高大大，乒乓球打得相当好。因为天热，上衣很快就湿透了。反正都是男人，侯主席也跟其他人一样，脱了上衣光着膀子。

任雷诺后来跟我讲，说他特别受不了的是，一个成年男人拿着湿毛巾谄媚地去给另一个成年男人擦背上的汗。这事其实我们当领导的早已司空见惯，我宽慰任雷诺，你想啊，如果侯主席当着那么多人的面拒绝了那个上前来给他擦汗的人，多伤人心啊！别管他们了，只要你不去擦不就行了？

第一天对打的结果，任雷诺输了五局，赢了四局。侯主席第一次遇上真正的对手，大呼过瘾。

任雷诺明显不服气，他觉得他有把握打赢侯主席，这两年哪摸过几次球拍？刚刚找回来感觉，又结束了。侯主席晚上还有活动，只好约好第二天再战。

任雷诺到政协一个月不到，县里开始搞公务员清贷工作，银行拉出的名单中有任雷诺，给人家担保三万块钱，贷款人联系不上。任雷诺慌了，按规定，担保人工资当月起停发，充贷款。

牛天跟我说，他找过银行的人了，人家说这是县长主抓的事，银行做不了主。我仗着跟那家银行的领导熟，打电话问，能不能发一部分？我这同学，可是靠工资吃饭的。你停了他工资，他怎么生活啊？银行领导也很无奈，牵涉的人太多，县长专门指示，谁也不能开口子。

谁都知道侯主席当常务副县长时跟县长关系铁，但依任雷诺的脾气，断不会向侯主席求助的。球友是球友，不能污染了这层关系。任雷诺多次在我们面前说过这话，堵死了我们让他引见领导的路子。

我想了个法子，请马副主席在侯主席面前提一下这事。我的意思是，侯主席这次要是解了任雷诺这么大的急，任雷诺也是人，心存感激这是必然的，有利于将来政协的安定团结。最后这句话我没敢说，怕马副主席埋怨我送了颗定时炸弹给他。任雷诺毕竟是我推荐过去的。

果然，侯主席马到成功。我打电话给任雷诺，心想他肯定会为自己当初的担保后悔不已的。没想到，任雷诺还是理直气壮的，我后悔什么？又不是我的错，要怪也只能怪我那朋友不江湖。明儿个你杨从众遇到难处了，让我担保贷款，我能不担保？

任雷诺还真问倒了我。

交友不慎说明你也有问题。我不甘心，跟任雷诺炫耀我就从来没遇到过这样的问题。我那些朋友，谁会做这样的事？

你还好意思提你那些朋友？醒醒吧，他们哪个不是冲着你头上的乌纱帽去的？任雷诺直戳我的肝脏，杨从众，还记得你拍胸脯跟我们讲你那个副乡长绝对是你好兄弟的场面吗？这么好的兄弟背后还捅你刀子？

我一时无语。官场上所谓的朋友，谁不明白啊？

任雷诺继续戳我，我承认我没有多少朋友，但也没有多少敌人。你敢说你没有敌人？做人，最重要的是，坦坦荡荡。

接下来发生的事，证明我的苦心根本没起作用。马副主席夜里给我打电话，问，任雷诺是不是有病？我一愣，马上意识到任雷诺肯定是又犯浑了。

马副主席说，下午打完球，侯主席招呼几个球友一起吃饭。任雷诺突然问侯主席，前年禁烧表彰，所有参与单位都有奖金，为什么独独没有我们教育局？

我在电话里讪讪地说，这事任雷诺跟我提过。马副主席很气愤，侯主席哪能记到几年前的事？任雷诺还不罢休，提示说，我当时给你发了个短信，可能你生气了，让秘书问我是谁。我说我是教育局的任雷诺，结果，那年只有我们教育局没奖金，全局上下都埋怨我找事，白白忙活了一个麦季。

侯主席很尴尬，一时应对不上来，随口敷衍道，怎么能是白忙活了？工作嘛，也不是为奖金……

还好，侯主席并没有计较，任雷诺很快被正式调到政协，在办公室配合工作。谁都知道，为任雷诺赢得领导青睐的是他的球技，他就像一杆旗，引得政协大小干部私下里都开始练起了乒乓球。沿淮县的乒乓球馆也应运而生，生意还特别火。

任雷诺的生活重新规律起来，晚上下班回去画画，一周打三次球。这规律先前被燕小琴的事给打乱了。朱求是跟我说过，任雷诺找过好几个相好的。以前说他吃喝嫖赌就缺第三项，现在好了，全了。他说他要报复，为他曾经的坚守。

这是好事，我说。任雷诺知道去找女人，总比搂着一个充气娃娃睡觉好。有一次我去任雷诺住的地方，在他床头发现了一个充气娃娃。那东西我第一次见，以前只是听人家说过。任雷诺瞥了我一眼，有什么奇怪的？你们找个二奶比买个母鸡都容易，还不兴我用充气娃娃？任雷诺并没打算转移话题，他还就此发了一通议论。充气娃娃惹着谁了？比起女人，我更喜欢这个东西。它对我多忠诚啊，不欺骗我，更不会背叛我。

这事我以前没敢跟外人说，心里却一直担心，像这样下去，任雷诺早晚会疯掉的。朱求是这么一说，我反倒放心了。我相信朱求是的话，他们俩都在城里，经常在一起胡吃海喝。别看朱求是一个城管队长，没见他什么时候缺过钱。沿淮县到处都在大兴土木，谁不巴结他？朱求是喝多了，当着任雷诺的面跟饭馆老板咬过牙印，我这哥们儿，什么时候来都记到我头上。

朱求是这人我们都清楚，有钱是有钱，但谁也别想占他多大的便宜。任雷诺可不客气，从网上钓到女人就朝饭馆带，账都记到朱求是名下。其实也不会多到哪儿去了，县城这么小，好歹有点面子的女人谁不怕碰上熟人？

朱求是还跟我们爆料，任雷诺曾被人砍伤过。

有天晚上，任雷诺给他打电话说外面下雪了，咱去喝酒吧？朱求是在电话里笑，说他典型的文艺青年，下雪跟喝酒有什么关系？笑是笑，酒还是要出来喝的。喝到中途，任雷诺接了一个女人的电话，听口气像是刚钓上来的。任雷诺也不瞒朱求是，说是有个插座闲着，他得去插上。那个时候任雷诺微醺，还能在雪地上骑车。

第二天一早，朱求是就接到他的电话，让他送点钱去医院。朱求是去了，医生正在给任雷诺缝针。他背上有三处刀伤，胸前一处。原来，任雷诺去为女人接通电源后，趁着酒意，赖着不走了。他喝了酒，人家一个女人哪能拖得动他？结果女人老公早晨突然从乡下回城开会，抓了个现形。

我的头皮一阵发麻，他怎么敢动有老公的女人？怪不得有段时间任雷诺一直躲着我们。

朱求是还故作神秘地问我们，知道那女人的老公是谁不？

我们都摇头。

乡人大主席。朱求是诡异地向我们伸开五个手指头，任雷诺跟我炫耀，那是他用过的第五个乡人大主席的插座。

好在，这些都过去了。任雷诺现在工作舒心了，业余时间画些画打打球，人正常多了。前几天我听到风声，说他跟燕小琴好像复婚了。

周末在街上遇到牛天，我让他联系任雷诺晚上聚一聚，都带上家属，也算为他们复婚祝贺。牛天连连摆手，不行不行，他们住是住到一起了，听燕小琴说，任雷诺不愿意办手续。牛天分析，可能是心里还疙疙瘩瘩的。我说，废话，哪个男人摊上这事心里没有疙瘩？

那一年的年底，马副主席给我打电话，让我赶紧联系熊局长，最好在教育局争取一下。政协两个进副科的指标，三个候选人。开会讨论人选的时候，侯主席一上来就提了两个年轻人，谁敢反对？就定下来了。

我没有找熊局长，熊局长要是知道了，暗地里指不定多高兴呢。任雷诺啊任雷诺，就你那傻样，就是到了国务院，也升不上去。

任雷诺借调到政协的时候，牛天跟我说，熊局长专门开了一次局党组会。会上有人听到局长对任雷诺的溢美之词，竟然不识时务地接过局长的话说，教育局得留住任雷诺，这可是个人才，他走了，宣传这一块是个很大的损失。牛天学着熊局长的样子，手一挥。让人才到最需要的地方去吧！熊局长不敢再阴，只好挑明了自己的意思，要求谁也不能跟政协的人说任雷诺的坏话，认认真真地把任雷诺这尊神送出去。

任雷诺成了神，听到这儿，我也笑了。也难怪，任雷诺两次上书反映沿淮县教育存在的问题，虽说后来都被熊局长一一化解，但肯定也让他出过一身冷汗。牛天还说，任雷诺走后，熊局长长长地松了口气，说终于排除了一颗炸弹。

后来碰到一起，熊局长主动跟我说过这事，教育局只有一个指标，那么多人争，怎么轮得上任雷诺？再说了，任雷诺又借调走了，名不正言也不顺啊。唉，他怎么没有在政协争取一下呢？我知道争取的意思，让任雷诺那个憨蛋给谁送礼，除非太阳从西边出。

任哥哥没有再给苟书记打电话询问，再问明显是自己找难堪。任雷诺的政治生涯眼看就快要到头了，也不亏他，我一再叮嘱他给苟书记送点钱过去，拉上这个关系不容易。

任雷诺不服气——其实他什么时候都没服过谁的气，苟书记不是那样的人，要真是，行贿也得追究责任。他可不想犯罪。

我说，送礼收礼这事哪能让你亲眼见到？你听到的还少？

任雷诺很坚定，我不信谣言。

我笑，天啊，你还当谣言？无风不起浪知道不？沿淮县这么小，别说苟书记这样的大人物，就是你任雷诺捂着嘴在北关咳嗽一声，也能传到南关去。你就别装了，也别硬撑着了。该妥协的时候，咱必须得弯下腰。

我知道任雷诺是不会听劝的，他这个人，是一个能够把自己做得很彻底的人。每次都是这样，但我总是不死心，社会这么现实，我不信任雷诺看不到。

七

是炸弹总是要爆炸的，这是任雷诺自己的原话。

年终，文艺界人士座谈。因为与发展经济无关，这样的会已经好多年没开过了。开不开也无所谓，无非是形式上的总结与展望，最后形势一片大好。

但这一年不一样，一个新来的领导不了解任雷诺，指着他让他发言。任雷诺把座谈会的资料往桌上一拍，唱起了反调。要是都像大家刚才说的那样，广播电视这么好，作协这么好，曲协这么好，音协也这么好……我们沿淮县的文艺事业岂不比北京还要火红？领导们应该好好看看我们县的电视新闻，除了政治上没问题，文法语句到处都是毛病。不会编写的人占着编制，能编写的进不去……

抓文化工作的副县长目瞪口呆。不光副县长，我听说全场所有人的脸都绿了。

这还只是小爆炸，更有威力的爆炸还在后面。

春节一过，又是每年例行的政协会，也是一年中政协最忙的时候。我是人大代表，但作为乡镇一把手，还得列席政协会。会开到第二天，送两会代表进会场的大巴车突然不见了，招待所院里多了则通告，请人大代表和政协委员步行去会场。我在人群里找马副主席，发现他一直黑着脸，像是出了什么事。

果然，说是政协有人打电话跟上级举报沿淮县浪费国家资源，两会代表驻地离会场仅一千多米，却包着几辆豪华大巴接送。

我没有问是谁，一听说实名举报，除了任雷诺，哪还有这么傻的人？

我给任雷诺打电话，他一接电话就笑。杨代表，没这么舒适了吧？总共才一千一百多米的路，你们还坐车，真是腐败啊。

我不想跟他这种人讲道理，讲也讲不过他，就呛了他一下。一千一百多米，你量过？

那边笑得更厉害了，没量过敢举报你们？

我叫着任雷诺的名字，说你这样，还想进副科不？你不是明显惹领导不高兴么？

任雷诺说，我就是想让他们不高兴。进不了副科我就不活了？我这个股级干部滋润着哩。我就是要让你们有所顾忌，不能胡来。

任雷诺还真是用米尺量过后才跟省纪检委打电话的。现场的围观者向我描述任雷诺当时的认真劲儿，说他就像是在做一项科学实验，真可谓一丝不苟。

米尺是朱求是借给他的，我问朱求是，他有病你也有病啊？朱求是很无辜地辩解，他借个米尺我能不借给他？要知道他有这一招我肯定不借给他。我当时也很纳闷，问他要米尺量什么。他神神秘秘的，让我不要急，等着明天看好戏。

熊局长要是听说了这事，肯定会捂着嘴笑。可惜，他没能等到这一天，政协会第一天他就被市纪检委带走了。打从岳父死，我就知道他迟早会有这么一天。他也太贪了，岳父的丧事连各乡镇小学都没有放过，挨个让我通知到。收到的礼金没地方放，一张席梦思床堆得满满的⋯⋯

这一年，发生了很多大事。

先说国家的。汶川大地震，举全国之力救援。上级号召党员捐款，也不知从哪一级传下了具体数额，一般党员捐五百，科级干部捐一千。大家都很踊跃，电视上的那个惨状，让人不忍。也有个别内心里不太乐意的，表面上却一样爽快，谁愿意被人指责没爱心？

任雷诺不仅心里不乐意，还积极表现了出来。这哪是捐款？这叫摊派！马副主席赶紧把他叫进办公室，让他别嚷嚷。任雷诺不买账，不让说？只有没道理的事才怕人家说。

任雷诺不捐，政协这项工作就无法挽结。马副主席打电话给我，我觉得这事奇怪，一点儿也不像平日里善善恶恶的任雷诺的作为。人是我推荐过去的，钱又不多，我跟马副主席说，我替他捐，请老领导先替我垫上。

真相是朱求是告诉我的。汶川地震后的第三天中午，他们俩在一小饭馆吃饭，电视上正在直播地震救援的场面。任雷诺酒也喝不下去了，带着朱求是要去捐款。正好红十字会在街上设有捐款点，任雷诺把所有的兜都翻遍，翻出一千两百六十九块钱，全捐了出去。听口气，陪着的朱求是也没少捐。

我把情况跟马副主席汇报了，我怕政协的同事误解他。没想到，马副主席在政协的例会上讲了出来。任雷诺很生气，打电话把朱求是骂了一通。

接着是任雷诺的女儿考上大学。任雷诺还真有命，女儿被重点大学录取。

这些年，人有钱了，送礼的由头也多了。比如孩子考上大学，以前就没人随礼。真要随的话也无所谓，那个年代大学难上，随礼也随不了几个人。现在就不一样了，大学扩招，上大学太容易了。每年暑假，我随的上学礼都不止五十个。

接到任雷诺的电话，我推掉了其他应酬。到了江城大酒店，门口没多少车，不像有人办酒席待客的样子。我正疑惑，朱求是从里面出来了。别瞅了，没有其他人，就我们四个。

任雷诺只请了我们哥几个，不收礼。

那天晚上，我很少说话。不痛快，真的。任雷诺是想陷我于不义啊！他在政协这样做，让其他人怎么办？领导怎么办？

任雷诺哪管别人，喝到酷处，依旧慷慨激昂。我也是一俗人，但我不想太俗。平时我们老是义愤填膺地说腐败，为什么不能先从自己做起？

我一拍桌子站了起来，任雷诺，你还青春期啊？咱能不能说点人间的事？

气的是我们，任雷诺依旧若无其事。过后，我们仨商量，一人出二千块给他女儿买台笔记本电脑。

电脑是我送去的，任雷诺正好在他的储藏室画画。我没让燕小琴叫他，嘱咐她，任雷诺要问起电脑的由来，就说是女儿的母校送来的奖品。

燕小琴拿出一个黑色封皮的笔记本让我看，嘟囔着，都什么年代了，女儿上大学了还拿笔记本当礼物。说罢，又叹了口气，说她早习惯了任雷诺，他做什么事她都不觉意外。

我翻开笔记本，扉页上赫然写着任雷诺写给女儿的赠言：对于我们无法改变的丑恶现实，做到不顺从不屈就；对于我们追求不到的殊荣与美好，保持崇尚与欣赏。

好长一段时间，我老在回想任雷诺的这句话。任雷诺做到了吗？我肯定是没做到。我承认我们早就被污染了，只有任雷诺还是大学时的样子，傻傻的，但我内心里还真有点敬重他。

最让任雷诺扬眉吐气的是，教育局搬迁了，为了保护黄叔度墓，建黄叔度公园。任雷诺教育我们，看，上面的领导还是办实事的，不像你们这些小鬼，一个一个只想着往上爬，只想着把自己的兜塞满……

话音未落，苟书记却被省纪检委双规了。很多传言得到了证实，小偷偷走九十七万的事是真的。正是这件事，让苟书记身陷囹圄。纪检委当晚就从他办公室搜出三十二个银行卡，现金一百四十万。县里几乎所有的正科级干部都给苟东旭行过贿。

两个月后，官方宣布，苟东旭受贿二千一百多万，已经移交司法机关处理。

任雷诺的天，一下子塌了。任雷诺特别不理解的是纪检部门的政策，行贿者如若主动交代，行贿多少再罚多少，免予处分。钱能抵刑罚？法律不是说，行贿与受贿同罪吗？

任雷诺的父亲也病逝在那年的腊月。任雷诺说服任哥哥，没有开追悼会，拒收礼金，只在葬礼那天早晨搞了个小型的告别仪式。

市日报记者来采访，说上面正要树这方面的典型，移风易俗，丧事简办。任雷诺说，心里难过，不想说话。记者一气之下，走了。我批评他，人家是来宣传报道你的，平时咱请都请不来。任雷诺不领情，走了更好！我又不是为着让他采访才这样。

看到没，这就是任雷诺。按我们大学校长的话说，我早已经磨平了，从别人叫我杨主任的时候我就已经没棱没角了。到杨乡长、杨书记时，已经不只是没棱没角了，是圆了，磨圆了。牛天也是。朱求是就更不用说了，他比谁都隐藏得深，属于那种神仙级的。唯有任雷诺，管它沧海桑田，还那样，刺刺楞楞的。

八

我年前就到政协了，拟任副主席，因为要等新一届政协委员会选举通过。

这次我是真没有送礼，市里创"三杯"，各县排名第一的乡镇，主持工作的党委书记直接升副处。我才四十露头就来政协养老，肯定不少人笑我没本事。

到政协我遇到的第一个问题是怎么称呼任雷诺。这本来不是个问题，单位里上级叫下级，都是在姓氏前面加一个小。小字亲切，但也有居高临下的傲慢。

小任？肯定不行，撇开年龄不说，我们还有同学关系呢。最稳妥的叫法是后面带上职位，某书记、某主任或某局长。

任股长？也不行，都四十好几的人了，你还叫他股长就有点羞辱的意味儿了。第一次听侯主席在外面叫他老任时，我也觉得别扭。听得多了，才觉得这个称呼实在是太机智了，既不失敬意又亲切，重要和不重要的人都可以这么叫。

任雷诺第一次在我面前发飙，是在新一届政协会议的准备会上。他提出疑问，为什么文学艺术界别的委员名单里没有一个真正的文学艺术界人士？大家都埋头装着看手上的名单，没人答话。

我仗着是任雷诺的同学，又加上刚来政协，想表现表现。老任，不是有文联的领导吗？

任雷诺根本不给我面子，文联的领导只能算领导，他是会写啊还是会画？他有什么艺术特长？

我只能扛到底，文联领导就是管理文学艺术界人士的，他当委员更有代表性。

任雷诺紧追着这个问题不放，好，即便他有资格代表文学艺术界，这个名单上还有谁是搞文学艺术的？今年外面把咱政协说得很没脸，说当个政协委员都得请客送礼。你们难道看不出来吗？咱们这一届的政协常委不是官太太就是领导的儿媳妇，老百姓能是瞎子？

侯主席及时拦住他，老任，这个问题咱们会后再交流吧，现在的当务之急是大会的准备工作。

下去后，侯主席让我找任雷诺沟通沟通，让他注意影响，争取今年把他的副科解决了。

任雷诺还是一肚子意见，我提的意见不也属于准备工作？

这事跟他说不清，我开门见山，说侯主席打算年内给你解决待遇问题。

任雷诺问，这跟我提的意见冲突吗？对了，我问你，今年你们还给委员租大巴吗？

我说，不租了。

任雷诺很认真地说，你们要是还敢租大巴接送委员，我还会举报的。

换届结束那天，任雷诺请我去喝酒。我还以为他也随俗了，祝贺我正式升任副主席呢。任雷诺说，去我家，还是咱们四个。燕小琴回娘家了，家里就他自己。这可真是太难得了，他上一次请我们吃饭离现在应该有二十多年了吧？

我去得最早，牛天也随后就到了。牛天从文化局调到广播电视局，同样是局长，广电局显然比文化局更有实力。

任雷诺正在厨房笨拙地洗碗洗筷子，炉子上热气腾腾的，锅里炖着羊肉。

朱求是有事，说晚一会儿过来。任雷诺不悦，不管他，咱们开始。把炖羊肉的锅端过来，任雷诺说咱先喝点羊肉汤，暖和暖和再喝酒。

我用勺子在锅里搅了两下，发现总共只有五块羊肉。牛天冲任雷诺先嚷起来，老任，你这也叫请客？我也跟着起哄，羊肉不少啊，一人一块还余出来一块。

任雷诺对着锅上的热气深吸了一口气，做陶醉状。真香啊！你们搞错了吧？我请你们来，是喝酒，不是吃饭。能有羊肉汤喝，你们还不得对我感恩戴德？

好在羊肉汤里配有白菜和粉条，一碗下去也差不多饱了。任雷诺又端上来一盘花生米，一盘蒜苗炒鸡蛋。鸡蛋倒是舍得放，几乎看不到蒜苗。酒也不错，散装的，不知道任雷诺从哪弄来的粮食酒。

任雷诺给每人倒满一茶杯，挨个碰。二〇一二了，再不尽情吃尽情喝就没机会了。

我用筷子敲了敲盘子，老任，你这也叫尽情吃？赶明儿我们再请你吃饭也这样，只给你盛一块肉。

任雷诺一气喝下半杯酒，用手抹抹嘴。你们哪个请我吃过饭？过去那都是共产党请的，可别把功劳记到你们头上了。

我被任雷诺噎住了。牛天狡猾，用手掩住嘴巴，改口说酒的事。太劲道了！进嗓子眼跟火烧的一样。

外面进来一条狗，脏兮兮的。任雷诺把盛给朱求是的那碗羊肉汤放到地上，狗用鼻子嗅了嗅，没吃，又出去了。

等朱求是来后，任雷诺趁他不备又把喂狗的那碗汤端回到桌子上。朱求是也没吃，可能是那汤看着就可疑。

牛天没忍住，笑了。任雷诺问，笑什么？实话说，我把你们看成狗，那是抬举你们。就朋友而言，狗比你们好多了。狗老吃我们剩下的，我们就不能吃一次狗剩下的？看看现在这世道，到处都是他妈的让人琢磨不透的事，电视里一边不让迷信，一边却插播发送姓名到多少多少号预测姓名吉凶的广告；这边禁止赌博，那边却鼓动民众购买彩票；会上反腐倡廉，会下男盗女娼……你们这些官员，哪个不是表面一套背后一套？行了贿还能提拔，什么世道啊……

趁着酒意，任雷诺带我们看他第二次参加全国画展的那幅画，《恋爱中的小燕子》。这应该是他以前的作品，画布上的燕小琴裸体，侧着身子。我说，老任，这不是你最近画的。任雷诺没理我。我接着说，虽然我不懂画，但这幅画整个画面色调明快响亮，可以看出，当时你对模特的感情……朱求是的手机突然响了，我只好停下来。任雷诺领着我们走出画室，对我的分析始终未置一词。

那是我们最后一次见到朱求是。第二天，他也被纪检委带走，再没回来。官方发布的消息是，朱求是生活腐化，情妇多达十几个。小道消息说，纪检委当天从他家里搜走现金二百一十万。

我早猜到这家伙要出事，一个小小的股长，官僚味比谁都重。有次我们乡请城管吃饭，就他一个人去了。

我问，怎么不把你们的副队长叫过来？

他说，副队长算什么？副队长好比过去的宰相，有皇帝在，他就得站着。

听听，他都把自己比成皇上了！作啊。

我们仨好像谁都没见过朱求是开过车，任雷诺曾经问过他，是不是驾驶技术不行，不敢开？

朱求是不屑地说，开车是体力活，体力活是我干的？有专职司机，那是派头。当官的，该摆派头的时候就得摆出来。

朱求是不瞒我们，每次吃饭都带着不同的女人。当然，这个我们不包括任雷诺。用朱求是的话说，好多事，得避着任雷诺，他跟疯狗一样，搞不好哪天就会咬别人一口。

不过，这次咬他的可不是任雷诺，是他的一个部下，也是他的一个情妇。吃醋是一，情妇间利益分配不均才是要害。

我说朱求是个傻蛋，家里怎么能放那么多现金呢？任雷诺更傻，他甚至不相信朱求是会有这么多钱。

我盯着任雷诺，你是真傻啊还是假傻啊？衙役也有大有小，知道不？你以为都像你一样没权没势啊。城管队长的权力，那可是了得，全县大大小小的房地产商哪个都得听他的。二百一十万算什么？要我说，二千一百万他也有。

牛天恍然大悟，怪不得上边几次让他下乡当副书记他不答应呢。

我逗任雷诺，老任，你和朱求是老在一起吃饭，肯定从他那儿得到过不少好处。等着瞧吧，纪检委马上就会找你。

任雷诺当真了，说要说好处，我还真得过不少，和他一起吃饭我从来没付过钱。

牛天笑，老实交代，除了吃喝，你还从他那儿拿过什么东西没？

任雷诺说：真没拿过什么。有次我看他储藏室里堆满了酒，就顺了瓶五粮液藏怀里，他发现了，硬是抢了下来。

我替朱求是惋惜，还不如当初让你拿走几瓶，也少定他几天的罪。听说，从他家里搜出来的名烟名酒装满了一辆小货车。还有九千多块钱的购物券，大部分都过期了。

牛天顺着我的话朝下说，也不亏他，购物券给老任多好，既扶了贫也为了人。任雷诺没听懂我们的话，还啧啧赞叹，多可惜，竟然过期了。

朱求是太贪了，手里这么多钱，为什么不把上上下下的关系打点好呢？还是官太小，眼界不开阔啊。这是我给他总结的失败教训。他跟任雷诺完全相反，一个是沿淮县最像股长的股长，一个是沿淮县最不像股长的股长。

马副主席的儿媳妇要入党，任雷诺强烈反对。发展新党员征求意见，基本都是走过场，与会的党员对申请入党者一、二、三、四地大加赞扬，最后一致通过。但这次出了意外，制造意外的人还是任雷诺。

任雷诺本来一直没吭声，他后来跟我说，他也知道自己这张嘴好惹事，反复告诫自己不要乱放炮，要沉默。

谁让侯主席多嘴呢，最后竟然问，大家都没意见？这其实也是会议的惯例，像一个语气词，没有什么实际意义，表示会议程序进行完毕，即将圆满结束。可任雷诺没让它圆满，他生怕别人听不到他的反对，还站了起来。

侯主席一时无措，呆了。这种情况，可能他一辈子都没遇到过。

任雷诺说，我来政协这么多年了，几乎就没见她上过班，这样的同志也能入党？要是这样的同志也能入党，我们的党岂不被人耻笑？

怎么跟马副主席解释？侯主席终于反应过来，与我交换了一下眼神问。马副主席已经升为政协常务副主席，因为会议主题是他儿媳妇，回避了。

任雷诺说，你们也别为难，就在会议记录上写上，是我，任雷诺，反对她入党。理由是，该同志长期请假不上班，我们对她几乎不了解。

得罪了副主席也就算了，侯主席他也没有放在眼里。

县里的庆"七一"乒乓球比赛，因为侯主席也参加了，我们每天都去加油助威。侯主席果然不负众望，一路过关斩将，杀进决赛。当然，这里面不免有忤于侯主席的领导身份让球的因素，但更多的还是侯主席的实力。闯进决赛的另一名选手也是我们政协的人，任雷诺。

决赛那天，县四大班子领导也到场了。比赛看起来很激烈，侯主席防守好，任雷诺的攻击有威力。不过，与任雷诺比起来，侯主席还是稍逊一筹，这在平时的练习中已经多次验证过。之所以说激烈，是表面上的。头天晚上我已经做好了任雷诺的工作，领导最看重的是面子，领导有面子了，咱们下面这些人的事就好办了。

任雷诺说，不就是让球嘛，没必要兜那么远的圈子。

知道就好，我就不用多费口舌。侯主席赢了这场比赛，我敢保证他任雷诺下一次一定能调整为副科。我还交代他，让球不能太明显，太明显侯主席面子上不好看，观众也反感。

任雷诺赢第一局时我就暗暗祈祷，任雷诺啊任雷诺，你可千万不要在我手里出什么岔子啊！第二局，任雷诺又赢了。我坐卧不安，难道任雷诺这个二货临时变了卦？

从第三局开始，任雷诺连输三局。我终于舒了口气，暗笑，快五十岁的任雷诺到底沉不住气了。任雷诺的小聪明好解读，赢头两局是想向观众显示他的实力，同时也让侯主席知道，他的冠军是任雷诺让给他的。他任雷诺完全有夺冠的实力。

我笑得太早了。

第六局8∶7，侯主席领先。侯主席急于求成，突然进攻。球没打中，裁判却判擦边。围观的人也跟着叫好，侯主席满脸胜利在握的喜色。任雷诺窝着气，一帮狗腿子，颠倒黑白。他有点分心，侯主席却在众人的叫好声中愈战愈勇，又拿了一分。10∶7。

打到10∶9，我感觉有点不对劲，不断地向任雷诺使眼色。开始我还抱着侥幸，就算侯主席拿不下这一分，任雷诺也有失误的机率啊。遗憾的是，任雷诺没有失误。那一局，13∶11，任雷诺逆转。裁判激起了任雷诺的斗志。

决胜局11∶6，还是任雷诺赢。打完最后一个球，任雷诺并没有多激动，他恶狠狠地瞪了一眼裁判，又扫了一眼观众，球拍没拿就走了。可能，他也意识到这场比赛他只是赢到一座奖杯，输掉的，会更多。

我气得直咬牙，任雷诺，你那心是不是什么也没有啊？空的吧？

任雷诺得意地笑，空着怎么了？空着那叫心灵。哪像你们，装的都是心计。知道不，心计装多了就成心病了。我劝你们，还是给心腾点儿空好。

好，就让你那心一辈子都空着去吧，千万别学我们这些俗人，里面装满着功名利禄！

任雷诺嘴上还硬，在当官的面前跟个孙子似的，那过的也叫日子？

据说，从那以后，侯主席再也没有找过任雷诺练球。

不用说，任雷诺继续做他的股级干部，进副科的希望几近为零。只是，他把我也害了，侯主席难免会怀疑我和任雷诺联手让他难堪。

九

半夜里我被电话铃声吵醒，侯主席来电。我打起精神，随口问，侯主席，考察还顺利吧？侯主席不接话，口气僵硬地让我打开电脑上网，百度"沿淮县政协"。联系不上马副主席，你转告他，就说我说的，要不惜一切代价删掉这个帖子。不容我多问，电话就挂了。

我迷迷糊糊地按侯主席的指示上网搜索，百度出现了几千条沿淮县政协的新闻。最多的一篇是"沿淮县政协常委大半是领导家属"。我吓了一跳，睡意全无。

文章说，沿淮县政协常委中除十九位相关领导外，另外八位多为沿淮县的官太太或官二代。发这个帖子的人显然熟悉内情，哪个常委与某领导什么关系，后面都缀得清清楚楚。公平地说，帖子内容基本属实。领导家属过半属作者语法问题，应该是相关领导之外的那些政协常委中的一大半。

第二天一上班，我跟马副主席一道去见宣传部长。宣传部长也已经知道情况，正让"网络办"联系各大论坛，删帖。部长还建议我们政协，赶紧做好准备，应付媒体的采访和上级纪检部门的调查。

政协领导个个人心惶惶。侯主席提前结束在美国的考察，两天后回到沿淮。

事情过去后，侯主席曾私下里跟我们几个副职交代，以后政协的事，尽量少让任雷诺知道。我没敢反对，心里却有点替任雷诺鸣不平。

这事与任雷诺无关，我坚信。他要真想举报，一是不会匿名，二是不会发到网上。匿名这样畏畏缩缩的事，不是他的风格。况且，本届政协开准备会时任雷诺就提出过这个问题，没人当回事，现在出事反而怪罪任雷诺。

但我没有替任雷诺辩解，怕加深侯主席对我的误解，把我划归到任雷诺的阵营里。

有一段时间，任雷诺老在我跟前说他四十九岁半了。人对年龄的态度很有意思，小的时候吧，总想往大里报，九岁非要说成快十岁了、十六岁非要说成快十八了。大了吧，又想往小里报，三十八、九吧，不说四十不到非说三十多岁。我以为任雷诺又发神经了，没有多想。

见我不解风情，任雷诺只好自己羞羞答答地掀开幕布。从众，我都快五十了，过了明年就没机会提拔了。沿淮县的规矩，股级干部到了五十岁就不再提拔。

我反应过来，任雷诺的四十九岁半是在提醒我啊。这可是个难得的羞辱他的机会，不能放过。老任，你怎么也俗起来了？股级干部不也很滋润吗？

任雷诺不好意思地说，滋润是滋润，我要是提了副科，工资能涨好多啊，退休以后那几十年我还指望它养家糊口呢。哪能跟你们这些官比，养老婆孩子不靠工资。

我只是个副主席，当不了这么大的家。你不会趁打球的时候跟侯主席说一声？我早知道侯主席不找他打球了，故意刺激他。

侯主席可能生我的气了，见面都不愿理我。

不理你就对了。我眼睛瞟向一边，不看他。侯主席曾经想让任雷诺给他画张像，听说他的画在外面影响越来越大，他也想收藏一幅。任雷诺当即就拒绝了，我不画像的。我偷偷地拉拉侯主席，意思是等以后再说。任雷诺现在已经学会找理由拒绝别人了，这可是一大进步。

过后我问任雷诺，你不画像，那燕小琴的像都是谁画的？

任雷诺脖子一梗，我画人像，不画鬼的像。他算人吗？还不解恨，又说，这个世界上的丑恶已经够多的了，我为什么不去多画些美的东西？

我瞪着他，任雷诺，你还真以为你没在人间啊？

他不理我我也不理他！想让我求他，没门！任雷诺比我的气还大。

政协就是门路大，进副科的指标又分了三个。这次硬件够格的正好三个人，包括任雷诺。我得意洋洋地向他表功，怎么样，当年让你来政协来对了吧？你要是还在教育上，几个人争一个指标，能轮到你？

不想，侯主席定的人选没有任雷诺。班子会后，侯主席还一再叮嘱与会人员，谁也不能透露给任雷诺任何信息。侯主席的眼睛还在我身上特意停留了一会儿，意思是尤其是我，更得注意。

我意识到不妙，要出事。侯主席推荐的另一个候选人，是某乡镇书记的老婆，刚从事业单位转过来，任股级年限还差半年。我没有提醒侯主席，也没有向任雷诺透露消息。我藏了奸心，任雷诺一闹，说不定我还能浑水摸鱼。

　　等到组织部来考核，任雷诺才知道没有他。他坐在台下，盯着我，那眼神，就像站在房顶上俯视我。要说任雷诺没变，也不现实，看看他现在这个样子，你怎么能相信他就是那个二十多年前曾经豪情万丈地要当沿淮县县长的男人？我莫名地生出愧意，好像是自己负了他。

　　那几天我一直躲着他。正好也给侯主席一个信号，我并不是任雷诺的铁哥们。直到侯主席来找我，我才知道任雷诺这一次真是豁出去了。

　　侯主席说，任雷诺威胁他，要我帮他劝劝他。

　　侯主席支支吾吾，没说明白，我也没敢多问，只好自己去找任雷诺。出门的时候，侯主席在我身后说，你告诉他，都是自己人，他的问题我一定解决。

　　我打任雷诺的电话，关机。找到他家，只有燕小琴在。燕小琴告诉我，今天你们政协来了四拨人找他，可老任一再叮嘱我，绝对不能透露他的行踪。他又惹事了？老是神神秘秘的。我安慰燕小琴，只管放心，是好事。

　　带我去找任雷诺的路上，燕小琴跟我唠叨说，任雷诺又神经了，坚决不让女儿报考公务员。我说，老任这样是对的，你看不到公务员过的是什么日子啊？

　　燕小琴说，什么日子？像你们，工作轻闲，整天还花天酒地的，多自在。

　　我说，你没看到我们作难的时候，跟孙子似的，在领导面前点头哈腰的。再说了，万一要是像老任怎么办？

　　话刚一出口我就意识到有点伤人，赶紧补救。我是说，要是不像老任那样刚板硬正，晚上觉都睡不安稳。

　　但还是晚了，燕小琴讪讪地说，有几个像他那样的？

　　任雷诺藏在燕小琴的哥哥家。一见面，任雷诺上来就问，是不是肩负着侯主席的重任？

　　我点点头。和任雷诺这样的人打交道，遮遮掩掩那一套没用。

　　我劝他，跟领导，别太过分了。

　　我过分？他是欺人太甚！任雷诺说，我也不说别的，我就举报他作风有问题。

除了乒乓球，侯主席还有一大爱好，玩女人。侯主席就跟报纸上的明星一样，绯闻不断。不一样的是，他的绯闻从没有正式报道过。这种事情，谁也没有真凭实据，大家只是私下里议论议论。

不知道任雷诺从哪儿弄到的证据，说他和统战部一个副部长多次幽会，两个人非公事同时飞过一次西安，来回机票显示的都是同一个航班，住宿票上也有酒店的章，要想找到两个人入住酒店的影像资料也容易……

我转达了侯主席的意思，让他回去上班。作风问题早不是什么大问题了，你又没有抓现行，顶多让他背个处分。他也答应你的要求了，算了吧。

任雷诺最终屈服了，他答应不再上告。不幸的是，没几天侯主席就被市纪检委带走调查。在政协两次换届中，一百多元钱的纪念品侯主席虚报成四百多元，仅这一项就贪污二十多万。

任雷诺后悔自己的变节，他主动找到纪检委，将自己掌握的材料和盘托出。这一下，侯主席彻底栽了。除了贪污之外，他又多了一项罪名，生活腐化堕落。

任雷诺并不避讳自己的举报人身份。他直言不讳地跟我说，就算是小衙役，他也不愿做对上级谄媚对老百姓瞪眼的小衙役。

沿淮县政协主席一职曾经空缺了很长一段时间。有人说，谁敢去？有任雷诺在那儿，谁去谁遭殃。这当然是戏言，想这个位置的人还是很多的。比如我。

副处到正处跨度太大，我没能跨过去。我平调到市商务局，任常务副局长。虽然不尽人意，但总比政协副主席务实一些。

巧合的是，我上任那天，恰好是任雷诺的五十岁生日。

作者简介：

张运涛，男，河南正阳人。中国作协会员，河南省文学院签约作家，鲁迅文学院青年作家英语班学员。二〇〇八年开始创作，作品多次被转载，出版有小说集《温暖的棉花》。曾获第二十届梁斌小说奖短篇小说一等奖、林语堂散文奖等。二〇一二年秋，受邀赴美国参加中美青年作家文化交流。